QUE VENÇA O MELHOR

QUE VENÇA O MELHOR

Z. R. ELLOR

TRADUÇÃO
VIC VIEIRA RAMIRES

PLATA
FORMA 21

TÍTULO ORIGINAL *May the Best Man Win*
© 2021 by Zabé Ellor
Published by arrangement with Roaring Brook Press,
a division of Holtzbrinck Publishing Holdings Limited.
Publicado mediante acordo com Roaring Brook Press,
uma divisão de Holtzbrinck Publishing Holdings Limited.
© 2022 VR Editora S.A.

Plataforma21 é o selo jovem da VR Editora

DIREÇÃO EDITORIAL Marco Garcia
EDIÇÃO Thaíse Costa Macêdo
PREPARAÇÃO Fabiane Zorn
REVISÃO João Rodrigues e Juliana Bormio de Sousa
DIAGRAMAÇÃO Victor Malta e Pamella Destefi
ILUSTRAÇÃO DE CAPA © 2021 by J. Yang
DESIGN DE CAPA Cassie Gonzales
ADAPTAÇÃO DE CAPA Victor Malta

Dados Internacionais de Catalogação na Publicação (CIP)
(Câmara Brasileira do Livro, SP, Brasil)

Ellor, Z. R.
Que vença o melhor / Z. R. Ellor ; tradução Vic Vieira Ramires.
-- Cotia, SP : Plataforma21, 2022.

Título original: May the best man win
ISBN 978-65-88343-32-6

1. Ficção juvenil 2. LGBTQIAP+ - Siglas I. Título.

22-111561   CDD-028.5

Índices para catálogo sistemático:
1. Ficção : Literatura juvenil 028.5
Cibele Maria Dias - Bibliotecária - CRB-8/9427

Todos os direitos desta edição reservados à
VR EDITORA S.A.
Via das Magnólias, 327 – Sala 01 | Jardim Colibri
CEP 06713-270 | Cotia | SP
Tel. | Fax: (+55 11) 4702-9148
plataforma21.com.br | plataforma21@vreditoras.com.br

Para Aster e Kitty,
duas amizades incríveis

CAPÍTULO UM: JEREMY

Três semanas para o Homecoming

— Pelo menos *tenta* parecer presidencial, Jeremy. Guarda a língua dentro da boca — diz Hannah Kim detrás da lente da câmera. — É para o anuário da nossa turma. Tipo, seus netos vão tirar a poeira desse livro no sótão quando você morrer.

— Pelo menos, vai ser fácil para eles acharem minha foto. — Eu planto as mãos no cimento e me ergo de cabeça para baixo. — Tira agora! Estou fazendo minha cara séria.

Atrás de mim, Ben, vice-presidente do Grêmio Estudantil, desata a rir. Debbie, nossa tesoureira, grunhe e revira os olhos. O obturador clica, e a Associação do Grêmio Estudantil da Turma de 2021 da Academia Cresswell é imortalizada. Posando na calçada pelando de quente diante do mastro da bandeira, o sol nos queima de um céu impecável, deixando os gramados e sebes do colégio com um tom saturado de verde. A umidade do fim do verão gruda nos meus braços nus. Meus sapatos náuticos surrados chutam o ar enquanto Debbie faz um som de engasgo.

— Sério, Jeremy? — pergunta-me ela. Hannah acena para unir a equipe inteira de debate em uma única foto. — O treinador te escolheu como co-capitão da animação de torcida e você já venceu a presidência do grêmio. Naomi disse que você está até mesmo planejando concorrer a Rei do Homecoming. Quanta atenção a mais você ainda quer?

— Achei engraçado! — diz Ben, dando-me um tapa nas costas. Eu faço uma careta, então tusso para disfarçar. — Quem disse que é preciso ser quadradão para liderar?

A voz dele, grave e estrondosa, ecoa no concreto e no linóleo quando voltamos para dentro do colégio pelas portas do ginásio. Nos corredores, armários se alternam em uma mistura ousada e conflitante de dourado e azul — as cores de Cresswell. Os estudantes almoçam em grupinhos amontoados e fechados, apoiam-se nos seus armários e se espalham para fora das salas de aula. Potes de alimento são abertos com curry e macarrão. Estudantes de Física Avançada bebem café de garrafas térmicas e rabiscam equações com a mão livre. A administração permite que almocemos onde quisermos, para estudar, socializar ou trabalhar em projetos especiais. As escolas públicas locais têm regras mais rígidas, mas Cresswell confia que seus estudantes farão boas escolhas para empregar seu tempo.

Ocupados como estão, os outros estudantes desviam do caminho de Ben. Ele abre espaço para mim e Debbie como se fosse um navio quebra-gelo, guiando-nos de volta à sala de reunião do Grêmio Estudantil. O desconforto se forma no fundo do meu estômago enquanto observo os ombros largos de Ben avançando.

Eu deveria estar liderando o caminho. Eu deveria estar atravessando esses corredores como Ben — o *quarterback* musculoso do time do colégio, com 1,88 m de altura e exibindo uma sombra da barba feita de manhã, que já despontava de volta às 12h15. Mas três semanas tomando testosterona não fez nada além de transformar a minha garganta em um apito entupido de cascalho. Congelado no âmbar das fotos do anuário, sempre vou parecer uma garota de cabelos curtos em roupas masculinas grandes demais.

Por isso eu estava com a língua para fora e virando de ponta-cabeça. Vou chamar atenção, não importa o motivo. Prefiro que meus colegas me enxerguem como palhaço da turma e exibido do que só "um cara que trocou de gênero no último ano".

— Debbie! Jeremy! — A irmãzinha de Hannah, Anna Kim, acena para nós do outro lado do corredor. Ela está rodeada por uma horda de líderes de torcida do primeiro ano vestidas de rosa, colocando cobertura rosa em apetitosos cupcakes de abóbora com seus nomes rabiscados no topo. Anna franze a testa ao ver minha roupa. — Jeremy, você não vai aparecer na foto do time de animação de torcida? — Ela puxa nervosamente o colar de pérolas falsas no pescoço.

— É, Jeremy, você não deveria ser o capitão da animação de torcida? — diz Debbie, agitando os cílios e pegando seu próprio conjunto de pérolas. — Concordamos que todos usaríamos rosa hoje.

Eu recuo. O time de animação de torcida planejou vestir rosa e pérolas para a foto do anuário. Eu comprei a roupa perfeita para imortalizar meu lugar como capitão, mas uma erupção inoportuna de acne me distraiu no caminho até a porta esta manhã, e eu a deixei em casa.

— Minha mãe está trazendo a minha roupa, não se preocupe — digo. — Encontrei uma camisa cor salmão e uma gravata de seda coberta por rosetas. — Não menciono que fui em seis lojas diferentes para encontrar o tamanho extrapequeno e comprei a gravata superfina on-line. Anos de prática significam que sei andar no shopping, mas até mesmo eu mal consegui encontrar roupas formais que não me deixassem parecendo uma criança fingindo ser adulta nas roupas do pai.

— Você ainda tem as pérolas da sua avó? — diz Debbie.

— Ou você penhorou elas quando decidiu ser um cara?

Eu não decidi nada disso.

— É brega usar uma gravata e pérolas ao mesmo tempo, Debbie. — Felizmente, antes que ela pudesse responder, meu celular vibrou no bolso traseiro. — Com licença, acho que minha mãe chegou.

— Volta vestido de rosa ou nem volta! — diz Debbie enquanto abro caminho entre as pessoas.

Minha mãe estacionou do lado sul do prédio, onde a imperiosa fachada de tijolos dá lugar ao bloco de concreto da ala de Humanidades. Sebes aparadas com cuidado e vastos campos de verde se estendem pelo terreno do campus, enchendo o ar com o cheiro de grama recém-cortada. O Tesla dela — um presente para si mesma por ter virado sócia do escritório de advocacia — está ligado e à espera perto de uma pilha de obstáculos abandonados pelo time de corrida. Até mesmo vestindo calça de ioga e um suéter, o rabo de cavalo alto e o sorriso branco ainda são perfeitos. Ela é a ilustração de uma mulher profissional e polida de Washington, D.C., que um dia eu achei que me tornaria.

— Ei, docinho — diz ela, e me beija na bochecha. — Cheguei com roupas para a foto e um mocha saborizado com abóbora. — Enfio a cabeça pela abertura da porta do carro e vejo uma bolsa com roupas e dois copos quentes do Starbucks apoiados no banco da frente.

Eu solto o ar. A tensão do binder comprimindo meu peito diminui. Minha mãe e eu sempre fomos próximos — meu pai nunca esteve por perto, e ela deixou meu padrasto quando eu era bem novo. Nós dois sempre fomos uma equipe, as meninas Harkiss contra o mundo. Mas isso acabou quando transicionei, apagou-se como um curto-circuito. Não tenho certeza do que somos agora.

Depois de beber um gole do meu mocha delicioso, abro o zíper da bolsa com roupas.

E a primeira coisa que ouço é um tilintar de pérolas.

O colar antigo da vovó está pendurado no cabide. Eu me lembro dos dedos secos dela quando ela colocou o colar em mim no meu aniversário de 12 anos. *Moças de verdade usam pérolas*, ela costumava dizer. O resto das roupas é tão ruim quanto: uma blusa e um cardigã rosa. Não há uma saia, mas a calça social que ela trouxe é para garotas, ajustada e com bolsos pequenos, feita para exibir todas as curvas que eu tento esconder.

— Mãe — digo, o fôlego vacilando enquanto o binder aperta meus pulmões. — Essa não é a roupa que eu separei. É uma roupa de garota.

O vermelho se expande até a linha do cabelo dela. Ela sabe que fez besteira.

— Ah. Bom. Não sei, Jeremy. É só uma roupa. Não vem com um gênero anexado.

— Mas se as pessoas me verem vestido assim, vão pensar que sou uma garota. — A administração de Creswell pode não ter problemas comigo transicionando, mas isso não significa que não vão me chamar pelo pronome errado. Nomes e pronomes ficam presos na cabeça das pessoas, sem intenção maliciosa. Mas ser chamado de "ela" machuca, mesmo quando é por acidente.

O que as pessoas cis não entendem é que a questão não é a roupa errada, o nome errado, o pronome errado. É a sensação de estrangulamento, como se você fosse enterrado vivo e estivesse lutando para respirar, como se você não existisse. O fato de que a parte mais importante de você é invisível e, portanto, irreal. Se as pessoas não me enxergam como um garoto, então elas não me enxergam de jeito algum.

E minha mãe é a pessoa que eu mais preciso que me enxergue.

— Tenho certeza de que ninguém vai perceber — diz ela. Como se não fosse nada de mais, uma gafe tão pequena quanto aparecer numa festa usando o mesmo vestido da anfitriã.

Você sempre será a minha filha, ela havia dito.

Fecho o punho com força. Meus olhos ardem, sentindo raiva, e desvio o olhar para que ela não possa me ver afetado. Eu quero berrar, gritar, chorar. Eu quero gritar para que isso finalmente grude na mente dela. Para finalmente convencê-la a me enxergar como sou. *Eu sou o seu filho! Diga que eu sou o seu filho!*

Mas e se eu gritar e ela disser algo que me machucaria mais do que esse erro estúpido de guarda-roupa? Vovó tinha visões terríveis sobre gênero. Ela odiava que minha mãe não era casada quando me teve, e deixou claro que não queria que eu repetisse os "erros" da minha mãe. Eu deveria ser uma boa garota, com pérolas e cardigãs, não beber, não fumar, não fazer sexo antes do casamento. As crenças dela ainda mordiscam meus calcanhares como o chihuahua ancião e de temperamento ruim dela. Dizendo que cada passo que eu dou me afastando daquela garota perfeita é um passo na direção errada.

Minha mãe deve ouvir o eco da voz de vovó também. Mas não quero fazer perguntas — não quero saber de quais lições ela não consegue se livrar.

Só porque ela está deixando que eu faça a transição não significa que me veja como seu filho. E, enquanto ela ainda tem a palavra final em todas as minhas decisões médicas, tenho medo demais para ameaçar o equilíbrio frágil entre nós. Eu já lutei uma batalha pesada para chegar até aqui.

— Obrigado — murmuro, fechando o zíper da bolsa para que ninguém enxergue o que tem lá dentro. — Te vejo em casa esta noite.

Eu me viro e volto para o colégio; o mocha, esquecido sobre o teto do carro.

Estudantes se apressam para dentro das salas de aula e em direção ao ginásio, os tênis chiando e as vozes reverberando nas paredes. Eu abaixo a cabeça para esconder meu rosto vermelho, costurando o caminho em meio à selva de mochilas e desviando da poça de vinagrete de cereja onde algum pobre coitado havia derrubado sua salada. Apenas mais um corpo na multidão.

Uma voz no fundo da minha mente diz que talvez eu devesse me sentir grato. Misturar-me aos outros é o objetivo, como a diretora Meehan havia sugerido quando nos encontramos para conversar sobre como a minha transição se daria no colégio.

Há alguns outros estudantes trans e não bináries em Cresswell, mas já que sou o único mudando meu nome e gênero nos documentos, fazendo todo o processo médico, eu recebo toda a atenção da administração. Minha mãe e eu fizemos um plano com a diretora Meehan e o conselho escolar. Meu nome morto foi removido de todos os meus documentos escolares. Tenho acesso ao banheiro e vestiário masculinos. Meus professores foram orientados a usar o pronome correto comigo.

Em retorno, eu prometi me comportar. Ser um exemplo, aderir ao Código de Conduta que tem governado os estudantes de Cresswell desde os anos 1950. Redigido quando o colégio só admitia caras brancos e cisgêneros, diz muito sobre "honra" e "conduta cavalheiresca", mas nada sobre transição de gênero. Historicamente, Cresswell tem sido um colégio progressista, e relíquias do passado — como o próprio espetáculo do Homecoming — ainda mancham a cultura e o calendário do colégio.

Mas a história pode apenas seguir em frente. E eu me recuso a deixar que minha transição me defina. Esse é o meu último ano. Deveria ser a minha hora de brilhar. Liderar o time de animação de torcida e o Grêmio Estudantil. Ser coroado o Rei do Homecoming.

Desde o meu primeiro ano, tenho observado os alunos mais velhos, cintilantes e vestidos de maneira formal, tomarem o campo de futebol durante o meio período do Homecoming, serem coroados pela diretora Meehan enquanto a multidão os celebra. Eu sonhei em subir naquele mesmo palco, glorioso, de braços dados com meu namorado, e toda a Cresswell cantando meu nome. Só que agora é a coroa de rei que eu cobiço — e ela ainda flutua à minha frente, brilhante e reluzente como um foco de luz.

Para ser capitão da animação de torcida, arrisquei meu pescoço como flyer. Para ser presidente do grêmio, debati com outros seis alunos novatos e dei uma palestra inesquecível prometendo entrada gratuita nos jogos de futebol. Para a Corte de Homecoming, as pessoas só precisam gostar de você o suficiente para votar. Eu quero — eu *preciso* — que todo mundo goste de mim assim. Preciso que me vejam como um dos filhos dourados de Cresswell, coroado em plástico cintilante.

— Com licença, estou passando — grunhe uma voz familiar por trás de uma pilha de caixas. Perto. Perto demais. Minha cabeça vira num estalo. Eu tento chegar para o lado, mas um amontoado de garotos carregando tacos de lacrosse bloqueia meu caminho e eu tropeço...

As caixas caem dos braços do garoto, em uma cascata de glitter e plumas artesanais sobre mim.

— Merda. Foi mal — diz ele, ajoelhando-se para arrumar a bagunça. Um garoto branco, alto e bronzeado, com cabelos escuros bagunçados e uma mancha de tinta azul no contorno firme de seu queixo. — Não consigo enxergar por cima desse material de artesanato para o Homecoming... Ah. Jeremy.

Eu congelo. O som do meu nome na boca dele, encorpado e suave e afiado por nervosismo, me engancha como uma âncora, me arrastando para o passado. Mas também se parece com a turbulência de algo novo. É a primeira vez que ele diz meu nome. E agora eu não sei o que dizer a ele. Porque, na última vez em que nos falamos, parti seu coração.

— Oi — digo com a voz aguda, me apressando para trás enquanto ele tenta recolher os montes de glitter. Minha camiseta está empapada do brilho. — Qual é? — Pronto. Isso se parece com algo que um cara diria a outro, quando eles são conhecidos amigáveis, não parceiros ou comparsas ou algo que importe.

Ele dá de ombros. Mas, quando tento passar por ele, ele desiste do glitter e apoia a mão no meu braço.

— Ei. Você tá bem? — pergunta ele. E então eu me lembro do meu rosto inchado e vermelho e da roupa amaldiçoada na bolsa que carrego. A voz dele é genuína e morna. Preocupada. E eu odeio. Porque quem é que fica preocupado com os sentimentos do ex, especialmente depois de eu ter sido tão cruel com ele? Ele provavelmente só me vê como uma garota histérica que ele precisa acalmar.

Algumas pessoas afundam no sexismo até que isso tome conta de tudo o que elas enxergam, mas não Lukas, diz a voz no fundo da minha mente. *Lukas se importa com todo mundo, independentemente de gênero. Ele se importa tanto que isso o machuca.* E eu só me importo comigo.

— Estou bem — digo. — Superbem. — Eu me mexo para ir embora e então hesito. — Ei, você está liderando o Comitê de Homecoming este ano, certo? — Eu sei que ele está. Ele estava no Comitê desde que era um aluno de primeiro ano, trabalhando a sua subida nas posições. Lukas ama organizar eventos complicados e espalhafatosos. — Coloca meu nome como candidato?

Lukas arruma os materiais de artesanato de volta na caixa e se endireita. Por um momento, ele apenas fica ali em pé, como se estivesse esperando por mais.

— Isso é tudo o que você quer me dizer? Que você está concorrendo a Rei do Homecoming?

Meu coração palpita no peito, tenso e apertado pela pressão do meu binder. Eu dou de ombros.

— Isso, e avisar que você tem tinta no queixo.

— Onde? — Ele passa as costas da mão no rosto e então sorri para mim. — Eu pediria para você limpar, mas você não alcança.

— Vou esperar até a próxima vez que um *linebacker* esmagar você no campo — digo. — Deve ser fácil de alcançar assim. — E é quase como nos velhos tempos. O modo como costumávamos flertar *antes*.

— Jeremy — diz ele. — Sério. — O rosto dele fica inflexível e o momento se esvai. Maxilar tenso, lábios comprimidos. Um rosto que eu reconheço do dia em que tudo acabou. — Você não quer falar sobre o que aconteceu?

Eu forço um sorriso fraco, mas é como se estivesse tentando capturar hélio com as mãos.

— Eu adoraria me gabar de todos os corações que já parti, mas levaria horas e eu preciso ir pra aula.

— Ainda é a mesma pessoa. — Lukas revira os olhos. — Irritante pra cacete.

Eu pisco e sopro um beijo para ele. Ele se vira e pega as caixas antes de ir embora sem dizer mais nenhuma palavra. Assim que ele se mescla à multidão, deixo um sorriso pequeno e amargurado se formar nos meus lábios.

Nós somos tão melhores como rivais do que como um par.

CAPÍTULO DOIS: LUKAS

Carregando meu capacete e proteções, uma mochila estufada e uma bolsa cheia de artigos de marcenaria por causa da construção da escultura alegórica da manhã, subo no ônibus do time com a delicadeza de uma beluga.

— Foi mal... ei, cuidado! — Um *linebacker* do segundo ano quase colide com um conjunto de brocas enquanto o colega dele o empurra de brincadeira na minha direção. — Sossega!

Eu giro a mochila sobre o assento, quase golpeando um colega de time na garganta, e a ajeito no banco traseiro enquanto me sento ao lado de Ben. O couro velho e craquelado estala sob o peso combinado do meu corpo com o de todos os meus projetos.

O ônibus arrota fumaça quando se afasta de Cresswell. A fumaça se esgueira pelas janelas abertas; a última brisa do verão escurecida. Misturada à maré de vinte desodorantes diferentes e o fedor de um babaca do primeiro ano que esqueceu de passar um. Cada solavanco na estrada sacode através da suspensão e quase derruba toda a tralha das minhas mãos.

— Como foi a primeira reunião do Comitê de Homecoming? — pergunta Ben. — Vocês já ultrapassaram o orçamento só com varetas luminosas?

Eu rio.

— Estabelecemos um limite rígido de dois mil dólares para atividades relacionadas a varetas luminosas. Laurie Perez sugeriu transformar o evento de dança em uma rave. Os ex--alunos morreriam de vergonha.

O Homecoming de Cresswell é a mãe de todas as ocasiões importantes. Um festival com duração de uma semana celebrando as tradições do colégio e honrando os ex-alunos. Os estudantes — como é esperado de jovens ricos no condado de Montgomery, Maryland — capricham em tudo a semana inteira. Nós criamos fantasias dignas da Comic Con para o *Spirit Day*, uma data de consciência LGBTQIA+ para enfrentamento ao *bullying*. Fazemos arrecadações de alimentos enlatados e construímos esculturas gigantescas com o que coletamos. Toda aula tem um tema sobre o qual fazemos camisetas, pintamos faixas, montamos alegorias e apresentamos esquetes originais de comédia musical. Tudo culmina com uma vitória no futebol (às vezes a nossa única vitória do ano), uma dança e a coroação da nossa Corte do Homecoming.

— Você já pensou que talvez esteja fazendo coisas demais? — pergunta Ben, olhando minha tralha. — Três disciplinas avançadas? Futebol? Comitê do Homecoming? Você pode dizer não para as coisas.

— Eu gosto de ser útil — digo. E ocupado. Manter-me ocupado deixa a minha mente despreocupada.

Para a administração e a diretora Meehan, o Homecoming é uma oportunidade para pedir doações de ex-alunos ricos — para fortalecer as conexões com faculdades e corporações de prestígio com os quais eles têm ligação. Mas, para mim, agora, é tudo. O planejamento e a cerimônia elaborada me deixam com os pés no chão, fazem com que meu mundo tenha um centro de calmaria que não deixa meu cérebro sair dos trilhos. Sou voluntário no Comitê há três anos. Agora, como veterano, estou liderando quase cem alunos voluntários no planejamento do maior evento do ano.

Não é nisso que eu deveria focar, mas minha família não presta muita atenção em como eu uso meu tempo. Eles não dão a mínima para minhas notas ou se vou entrar em uma faculdade de elite.

Afinal, não sou o jovem que eles tinham esperanças de que seria bem-sucedido.

— Cara — diz Ben —, quem você vai convidar para o Homecoming?

Eu me remexo desconfortável no assento. Nunca precisei convidar ninguém para uma dança. Não estive solteiro desde o ensino fundamental, quando comecei a namorar a garota que achei que seria o amor da minha vida.

Mas ela nunca existiu e eu precisava tirá-la dos meus pensamentos. Jeremy e eu não somos nada um para o outro. O garoto com quem colidi no corredor parecia um estranho. Ele não tinha nada para me dizer além de um pedido para adicionar o nome dele na votação de Homecoming. Eu tentava não pensar no modo como as coisas terminaram — *milkshake* de morango escorrendo da nuca para as minhas costas em um dos piores dias da minha vida.

Pego uma caneta da mochila e afundo a ponta na mão, aguda e gelada, me forçando a manter o foco. Eu não deveria me fixar no drama do Jeremy. Comparado a perder meu irmão e meus pais mal falarem, é algo tão ridiculamente pequeno. Como a pontada de uma tachinha depois de ser esfaqueado.

Mas sinto que estou enterrado em tachinhas.

— Como vai o estudo? — pergunto a Ben, acenando com a cabeça para o livro didático de Biologia Avançada aberto no colo dele.

— Bem. Sabia que todos os cachorros são geneticamente idênticos aos lobos? Até mesmo os lulus-da-pomerânia e os chihuahuas?

— Não comecei a leitura — menti.

Tentei começar três vezes. Os fatos escorregam da minha mente quando faço anotações usando o método esquisito exigido pela dra. Coryn. Digitar no meu laptop grava a informação na minha cabeça.

— Quero avançar no material — diz Ben. — Aquele primeiro teste foi o mais difícil que já fiz.

— O teste foi manipulado — Philip Cross, um de nossos *linebackers*, insiste. O pai dele é um empreiteiro militar dos grandes, e ele fala por meio de declarações quando não está dando ordens. — A dra. Coryn quer que a gente fracasse.

Que babaca mais detestável. Mas, ainda assim, dessa vez, Philip está certo.

— Eu não entendi nem uma questão — digo. — A dra. Coryn não é ruim só escrevendo testes. Ela é ruim ensinando.

Jeremy e Philip eram estranhamente próximos até o primeiro ano. Quando se afastaram, fiquei tão feliz que nem me importei em perguntar o porquê. Com eles era sempre *Philip e eu tocamos fogo na privada*, ou *Peguei uma cobra na mata. Philip surtou e não quis tocar nela, mas me desafiou a enfiar a cobra na mala do sr. Price e eu fiz.* A alegria nos olhos deles era perturbadora. Fazia eu me sentir um lixo porque não queria fazer a mesma besteira perigosa.

Parte do quebra-cabeça se encaixa, tarde demais. *A mesma vergonha que senti quando meu irmão e o amigo dele, Terry, me chamaram de menininha por não comer merda de cachorro em um desafio.* Laços masculinos. Um jogo sutil de superioridade e de se gabar que, vez ou outra, acabava no soco. Algo que eu odeio e no qual sou péssimo.

Jeremy teria agarrado a merda de cachorro com as duas mãos e feito meu irmão engolir. Eu sorri com o pensamento, então a culpa me inundou. Droga, Jason. Você tinha que morrer e acabar com a diversão de te odiar.

Ben morde o lábio.

— Eu queria largar Biologia Avançada. Podemos ficar com uma nota incompleta se largamos nas primeiras seis semanas de aulas. Mas meus pais me matariam. — Ele se vira para mim. — Lukas, você largaria se...

— Não — digo. — Eu nunca larguei uma disciplina e não vou manchar meu registro por causa de um teste.

Largar Biologia Avançada seria como admitir que não aguento o trabalho pesado.

Quando entramos em campo em Rockville Prep, sei de imediato que é uma causa perdida. O brilho do sol se pondo reflete nos capacetes brancos deles, um palmo mais altos do que os jogadores de Cresswell; e amontoados em sua *endzone* estão só a 75 metros de nós, enquanto nosso time inteiro caberia em um micro-ônibus. Andamos desfilando uns perante os outros, as chuteiras mastigando a grama recém-cortada, dando apertos de mão. Encaro os defensores enormes com uma expressão gélida. Eles apertam meus dedos como se quisessem quebrá-los.

Cresswell ganha o cara ou coroa. Ben faz o lance inicial e eu disparo como dinamite, voando entre montanhas uniformizadas de verde e branco, irrompendo no espaço livre mais adiante no campo. Meus ombros viram para trás, estendendo-me para o passe de Ben — e então um jogador de Rockville me atropela.

Caio no solo com um baque de estremecer a mandíbula, os dentes afundando no protetor bucal cheio de saliva. A bola atinge meu capacete e deixa meus sentidos atordoados.

— De novo — murmura Ben quando passo por ele no caminho de volta para a linha. Faço um joinha para ele, e recebo um aperto no ombro. Um sinal. Engane eles. Faça a mesma jogada duas vezes. Rockville não espera por isso.

Mas esperam sim.

Perdemos de 27 a 9. Antes que o treinador nos deixe subir no ônibus para casa, ele nos reúne alinhados na arquibancada e dá um sermão sobre o que fizemos de errado. Ouço com atenção, tomando notas no pequeno bloco que carrego na mochila enquanto Ben balança a cabeça para mim. Não importa quantas notas eu escreva, é improvável que nosso time melhore. Quando o treinador finalmente nos libera e vamos até o ônibus, pego meu celular e abro o chat em grupo do Comitê de Homecoming para conferir tudo o que perdi nas últimas duas horas. Meu aplicativo de temporizador gira em círculos calmantes, contando os dias para o meu objetivo. Duas semanas, seis dias e vinte e uma horas e onze minutos até que seja dada a partida no jogo de Homecoming. Duas semanas, seis dias, vinte e uma horas e onze minutos para garantir a coroa que estou perseguindo há três anos.

O subcomitê júnior da turma saiu para pegar material para a construção de esculturas alegóricas no Home Depot, mas vieram apenas em um minúsculo Ford Focus e tiveram que deixar três pessoas para trás depois que botaram as folhas de madeira no carro. O design da camiseta da turma do segundo ano esconde uma forma fálica e eles terão que refazer o design do zero. A equipe sênior de esquete musical quer que eu separe quatro mil dólares para uma TV gigantesca para exibir cenários durante o show deles.

Lukas Rivers: Pedido negado, a não ser que eu possa ficar com a TV depois.

— O que deu em você, Lukas? — resmunga Ben ao meu lado. — Você estava superdistraído no campo. Você teria desviado do último cara se tivesse visto. Em vez disso, foi esmagado. — Ele me encara demoradamente. — É por causa do seu irmão?

No último maio, dois dias antes do meu aniversário de 18 anos, um motorista bêbado bateu no carro do meu irmão quando ele estava dirigindo de volta para Cambridge após uma entrevista de emprego. Ele já havia falecido quando o hospital nos ligou. Quando ficamos sabendo, meu pai congelou e minha mãe começou a gritar. Eu só pensei, atordoado: *Não sei como me sentir em relação a isso.*

Jason era o filho perfeito, o neto perfeito, o estudante perfeito. Mas ele estava longe para cacete de ser o irmão perfeito, e alguma parte pequena e mesquinha de mim ainda estava com raiva dele porque nunca tivemos a chance de dar um jeito na nossa relação.

— Estou bem — digo a Ben. Isso parece a coisa mais fácil de se dizer. — Só queria que as coisas estivessem mais estáveis em casa. Faz quatro meses. Já deveríamos ter voltado à rotina a essa altura.

— E você vive para suas rotinas — diz ele, me dando tapinhas nas costas. — Você separa suas cuecas por cor e estampas. É bem esquisito.

Sei que ele está brincando, mas as palavras ainda machucam. Além dos meus pais, Jeremy é a única pessoa para quem contei meu diagnóstico. Ele nunca me chamou de esquisito.

Bom, chamou, mas por causa de coisas realmente esquisitas, não por ser autista. Dou um sorriso desconfortável para Ben e me viro. Ser o irmão problemático do Jason era difícil o suficiente sem que as pessoas me tratassem como um robô defeituoso e sem emoções que nunca poderia se equiparar.

O ônibus nos deixa de volta no colégio. Sou recebido por palmas lentas e de zombaria quando chego ao meu carro no estacionamento dos veteranos de Cresswell.

— Fiquei sabendo que você levou uma surra — diz Sol, ume estudante trans não binárie do segundo ano, que domina o laboratório de informática. Elu está sempre vestindo camisetas de histórias em quadrinhos e girando um cubo mágico. Nossas famílias vivem na mesma rua, então assumi a responsabilidade de levar Sol para casa depois do colégio na maioria dos dias. Nem sempre entendo o senso de humor delu, mas elu paga a gasolina e se voluntariou para fazer o site do Homecoming de graça. Tento não pensar demais no que elu poderia estar se metendo ao ficar no colégio até as onze horas nas noites de jogo.

— Rockville é mais pesada que a gente — digo enquanto entramos no carro. O velho e maltratado Honda pertencia a Jason, antes de ele ir para a universidade. Ele o manteve imaculado, mas, desde então, o carro adquiriu aroma de batatas fritas e manchas de café no estofamento. — O Papa Pius é nosso jogo de Homecoming. Quarenta irlandeses católicos magrelos. Podemos vencê-los.

— Nada como enfiar a porrada em um papa — diz elu, sorrindo. — Não conta aos meus pais que falei isso.

Eu rio, incerto de que elu disse isso como uma piada. *Eu mal falo com meus pais atualmente. Por que falaria com os seus?* Deve ser sarcasmo. Eu rio de novo, mais alto, e Sol faz uma cara estranha para mim. *Estúpido. Não posso deixar que as pessoas me vejam vacilando nos detalhes mundanos.* O estresse não ajuda.

Os salões principais de Cresswell, envoltos em hera, destacam-se das cercas vivas do colégio. A esta hora, a maioria das janelas está escura, mas algumas luzes piscantes marcam onde estudantes ainda estão trabalhando. Dirijo, afastando-me do colégio; o pátio sênior vazio fica para trás, bancos e mesas marcados por gerações de grafite estudantil. Parece ser mais um lar do que o lugar para onde estou indo. Mais seguro. Funciona como o esperado.

Dirigindo pelos portões altos de Cresswell, onde os ruídos estridentes e o brilho das luzes da estrada nos espera, sinto que estou deixando parte de mim para trás. Eu sei que não deveria ser tão apegado a um colégio que deixarei daqui a um ano, mas é o primeiro lugar em que senti um pouco de controle na minha própria pele esquisita. Não saber o que vem em seguida faz com que eu me sinta um pouco como o *Titanic*, à deriva desancorado em direção ao iceberg. Um futuro que não posso impedir e sinto ser cada vez mais difícil de ignorar a cada folheto de universidade que aparece na minha caixa de correio.

— Posso fazer uma pergunta estranha? — Olho de relance para Sol. — Isso machuca? — Faço um gesto sem jeito na frente do meu peito. — Sabe... o binder?

— Depende de quanto tempo estou usando e o quanto aperta. — Sol dá de ombros. — Posso aguentar o dia inteiro no colégio, sem problemas. Mas uma vez eu dormi de binder por acidente e acordei sentindo que o próprio demônio havia dançado na minha espinha.

Faço um aceno com a cabeça. Parte de mim quer que Jeremy sofra também. Um incômodo quase constante na lombar parece uma punição adequada por ter derramado aquele *milkshake* e partido meu coração. Mas não seria muito parecido. Não quero que ele sinta dor na transição, quero saber que ele está sofrendo como eu.

Ainda assim, faço a próxima pergunta antes que possa me impedir.

— Você pode tomar conta do Jeremy por mim? — pergunto, mesmo sabendo que é uma má ideia. — Ele disse que deve competir pela coroa de Rei do Homecoming.

— Sério? — Sol ri. Uma mecha de cabelos tingidos de laranja cai sobre o rosto dela. — Um Rei do Homecoming trans? Ele não sabe no que está se metendo. Mas tenho mais o que fazer do que ficar de babá do nosso presidente do Grêmio Estudantil. Meus amigos em Warsaw pagam cinquenta por cada hora de anime que subo no servidor deles. Se eu me esforçar de verdade, terei mil e duzentos dólares até o fim do ano. Isso é grana para um carro.

— Não se a diretora Meehan perceber o que você está fazendo no laboratório de informática.

Sol ri.

—Você não vai me dedurar. Eu pago metade da sua gasolina.

Elu me pegou nessa.

Parte de mim questiona por que não passamos mais tempo juntos, fora dessas viagens de carro. Mas meu mundo é futebol e Homecoming. Sol tem apenas o laboratório de informática e o GSA — um clube escolar autônomo de acolhimento entre pessoas *queer*, quase sem orçamento e sem presença no colégio. É divertido passar tempo com elu, só a gente, mas elu não se encaixaria comigo e com as pessoas que conheço melhor.

Todas as pessoas que conheço melhor, menos uma.

— Sério — digo. — Jeremy provavelmente precisa de ume amigue. E talvez... você pudesse descobrir por que ele terminou comigo. — Minhas orelhas ardem com vergonha. Não ouso tirar o olhar da estrada.

— Cara, isso ainda está te incomodando? Achei que você já tinha superado.

Dou de ombros.

— Já perdi muita coisa esse ano. Eu só... Pelo menos com o Jeremy eu tenho uma chance de conseguir uma resolução.

Nunca houve explicação alguma. Nenhum motivo.

Nenhum jeito de entender como eu havia estragado tanto as coisas. O quanto eu havia sido ruim para sequer saber o que eu havia feito? Eu havia me esforçado a vida inteira para aprender como ler as pessoas, como tratar os outros — deixas sociais que as outras pessoas sabem naturalmente. Eu amava a pessoa com quem namorei. Segui todos os sinais que pude captar sobre como ser um bom namorado: comprei lattes em nossos aniversários mensais, ofereci minha jaqueta de couro nos jogos frios de futebol no outono. E o que mais importava vinha tão naturalmente — escutar naquelas noites longas enquanto ele me contava o quanto se sentia estranho e vazio. O quanto se sentia distante da própria vida. Eu o abracei, acariciando seu cabelo e dizendo a ele que tudo ficaria bem.

Mas não percebi algo importante. Depois de um verão de silêncio, descobri que Jeremy era trans junto com o Grêmio Estudantil inteiro quando ele enviou um e-mail anunciando seu novo nome e seus pronomes. No que mais eu o havia deixado na mão?

Como posso prosseguir sem respostas?

— Vou falar com ele — diz Sol, finalmente, e eu relaxo.

Meu celular apita no porta-copos.

— Abre isso — digo, e conto a elu a minha senha. — Pode ser uma emergência do Comitê do Homecoming.

— São só as notas semanais sendo divulgadas — diz elu. — Eita. Você recebeu uma nota negativa no teste de Biologia Avançada. Eu não sabia que o sistema permitia a inserção de notas negativas.

Merda. Minhas entranhas afundam. Mais uma perda. Mais um soco no estômago.

— Você está bem? — pergunta Sol com a voz suave.

Minha língua parece pesada como uma rocha. O suor coça onde minhas palmas apertam o volante. Não consigo encontrar as palavras para reassegurar que estou bem.

— Você não deu os gabaritos dos testes da dra. Coryn para alguns estudantes no ano passado? — pergunto.

— Aham, e ela não atualiza a senha há séculos. — Sol assente. — Costumo cobrar cem dinheiros por chave, mas vou dar o desconto de amigos e família para você. Quero um convite para a festa do último ano. E uma selfie da gente bebendo shots. O resto do GSA nunca vai acreditar que sou descolade o suficiente para conseguir isso.

Depois que elu vai embora, eu dirijo até o fim da rua sem saída. As luzes na minha casa ainda estão acesas, olhos cintilantes que observam entre tijolos desgastados e a cerca alta e densa de cedro que rodeia nosso jardim cheio de plantas. *Merda.* Estaciono no limite do quarteirão e espero. Demora mais meia hora, mas nossas janelas finalmente se apagam. Até mesmo a do quarto de Jason.

É seguro entrar, penso. Entretanto, assim que tiro os sapatos e penduro a jaqueta no corredor, ouço uma tosse vinda da sala de estar, no escuro. Uma figura está sentada no sofá. Meu pai, coberto por uma colcha, os olhos avermelhados e uma camiseta de pijama larga nos ombros. Ele estende a mão para pegar os óculos na mesa. A única luz vem da luminária próxima da cabeça dele, desenhando sombras longas nas suas bochechas, deslizando para cada ruga na sua testa.

— Minhas costas estão doendo — diz ele. E meu cérebro é uma merda para interpretar expressões e interações, mas até eu sei que isso é uma mentira. — Sua mãe e eu precisamos comprar um colchão novo.

Uma fotografia emoldurada está no chão. Eu a pego — decido que não quero saber por que ela caiu da parede — e a coloco de volta sobre os tijolos ásperos da cornija da lareira. Uma foto de família de quatro anos atrás. Eu era um magrelo no oitavo ano, com um sorriso que exibia o aparelho. Meus avós reunidos em uma linha de suéteres antigos e finos cabelos brancos, todos eles sorrindo. Meus pais, orgulhosos e radiantes ao lado de Jason, que vestia seu moletom do MIT, em um restaurante chique de Boston. A família inteira havia se reunido para vê-lo partir para a faculdade.

Eu nunca mais me senti tão aquecido desde então. Não perto da minha família. Os pais da minha mãe morreram no ano seguinte àquela fotografia, com apenas alguns meses de diferença, e discussões acerca da venda da casa deles arruinou aquele lado da família. Sem Jason para paparicar, os pais do meu pai — que moram na Virgínia — pararam de nos visitar com frequência.

Eu era o filho decepcionante, o filho com deficiência. Eu só vi a minha avó chorar duas vezes: uma vez no funeral do Jason e uma vez no dia em que meus pais contaram a ela o meu diagnóstico. Quando ficou sabendo que eu repetiria o quarto ano, meu avô disse: "Pelo menos, você tem o Jason". E, mesmo que a família da minha mãe não tenha falado em voz alta, eu sabia que eles pensavam o mesmo com as piadas de que um dia eu estaria ensacando suas compras no mercado.

Não importa que eu tenha aprendido a esconder a maior parte dos meus sintomas. Não importa o quanto eu seja bom no futebol, ou quantas disciplinas avançadas eu estude. Jason estabeleceu um patamar alto; as rachaduras que ele deixou em minha família são profundas. Eu não sei reuni-los como ele sabia.

— Pensando nas inscrições para a faculdade? — diz meu pai.

Nenhuma pergunta sobre o jogo que eles perderam esta noite. Digo a mim mesmo que assim é melhor, mesmo que a ausência deles marque minha atenção como um dente que falta. *Se eles estivessem lá, você só teria se preocupado com a sua mãe se desmoronando e seu pai a abandonando. Sim, eles costumavam assistir a todos os jogos, mas sua família mudou e suas rotinas vão mudar também.* Eu tento mentir para mim mesmo. *Isso é normal. Está bem assim.* Não era como se Jason estivesse visitando com frequência nos últimos anos, ocupado no MIT e com todos os estágios de Engenharia. O fato de ele ter partido permanentemente não deveria fazer eu me sentir com uma âncora amarrada ao redor do pescoço.

— É. Tipo isso. Já fiz uma agenda com os prazos da Ivy League, planejei as linhas do tempo das primeiras decisões, fiz a referência cruzada de todos os ensaios para as faculdades dentro do nosso estado...

— E você vai fazer o SAT de novo?

— No próximo mês. — Depois do Homecoming, quando eu tiver tempo para estudar. Sei que posso fazer melhor do que obter 760 em Matemática, e 720 em Humanidades e Linguagens é terrível.

— Bom. Você não precisa ir para o MIT ou Stanford. A UMD é uma boa universidade. Muitos graduados de Maryland vão estudar na Hopkins ou fazem o mestrado de cinco anos e entram em Engenharia...

Stanford. Um rosto surge na minha mente: Peter Mueller, o *quarterback* do último ano. A UMD tem sido a universidade dos sonhos para ele há anos. Mas então ele havia sido coroado Rei do Homecoming e as faculdades começaram a encorajá-lo a se inscrever. Stanford fez uma oferta que ele não podia recusar.

Cresswell não é qualquer colégio. Tem raízes profundas na área da capital, ex-alunos poderosos. Oito membros do Congresso, dois senadores. Executivos, lobistas, magnatas. É dessa fonte que vem o orçamento do Homecoming — os ex-alunos mantêm um fundo privado amplo para que os estudantes possam fazer uma festa gigante para eles todo ano. E eles ficam felizes em abrir as portas para os membros da Corte, as estrelas do show.

Peter Mueller, Stanford. A namorada dele, Carol Chen, Rainha do Homecoming, Caltech. Brandon Kyle e Erica Wyatt — Yale e Princeton, mesmo que Brandon tenha reprovado em três disciplinas no último ano. Todo membro da Corte, todos os anos em que estudei em Cresswell, tem recebido auxílio dos ex-alunos — bilhetes dourados e reluzentes para o sucesso junto com as coroas. Se eu puder impressionar essas pessoas, atrair a atenção delas ao vencer a coroa de Rei do Homecoming, eu poderei entrar em uma universidade da qual as famílias se gabam.

— ... contanto que seja um programa sólido, com um bom registro de conquistas dos ex-alunos, eu e sua mãe não nos importaremos de pagar por...

— Não desista de mim ainda — eu digo. *Como se eles não tivessem me declarado um fracasso aos 8 anos de idade.* Minha vida é um malabarismo de esporte, estudo, família, Comitê do Homecoming; mas finalmente tenho um jeito de agradar todo mundo ao mesmo tempo. Rei do Homecoming. Eu vou vencer, entrar em uma universidade de elite, e dar à minha família em ruínas algo com o que se importar de novo.

É uma resposta para todos os problemas, menos um: Jeremy.

O único obstáculo entre mim e a coroa.

CAPÍTULO TRÊS: JEREMY

Três semanas para o Homecoming

Apenas quando estou dirigindo para o colégio cedinho na manhã de segunda-feira é que finalmente conto a alguém sobre meu encontro com Lukas.

— O que aconteceu? — minha melhor amiga, Naomi, pergunta no assento do passageiro. Os cachos castanho-escuros emolduram seu rosto, destacando o blush rosado em suas bochechas pálidas e perfeitamente hidratadas. Eu sinto falta de estar com o rosto maquiado.

— Eu não sabia o que dizer para ele — admito, afundando o pé no freio enquanto batalho pelo tráfego de Bethesda. O concreto e o aço azul da cidade dão lugar aos campos verdes e ondulados do Instituto Nacional de Saúde e do Centro Nacional Médico Militar Walter Reed de repente, mas ainda estamos para-choque com para-choque. Algum babaca está buzinando atrás de mim. — Pedi a ele que me colocasse na votação da Corte do Homecoming.

— Nós dois estamos oficialmente na disputa agora? Isso é incrível! — Naomi ergue o olhar do seu livro de Biologia Avançada e sorri. — Competir juntos vai ser tão divertido. Estive ansiosa para isso o verão inteiro.

Não posso evitar sentir que ela ignorou a parte mais importante do que eu disse.

— Naomi. Eu falei com o Lukas. Pela primeira vez desde que a gente terminou.

— Ah. — Ela finalmente fecha o livro didático. — Vocês conversaram sobre isso?

Isso foi o nosso término superpúblico. Fiz uma piada outro dia, mas não consigo evitar sentir que devo uma desculpa a ele. Eu só ainda não descobri qual é o roteiro para quando um cara se desculpa com outro cara. *Ei, parça, desculpa ter arrancado seu coração do peito e pisoteado nele no seu momento mais vulnerável. Foi mal. Bora puxar ferro?* Só de falar com o Lukas sobre o que fomos um dia já parecia patético. Vergonhoso.

— Não, eu só... Derrubei uma caixa de glitter dos braços dele. — Quando lavei os cabelos com xampu na noite passada, a água do chuveiro havia brilhado. — Foi bem rápido e desconfortável. Eu não sei o que eu via nele. — *Olhos castanhos e suaves como os de um cachorrinho. Como ele fica corado quando ri de algo* muito *engraçado.* — Tudo o que tivemos era falso.

— Sério? — diz Naomi, lançando-me um olhar severo. — Você não tem mais nenhum sentimento por ele?

Me forcei a rir.

— Não — digo, mas mantenho os olhos fixos na estrada. Essa parte da minha vida acabou. Éramos namorado e namorada. Rei e rainha. Um tecido com uma trama bem definida. E nos esforçamos tanto para nos encaixarmos nos modelos dispostos para nós que não havia espaço para sair deles. Lukas deixou isso claro na primeira vez em que tentei sair do armário para ele.

Um sorriso puxa os cantos da boca da Naomi.

— Uau... Lukas Rivers e Jeremy Harkiss, solteiros pela primeira vez em anos.

— É — digo num tom jocoso, ignorando a dor no meu peito. — É isso que costuma acontecer depois de um término. — *Também ainda tem algo que o incomoda*, penso, lembrando-me do olhar que ele me lançou no corredor. Mas isso não é mais da minha conta.

O dia está ensolarado e com o céu azul, a hera verde e vistosa em contraste com os tijolos vermelhos, quando entramos no estacionamento sênior de Cresswell. Quando deixamos o conforto do ar-condicionado e saímos, nossos sapatos esmagando o cascalho, o setembro úmido de Maryland nos envolve.

Washington, D.C. e seus subúrbios são tão pantanosos e nojentos quanto prega o centro dos Estados Unidos. Não têm nada a ver com garotos trans de 17 anos mijando no banheiro certo e tudo a ver com a canalização da riqueza de um continente através de uma única cidade. O Condado de Montgomery tem mais babacas ricos do que posso contar e sei bem disso. Sou um deles. Estufado de privilégio de todos os tipos, menos o que mais importa.

Chegamos cedo no colégio, porque nós dois queremos o primeiro lugar nos tópicos de apresentação oral para a disciplina avançada de Governo. Naomi quer conseguir um tópico relacionado à saúde pública, já que ela está planejando estudar Medicina na faculdade. Eu só quero algo denso em que possa me enfiar e discutir até a morte. Tirar notas máximas em Governo Avançado vai ser crucial para minha inscrição em Harvard. Serei um advogado como minha mãe. Farei a diferença como ela faz, e Harvard foi onde ela começou.

— Você sabe que estou orgulhosa de você, né? — diz Naomi quando chegamos aos armários no corredor de Química, o metal enferrujado batendo quando forçamos para abrir. Jeremy Harkiss e Naomi Guo sempre tiverem armários um ao lado do outro, o que nos empurrou para a vida um do outro muito antes de virarmos amigos de verdade. Eu não aguentava a amizade com outras garotas — *não, só garotas* — quando estava no primeiro ano. O modo como elas pareciam confortáveis na própria pele me deixava com coceira e uma dor pelo abismo vasto e intransponível que existia dentro de mim. Passar tempo com Philip Cross, dono da única coleção mista de insetos e munição do mundo, preencheu essa lacuna por um tempo, mas também a preencheu com veneno. Quando eu finalmente enxerguei a verdadeira cara do Philip, Naomi esteve ao meu lado, e sempre serei grato a ela por isso.

— Você progrediu tanto esse verão. Você tem sido muito forte.

— Obrigado.

A culpa apodrece no fundo do meu estômago. Eu não era forte de verdade. Eu era um peso para todo mundo ao meu redor, especialmente Naomi. Ela era a única pessoa com quem eu podia falar da transfobia da minha mãe e do meu término com Lukas. Mesmo quando ela foi mal no SAT esse verão e teve um surto, de algum jeito ela ainda veio me consolar e acabou me escutando reclamar sobre a minha incapacidade de encontrar camisas masculinas pequenas o suficiente.

Eu deveria ter deixado ela ter o espaço de que precisava, mas minhas próprias crises consumiam toda a minha compaixão. Ela parou de compartilhar as coisas comigo depois disso, e não sei muito bem como voltar ao modo como éramos.

Mas o sorriso de Naomi quando dei carona a ela esta manhã foi tão genuíno... então talvez ela já tenha me perdoado.

— Fiz uma coisa para você — diz ela. — Bem, fiz para nós dois.

Ela pega um embrulho do armário e desdobra um banner azul e dourado tão alto quanto eu. Jeremy e Naomi para a Corte do HC, escrito em letra cursiva dourada com floreios, enrolando-se ao redor de uma fênix de feltro. Ninguém está vendo, então eu a abraço e solto um gritinho.

— É lindo, Naomi!

— Obrigada! Trabalhei nisso por semanas. Ben estava morrendo de vontade de te contar, mas fiz ele jurar segredo. — O vice-presidente do Grêmio Estudantil também era o irmão gêmeo da Naomi. — Eu estava torcendo muito para você concordar em concorrer comigo. E estou tão animada para ser Rainha do Homecoming. Sem objeções, sem oposições. — Ela esfrega as mãos, em antecipação. — Eu sei que é superficial, mas estou animada pela chance de ser uma estrela.

— Ainda não superou eu ter vencido Jovem Princesa da Prom no ano passado?

— Não superei você ter vencido Pequena Miss Montgomery no oitavo ano! Era a única coisa que todo mundo comentava no meu próprio bat mitzvah.

Rimos juntos, mas ela só está brincando em parte. Temos competido um com o outro há muito tempo. A maioria dos e das líderes de torcida ama ser o centro das atenções. Um pouco de animosidade é natural para nós. Mas eu já havia empurrado Lukas para fora da minha vida de um jeito dramático, e quero algo mais estável com ela agora. Concorrer juntos será bom para nossa amizade. Com as habilidades de planejamento dela e meu talento para divulgar eventos, seremos um par invencível. O que aconteceu esse verão já ficou bem para trás.

— Bem, não participarei mais de concursos de beleza.

—Vários deles permitem garotos na competição. Você só precisa de um *smoking*.

Smokings são tão sem graça comparados aos vestidos espalhafatosos de baile.

—Acho que não. Se as pessoas descobrirem que eu ainda faço coisas de garota...

— Não é coisa de garota. Não existe isso de coisa de garota e coisa de garoto, só o que as pessoas escolhem fazer. Gostar de concursos de beleza não te faz menos masculino.

Reviro os olhos.

— Sou um cara líder de torcida, Naomi. Mas isso não é sobre mim. É sobre como as outras pessoas me enxergam. — Agora, meu coração anseia que as pessoas olhem para mim e me vejam como o garoto que sou. Posso dar uma pausa em concursos de beleza, vestidos de baile e maquiagem. Gosto dessas coisas, mas elas não são a minha alma. Não posso mais trancafiar minha alma.

Eu não vou me transformar no estereótipo de como um homem deveria ser. Não sou aquele cara trans que sabia desde os dois anos de idade que seu sonho na vida era jogar baseball profissional ou cultivar uma barba de lenhador. Eu me permito ser um líder de torcida, já que há alguns garotos no time, e desisto de coisas como jeans skinny. Mas preciso ser mais cuidadoso. Preciso sinalizar para Cresswell que sou masculino o suficiente, para que as pessoas se lembrem dos meus pronomes e não hesitem quando virem meu nome na votação de rei em vez da votação de rainha. E, quando eu estiver na rua, com babacas buzinando dos carros que passam voando, minha saúde, vida e tudo o mais dependem de como as pessoas me enxergam. Ando no gume da lâmina que não criei para mim mesmo.

— Sinto muito — diz Naomi. — Não estava pensando assim.

— Serei esquisito sobre coisas de gênero por um tempo — digo. — Isso não significa que estou sendo um imbecil como um cara cis. Só estou descobrindo as coisas e tentando não me desviar do objetivo.

— Ou tentando ser um des*viado*. — Ela pisca e uma risada me escapa, a tensão no meu âmago afrouxando um pouco. Então ela cobre a boca com a mão. — Espera, pessoas hétero podem fazer piadas assim?

— Não é como se existisse um governo *queer* secreto decretando o que as pessoas hétero podem dizer ou não. Temos coisas mais importantes para fazer, tipo decidir como nos sentimos em relação ao *reboot* de *The L Word*.

— A gente pode assistir juntos! — sugere Naomi, mexendo as sobrancelhas.

Reviro os olhos, rindo de novo.

— Acho que o apoio de que preciso é uma maratona de *John Wick* no seu porão a noite toda.

— Meus pais não vão deixar ser a noite toda, mas podemos assistir a um dos filmes — diz ela, pensativa. — Ben provavelmente se uniria a nós. E podemos planejar o que fazer com o banner! Vamos precisar de um bom lugar para exibir. Tenho uma programação itinerante já planejada.

— Parece um bom plano. — Guardei o banner no meu armário e bati a porta torta de metal, fechando-a. — Mas estou curioso... Se eu tivesse decidido não concorrer, o que você teria feito? Tapado meu nome com tecido?

Ela morde o lábio.

— Eu não teria concorrido sozinha. Me expor para o colégio quando sei que não sou a pessoa que todo mundo quer? Isso é aterrorizante.

— Não consigo pensar em uma Rainha do Homecoming melhor.

— Bem, muitas pessoas conseguem pensar. Você.

Certo. Naomi está concorrendo com o meu fantasma.

A minha vida inteira, eu sabia que ser uma garota não significava que seria divertido ou fácil. Absorvi as farpas da minha avó sobre como uma *mocinha* deveria se comportar, imitei minha mãe solteira, estudei Naomi e Debbie, assisti a incontáveis comédias românticas (ignorando a coleção de comédias de ação escondida debaixo da minha cama como numa penitenciária). Ensinei a mim mesmo o conceito de *garota* como se fosse um idioma estrangeiro. Eu achava que isso era normal. Minha avó havia transformado ser uma garota em uma lista de regras a serem seguidas: roupas, postura, higiene. *Esfrega atrás das orelhas, senão todas as outras garotas vão cochichar sobre como você é suja.* Eu sei sobre o patriarcado e como é uma merda opressora para garotas. Eu sei que isso deveria ser horrível e doloroso. Mas ninguém parecia estar sentindo o mesmo tipo de dor que eu.

Então Debbie nos apresentou ao *yaoi* — anime japonês supergay. Aqueles garotos bonitos e andróginos com olhos grandes e ternos elegantes haviam despertado algo dentro de mim. Eu assisti tudo que podia piratear, passei a ler fanfic slash e mergulhei em livros de romance gay. Eu comecei a imaginar que era os garotos daquelas histórias. Sonhando que era um deles. Disse a mim mesmo que era só um fetiche, que eu era uma garota hétero estúpida que não respeitava pessoas gays como nada além de material masturbatório.

Mas eu não conseguia parar de pensar nisso. Porque algo ali se encaixou. Parecia mais profundo e mais real do que qualquer coisa que eu já havia sentido na vida.

Então Sol proferiu sua palestra sobre gênero e pronomes no Festival da Diversidade de Cresswell na primavera passada, e eu percebi tudo. Tudo ao mesmo tempo.

Eu não preciso ser uma garota. Posso ser um garoto. Posso ser eu mesmo.

Um raio havia atingido minha alma. Euforia pura. Como se eu estivesse vivendo minha vida anestesiado e agora o mundo houvesse ficado nítido. Eu me senti visto. Encontrado. Estive prendendo a respiração por dezessete anos e, se eu pudesse me permitir soltar o ar, eu me encaixaria seguro no meu lugar como um adolescente homossexual despreocupado.

Tudo aconteceu bem rápido depois disso.

Do lado de fora da sala de aula do sr. Ewing, uma lista de inscrição está grampeada no quadro de cortiça. Fico na ponta dos pés para ler, em busca de um tópico dos bons — tipo a ética na indústria do agronegócio ou os impactos ambientais das forças militares.

O que eu não esperava encontrar é *Direitos das Pessoas Transgênero* como o primeiro item da lista.

Naomi faz uma cara esquisita.

—Você não precisa escolher esse, Jeremy. Não é como se ele tivesse incluído por sua causa.

— Ele incluiu sabendo que eu estaria nessa turma. — Meu âmago se retrai em um nó. Odeio isso. Mas não consigo imaginar ficar sentado em silêncio enquanto alguém cis faz uma defesa meia-boca dos meus direitos; ou pior, enquanto alguém cis explica por que eu, o estudante mais maneiro de Cresswell, de algum jeito não sou humano.

Porque é assim que todas essas palestras acabam. Quem é humano e quem não é. Não vou deixar que ninguém fale por cima de mim.

— Ah, aqui está um tópico sobre a ética de exigir notas do SAT para as inscrições universitárias — diz Naomi. — Eu poderia falar por séculos sobre o porquê de o SAT ser uma fraude, mas talvez eu devesse escolher o tópico de compartilhamento de dados médicos, já que é relevante para meu caminho na Medicina...

Ranjo os dentes com tanta força que minha mandíbula dói e assino meu nome ao lado da apresentação sobre direitos trans. Não sei o que vou dizer, mas sei que vou acabar com o sr. Ewing. Naomi já separou três horas em seu planner para que possamos praticar nossas apresentações sem nos distrair com as atividades de animação de torcida ou a preparação para o Homecoming. Eu não poderia ter uma amiga melhor — especialmente com as admissões para a universidade chegando e nós dois polindo os últimos detalhes das nossas inscrições.

Mas saber que ela está do meu lado não faz com que nada disso pareça melhor.

— Jeremy? — diz Naomi. — O que você acha?

— É claro — digo, tão rápido que é óbvio que eu não estava escutando.

Ela suspira. Eu desvio o olhar, a vergonha ardendo onde raspei os cabelos na nuca. Todos os meus reflexos foram reprogramados para a luta ou a fuga, a sobrevivência. Amizade parece um luxo.

— Vou para o vestiário — diz Naomi, mudando de assunto. — Anna e as outras garotas do primeiro ano trouxeram baguetes pra gente. Levo um pouco para você quando terminarmos.

Dou de ombros, mesmo que meu coração pareça torcido. Entre tudo o que eu esperei que fosse mudar quando fizesse a transição, nunca havia imaginado que a tradição das baguetes no vestiário escorreria das minhas mãos.

— Tudo bem. Comi iogurte antes de sair.

— Talvez os garotos também façam algo especial? — Os olhos dela são grandes e encorajadores. Ela não quer me deixar, mas, ei, baguetes de graça. — O Mike deve saber.

Mike se uniu ao time de animação de torcida no primeiro ano — não sei se como piada ou para inspirar um ensaio da inscrição universitária. Ele não consegue manter o ritmo, muito menos organizar baguetes, mas o treinador gosta dele porque ele consegue segurar as pirâmides.

— Talvez — digo. — Vou perguntar. Vai lá. — Devo isso a

ela. Vou deixar que ela vá pegar suas baguetes e ficarei sentado com meus sentimentos reprimidos até o sinal tocar.

— Te vejo no almoço. Tenho três fichários cheios de ideias para a campanha. — Ela aperta minha mão e sai correndo. Eu me recosto nos armários e solto um suspiro longo e trêmulo.

Os estudantes começam a aparecer no prédio principal. Garotas flutuam em grupinhos unidos, rindo de piadas internas, trocando cafés e petiscos. Os garotos se agigantam perto dos armários, espalhando-se nos batentes das portas e com suas namoradas. Olhos me observam enquanto eu perambulo, sozinho. Marcado. Eu me pergunto o que eles enxergam quando olham para mim. Um perdedor que precisa discutir pelo direito básico de existir?

Eu abro meu armário e finjo que estou mexendo nos meus livros didáticos para evitar os olhares. Penso em me esconder no meu carro até o primeiro sinal tocar, mas não. Isso vai apenas alimentar as espirais cinzentas e ferventes da disforia em mim, o ruído do mundo me dizendo o que não posso ser. Meus olhos encontram o banner da Naomi. Uma lufada fria de vento sopra por uma janela aberta. Lá fora, vejo a bandeira do colégio tremulando.

A bandeira. Erguendo-se sobre o pátio do último ano. Visível para todos.

Espio pela janela e confiro se há professores no pátio. Não há a presença de ninguém nem de nada, a não ser a grama verde e os bancos de piquenique desocupados. Então eu coloco o banner de Naomi sobre o ombro e sigo em direção às escadas.

CAPÍTULO QUATRO: LUKAS

Nem sempre fui o futuro rei de Cresswell.

Quando era criança, era mais provável que enfiassem minha cabeça em uma privada do que a coroassem. Eu era o garoto que chorava na aula de música, que não comia nada sem maionese sriracha durante o terceiro ano inteiro e que, uma vez, havia mordido um professor por ter confiscado meus bonequinhos. Outras crianças riam de mim. Adultos cochichavam sobre mim pelas costas. Meu próprio irmão me ignorava no parquinho.

Mesmo com 18 anos de idade, tecnicamente um adulto, as memórias emergem sem convite, lembrando-me do quanto minha queda pode ser dura. Jeremy e eu nos conhecemos no ônibus escolar no quinto ano, na época em que um assento era grande o suficiente para escondê-lo do mundo.

— Você é aquela criança que gritava e socava o cascalho no recreio — disse a criança branca de cabelos loiros enlameados que havia se sentado ao meu lado. Segurando minha mão. Averiguando meu tamanho com grandes olhos verdes enquanto eu me afastava.

— Me deixa sozinho — rosnei. — Como todo mundo. Você deveria ter medo de mim.

Para reforçar meu argumento, bati os dentes mordendo o ar. Não recebi nem uma tremida em resposta.

— Nada me assusta.

E nada assustava mesmo. Nem falar diante do público, nem se inscrever em novos clubes ou enfrentar professores durões. Crescemos juntos. Sobrevivemos o ensino fundamental e conquistamos Cresswell de braços dados. Graças ao meu ano extra no quarto ano, atingi meu pico de crescimento antes de todas as outras crianças e entrei no time de futebol do colégio no primeiro do ensino médio, o que abriu portas para minha namorada e eu — não uma namorada, nunca foi de verdade, mas então qual palavra? — participarmos das festas do último ano e andarmos com os alunos veteranos mais populares. Éramos o casal dourado. Nossos nomes entrelaçados. Nossa lenda entalhada nos tijolos do pátio. Agora estou sozinho.

Eu me forço a retribuir o olhar cortante da dra. Coryn, e o fantasma daquela criança sobrecarregada dentro de mim grita — *Corra* — e o tecnicamente-adulto sobrecarregado quer escutar. *Não. Correr não é a resposta. Apenas o sucesso é.*

— Lukas, se você quiser passar em Biologia Avançada, você precisa começar a fazer anotações. — O jaleco branco que a dra. Coryn veste quase a deixa camuflada em meio ao grosso quadro de cortiça espetado, repleto de trabalhos selecionados e cartazes aparentando uma plumagem, como se ela estivesse prestes a se misturar ao seu trabalho. — Anotações não só ajudam no estudo, mas também valem cinco pontos na sua nota semanal.

— Eu adoraria fazer anotações — digo, e isso é verdade. Cheguei cedo ao colégio para pedir créditos extras à dra.

Coryn, mas ela está mais interessada em dividir a turma em As e Fs do que em me ajudar a ser bem-sucedido. — Eu faço anotações no meu laptop.

— Usamos o método Milschner nessa aula, lembra? — Ela me entrega um papel dobrado em três colunas etiquetadas: pontos, conceitos e reflexões. — Primeiro, enquanto estou falando, delineamos os pontos principais da minha aula. Dividimos os pontos em conceitos separados por cores nessa coluna. Então refletimos sobre a lição como parte do dever de casa. Será exigido que você faça isso na universidade.

Não será, não. Isso é inútil.

— Não consigo aprender desse jeito. O assunto não gruda na minha mente. Se você me deixar usar o laptop...

— Se eu te deixar usar o laptop, você não vai prestar atenção. Jovens hoje em dia dependem demais da tecnologia em vez do poder do cérebro.

Estou tentando usar meu cérebro! É assim que meu cérebro funciona! Minha mãe se dispôs algumas vezes a fazer pressão no colégio para que eles realizassem adaptações, mas eu nunca quis que ninguém me visse levando tempo a mais para fazer uma prova ou tendo um auxiliar para me ajudar. Não quero expor uma parte tão pessoal de mim ao escrutínio público, e não quero que meus amigos pensem que sou fraco e inútil da mesma forma que a minha família pensa. Pressiono uma caneta na palma da mão, estabilizando-me com a dor.

— Por favor. Você não entende...

— Minha decisão é final, Lukas. Pelo menos uma vez na

vida, você e seus colegas de classe terão que fazer o trabalho em vez de esperar que recebam tudo de bandeja.
Eu trabalho mais duro do que qualquer um possa perceber.

Depois de sair da sala de aula de Coryn, entro no banheiro. Está escuro e com cheiro de garotos do primeiro ano que não sabem mirar. Mas preciso do silêncio. Eu me fecho em uma cabine estreita e enterro a cabeça nas mãos enquanto o mundo gira ao meu redor. Pego um monte de elásticos e os faço estalar no pulso, torcendo até que a pele arda, aquietando a turbulência e a inundação em uma paz única e dolorosa.

Não posso largar a disciplina. Vencer a coroa de Rei do Homecoming é o meu bilhete para uma boa faculdade, mas o resto da minha inscrição também precisa ser forte. *Jason gabaritou Biologia Avançada.* Ele encontrou um jeito de processar as anotações mesmo com as regras esquisitas de Coryn. Se ele estivesse aqui, ele me diria para aguentar e fazer. *Se você pode ser normal no campo de futebol e nas festas, você pode se forçar a ser normal quando estuda.* Mas não está funcionando.

Se não consigo forçar meu cérebro a se endireitar, tenho apenas uma ferramenta como recurso.

Mando mensagem de texto para Sol.

Lukas Rivers: Você tem o gabarito da prova de Coryn?

Sol Reyes-Garcia: Assim que você estiver preparado para elas

Solto o ar. Biologia Avançada *não* será o meu fim.

Assim que me acalmo e guardo os elásticos de volta na mochila, saio do banheiro e quase esbarro na única pessoa que poderia piorar o meu dia. Infelizmente, não consigo impedir o estalo de animação que sinto ao vê-lo. Não sei se é um reflexo que vai desaparecer algum dia.

Jeremy está descendo as escadas do caminho para o corredor da administração. A luz do sol entra pelas janelas largas, formando pequenos arco-íris na penugem fina do corte de cabelo dele. Tecido azul-royal pende do ombro dele como uma capa. O prédio parece inerte e estranhamente silencioso. Repentinamente parece que somos as únicas pessoas aqui.

Eu me pergunto se ele sente isso também.

— Com licença — diz ele, tentando passar por mim. Eu me mexo para bloquear o caminho e os olhos dele se acendem. Verdes como o sinal de *avance*. — *Sai*, Lukas. — E, de repente, sou atingido por uma onda de déjà-vu: em pé, na lanchonete, em silêncio, coberto por *milkshake* de morango.

— O que você está fazendo?

— Estou trabalhando na minha campanha para a Corte do Homecoming. O que parece que estou fazendo? Desfilando pelos corredores?

— Você desfilaria — aponto. — Se achasse que pudesse fazer isso sem consequências. Você ama atenção, boa ou ruim.

Escuta. Eu só queria que você ouvisse isso de mim, diretamente. Estou concorrendo a Rei do Homecoming também.

Jeremy dá um passo para trás. Como se tivesse sido golpeado no peito. Ele abre a boca e então a fecha de volta, formando o sorriso irreverente de sempre. Mas agora sei que encontrei uma rachadura na armadura dele.

— Por quê? Você vai perder de lavada para mim.

— Sério? — Sei que ele gosta de fazer pose e se pavonear, mas até mesmo ele precisa encarar os fatos alguma hora. — Sou o líder do Comitê do Homecoming. Sou a pessoa que todo mundo em Cresswell associa com o baile. Sou eu que faço acontecer. — *E preciso dessa vitória. Pelo meu futuro. Pela minha família.* — Você só está de sacanagem. Como faz com os sentimentos de todo mundo ao seu redor. Eu quero a coroa. Tenho um plano para consegui-la. E sabe de uma coisa? As pessoas neste colégio ainda gostam de mim. É por isso que eu vou vencer.

— Você acha que eu estava só zoando com os seus sentimentos por três anos? — O perigo cintila como lascas de gelo na estrada nos intensos olhos verdes dele. — Não. Eu já perdi o suficiente este ano. Não vou desistir. Você quer a coroa? Pegue. Que vença o melhor.

Ele passa por mim com um empurrão no instante em que uma horda de alunos do primeiro ano surge nas escadas, desaparecendo na multidão de mochilas e odores corporais.

Estou fervendo ao longo de toda a aula de Literatura Inglesa Avançada. Quando chega a hora de Cálculo, já revirei a questão na minha cabeça. E daí se eu tenho que concorrer com o Jeremy? Ele é um oponente. Ninguém mais tem uma chance de verdade. As únicas pessoas concorrendo comigo são os esquisitões tipo Simon, o Vidente, que teve uma visão dele mesmo vencendo, e o jovem que fuma cigarro eletrônico na aula de educação física. Qualquer um pode concorrer, mas, em toda a história de Cresswell, apenas os alunos mais populares do último ano ganharam. Eu sou um dos melhores jogadores do time de futebol. Homecoming é o meu espetáculo. Eu só preciso vencer de uma pessoa.

Abro um sorriso por conta dos meus cálculos com integrações parabólicas. Acabar com ele e ganhar a coroa será a vingança mais doce possível.

Esgueiro-me para fora da aula de Cálculo dez minutos antes do fim — o que provavelmente vai me render um comentário no chat em grupo do Decatlo Acadêmico como o Nerd Falso da Semana (na semana passada foi Han He, que largou o clube de xadrez para começar um canal no YouTube). Mas tenho uma desculpa: um e-mail me chamando para ir ao escritório da diretora Meehan.

As paredes do domínio dela estão cheias de cartazes com citações inspiradoras e jornais emoldurados destacando ex-alunos notáveis, tantos que estou surpreso por o capitão dos bombeiros do condado ainda não a ter feito tirar tudo. Pego um punhado de balas de menta da bomboneira da secretária, deslizo pela porta aberta de Meehan e me sento em uma das cadeiras de plástico pequenas demais que ela arrumou na frente da mesa.

— Lukas! — diz ela calorosamente. — Como vão as preparações do Homecoming?

Uma mulher branca e baixa com um terno afiado e energia positiva suficiente para empurrar um trem de carga, Ashleigh Meehan tem um sorriso de dez mil dólares que não deixa nada passar. Ela é jovem para ser a diretora de um famoso colégio privado como Cresswell, e ela ama fazer grupos de estudantes se envolverem nos eventos correntes. Mas até a diretoria antiga que havia liderado o colégio na época do Jason investia pesado no Homecoming. Manter a rede de contatos dos ex-alunos é crucial para Cresswell atrair novos estudantes e doadores ricos.

— Acho que tem um problema com as esculturas de latas — digo. As notificações estavam se acumulando no meu celular desde o início da aula de Cálculo.

—Vou te escrever um bilhete de ausência até o almoço — diz Meehan. — É a maior arrecadação beneficent do colégio.

Eu assinto com a cabeça.

— Também precisamos fazer um caução para a comida da fogueira. Quinhentos de entrada. — A fogueira na sexta que antecede a Semana do Homecoming marca o pontapé inicial tradicional das celebrações. Reservei um restaurante local de churrasco para servir a comida, mas não sabia que eles pediriam um sinal até me ligarem esta manhã.

Meehan tira um cartão de débito de um envelope e o oferece a mim. Plástico frio com alumínio reluzente. Passo o polegar pelo relevo dos números.

— É da conta ligada ao orçamento do Homecoming nos fundos de reforço dos ex-alunos. — Tradução: é dinheiro dos doadores, não do colégio. Eventos patrocinados pelos ex-alunos são financiados separadamente das atividades gerais do colégio, graças a alguma lei de imposto complicada. — As instruções para ativar o cartão com um PIN estão coladas no verso.

Faço login no site do banco pelo meu celular e digito o ano em que nasci. Trinta mil dólares me aguardam na conta.

— Os ex-alunos estão mesmo de boa com você me confiar isso? — No ano passado, Meehan foi obsessiva fazendo o rastreio de cada compra individual.

— Bem, eu não confiaria a qualquer estudante. Mas você é Lukas Rivers. Não ouço nem uma reclamação sequer sobre você há quatro anos. Você é como o Jason: um membro modelo da comunidade de Cresswell.

— Uau. Obrigado. — Estremeço enquanto mais uma responsabilidade se acomoda sobre meus ombros, mas digo a mim mesmo que ela não é tão pesada quanto parece. Boa parte desse dinheiro já está reservado para alugar o ginásio e pagar os faxineiros. Sou responsável apenas pelo resto.

E estou fazendo tudo tão bem quanto Jason já fez um

dia. Bem o suficiente para uma coroa. Bem o suficiente para a Ivy League.

Com o resto do período livre, posso responder à emergência borbulhando no chat em grupo do Comitê do Homecoming. Debbie, cujos pais ricos e lobistas não ligam se recebem cem e-mails sobre a ausência dela nas aulas, me encontra no beco do lado de fora do vestiário. Uma pilha de latas de atum vazando e os pedaços quebrados de uma cabeça de dragão em madeira se espalham sobre o asfalto. Torço o nariz quando chego perto e o cheiro de peixe cozido pelo sol me atinge.

— Sabia que não deveríamos ter deixado os alunos do primeiro ano começarem a construir a escultura de comida enlatada sem a nossa supervisão — diz ela. — Eles queriam ver o quanto de peso conseguiam colocar na base de madeira antes de quebrar. E decidiram usar a cabeça do dragão da escultura do segundo ano.

Limpo o atum da cabeça partida do dragão. A parte inferior da cabeça se soltou, fazendo-o parecer estranhamento acanhado. O tema da turma do segundo ano é Asas da Fantasia. Nós, do último ano, somos os Veteranos Vingadores, uma ideia minha de que eu gosto muito.

— O que fez eles acharem que isso seria uma boa ideia? Ela bufa.

— Alguns trouxeram caixas de comida em vez de latas. Acho que as babás nunca os ensinaram direito.

Combinamos que ela vai gritar com os calouros, e eu darei as más notícias para o subcomitê de escultura do segundo ano. Julie Chen quase arranca um pedaço do lábio quando eu a encontro perto dos armários na hora do almoço para mostrar a base quebrada. Ofereço fita isolante e cola instantânea, já que o subcomitê dela já excedeu o orçamento para os materiais. Ainda temos duas semanas, quatro dias, sete horas e quarenta e três minutos até o início do Homecoming. Não podemos colocar a carroça na frente dos bois.

— Talvez dê para cobrir com tecido? — sugiro quando ela passa a roer as unhas. — Encher de jornal para dar um efeito 3-D?

— Madeira pintada é mais rústica e agressiva. Não quero que meu dragão pareça defeituoso. — Ela suspira. — Não importa. Talvez Jeremy e Naomi saibam onde podemos conseguir tecido barato. Você viu o que eles fizeram?

Todos os pelos da minha nuca ficam eriçados.

— O quê? — explodo, rápido demais, e me arrependo. E se eles tiverem feito algo superóbvio e não notei? E se eu parecer completamente desatento?

— Vai olhar o pátio do último ano. Você precisa ver com seus próprios olhos. Ele quer mesmo ser o Rei do Homecoming. É impressionante.

Eu sou impressionante! Eu quero gritar. Mas isso não me levará a nada. *Jeremy já conquistou parte do meu próprio comitê.* Ele está ganhando terreno. Preciso começar a fazer campanha, e pesado.

Meus tênis guincham quando abro caminho pela aglomeração do almoço.

— Com licença, sinto muito. Foi mal, cara, assuntos do Comitê do Homecoming!

E saio para o ar úmido do pátio do último ano.

A primeira coisa que vejo é *Jeremy e Naomi para a Corte do HC*.

A faixa tremula sobre o gramado queimado de sol. Esvoaçando no alto do mastro, logo abaixo da bandeira norte-americana. Estudantes tiram fotos e cochicham, impressionados. Jeremy está sentado em cima de uma mesa de piquenique, cercado por rostos espantados e admirados. Até mesmo Ben está sentado ao lado dele, olhando com um sorriso bobo enquanto Jeremy gesticula para ilustrar seu argumento. *Que melhor amigo que você é.*

Jeremy e Naomi para a Corte do HC. Mas Naomi não está em lugar algum. Esse é o show do Jeremy. Um drama digno do horário nobre com o holofote apenas nele.

Ele me vê encarando e pisca para mim.

Nesse verão, quando eu estava processando a notícia sobre a transição dele — que estava no final da lista de coisas que eu precisava processar —, disse a mim mesmo que não importava. Se não estávamos nos falando, importava se ele era um garoto ou garota? Eu só usaria nome e pronome diferentes com a mesma pessoa.

— Como vai a sua campanha, Lukas? — pergunta ele. Eu nem reconheço a voz dele. — Cuidado. É melhor não ficar para trás. Nunca vai se recuperar.

CAPÍTULO CINCO: JEREMY

É essa a sensação de ficar chapado? Quero preservar a expressão no rosto de Lukas para sempre. A boca ainda se abrindo e fechando como uma carpa assustada.

— Há quanto tempo você tem planejado isso? — pergunta ele, olhos castanhos se arregalando de espanto enquanto absorve a faixa e se aproxima da mesa de piquenique em que estou sentado.

— Há algum tempo — digo. — Mas nossa conversa esta manhã definitivamente me inspirou a oficializar o pronunciamento.

Ele me encara. Eu tremo. Lukas não faz contato visual a não ser que queira muito, e os olhos castanhos dele me atingem como um prego enterrado fundo. Mas me recuso a deixar que ele acabe com meu bom humor.

Eu havia saído para o pátio de tijolos vermelhos onde os alunos do último ano almoçam ao doce som dos aplausos.

O sol brilhava intenso, reluzindo no quartzo do tijolo vermelho do pátio, e os estudantes se espalhavam preguiçosos vestindo camisetas e shorts que quase consistiam em violações do Código de Conduta. Mas eles ficaram de pé em um salto quando cheguei, celebrando e batendo palmas sob minha faixa azul triunfante. Jin, capitão do time de lacrosse, me deu um tapa no ombro.

— No alto do mastro! Boa jogada, cara!

Minhas costas doeram com o tapa, e a pressão do binder no meu diafragma quase me fez vomitar, mas não importa. O capitão do time de lacrosse acha que faço boas jogadas. Esse é um elogio que posso exibir como uma medalha.

— Você subiu no mastro? — perguntou um jogador de futebol. Eu assenti: é preciso uma chave especial para erguer e abaixar a bandeira desde que a turma de 2003 a roubou para um jogo de caça à meia-noite. O rosto dele se iluminou. — Cara! Incrível!

Absorvo os elogios inebriantes e torço para que ninguém tenha visto a mancha de grama na minha bunda por causa das duas vezes que caí no meio da subida.

— Você costurou mesmo aquilo? — perguntou um garoto alto, de pele marrom e ombros largos, jogando xadrez do outro lado do pátio. Balancei a cabeça e gritei "Naomi!". Ela merece o crédito pelo trabalho, e não preciso de ninguém pensando *ele costura, ainda deve ser uma garota* — mas ele apenas sorriu e disse:

— Cara, será que ela me ensina se eu pedir? Estou sempre destruindo minhas bainhas e minha mãe parou de arrumar para mim.

Solto um "claro". Forçando minha voz para soar mais grave. Saiu mais fácil na segunda vez, profunda, ressonante e bonita. Talvez a testosterona finalmente estivesse fazendo efeito.

Eles me reconheciam como um garoto — e isso me fez

reconhecer a mim mesmo. Pela primeira vez na vida, eu podia respirar — pelo menos, metaforicamente, considerando o aperto do binder.

— Parabéns por finalmente anunciar sua campanha — disse Ben, me saudando com um soquinho. Retornei o gesto. Minha mão tremeu um pouco. — Mas esse é um jeito bem corajoso de fazer isso, Harkiss. Quer dizer...

— Sei o que quer dizer, cara. — Arrepios, arrepios e mais arrepios me atravessando, como se borboletas estivessem prestes a me preencher e sair voando pela minha boca. Como se eu tivesse pulado ao redor do pátio. *Garotos fazem isso? Parece gay. Eu sou gay, dane-se, posso fazer isso sem ligarem.* A linha bamba na qual estive andando o ano inteiro, a dança delicada de escolher a dedo cada ação minha para um agir masculino, afrouxou e me devolveu ao chão firme.

Eles me enxergavam. Eu podia respirar. Eu podia ser eu mesmo.

— Você é uma boa escolha para a corte — considerou Ben, acenando para que eu fosse até a mesa de piquenique em que o time de futebol costuma se reunir para comer. — Levantei em um salto e me empoleirei no topo da mesa. — Talvez eu devesse falar com o Lukas para desistir da eleição. Eu sei que ele quer muito, mas não sei se ele vai conseguir lidar com isso agora, especialmente depois de perder o Jason. A agenda de aulas dele é quase tão complexa quanto a minha, e estou fazendo seis disciplinas avançadas.

Meu coração se retorceu. Minha animação diminuiu com

o lembrete de que Lukas estava lidando com mais do que eu podia enxergar.

— Ele está... lidando bem com isso? — Como um garoto pergunta a outro garoto como um terceiro garoto está se sentindo?

— Não sei — disse Max, o *linebacker* mais pesado do time de futebol. — Lukas não fala do irmão dele. Quer dizer, ele é tão assustadoramente calmo o tempo inteiro.

Lukas raramente é calmo. Mas ele costuma se sentir sobrecarregado. Quando a vida fica caótica, ele afunda em si mesmo e apaga todo o resto. Ele precisa de alguém em quem confia para estar com ele, oferecer um chá quente e segurar a mão dele. Mas isso não é mais trabalho meu.

Lukas não iria querer sua companhia mesmo. Lukas não é nada para você, lembra? Esse é o seu momento. Aproveite.

Então eu me sentei à mesa de piquenique do time de futebol para almoçar. Debbie levantou o nariz e cheirou o ar enquanto passava por mim para ir comer sozinha. *Sem Naomi?* Parte de mim queria procurar por ela, mas eu sabia que ela não ia gostar do que aprontei com a faixa. Além disso, eu queria aproveitar para ser um cara com outros caras por um tempo. Eu queria colaborar com Ben enquanto ele me ensinava o aperto de mão secreto do time de futebol e ajudar Max a elencar os filmes de *Velozes e Furiosos* em ordem de impossibilidade física. Eu poderia acertar as coisas com Naomi mais tarde. E durante aqueles momentos breves e preciosos antes de Lukas chegar no pátio, eu me aqueci sob o brilho quente de ser incluído em um grupo.

Agora ele está me encarando, sentado com os amigos dele, de braços cruzados e boca aberta. Eu me sentiria mal por ele se ele não tivesse sido tão presunçoso sobre a vitória inevitável dele mais cedo. Assim, fico tentado a fazer barulho de peido com a boca como uma criança mimada. *Há-há. Eu venci. Você perdeu.*

Mas a presença de Lukas — e a ausência de Naomi — não é nem de perto o meu maior problema agora.

— Que porra é essa? — A voz afiada, indignada, aguda, me corta como uma faca. Philip Cross, vestindo botas pesadas com sua bermuda cáqui, atravessando o gramado do pátio com pisadas duras. — Mexendo com a bandeira? Quem acha isso bacana? — Ele se vira e engancha o olhar em mim no centro do pátio. — Deixe-me adivinhar. É a mesma vadia egoísta que acha que pode mudar o que o colégio inteiro pensa dela com um corte de cabelo de merda e roupas novas?

Um silêncio se abate sobre o pátio. A parte do meu cérebro que ainda se acovarda grita: *Corre!*

Mas outra parte de mim, a que lutou dezessete anos para sair, está desperta e gritando. *Ela. Dela.* Eu quero gritar que sou qualquer coisa, menos isso. Gritar até que eu o derrube só com a força do som. Essa é a primeira vez que encontro o Philip cara a cara desde a transição. Ele deve sentir que ficou entalado na garganta o fato de sua preciosa masculinidade não ser tão exclusiva quanto ele havia pensado.

O mais difícil é que eu sei como ele ficou assim. Na época do ensino fundamental, Philip me convidava para andar com a tropa de escoteiros dele. Nós fazíamos trilhas, brincávamos na mata, pescávamos e andávamos de canoa às margens do Potomac. Coisas inofensivas de criança. Mas os caras mais velhos na tropa dele, os caras que também trabalhavam na loja local de iscas e no campo de tiro, viam a mata como o próprio reino deles, completo com seu próprio exército e crença. Quanto mais tempo ele passava com eles, mais se tornava alguém que eu não reconhecia. E, depois de como a nossa amizade desmoronou no segundo ano, quero que ele morra engasgado.

— É uma bandeira, Philip — digo. — Não um ícone religioso. Vou tirar se Meehan me pedir. Mas você não tem o direito de me dar ordens.

— Sempre soube que você era uma bichona imbecil esquerdista. Não sabia que se atreveria a desrespeitar as tropas.

— Desrespeitar é o seu pai fazer uma fortuna toda vez que as tropas vão à guerra. — Minha mãe havia representado, *pro bono*, um grupo de veteranos com deficiência que estava processando a empresa do pai de Philip com a acusação de que os capacetes que eles fabricavam não preveniam de forma adequada danos auditivos. Os advogados dele esmagaram o processo. — Não finja que se preocupa com "as tropas". Você só está buscando desculpas para se meter em uma briga.

— Eita — diz Ben, sem se preocupar em esconder a risada, e uma onda de poder me atravessa.

Mas então Philip sobe na mesa. Agarra a parte da frente da minha camisa e enfia o nariz afiado na minha cara. *Opa. Merda.* Philip não ama nada mais do que uma boa briga. Eu já vi a coleção de armas de fogo antigas que ele tem com o pai, os seis tipos de facas emolduradas em caixas no quarto dele. Antes mesmo de saber que eu era um cara, me sentia atraído por elas. A parte de mim que minha avó odiava, a parte sobre a qual eu não tinha palavras para me expressar para o Lukas ou a minha mãe — Philip enxergava, transparente como vidro, mesmo que ele não soubesse o que via.

Ele sabia que podia usar isso para me machucar. E acho que ele ainda gosta disso.

— Não vou socar uma garota.

Aquela palavra me parte como um raio. Percorre minha espinha e agarra meus membros. O mundo fica branco em um instante.

Quando volto a mim, Lukas agarra meu punho enquanto jogo o braço para socar o rosto de Philip.

Inundado de fúria, grito:

— Me chama assim de novo e vou arrancar suas bolas a dentadas!

— Não vai, não — diz Ben, com as mãos estendidas como se tivesse tentando acalmar um cavalo selvagem.

Com gentileza, mas firme, Lukas segura meus punhos atrás das minhas costas. A respiração dele sopra nos meus ouvidos, um padrão estável marcado na minha memória ao longo de cem noites encolhido ao lado dele. Um padrão que sumiu. Ben e Max seguram meus ombros. Prendendo-me enquanto Philip ri.

— Não vale a pena. — Max desvia quando tento pisar com o calcanhar no pé dele. — Você será suspenso ou pior.

Ninguém vale um registro policial logo antes das inscrições universitárias. Você vai se machucar mais do que ele.

Não vale a pena. Nenhum desses caras cis sabe como é ter a sua alma cortada fora com uma espada.

O som agudo do apito de Meehan corta o ar do pátio. Nossa diretora acena com os braços quando todos nos viramos para vê-la. Abro meus punhos. Ela prometeu que me ajudaria na transição, que me apoiaria e me defenderia conforme o necessário. Philip está fodido.

— Sr. Cross — diz ela. — O que está acontecendo?

— Ele usou o pronome errado comigo na frente da turma do último ano inteira. — Todo mundo viu e ouviu. Não teria como ele escapar de uma punição. Detenção. Uma advertência. Meehan prometeu para mim e minha mãe que eu ficaria seguro ao fazer a transição no colégio.

— Jeremy, vamos dar uma volta — diz ela, esfregando as têmporas. Acho que demos uma dor de cabeça a ela, o que é compreensível. O que eu não entendo é por que ela está falando só comigo. Minhas entranhas afundam.

— Você não ouviu? — digo. — Philip...

— Jeremy — diz Lukas, baixo e urgente. — Deixa pra lá. Você pode explicar o que aconteceu para Meehan no escritório dela.

Encaro Lukas. Ele está me ajudando, ao dizer para que eu vá embora com Meehan, ou está tentando me meter em encrenca? Ele me dirige um olhar enquanto sigo Meehan para dentro. É a maior conexão que fizemos desde que eu terminei com ele e, por um instante, finjo que ele ainda está do meu lado.

É péssimo o quanto eu gostaria de acreditar nisso, depois de tudo.

Eu me lembro do nosso primeiro encontro. Eu tinha 13 anos de idade. Vestíamos as mesmas camisetas da banda do ensino fundamental; eu estava de Converse e ele, de Nike. Assistimos a algum filme bobo do Kevin Hart e chupamos sorvete na parte externa do cinema. Ele queria pegar na minha mão. Em vez de deixar, eu fiz uma lutinha de polegares com ele e o deixei segurá-lo quando venceu.

— Minha mãe quer que eu tente entrar na animação de torcida de Cresswell — eu disse quando nos sentamos juntos no banco de ferro forjado. — Vou tentar. Ela era líder de torcida e minha avó era líder de torcida. É importante para ela. — Importante que eu prosseguisse com a longa tradição de pompons das garotas Harkiss. Porque, mesmo que minha mãe não se desse bem com a mãe dela, ela havia aprendido muito com minha avó.

— Achei que nós dois entraríamos no futebol! — respondeu ele, indignado. A voz estrondosa percorrendo meu braço, profunda e conquistadora onde nos encostávamos. — Você será a única garota no time. Vai se feminista e tal.

Eu queria entrar no futebol. Eu gostava da ideia de derrubar garotos, mesmo que, na realidade, eles me arremessassem para o outro lado do estádio.

— Animação de torcida também é feminista. Não preciso fazer coisa de garoto para ser feminista. — Além disso, eu gostava de pompons e de ser o centro das atenções, e líderes de torcida ganhavam mais prêmios do que os jogadores de futebol do colégio, que nunca saíam do 3-12.

— Não sei se tenho coragem o suficiente para tentar sem você. Jason estuda em Cresswell. O ensino médio vai ser só mais pessoas me comparando a ele e me chamando de esquisito. — Ele puxou o capuz, cobrindo mais o rosto. — Eu só quero ser invisível. E o futebol é o oposto disso.

— Não precisamos ser corajosos — eu disse. Essa era a segunda metade do meu grande plano. — Só precisamos ser diferentes. Espertos. Podemos jogar de acordo com as regras deles, em vez de sermos os esquisitos o tempo todo. Podemos ser populares, se trabalharmos juntos. Podemos ser qualquer tipo de pessoa que quisermos. — Um abismo gigante já existia entre quem eu era e como as pessoas me viam. Eu sentia, mesmo que eu não soubesse o que isso significava naquela época. Pensei que podia me aproveitar disso para ganho próprio.

Eu não me sentia tanto como uma pessoa, sob a superfície. Então por que não, na superfície, ser alguém que as pessoas gostariam e admirariam?

— Juntos. — A mão dele apertou a minha com força. Eu sorri, mostrando a ele como era fácil ter coragem. Eu não tinha medo. Talvez eu devesse, mas não tinha. — Vamos nessa.

Seremos superpopulares e nos tornaremos Rei e Rainha do Homecoming no último ano. Se alguém é capaz de conseguir isso, somos nós. — Ele havia me beijado na bochecha, então se afastado rapidamente. Havia sido suave. E bom.

Quase fizemos o caminho inteiro. Eu troquei camisetas por pompons e Victoria's Secret. Ele trabalhou pesado se inscrevendo nos clubes e imitando os atletas do último ano. Desenhamos diagramas elaborados da hierarquia de Cresswell, traçando quem gostava de quem, quem odiava quem, quem pagava pau pra quem. Fazendo pose no meu quarto para ele, experimentei bolsas cheias de roupas novas do shopping, saias fofas e jeans skinny, blusas e pérolas e sandálias altas estilo gladiador. *Armadura de batalha*. Mais ou menos.

Aquilo começou a se infiltrar em nossas vidas. Lukas conseguiu que frequentássemos as festas do último ano depois de entrar para o time de futebol do colégio. Os veteranos nos ensinaram a beber álcool em garrafas d'água durante os jogos locais, como jogar Verdade ou Desafio e Eu Nunca no porão das casas de férias dos pais deles. Venci minha primeira eleição para o Grêmio Estudantil, escalei posições até a animação de torcida do time do colégio — e não importava o quanto eu me sentia desconfortável com as partes femininas, porque a popularidade significava nacos de poder. Pequenos nacos de poder. Larguei o Philip pela Naomi, me rodeei de pessoas que me faziam avançar em vez de me puxar para trás. Eu me construí como líder da animação de torcida do zero. Assim como estou me construindo do zero como Jeremy.

Mas Lukas e eu não seríamos nada um sem o outro.

CAPÍTULO SEIS: JEREMY

Eu odiava o escritório da diretora Meehan. É ensolarado e claro, as paredes cobertas de cartazes com frases motivacionais sem graça, o mais proeminente sendo o de 100 Citações das Mulheres Mais Importantes da História. Vasos de plantas e antigos troféus de xadrez alinhados em prateleiras. É um cômodo que se esforça demais para me convencer de que está tudo bem.

Não quero *memorabilia* e aforismos dos ex-alunos. Quero que o Philip seja punido. Quero me sentir seguro.

— O que o Philip disse lá fora não é verdade — digo, me remexendo desconfortável na cadeira dura de plástico. Desta vez, eu não gosto de ser o centro das atenções, com o olhar justo-mas-severo dela em mim. — Ele estava tentando começar uma briga. Lukas, Max e Ben vão confirmar isso.

Ela assente.

—Tenho certeza de que sim. Recebo estudantes aqui todo mês falando de algo estúpido que Philip fez. Acredito em você.

— Então o que... o que você vai fazer? — Ela é mais alta que eu, com o penteado torcido adicionando mais alguns centímetros. Odeio o quanto ela faz eu me sentir pequeno. — As regras que foram acordadas com minha mãe...

Ela respira fundo, devagar. Como se estivesse pensando em algo difícil.

— Você está familiarizado com o Código de Conduta, certo?

Assinto, confuso. Todo aluno do primeiro ano jura em uma assembleia especial que o respeitará.

"Tratar nossos colegas de Cresswell como cavalheiros", e "nunca erguer a mão com raiva", e "ser bem-sucedido ou falhar de acordo com meus próprios méritos, sem plágio ou enganação". Termina com "juro por Deus" e sempre tem um aluno no salão que grita "juro por Satã" e se abaixa antes que a administração o encontre.

Essa é uma tradição mais nova de Cresswell. Uma que eu mesmo iniciei.

— É ultrapassado — diz Meehan. — Todo aquele papo sobre "cavalheiros" e "honra"... bem, nós dois sabemos como isso é ridículo. Mas o Código não menciona *bullying* verbal ou escrito. Apenas físico. A não ser que alguém te machuque fisicamente, Jeremy, não posso tomar uma ação contra outro estudante.

Tudo o que consigo pensar é *esse é meu último ano* e *esse deveria ser o meu momento de brilhar* e, em vez disso, sou um alvo. Porque sou trans. Isso não deveria estar acontecendo agora. Isso não deveria estar acontecendo em um colégio tão progressista.

— Mas isso... isso é uma babaquice — gaguejo. — Desculpa, diretora Meehan, eu só...

— Também não gosto disso nem um pouco, mas estou de mãos atadas. Tentei emendar o Código, mas a associação de ex-alunos sempre ameaça reter as doações. Eles querem que Cresswell permaneça o que era quando eles eram estudantes, e parte disso significa que a administração não governa por decreto. São os estudantes que estabelecem os padrões do que é um comportamento aceitável e o que não é. Emendar o Código exigiria o apoio do corpo estudantil inteiro.

Digo a mim mesmo que é preciso respirar. Não sou uma vítima. Não sou fraco, não sou sem aliados. Deve haver um jeito de consertar isso.

— Se o Grêmio Estudantil conseguir apoio suficiente, podemos atualizar o Código?

— Com certeza. — Ela se inclina sobre a mesa e me encara. Os olhos dela são determinados, cheios de propósito, e não consigo não querer absorver uma fração da certeza dela. Não sou diminuído por esse enclave cinza de plástico e bloco de concreto. Posso superar isso, posso consertar. — Consiga o apoio do corpo estudantil e ficarei feliz em autorizar uma atualização no Código. Esse é o seu colégio, Jeremy. Quero que ele funcione para você e todo o corpo estudantil.

Na aula de Governo Avançado, discutimos a liberdade de expressão. O sr. Ewing pergunta, com tons jocosos forçados, se o discurso de ódio deveria ser protegido por lei. Estou sentado nos fundos da sala, onde o ar-condicionado antigo chia como uma chaleira fervente, meu interior em turbulência, e não digo nada.

Meu pediatra disse que a testosterona pode fazer com que eu me sinta mais agressivo, com mais raiva. Mas não estou explodindo como o Hulk. Não há um monstro verde me alimentando. Apenas... eu. Com raiva. Vivo. Liberto. *Masculinidade tóxica. Quase elemental.* Atualmente, a raiva vem naturalmente para mim, como ervas daninhas encontrando um espaço no jardim, envolvendo-se na minha alma. Um incêndio que sempre carreguei, mesmo antes de saber o que significava. Agora eu me aqueço com ele. Qualquer coisa que me machuca, qualquer coisa que arde posso transformar em raiva e arremessar de volta. Quem eu viro quando vou atrás da minha felicidade por cima da dos outros.

Sob a mesa, mando mensagem de texto para o Ben.

Jeremy Harkiss: Ei, VP. Acho que o Grêmio Estudantil devia reformar o Código de Conduta.

Jeremy Harkiss: Acho que podemos configurar uma caixa de entrada onde os estudantes podem denunciar incidentes anonimamente, e depois fazer um relatório para a Meehan. Conheço alguém que consegue configurar pra gente.

Ben Guo: Legal. O que a Debbie acha?

Outra mensagem se intromete.

Naomi Guo: SEU BABACA

Meu corpo inteiro fica tenso. Merda. Ela está com raiva de mim? Antes que eu possa responder à mensagem, o sr. Ewing vê o celular na minha mão.

— Não pode enviar mensagem na aula. — Ele confisca meu celular. — Você pode pegar de volta no fim do dia.

— Senhor, e a minha liberdade de expressão?

Ele ri e larga meu celular na gaveta da escrivaninha. Ouço o barulho quando a gaveta se fecha com um baque metálico. Entro em ebulição até o fim da aula.

O último período de Cresswell é mantido livre todo dia para que os estudantes possam frequentar clubes ou salões de estudo. Até o jogo principal, quase todo mundo usa o tempo para se preparar para o Homecoming. Eu vou de fininho até o laboratório de informática.

O esconderijo de Sol fica bem nos fundos do colégio. É feito de concreto branco, murado por torres de servidores e com monitores piscando blocos de texto ao estilo de *Matrix*. Murmúrios baixos se elevam dos estudantes reunidos ao redor dos terminais de computador. O ar tem cheiro de Cheetos e Gatorade. Comida de perdedores. Estou abençoando esses nerds com a minha presença.

— Tenho um plano para consertar tudo de errado com Cresswell — digo a Sol. A camiseta delu é estampada com a ilustração de uma história em quadrinhos de uma mulher de pele negra com cachos ondulantes, vestindo uma camiseta com a bandeira norte-americana e socando um rochedo. America Chavez, sorrindo com a confiança que eu só posso sonhar em ter. A jaqueta jeans delu balança livre onde está amarrada na cintura, pronta para ser colocada de volta no momento em que alguém ralhar sobre o código de vestimenta. Eu me pergunto como é ser elu — estar fora do armário e ser livre —, mas talvez a vida delu também seja uma merda. Nós, *queers*, somos especialistas em esconder nossos sentimentos. — Preciso de ume programador para me ajudar a configurar um sistema anônimo de denúncia de *bullying...*

— O Rei do Homecoming precisa da minha ajuda? — Elu solta uma risada antes da expressão se fechar no rosto. — Só faço favores para amigos. O que você não é, considerando como foi um babaca com o Lukas Rivers nesse verão.

Ah, para. Não faltarão garotas fazendo fila para assumir meu lugar com o Lukas Bonitão.

—Tive meus motivos.

— Que eram?

Ah, não. Não preciso que meu término vire assunto para a máquina de fofoca dos calouros.

— Motivos pessoais. Você não acabou de dizer que nós não somos amigos?

Elu ri. A torre de servidores murmurante atrás delu pisca nas cores do arco-íris.

— Justo. Mas podemos ser. Aparece em uma reunião do

GSA e a gente conversa sobre a configuração da sua *inbox* anônima.

O GSA. Um clube pequeno demais para ter uma página no anuário. Eles nem se vestem bem. É o mesmo que marcar um *Perdedores* a ferro na testa deles — e na minha, se eu me unir a eles.

Encaro Sol com insistência. Olhos castanho-claros emoldurados pelo pó azul da sombra nas pálpebras, em um degradê preciso na pele negra com detalhes em violeta, e uma linha grossa e longa nos olhos. Não temos nada em comum além de não sermos garotas, e milhares de pessoas não são garotas. Mas todo mundo diz que o posto de maior especialista em computadores de Cresswell pertence a elu. Preciso da ajuda delu para reformar o Código de Conduta. Eu provavelmente deveria tentar conhecer elu melhor.

— Por que você passa tempo aqui? — pergunto, sentando-me sobre uma mesa e olhando ao redor. — Parece um inferno. Onde os nerds ardem sozinhos para sempre.

— O inferno é mais seguro para *queers* do que a Corte do Homecoming. Todo mundo sabe que Satã é assexual.

Elu é loquaz. Claramente, gosta de ficar aqui, mas não consigo imaginar o porquê.

— Há quanto tempo você faz programação?

— Desde que fui para o acampamento de computação depois do quinto ano. É uma habilidade útil. Se você é bom com computadores, as pessoas te querem por perto. É mais fácil dominar T.I. do que habilidades sociais.

Isso é verdade. Afinal, só estou aqui porque preciso de ume programadore para configurar minha *inbox*. Mas habilidades úteis não podem ser o único motivo pelo qual pessoas trans como nós são desejadas. As pessoas deveriam nos querer. Porque podemos vencer coroas. Porque somos dignos de sermos desejados.

—Você já tentou possuir uma personalidade charmosa, Sol?

Elu ri e rabisca seu número de celular em um pedaço rasgado de papel.

— O GSA se encontra às quintas-feiras debaixo da sala de teatro. Se você trouxer comida, traga o suficiente para compartilhar, não se esquecendo de que Connor não come glúten. Manda mensagem se você se perder no caminho.

Quinta é amanhã. Suspiro.

—Vou pensar — digo, mas o que quero dizer é *não*. A última coisa de que preciso é andar com as pessoas que me lembram do quanto sou frágil. E não vou me abrir para uma pessoa estranha no laboratório de informática.

— Obrigado. — Enfio o papel com o número delu no fundo da mochila. — Vou ver se consigo ir a um encontro. — *Preferiria morrer.* Ir ao encontro se parece tanto com uma rendição. Como admitir que é a minha transgeneridade que me define, em vez de todas as coisas absolutamente brilhantes que me constituem. Quero que as pessoas me enxerguem como um cara, não um cara trans. Trans parece dominar quaisquer outras palavras em seguida. Se ser trans é o que me define, sinto que então poderia me esconder debaixo do tapete. Porque ninguém gosta de pessoas trans.

— Política de portas abertas — diz elu, ainda sorrindo.

Eu fujo.

Claramente preciso de outra pessoa.

Vou até meu carro e mudo de roupa para o treino de animação de torcida, contorcendo-me no banco traseiro enquanto tento encontrar um ângulo para conseguir tirar a calça. Meehan me deu permissão para usar o vestiário masculino se eu quiser, mas não estou pronto para isso. Minha mãe me arrumou novas roupas masculinas atléticas da Target — camisetas pretas largas e grandes demais e shorts sem caimento azul-marinho. *Uniforme para um desastre da moda.* Sinto muita falta dos meus shortinhos de elastano cor de arco-íris, mas pelo menos ela me deu roupas para o gênero certo dessa vez. Não sei como dizer à minha mãe que eu ser um garoto não significa que seja um garoto hétero.

Assim que mudo de roupa, ando até a sala de aula de Governo Avançado do sr. Ewing e exijo meu celular de volta. Quando ele se vira, ele acrescenta:

— Mal posso esperar por sua apresentação oral na próxima semana!

O pensamento de defender o meu direito de existir na

frente da turma faz meu estômago se revirar. Não consigo me lembrar da última vez em que respirei livremente. Sorrio, saio da sala e confiro meu celular enquanto corro para o campo.

Cinquenta notificações não lidas. Meu estômago se comprime um pouco e enfio o celular no meu bolso.

O time de animação de torcida do colégio aperta a campainha do galpão de equipamentos. Recupero meu fôlego ao me aproximar. *Bom, ainda estamos carregando o equipamento, não cheguei atrasado...*

O choro de Naomi atinge meus ouvidos como um tapa.

Minha melhor amiga está sentada com as mãos na cabeça. Tremendo com a força das lágrimas.

— Naomi? — Meu coração se contorce. Cambaleando, sou capturado por alguma gravidade maligna. O medo de que cheguei tarde demais. Não penso no que garotos deveriam fazer *versus* o que garotas deveriam fazer. Abro caminho até o lado de Naomi e jogo os braços ao redor dos ombros dela.

Ela se afasta.

Na calçada em frente ao galpão da animação de torcida está a nossa faixa — a que ela passou semanas fazendo —, cortada e rabiscada com caneta permanente. Meu nome está riscado, substituído pelo meu nome morto com *puta* e *bicha* rabiscados embaixo.

Bem, penso de imediato, *Philip não está errado.*

Então vem o resto. A turbulência. O medo, oscilando no fundo das minhas entranhas. O mundo inteiro parece estremecer, sacudindo-se instável.

Eu posso perder tudo, diz a pontada repentina de adrenalina quando o fundo do meu estômago parece despencar.

— Por que você pendurou no mastro? — chora Naomi. — Você colocou bem na frente dele!

— Espera lá, você está me culpando? — pergunto, dando um passo para trás. — Eu sou a vítima aqui, Naomi!

Vítima. Odeio esse rótulo, odeio esse sentimento. Ser um cara faz eu me sentir poderoso. Bom, correto e limpo. *Vítima* faz eu me sentir patético, fraco e pronto para explodir e provar que sou mais forte — exatamente o objetivo de Philip.

Odeio como é fácil para mim entendê-lo. Como se a única diferença entre nós dois fosse que ninguém nunca desafiou o direito dele de ser um homem.

— Aquela faixa era nossa! Essa campanha era nossa. Você pegou nossa faixa e transformou em algo só seu... e nunca nem respondeu minha mensagem hoje quando te perguntei sobre isso.

Todas aquelas notificações.

— O sr. Ewing confiscou meu celular na aula de Governo!

— Não importa. Você nem perguntou antes de pendurar a faixa. — Ela cruzou os braços sobre o peito. — Eu não vivo só para fazer faixas para você, Jeremy. Para te levantar sempre que você cai. Você não é o único que precisa dos amigos. Quando eu fui mal no SAT... Quando meus pais passaram horas me dando um sermão por ter feito merda... Quando fui até você em busca de uma migalha de simpatia, você não conseguia parar de falar de você mesmo nem por um *segundo*!

— Não foi assim! — Ela faz com que eu pareça tão pequeno e mesquinho. Ela não entende minha disforia; eu *precisava* que aquela camiseta coubesse em mim, droga. Precisava.

Eu só nunca pensei no que ela precisava.

— Chega a um ponto em que você não tem mais desculpas. O resultado disso tudo é que eu sempre fico em segundo lugar. E você sempre vem primeiro em tudo.

Eu não sei o que dizer. Porque é verdade. Eu tenho me colocado em primeiro lugar em tudo ultimamente. Minha transição, minha necessidade de proteger meu gênero a todo custo. Minha necessidade de holofote, sempre presente, agora contaminada com minha necessidade de controlar o que as pessoas enxergam quando as luzes me iluminam do alto. Eu só nunca pensei que isso machucaria tanta gente.

Do outro lado da pista, a treinadora assopra o apito.

— Garotas! E garotos! É hora do treino!

— Sinto muito — sussurro. Mas a palavra fica meio presa na garganta e parece algo pequeno demais, tarde demais.

— Não fala comigo — diz Naomi, fungando. Ela e as outras líderes de torcida saem marchando em um grupo que, no mundo do ano passado, eu estaria liderando. Garotas de todo tipo de altura, raça e corpo, até mesmo alguns garotos, cruzando o gramado em grupo com os narizes empinados.

Espero meu time se afastar e me deixar verdadeiramente sozinho.

Quando pensei em sair do armário no ano passado, me preocupei com a possibilidade de as pessoas me odiarem ao saberem que eu era trans. Agora não consigo escapar do medo ardente de que elas me odeiam porque eu mereço. O medo de que mereço.

Eu queria começar o último ano com uma coroa na cabeça. Terei sorte se não ficar isolado almoçando sozinho no meu carro.

CAPÍTULO SETE: LUKAS

Estou me escondendo no banheiro de um restaurante, mandando mensagens para Sol enquanto, do lado de fora da cabine, dois homens falam alto no mictório. É melhor minha família achar que estou cagando um tijolo do que me pegar mandando mensagens sob a mesa.

Sol Reyes-Garcia: Seu ex não gosta mesmo de mim. Ele é arisco assim com todo mundo?

Sol Reyes-Garcia: Como infernos ele venceu a eleição do Grêmio Estudantil no ano passado com essa atitude?

Lukas Rivers: As pessoas acham ele fascinante. Tipo uma batida de carro ou uma temporada particularmente dramática de The Bachelor.

Lukas Rivers: É difícil desviar a atenção dele.

Tenho certeza de que Cresswell inteira está fofocando sobre a quase briga entre Jeremy e Philip no pátio. Com sorte, o que eles mais se lembram é de que eu impedi a briga antes que o primeiro soco pudesse ser desferido. *Lukas Rivers, líder nato, o Rei do Homecoming perfeito.* Não um delinquente. Não um bagunceiro.

Mas o que não consigo esquecer é a expressão no rosto de Jeremy quando disse para ele deixar o Philip para lá e falar com a Meehan. Traído e magoado. Mas eu não estava tentando magoá-lo.

Lukas Rivers: Continue insistindo. Jeremy afasta as pessoas só de sacanagem. Mas você tem sorte... ele não te conhece bem o suficiente para bater onde machuca. Você ainda pode surpreender ele com amizade.

Ben também está me enviando um fio de mensagens nervosas: Naomi está chorando no carro deles enquanto dirige para casa.

Ben Guo: Isso é uma merda. Ele é o melhor amigo dela.

Ben Guo: Ela passou o verão inteiro tomando conta dele enquanto ele passava por esse drama gigantesco da transição. Ela fez aquela faixa incrível para eles, gastou semanas desenhando cartazes e planejando sorteios para a campanha da Corte do Homecoming, e ele tratou ela como um nada.

Lukas Rivers: Jeremy trata tudo como um nada. Ele se enfia bem fundo no próprio drama e se esquece de quem está magoando. Lembra daquele lance dos vestidos iguais? Naomi tem o direito de estar com raiva.

Naomi passou semanas vasculhando a internet em busca da roupa perfeita para Sadie Hawkins; recusou-se a mostrar para qualquer um de nós antes do baile. Eu levei Jeremy de carro até o shopping uma hora antes do baile e ele saiu com o primeiro pedaço de pano verde que viu. Por carma ou uma coincidência bizarra, quando nos encontramos em Cresswell, eles estavam usando o mesmo vestido. Naomi pediu para ele mudar, e ele entrou numa queda de braço pelo direito de usar o vestido.

Ben Guo: Bem, Philip destruiu a faixa. Ela devia estar com raiva dele. Ou de ambos. Não sei. Eu só sei que alguém magoou minha irmã e eu fico puto com isso.

Não estou habilitado a lidar com um drama entre irmãos. Oitenta por cento das minhas interações com Jason eram apenas eu tentando evitar o *bullying* dele. No colégio, lido com o drama ao marchar e dar ordens para todo mundo se endireitar. Já que isso só funciona com meu time e o Comitê do Homecoming, eu ignoro o resto. Mas Ben parece desesperado como não via há muito tempo.

Mando mensagem para Naomi.

Lukas Rivers: Você está bem?

Nenhuma resposta. Suspiro.

Drama entre amigos é uma alternativa melhor do que tudo com o que estou lidando neste momento.

A Steakhouse Riviera é uma abominação de restaurante que não consegue se decidir entre cozinha mediterrânea leve ou pedaços grossos de carne do Centro-Oeste. Mas os lustres de gotas de cristal e o papel de parede vermelho e dourado, a elegante localização perto da estação de metrô da região de Tysons' Corner, tudo irradia sucesso, então é lá que minha família vai celebrar o novo emprego da minha mãe. Já que não posso beber vinho com meu filé mignon de cinquenta dólares, considero que o jantar foi desperdiçado pela metade. É difícil pensar em mim mesmo como um adulto elegante quando estou bebendo Coca.

Além disso, uma parte terrível e culpada de mim quer ficar meio alto. Porque minha mãe insistiu que os pais do meu pai viessem, e a tensão do luto se espessa sempre que um dos meus avós fala. A última vez que nos reunimos em um único lugar foi no funeral de Jason. Não sabemos como reiniciar. O formato da minha família se parece com um par de calças curtas demais. Acho que talvez estejamos todos sentindo a mesma coisa, mas não sabemos o que dizer. *Ele tinha apenas 22 anos. Agora ele se foi para sempre.* Palavras verdadeiras só poderiam doer mais.

Ainda bem que a melhor amiga da minha mãe, Emily Harkiss, veio de metrô de DC para se unir a nós, então há bastante conversa para preencher as lacunas.

— É uma pena que a sua fi... Quer dizer, que o Jeremy não pôde vir jantar — diz minha mãe para Emily. Meus pais costumam ser bons em se lembrar dos novos nome e pronomes de Jeremy, apesar de eles não o terem visto desde antes da transição. Eu tentei explicar para meus avós, mas eles não entenderam direito, então mudei de assunto desajeitadamente. Acho que não importa o que eles pensam, já que Jeremy não passa mais tempo comigo. Já que, quando eu por fim derrotar a campanha dele, ele nunca mais vai querer falar comigo de novo.

— Ele não queria perder o treino — diz a sra. Harkiss, mexendo o vinho com a taça. — E ele está muito ocupado trabalhando na campanha para ser Rei do Homecoming. — Jeremy não viria para o jantar, graças a Deus, mas não consigo não me perguntar o quanto ele está me superando, já que tem uma noite livre. Quantos cartazes ele pode fazer? Quantos votos pode ganhar? Eu sempre tento fazer o que preciso. E parece que estou competindo com uma mão atada às costas.

— Há quanto tempo você tem planejado voltar ao trabalho em tempo integral? — pergunta meu avô à minha mãe, as sobrancelhas brancas e cheias dele franzindo a testa. Eles nunca foram próximos; ele queria que meu pai se casasse com alguma garota cujo pai era colega de trabalho dele, e já o ouvi insinuar que o tabagismo ocasional da minha mãe me fez autista. Mas o tom dele é neutro esta noite. — Sócia-diretora de gerência, hein? Parece uma grande oportunidade.

— Eu quero fazer isso há anos — diz minha mãe. — Emily me conectou com a Poole Associates para um trabalho administrativo de meio período na época em que Lukas começou o ensino médio e Jason... mmmm. — Ela morde o lábio.

A sra. Harkiss deve ter percebido a nota de dor na voz, porque ela deslizou tão suavemente quanto um batedor de basebol em direção à base.

— Você era dez vezes melhor na organização da papelada do que o Jeremy. Meu filho insistia em ordenar tudo de acordo com o quão descolado era o caso, em vez de pelo sobrenome.

— Você deveria ter deixado ele se divertir — diz minha avó, rindo. — Ele parece um moleque muito esperto.

"Moleque" se torna algo dourado nos lábios dela. Algo que poucas pessoas diriam sobre uma garota, porque não se espera que garotas causem problemas. Minha nuca fica arrepiada quando a sra. Harkiss franze a testa e diz:

— Na verdade...

Estamos avançando em direção a um engavetamento de seis carros na estrada dos papéis de gênero, sexualidades *queer*, gerações e expectativas, bem na Interestadual da Minha Vida. Se eu não consertar esta situação, ela vai desabrochar em um incêndio de seis carros.

Eu me inclino para fora do assento e aceno para chamar o garçom. Minha mão sacode sem jeito no pulso, e estou dolorosamente consciente do quanto devo parecer esquisito.

— Estamos prontos para pedir!

Ele se apressa até nós. Graças a Deus. Eu peço um prato com bife e um aperitivo de caranguejo porque preciso que todo mundo enfie algo na boca e pare de falar.

— O planejamento do Comitê do Homecoming está indo bem — digo, assumindo o comando da conversa com a história de hoje: os calouros reuniram caixas de mistura de bolo como parte da arrecadação de alimentos enlatados, Meehan me confiou um cartão de débito, minhas cinco ligações não respondidas para o fornecedor. — Além disso, também estou concorrendo a Rei do Homecoming. Tenho uma ótima chance de vencer. O garoto que venceu ano passado foi para Stanford.

Meu avô me olha. Eu me forço a retribuir o olhar, as sobrancelhas velhas e espetadas arqueadas e à espera. Por um momento, tenho medo de que ele vá rir de mim. Explicar ponto por ponto por que não sou bom o suficiente para uma faculdade de elite, todas as vezes em que fracassei, desde o atraso no quarto ano, passando pela minha desistência das aulas de violino fazendo birra no ensino fundamental, até as minhas notas terríveis do SAT. Ele foi o primeiro da família a estudar em uma faculdade, gabaritou todas as disciplinas em Princeton, construiu uma vida sendo o melhor do melhor. Eu quero chegar ao nível desse exemplo. Mostrar que sou bom o suficiente para carregar meu próprio peso e o de Jason também.

Mas, em vez de dizer algo, ele suspira e abaixa o olhar. Meu coração dá um pequeno solavanco, como se estivesse sendo amassado em um formato novo e menor. O quanto já perdemos se nem planos universitários conseguem agitar a conversa?

Só chegue ao Homecoming, digo a mim mesmo. *Você está indo tão bem. Prossiga até cruzar a linha de chegada e reivindique sua coroa*. As primeiras decisões começarão no inverno. Daqui a poucos meses, eu posso estar com a aceitação de uma Ivy League nas mãos.

Eu poderia fazer com que todo mundo voltasse a ficar feliz.

— Qual é o tema da sua turma? — pergunta a sra. Harkiss, e eu manobro a conversa de volta para o Homecoming. As decorações. As luzes. O modelo enorme de fênix que vou instalar na cantina. Encho o ar vazio com planos e sonhos, costurando uma imagem do que estou construindo, a celebração para acabar com todas as celebrações, comigo coroado e seguro no centro.

As entradas chegam. A sra. Harkiss e minha avó comem em vez de falar de filhos e filhas. Minha mãe pede uma segunda garrafa de vinho e meu avô diz que ela merece, por todo o trabalho duro. Eu descrevo como a loja que imprime as camisetas dos calouros mandou por acidente a primeira leva para um colégio na Califórnia. Mantemos os ânimos. Pelo menos, até a sobremesa.

— Bem — diz minha mãe, erguendo a taça. — Estou animada por celebrar com todo mundo esta noite. Esta é uma oportunidade incrível... para que eu possa guardar algum dinheiro para meu garoto, destinado à faculdade!

Não consigo interpretar o tom dela, a expressão paralisada demais, mas algo está fora do lugar. As palavras erradas, a sensação errada, para o momento. Ou talvez o que há de errado esteja dentro de mim. Cada pedacinho de mim que falhou com essas pessoas está me empurrando para não falhar de novo.

— Obrigado, mãe! — digo. Parece a resposta mais segura.

— É claro — diz ela, as bochechas coradas pelo rubor do vinho. — Estou orgulhosa de você, Jas...

Meus avós congelam. Assim como meu pai. A sra. Harkiss derruba o garfo cheio de tiramisu no chão.

— Lukas — diz minha mãe. — Sinto muito. Eu...

Eu não penso na dor, ou em nada mais que perdi. *Acalme a situação. Equilibre as coisas.* Ela quer o filho perfeito dela, e posso oferecer uma aproximação disso, pelo menos.

— Mãe! Sra. Harkiss! — digo, alto o suficiente para encher minha voz com uma animação falsa. Como se eu não a tivesse escutado. Como se os últimos dez segundos não tivessem acontecido e eu fosse apenas o seu filho útil e orgulhoso. — Vocês duas estão celebrando! Por que não ficam e bebem mais uma taça enquanto eu levo meus avós de carro para casa? Pai, você pode voltar para casa com o outro carro e eu paro aqui no caminho de volta para levar minha mãe e a sra. Harkiss! Serei o motorista da vez! — Normalmente, depois de uma noite fora, eles chamam um Uber, mas não tenho certeza de que minha mãe está com a cabeça desanuviada o suficiente para que isso funcione. É melhor ela saber que pode depender de mim.

— Isso não é necessário — começa a sra. Harkiss.

Minha mãe, que estava vermelha como um pimentão, a interrompe. Agarra-se na boia salva-vidas que eu joguei.

— Obrigada, Lukas. Seria ótimo.

A única coisa necessária agora é arrumar a situação. Quando jantarmos aqui de novo, estaremos celebrando minha aceitação em Harvard e tudo correrá bem.

Eu guio meus avós rapidamente em direção ao carro. Eles estão com tanta pressa de escapar quanto eu, posso sentir, mas, na longa viagem de volta para a casa deles em Alexandria, não fazemos nada além de concordar sobre como a carne estava boa. É fácil. Seguro. E não tenho mais o que dizer.

Quando perco as palavras, é por inteiro. Um fecho na língua. A conexão entre conhecimento e fala está exausta e prostrada, imóvel. Não consigo arrastar meu cérebro para fora do barranco, apenas me esconder por trás de um sorriso educado e acenar com a cabeça, esperando que o nó se desenlace. Odeio não conseguir falar. Sem palavras, sou a criança no ensino fundamental que todo mundo evitava no ônibus.

Eu costumava ser a única pessoa não verbal da minha família. Mas estivemos fugindo de coisas dolorosas demais para serem ditas em voz alta, mesmo antes da morte do Jason. *Minha mãe está guardando dinheiro para a faculdade. Pelo menos, ela acredita que coisas boas ainda podem acontecer conosco.*

Preciso daquela coroa agora mais do que nunca. Minha cabeça gira. Todo o resto some, essa única ideia me ancora. Vencer. Estabelecer contatos com ex-alunos. Entrar em uma boa universidade. Consertar minha família. Uma ideia que soa como o canto de uma sereia, um farol me atraindo em meio à tempestade. Eu duvido que os estudantes neurotípicos de Cresswell entenderiam a força da atração. Mas eles não enxergam os padrões que eu enxergo, eles não traçam o mapa de riscos como eu.

Eu sei que isso vai funcionar.

Só depois de deixar meus avós em casa e afundar na escuridão gloriosa e quieta do meu carro é que eu posso varrer meus pensamentos de volta para o porto seguro do colégio, do Homecoming e das mensagens à espera no meu celular.

Naomi Guo: Obrigada por perguntar se estou bem. Ficarei bem. Você pode retirar meu nome da votação para Rainha do Homecoming? Não quero concorrer sozinha.

Respondo a mensagem. Pelo menos na escrita as palavras saem fácil:

Lukas Rivers: Posso, mas ainda acho que você deveria concorrer. Você é incrível e merece.

Ela e Jeremy fazem um bom par, liderando o time de animação de torcida. Jeremy traz a energia e ela traz a disciplina e as habilidades de planejamento. Eu poderia ter mais disso na minha vida.

Naomi Guo: O que acontece se nós dois vencermos? E eu for coroada a sua rainha? Eu viro a sua namorada?

Naomi Guo: hahahaha

Lukas Rivers: Talvez? Não sei como funciona. Eu namorei a mesma pessoa durante anos. Sinto que há um monte de regras que eu pulei e não aprendi, tudo para estar com alguém que fugiu na primeira oportunidade.

Naomi Guo: É, que merda. Você é um ótimo amigo, Lukas. Sempre presente para todo mundo que precisa de você.

Naomi Guo: Ei, vamos jantar depois do jogo na sexta? Só nós dois. Seria legal passar um tempo juntos e conversar e talvez... descobrir quem somos um para o outro sem o Jeremy no meio?

Espremo os olhos para a tela, tentando ler o que há nas entrelinhas. *Acho* que Naomi acabou de me chamar para um encontro.

Lukas Rivers: Você acabou de me chamar para um encontro?

Naomi Guo: É, acho que sim. Se estiver tudo bem por você...

Naomi quer sair comigo. É um sentimento estranho e espinhoso, novo e exigente. E faz sentido, academicamente. Sou o melhor amigo do irmão dela e ela me conhece há anos.

Quem não teria um crush no Rei do Homecoming? De um ponto de vista acadêmico, faz sentido.

Mas eu quero ter um encontro com a Naomi? Jeremy e eu estivemos juntos por tanto tempo, nunca tive que pensar sobre o que eu quero em um relacionamento. Naomi é mais relaxada do que o Jeremy, mas isso não é difícil. Ela é atraente, com os longos cabelos castanho-escuros e o sorriso perfeito com gloss rosa. Ela sempre fez parte do meu círculo de amizades. Ela levou três frangos assados para minha família depois da morte do Jason. Eu gosto de estar perto dela, mas isso significa que devemos namorar? Lembrar-me do meu relacionamento com Jeremy faz eu querer gritar, chorar, socar o volante, mas me imaginar com Naomi faz eu me sentir vazio. Como abrir um presente no Natal e só encontrar um par de meias.

Preciso superar o Jeremy. O que tivemos nem foi real. Talvez eu não precise namorar alguém que faz meu coração dar polichinelos, ou talvez esse sentimento venha com o tempo. Naomi ficará feliz. Ben ficará feliz. Namorá-la trará alguma noção de ordem, do normal de volta para a minha vida, e agora eu preciso de estabilidade em vez de sentimentos.

Não tenho certeza de que esses são motivos bons o suficiente para dizer sim. Mas um pedaço do quebra-cabeça se encaixa e encontro um motivo que é.

Lukas Rivers: Parece ótimo. Vamos concorrer juntos, nós dois. Levaremos a coroa como um time... e veremos para onde as coisas vão a partir daí.

Não sei muito bem como me sinto em relação à Naomi. Mas posso endireitar meus sentimentos mais tarde. Isso faz sentido, para ela, para mim, para nós dois. Nenhuma garota do último ano tem chance alguma contra ela neste concurso. Não há jeito melhor de cimentar minha posição como Rei do Homecoming do que com uma Rainha ao meu lado.

Três corações vermelhos grandes aparecem como resposta.

Naomi Guo: Mal posso esperar!!!

Vai dar tudo certo, digo a mim mesmo na longa e silenciosa viagem de volta até o restaurante. *Deixo todo mundo feliz e todo mundo me ama de volta. É assim que eu venço.* Estou até mesmo, de um jeito esquisito, dando a Jeremy o que ele quer. Resistência. Se ele não queria que eu sorrisse ao pensar em derrotá-lo, ele não deveria ter partido meu coração.

Já estou o derrotando em seu próprio jogo. Entre Naomi e Sol, todo mundo ao redor de Jeremy agora está do meu lado. E se parte de mim disse sim a Naomi porque a popularidade dela vai me ajudar a ganhar, se alguma parte de mim encorajou intencionalmente Sol para se tornar amigue de um descontrolado... bem. Se ficarem irritados comigo porque eu os usei, posso lidar com as consequências mais tarde.

Eu sei que não é certo, mas preciso dessa vitória como preciso de comida e água.

CAPÍTULO OITO: JEREMY

Naomi não falou comigo durante o treino inteiro. Ninguém do time falou, nem mesmo Anna, a caloura baixinha e doce que havíamos promovido para o time só porque ela era pequena o suficiente para ser jogada para cima. Naomi pediu a Debbie para levá-la de carro até sua casa e se recusou a fazer contato visual comigo enquanto elas iam embora do treino juntas.

Durante o dia todo na terça-feira, senti os olhares me observando, me analisando, me julgando. Algumas pessoas no primeiro período me disseram que o que Philip fez foi horrível. Mas, no fim do dia, as marés da fofoca haviam se virado contra mim. Três pessoas diferentes — incluindo meu professor de Cálculo — me chamaram em um canto para dizer que eu estava errado ao pendurar a faixa sem a permissão da Naomi. Uma garota me chamou de babaca na minha cara. Eu mereço, é claro, mas não soube de ninguém que tivesse dito o mesmo para Philip. Ontem eu era "aquele cara trans", e agora sou aquele cara trans com um alvo nas costas.

E se eu fosse um cara cis? Tento imaginar quem eu poderia ter sido, mesmo que doa em cada pedacinho do meu corpo miúdo. Alto, forte e poderoso. Definitivamente, ainda gay, mas aquele tipo gostoso e bacana de gay que é uma estrela de *Queer Eye* e deixa as garotas lamentando sua indisponibilidade. Será que Philip ousaria mexer com alguém do seu próprio tamanho?

Não sei. Mas quando as aulas começaram, eu enfiei a mão debaixo da cama e pesquei a faca de caça que havia comprado quando Philip e eu ainda andávamos juntos. No primeiro ano, ela fazia eu me sentir perigoso, rebelde, parte do grupinho brabo do Philip. Agora ela repousa no fundo do meu armário. *Só caso eu precise*, digo a mim mesmo. *Philip é tão maior e tão mais forte que eu. Só caso eu precise.*

Comecei este ano — concorrendo a Rei do Homecoming — torcendo com todas as forças para que eu pudesse ter a experiência de último ano de que eu realmente precisava. Que eu pudesse capturar alguns momentos para mim mesmo, construir quatro anos de experiência como um garoto adolescente do ensino médio em um só. Um ano, uma coroa, definido por *garoto* e não por qualquer adjetivo que viesse antes.

Eu só queria ser normal. Mas Sol estava certe. *Normal* nunca havia sido uma opção para mim.

Eu preciso de apoio. Preciso de aliados. Para mais do que vencer a coroa.

A sala de reunião do GSA fica no porão embaixo da ala do teatro, em um cômodo ainda ocupado pela metade com as fantasias da produção de Cresswell de 2006 para *Cats*. Pelagens de plástico duras com anos de poeira em cabides. As faixas cor de arco-íris nas paredes rachadas de estuque não veem a luz do sol desde antes de eu nascer. A sra. Daniels, patrocinadora do clube, está dormindo no canto, com a cabeça apoiada em uma pilha de relatórios sem nota sobre *A Letra Escarlate*.

— Oi, Jeremy! — Sol se anima quando entro. Elu pintou o cabelo de vermelho-vívido e trocou as usuais camisetas por um vestido preto que ia até os joelhos, com anáguas fofas. — Gente, se liga só. Consegui um novo membro para nós! E um popular!

— Ai, meu Deus. — Anna se endireita no assento em um instante, quase derrubando uma chaleira cenográfica de *A Bela e a Fera* da mesa. — Jeremy?

Fico boquiaberto.

—Você é gay? Mas você é líder de torcida!

—Você *também* é líder de torcida — aponta Hannah Kim. Eu a conheço de várias aulas. Ela é a presidente do GSA, fotógrafa do anuário, lésbica-chefe no campus e irmã mais velha de Anna. Uma coleção de presilhas cor de arco-íris enchem seus cabelos pretos e bagunçados.

— Sou um garoto líder de torcida — aponto. — Portanto, gay.

— E trans — insere Sol. — Obviamente.

Jura. Até mesmo aqui esse detalhe está anexado ao meu nome, invalidando tudo ao meu redor. Ser gay faz eu me sentir confortável, natural. Mas ser trans faz eu me sentir incomodado em alguma parte, pelo menos neste momento. *O que é tão óbvio sobre mim?* Meu pediatra diz que transicionar é uma jornada que preciso fazer com um passo de cada vez, mas não quero subir no trem dos garotos. Quero sentir que já cheguei ao destino.

— Será que você poderia... não esfregar na minha cara? — digo. Minha identidade parece um machado pendurado sobre meu pescoço.

— Desculpa — diz Sol, e posso ver que elu realmente é sincere. — Eu só gosto de ter mais alguém por perto para falar de coisas trans. Além de você, só tenho Kaytie e Quince. — Eu nunca vi Sol tão relaxade quanto agora nesta sala, rodeade por outras pessoas *queer*. E, como se elu tivesse me dado um bilhete de permissão, sinto meus próprios nervos começarem a se descontrair.

Não faço ideia de quem são Kaytie e Quince. Pensei que eu e Sol fôssemos os únicos. E eu só soube que Sol é trans por causa da longa palestra que elu deu a Naomi e a mim no ano passado quando ela disse a elu: "Há um espaço no time de animação de torcida para todas as garotas de Cresswell!". Ainda assim, Meehan não está permitindo o acesso aos banheiros e vestiários corretos a nenhum outro estudante de Cresswell, a não ser a mim. Os professores não ouviram pedidos para respeitar o gênero de mais ninguém além do meu. Porque minha mãe foi até a administração e fez *pressão*. Nem todo pai ou mãe faz isso. Não é justo que jovens trans precisem encarar as próprias famílias antes de conseguir o cuidado que merecem.

— Por que não estão aqui? — pergunto, olhando ao redor, e reconheço vagamente os outros rostos na sala. Sinto uma pontada de preocupação com os estudantes pelos quais eu posso ter passado uma dúzia de vezes nos corredores, mas nunca conheci.

Sol dá de ombros.

— Quer dizer, eles não costumam vir às reuniões com frequência por causa dos pais, que são um saco. Mas eles são os trans calouros e estão, tipo, irritantemente apaixonados.

— Deveríamos usar trans como substantivo? Não é errado? — digo. — Tipo aqueles republicanos que gritam "os transgênero estão corrompendo seus filhos". — Há algo de engraçado no modo como falam isso. Como se o próprio gênero pudesse se erguer e dar uma porrada na cabeça de alguém até virá-la do avesso. O que não está tão longe da verdade.

— As pessoas cis não devem falar. Connor não pode.

Connor West está sentado no canto mais distante da sala. Ele é alto e magro, olhos castanho-claros, um sorriso tímido e cis. Ele está olhando para si mesmo na janela, o imbecil. Provavelmente admirando o quanto ele é bonito. Eu me pergunto como seria namorar com ele e me sinto tonto de esperança. *Namorar de verdade um cara gay de verdade.* Eu me sentiria tão verdadeiro nos braços dele. O rótulo de trans não me queimaria. Meu corpo não coçaria nem doeria tanto se eu soubesse que mais alguém o deseja.

Seria uma prova incontestável de que alguém me viu tão profundamente como um cara que ignorou como cheguei até ali.

— Não se preocupe — diz Connor. — Não penso sobre coisas trans o suficiente para ser uma questão.

Ai. É uma cotovelada no coração do meu crush nele.

— Connor — diz Hannah, e sua voz paciente de costume está áspera de irritação. — Você não pode falar essas coisas... Quer dizer, eu sei que conversamos...

—Tudo bem — digo, e respiro fundo. Se ele não sabe nada sobre coisas trans, eu posso ensiná-lo. Ele pode me ensinar sobre uns assuntos gays secretos. Podemos encontrar uma base em comum assim que todo mundo neste clube me venerar.

Porque é isso que precisa acontecer. Eu vou ativar o meu deslumbrante charme de líder de torcida e angariá-los para o meu lado. Temos pouco mais de duas semanas até o Homecoming. Não é tempo o suficiente para fazer amigos próximos, mas também não é tempo o suficiente para que eu inevitavelmente os decepcione e os afaste. *Espero*. Só porque Naomi não está ao meu lado, isso não significa que vou desistir.

Quando eu for coroado Rei do Homecoming, será dessa parte de mim que Cresswell vai se lembrar. Eu coroado. Eu como um homem, todos os adjetivos e história deixados de lado.

— E vocês? — pergunto às irmãs. —Vocês são cis?

— Que rude! — diz Anna. —Você não pode simplesmente perguntar se as pessoas são cis.

— Gênero é algo pessoal — continua Hannah. — Apresentação e pronomes são públicos. Pensamos que somos cis, mas não temos certeza. Ainda estamos explorando.

Se gênero é pessoal, então por que o meu parece tão visível quanto as entranhas de um inseto no para-brisa de um caminhão?

— Pensei que fosse a única pessoa trans no colégio!

—Você é o único fazendo a transição médica — diz Sol. — Isso faz de você o mais visível. E o mais sortudo. Os pais de Quince ameaçaram tirá-lo do colégio se ele não parar de pedir bloqueadores de puberdade. Ele só tem 14 anos e está petrificado porque, se não conseguir o tratamento, ficará preso para sempre com o esqueleto errado.

A disforia se esgueira em mim, tensionando-me como uma coceira inalcançável nas costas, um lugar a que não tenho acesso para poder me acalmar. Uma vermelhidão, algo de errado. Eu. Sempre baixo demais, mãos atarracadas demais, nunca gracioso e bonito como Connor ou Lukas. Minha mãe prometeu que eu posso fazer a mastectomia masculinizadora antes de ir para a faculdade, então pelo menos posso consertar o peito. Mas me olhar no espelho e ainda não enxergar o Jeremy — apenas aquela versão feia da garota que eu era, os cabelos curtos e a falta de maquiagem — faz com que meu estômago afunde e meus ouvidos gritem com toda a dor e o vazio.

Então, eu faço o que posso. Exprimo uma fachada de durão e me faço de ambicioso para me livrar dos meus sentimentos.

— O clube está planejando alguma coisa para o Homecoming?

Tipo apoiar um candidato na votação da Corte? Preciso que esse trem volte aos trilhos. E seja impulsionado na direção para a qual quero ir.

—Talvez — diz Hannah. — Nossa estrutura de liderança central é só uma formalidade para a administração do colégio. Decisões são tomadas por votação, depois de uma discussão colaborativa, e eu faço as anotações. Se quisermos fazer algo para o Homecoming, vamos decidir juntos.

— Mas nunca fizemos isso antes — diz Connor. — As pessoas gritaram com a gente quando colamos cartazes sobre o grupo. Não gostamos de ficar visíveis demais. Nosso objetivo é tomar conta uns dos outros até a graduação.

Que coisa decepcionante de se ouvir do meu novo crush. *Fugir. Esconder-se.* Como a sociedade espera.

— O modo mais seguro de ser *queer* é se esconder no porão? Esse é o século 21.

Sol dá de ombros.

— O preconceito não tem uma data de validade.

Jesus, isso é deprimente. E nem um pouco como eu quero que minha vida se desenrole.

— E se eu disser que podemos mudar tudo? — digo, pegando um cachecol de seda rosa de uma caixa de fantasias e o jogando em um gesto dramático sobre o ombro. — Cresswell finge ser toda progressista e o caralho, mas vocês ainda agem com medo.

Mais pessoas dando de ombros e assentindo. Como se tivessem aceitado o *status quo*. Sol faz uma careta, seus olhos arregalados por trás da maquiagem pesada. *Uma dúzia de jovens queer em Cresswell, com medo de se assumirem. Centenas de milhares silenciados ao redor do mundo.*

Agora sei porque Sol sente tanto entusiasmo para me reivindicar como trans. Elu está cansade de se sentir sozinhe. De resistir sozinhe contra a hierarquia homofóbica do colégio. A misteriosa persona delu, de uma divindade da computação, é uma fachada montada por ume jovem solitárie que quer se proteger.

Eu entendo querer se proteger. É por isso que tenho toda a minha raiva, para o bem ou para o mal.

— Jeremy — diz Hannah gentilmente. — Esse é o nosso lugar. Não é muito, mas é seguro. Se fizermos barulho, pessoas como Philip tentam nos calar.

— Então damos uma surra nele — digo. O GSA se retrai e não consigo não pensar na faca que escondi no meu armário. *Eu não quero machucar ninguém de verdade.* — Quer dizer, metaforicamente. Com boas energias homossexuais. Conheço a hierarquia de Cresswell. Posso fazer as coisas acontecerem dentro dela. Se trabalharmos juntos, podemos alcançar algo espetacular até o Homecoming. Podemos mostrar a este colégio que estamos aqui, somos *queer*, e temos o controle da porra toda.

— Fazendo o quê? — diz Sol. Um tom de ceticismo se esgueira de volta para a voz delu. — Ajudando você a se tornar Rei do Homecoming?

— Eu e você deveríamos concorrer juntos. Assim *todes* nós podemos colocar alguém *queer* na Corte do Homecoming. — Dirijo meu melhor e mais deslumbrante sorriso para ele. — Cresswell não deveria nos tolerar. Foda-se a tolerância. Eles deveriam ser forçados a nos celebrar enquanto brilhamos na frente deles. — Os olhos de Connor se acendem. As irmãs se inclinam para a frente. — Quanta merda as pessoas *queer* tiveram que aguentar só para serem *toleradas*? Quando eu me assumi para minha mãe... Tudo o que fiz foi contar a verdade a ela, e ela me olhou como se eu tivesse acabado de matar a filha dela.

A culpa havia me atingido como um caminhão. Eu era um garoto, mas ela sempre me viu como uma boa menina. Matar boas meninas não era encorajado ou permitido. Minha mãe havia se desculpado pelo modo como reagiu depois que eu desabei e finalmente confessei como a reação dela quase me partiu ao meio, mas ainda temo que um dia ela ainda diga que queria que eu nunca tivesse transicionado.

Porque o mundo valoriza nossas mentiras sobre nossas verdades, nosso silêncio sobre nossas vozes, nossas mortes sobre nossas vidas.

— Espera-se que a nossa história seja sobre o sofrimento — digo ao GSA. — Proponho que brilhemos.

Sol abre um sorriso, pegando uma coroa de plástico da lata etiquetada com "Macbeth" e a colocando sobre seus cachos.

— Podem me chamar de primeiro Monarca Não Binárie do Homecoming.

Está decidido. Eu os tenho ao meu lado.

Eu esperava que este ano fosse diferente, mas de um jeito familiar. Havia acreditado que poderia deslizar de volta para minha posição confortável no topo da hierarquia de Cresswell. Um pino de formato diferente. *Ainda nem tenho um novo formato. Meu quadril e minha bunda continuam grandes para caralho.* Mas minha transição havia deflagrado uma cascata de mudanças, e não sei aonde isso vai me levar, ou Cresswell.

Tudo que sei com certeza é que as mudanças ainda não terminaram.

Quando o sinal toca no fim do dia, nossos planos estão estabelecidos. Anna e eu caminhamos juntos até o treino de animação de torcida. Ela me pede para não dizer ao resto do time que ela é *queer*, e prometo. É a coisa certa a ser feita e, de qualquer maneira, ninguém mais do time está falando comigo.

Praticamos nossos passos e rotinas. Assumo meu lugar no fim da fila e deixo o som dos passos dos colegas de time aumentarem ao meu redor, combinando com o ritmo e o fluxo dos meus passos. Meu corpo sabe disso, se movendo como uma unidade, uma linha inquebrável. Estamos em sincronia, passos e palmas e palavras se misturando. Posso fingir ser parte de algo em que não tenho um corpo, onde me encaixo como parte de um todo maior e sem gênero.

Mas quando a treinadora desliga a música, as garotas fluem de volta juntas, um nó de elastano colorido e rabos de cavalo saltitantes. Estou em pé do lado de fora. Anna me dirige um olhar minúsculo de pena antes de se unir a elas. Nem Debbie nem Naomi olham na minha direção. É claro que Debbie ficaria do lado de Naomi. Nunca fomos próximos e, desde que transicionei, até mesmo a civilidade que ela normalmente ofereceria a um colega do time evaporou. Além disso, claramente sou a pessoa errada na situação.

Eu aprumo meus ombros e marcho através do campo até o bebedouro rodeado por Ben e os amigos dele. Jogadores de futebol com seus equipamentos estão amontoados, pressionando os lábios em uma bica desgastada e carcomida. Pelo menos, Ben está bebendo de uma garrafa de água separada. A última coisa de que nosso time de 0-3 precisa nesta temporada é mononucleose.

— Oi, VP. Consegui ume programadore para o projeto do Grêmio Estudantil. Devemos começar logo.

— Parece bom — diz Ben. — Amanhã no almoço? Concordo.

—Vadia — murmura Philip quando passa por mim. Os dedos dele roçam no colarinho da minha camiseta, engancham na alça do top esportivo e a estala.

— Está tentando praticar suas palavras do SAT? — Interrogo, recusando-me a reconhecer a ardência. — Acho que essa não é uma delas.

— Sempre com as piadinhas. — Ele sorri, presunçoso como uma miss que passou a faixa adiante. — Se você fosse um homem de verdade, brigaria comigo.

—Vai em frente — diz Ben ao Philip, estalando os dedos das mãos. Eu pulo sobre o banco, por trás dele. Só porque não posso ter os ombros largos dele, não significa que não posso usá-los para ficar entre o perigo e eu. — Estava dizendo o que mesmo ao Jeremy?

— É só que... — Philip pausa. Dá outra olhada nos punhos de Ben. — Eu resolveria isso como se fazia antigamente, pela honra à bandeira e tudo o mais, mas não vou bater em... um cara baixinho.

— Como disseram no *Titanic* — interrompo, seguro atrás de Ben —, primeiro as crianças e os caras baixinhos. Ainda podemos resolver isso, Philip. — Do meu lugar no banco, eu me sento nos ombros de Ben. Ele cambaleia para a frente, mas não cai, segurando minhas pernas com firmeza. Pelo menos uma vez na vida, estou grato por vestir calças de moletom masculinas feias em vez de saias curtas femininas.

— Briga! Briga! Briga! — Max e alguns dos jogadores mais novos se desgrudam do cooler, gritando e chiando. — Briga de galo! Briga de galo! — Um deles me oferece um balde cheio pela metade e eu o levanto sobre a cabeça enquanto Ben cambaleia na direção de Philip.

—Você não faria isso. — Philip levanta as mãos, bufando mal-humorado. — Pelo amor de Deus, somos todos veteranos. Parem de agir como moleques!

Atrás de nós, um dos jogadores mais novos grita "Briga de água!" arremessando o conteúdo de uma garrafa de água em outro garoto. A água espirra e aquele jogador pega uma toalha, mergulha no balde de gelo e persegue o garoto com a garrafa. Um garoto no banco solta um grito quando fica encharcado dos dois lados. Mais dois correm até um barracão e desenrolam uma mangueira. Risadas, gritos e espirros se espalham pelo campo. É isso que significa me sentir um dos caras?

— Está com medo de me enfrentar de igual para igual? — pergunto, rindo de Philip. Ben avança e Philip dá um passo apressado para trás. Levanto o balde para derramar o conteúdo sobre a cabeça dele, mas o peso da água me impulsiona para a frente. Os pés de Ben perdem o equilíbrio e meu estômago dá um solavanco quando caímos. Eu jogo o balde no Philip e capturo um vislumbre do rosto chocado dele antes de me estabacar com um *aai*.

—Tira seu joelho do meu sovaco — resmunga Ben, atordoado e se virando.

—Tira a cara da minha virilha — digo, me desenlaçando. Ainda bem que ele estava de capacete e proteção... e eu tinha o meu treinamento indômito de animação de torcida. Os outros jogadores riem, de bom humor, participando da piada enquanto levantamos. Definitivamente vale o roxo que terei no cóccix amanhã.

— Essa merda tá congelando — queixa-se Philip, tremendo de modo exagerado. Reviro os olhos. A maior parte da água caiu em mim e nem estou com frio.

— Não sou eu que deveria ser o dramático? — digo. — Siga seu próprio conselho. Aguenta que nem homem.

O rosto dele fica vermelho onde a água escorre pelas bochechas. Seus punhos se fecham. Em reflexo, dou um passo para trás. O tremor percorrendo minha espinha não é da água me encharcando.

Eu havia me esquecido de que Philip, assim como eu, não suporta que outras pessoas façam piada de sua masculinidade.

— Quer se vingar? — diz Max a Philip, apontando com o polegar sobre os ombros. — Vamos lá. Podemos aguentar. Vamos pegar a mangueira. Segunda rodada. — Acho que Max está tentando distraí-lo, retirar Philip de sua marcha furiosa na minha direção. Mas ele dispensa Max.

— Continua assim, Jeremy — diz Philip. — A gente sabe como você trata seus amigos. Cedo ou tarde você não terá mais ninguém para se esconder por trás, e então veremos quem vai aguentar que nem um homem de verdade.

Eu estremeço, e não só por causa da água gelada empapando meus shorts e meias. *Ele só está zoando comigo*, digo a mim mesmo. Mas Philip me conhece, do jeito que só um antigo amigo conhece. Todas as minhas falhas e fracassos, armazenados em sua cabeça.

Trinta minutos depois, o treinador de futebol apitou, terminando o treino. Lukas corre para a área lateral onde o treino de animação de torcida havia terminado momentos antes. Seus cabelos pretos deslizam livres quando ele retira o capacete, molhado com suor e o ar úmido de Maryland. A urgência de ser tocado, tingida pela testosterona, surge dentro de mim, mas é mais do que a minha libido aos gritos. Eu quero que Lukas fale comigo naquele idioma secreto que inventamos quando crianças, quero que ele construa castelos de almofadas para nos aconchegarmos lá dentro e assistirmos filmes de terror. Quero que os olhos dele se iluminem com maravilhamento quando eu saltar de pontes para mergulhar em rios e subir em árvores para resgatar gatos. Aquele olhar dele sempre fez eu me sentir visto.

Tão visto que eu me perguntei se os olhos dele enxergaram o que trabalhei tão duro para esconder. Tão visto que uma ou duas vezes eu fantasiei que era o Jeremy, o garoto, que ele amava, em vez da garota que eu fingia e, por fim, falhei em ser.

Eu me lembro da sensação do cabelo dele na minha bochecha; o sorriso em seus olhos é familiar também. Eu amava aquele sorriso, senti falta daquele sorriso — e meu instante rebelde de alegria se esvai quando Lukas e aquele sorriso passam por mim para abraçar Naomi.

Por um momento, eu não entendo. Não quero entender. Mas então Naomi o beija na bochecha, e meu mundo se ilumina com fogo.

Ele é hétero. Muito, muito hétero. Ele não é mais meu.

Aquela esperança esvoaça e morre quando as mãos grandes e gentis dele acariciam os cachos de Naomi. Ele gosta de garotas. Garotas bonitas. Bem como ele tentou me dizer quando eu tentei sair do armário. *Você sempre será minha garota.* Mas não sou. E nunca fui, não como Naomi pode ser. Agora sou eu que estou perdendo para ela, com minhas entranhas arrancadas e meu coração murcho batendo em ritmo de *por quê?* Dói, como uma pedra no sapato desnudando uma verdade empolada: eu posso ter feito Naomi se sentir mal assim toda vez que a venci, e eu não me importava, até que ela finalmente venceu. Como fui egoísta. Que péssimo amigo eu tenho sido.

Talvez eu esteja fadado a terminar sem ninguém.

A ser perseguido pelos Philips do mundo.

O ódio a mim mesmo e o desespero borbulham, se tornando algo cáustico por dentro.

— Parabéns — digo, batendo palmas lentamente. — Pelo novo relacionamento. Não se esqueça de comprar camisinhas novas, Lukas. Aquelas com sabor que eu te dei já devem ter passado da validade.

— Ai, meu Deus — diz Naomi, desenlaçando-se dos braços dele. — Sério, Jeremy? Você tem 12 anos?

— Espero que alguém de 12 anos não saiba onde comprar camisinhas com sabor. — A amargura é intensa na minha língua, erguendo-se em mim como uma fumaça venenosa para se unir ao ar pantanoso. — Sério, Naomi? Lukas? Somos melhores amigos. Ele deveria ser intocável. Ontem eu disse que sentia muito. Você está fazendo isso só para me irritar? Porque está funcionando.

— Jesus — ela ri, e há fumaça na garganta dela também. — Nem tudo é sobre você, Jeremy. *Eu* não penso só em você. Se você quer que o código de melhor amigo seja válido, deve começar a agir como um. Enquanto isso, Lukas tem permissão para sair com quem ele quiser. Você me disse que vocês dois estavam cem por cento terminados.

— Ignore ele, Naomi — diz Lukas, a voz fria e sem emoção. Um sinal de que não sou digno do esforço que ele faz para sinalizar emoções. — Da mesma forma que ele te ignorou esse verão quando você precisou dele.

— Eu estava lidando com meus próprios problemas — grito. — Não fale de mim como se eu não estivesse aqui.

Nossa, eu odeio isso. Faz com que me sinta pequeno demais, feminino demais, jovem demais para ser importante.

— Você quer que eu fale com você? — pergunta Lukas, dando um passo na minha direção. As chuteiras dele cortam a grama do campo. — Beleza. Vou dizer na sua cara: você tem tratado todo mundo que se importa contigo como lixo. Sua melhor amiga. Eu. Você não só me largou, Jeremy. Você me jogou fora como se eu não fosse nada no pior dia da minha vida, e nem me disse o porquê. — As narinas dele se abrem. Ele enfia as mãos com força nos bolsos. É o mais próximo que ele já chegou de gritar comigo, e faz com que eu sinta a nuca quente.

Eu não havia percebido que ele não sabia por que eu terminei com ele.

Todos nós havíamos nos reunido na lanchonete naquela tarde. Juntos, havíamos roubado Lukas para longe da casa de sua família, abarrotada de parentes mais velhos e de um luto tão espesso quanto os perfumes destoantes. Lukas estava se movimentando no automático — oferecendo comida para a avó, pedindo desculpas pela ausência do pai, afastando a mãe do vinho e a segurando quando ela desabava em intervalos aleatórios na frente dos convidados. Ao longo de uma noite, o peso do mundo havia caído nos ombros dele, e ele mal conseguia parar de levantá-lo por um tempo suficiente para respirar. Ninguém conseguia interpretá-lo como eu, mas todos os nossos amigos sentiram mesmo assim que isso era o Lukas se quebrando.

Eu me sentei ao lado dele, tentando projetar uma força calma e silenciosa, ser uma âncora na tempestade. Mas tudo em que eu conseguia pensar, mesmo enquanto estranhos apertavam minhas mãos e me elogiavam por ser *uma namorada tão boa*, era como eu sentia que queria me desgarrar da minha pele. Uma semana havia se passado desde que me assumira trans para minha mãe, desde que ela havia me dito que eu *sempre seria a filha dela*. Eu havia tentado explicar tantas vezes. Ainda assim, quando disse a ela que não sabia qual era a roupa certa para vestir no funeral do Jason — eu já havia ido ao velório dos meus avós, mas nunca no de alguém da minha idade — ela me disse para usar um vestido preto com saltos combinando.

— Esse é um dia sobre Lukas e a família dele — disse ela. — Não sobre os seus problemas.

Eu usei o vestido. Mas, mesmo sabendo que aquele dia não era sobre mim, nada podia afugentar a tempestade vermelha e rodopiante de disforia estourando nas minhas têmporas. Foi Ben que finalmente sugeriu que o tirássemos de lá. Quando o pai de Lukas desceu as escadas, os olhos avermelhados e impossíveis de encarar, ele começou a guiar as pessoas para fora, e entendemos isso como a nossa deixa. Eu segurei a mão de Lukas e o puxei para fora da casa.

Nós nos sentamos à mesa comprida onde a lanchonete servia grupos grandes, entre a vitrine cromada de sobremesas e a imitação de uma jukebox dos anos 1950. A iluminação neon em tom rosado refletia estranhamento no preto que vestíamos. Naomi e Debbie sussurravam baixinho. Ben, Max e um punhado de outros jogadores de futebol se remexiam desconfortáveis em seus ternos mal ajustados. Eu havia pedido batatas fritas e um *milkshake* de morango, mas não conseguia me convencer a comer, então fiquei apenas molhando a batata na espuma do sorvete. Ben estendeu a mão para dar um tapinha nas costas de Lukas, então me lançou um olhar estranho.

Percebi que eu não havia falado desde que nos sentáramos. *O dia de hoje é sobre Lukas*, eu me lembrei.

— Como está se sentindo? — murmurei ao Lukas. Ele estava superquieto desde que havia recebido a notícia sobre Jason.

— É uma merda, é. — Lukas mordeu a bochecha, as palavras emboladas. — Eu nem sei o que dizer. O que fazer. — Ele suspirou. — Só estou feliz que você está aqui comigo. Você é a única coisa na minha vida que não muda.

Isso doeu. E eu sabia que aquele não era o lugar, nem a hora para essa conversa, mas minhas palavras se precipitaram mesmo assim. O peso de ser uma boa namorada parecia impossível de sustentar, e eu queria saber se poderia ser outra coisa para ele.

— E se eu mudar? — sussurrei de volta. — Eu sei quem todo mundo quer que eu seja, e tenho tentado ser essa pessoa a vida inteira, mas e se ela não for eu? E se o meu eu verdadeiro for tão diferente do que todo mundo conhece que você vai odiá-lo... o meu eu verdadeiro.

— Isso é impossível — disse ele, arrumando uma mecha de cabelo atrás da minha orelha. Naquela época, meu cabelo era comprido. — Eu te amo, não importa o que aconteça. Você sempre será minha garota.

E, sem saber, ele partiu meu coração em dois.

Você sempre será minha garota. Parecia tanto com a fala da minha mãe de que eu *sempre seria a filha dela.*

Naquele momento eu precisava de algo dele que fosse mais do que o amor entre namorados. Precisava de algo maior. Algo para o meu eu verdadeiro. Eu precisava que ele me amasse mais do que o meu corpo, mais do que os babacas fofoqueiros diriam.

Mas eu não podia acreditar que ele me amava tanto assim. Nosso relacionamento havia crescido a partir de um plano infantil para sobreviver ao ensino médio juntos, e eu estava tacando fogo naquele livro de regras. Começando do zero. Lukas existia profundamente na ordem e na consistência. Eu não podia ter expectativas de que ele acenderia o fósforo comigo. Então, acendi o fogo e o afastei da explosão.

— Me deixa sair — eu disse. A cadeira de Lukas estava bloqueando meu caminho, os ombros largos dele entre a porta e eu. — Se mexe.

Do outro lado de Lukas, Ben ergueu a cabeça. Max se inclinou sobre as batatas fritas, bisbilhotando para enxergar melhor.

Lukas franziu o rosto.

—Você está bem? — perguntou ele. Mas, em vez de sair do caminho, ele se aproximou. Estendendo a mão para segurar a minha.

—Você tem que me deixar sair — disse, minha voz ficando aguda, odiosa e alta. — *Sai*, Lukas! — Quando ele não fez isso, empurrei minha cadeira para trás, as pernas arranhando o piso de linóleo, cambaleando para a mesa atrás de nós.

— Uou — disse Lukas, finalmente se levantando. — Eu fiz alguma coisa de errado? — ele falou baixo e calmamente, como se estivesse tentando me apaziguar. —Você está se sentindo mal? Quer que eu te leve para casa?

— Posso te dar uma carona — ofereceu Naomi, erguendo os olhos castanhos com uma expressão preocupada. — Se o Lukas quiser ficar.

— Ou um absorvente — acrescentou Debbie. — Está parecendo que você precisa de um.

— Por favor. — Lukas se aproximou de mim e, de repente, a gentileza dele pareceu o rugido de uma fornalha capaz de chamuscar os ossos.

— Não posso mais continuar com isso, Lukas — eu disse, e andei para desviar dele.

— Espera. — E ele disse aquele nome. O nome do qual eu queria me livrar mais do que tudo.

Fui atingido como que por um choque elétrico. Antes que eu percebesse, minha mão virou um borrão. Um espirro. Um barulho. O rosa resplandeceu nas costas do terno de Lukas, escorrendo até o chão. A cor das rosas que ele sempre me dava no Dia dos Namorados. A cor da boca dele quando ele a abriu, desacreditado.

— Eu quero terminar — disse. — Nós dois: *acabou*. — Acho que Lukas disse *o quê?* e então *okay*. Eu me lembro dos lábios dele se mexendo, mas não falei mais nada. Tudo ficou enevoado. Minha viagem de carro de volta para casa naquela noite é só um espaço em branco na minha cabeça.

Eu não havia planejado terminar com ele. Mas o pânico e a escuridão haviam me preenchido e transbordado de mim. Não importava que eu conhecesse Lukas até o fundo da alma, que eu soubesse que ele me amava de um jeito que era profundo, puro e real. Não nos encaixávamos. Não dava. *Se eu tivesse perguntado ao Lukas se ele preferia o meu eu garota ou o meu eu verdadeiro naquele dia, ele teria escolhido o meu eu garota. Todo mundo teria escolhido ela. Minha mãe teria escolhido ela. Ninguém me queria, e isso estava me destruindo.*

Então eu me permiti me abrir e ser refeito. Eu havia arremessado meu *milkshake*, gritado na cara dele e acabado a relação. Mas não porque eu não o amava.

Eu terminei porque sabia que, do contrário, ele terminaria *comigo*. E eu já estava em crise.

Naquela noite, eu fui até minha mãe e contei a ela o quanto eu me sentia próximo de explodir, como se a beira de um abismo estivesse à espreita. Foi assim que a fiz entender. Como fui capaz de estabelecer um novo começo, do qual eu sabia que o Lukas não gostaria de ser parte. *Seu garoto cis e hétero estúpido, irritante e maravilhoso. Você nem sabe que um dia já teve o poder de me quebrar.*

Eu espatifei o coração dele para abrir espaço para o que eu queria. Sou eu que mereço ser tratado como lixo agora. O meu eu verdadeiro me enoja, assim como o vislumbre do meu próprio reflexo suave e inacabado no espelho me enoja. Ele nunca vai gostar da pessoa que sou de verdade, nem mesmo como amigo. Fiz com que fosse impossível. Mas dizer qualquer uma dessas coisas poderia me destruir.

— Eu não devo explicações a vocês — digo ao Lukas. A espinha dele se endireita. Os braços dele se apertam ao redor do ombro de Naomi. — Não devo nada a você. Não sou sua namorada e nunca fui.

O ar entre nós fica mais tenso e frio. Arrepios pinicam minhas maçãs do rosto. Naomi morde o lábio e desvia o olhar, desconfortável. Como se fosse ela a esquisita em vez de mim.

— Namoramos durante três anos — diz Lukas, baixinho. — Aquele relacionamento inteiro não significou nada para você?

Três anos me forçando a ser algo que eu não era. Eu quero arrancar do tempo e do espaço cada traço da garota que fui. Dos meus próprios ossos. E Lukas foi parte dela de um jeito que ele nunca será parte de mim. Então por que ele não pode largar disso e deixar o passado morrer?

— Significou, sim — eu digo e tensiono a mandíbula, porque eu quero bater a porta para acabar com a conversa para sempre. Porque minha garganta está se fechando, meus olhos estão se enchendo de água, e eu me recuso a parecer fraco na frente dele. — Mas a verdade dura é a seguinte. Não significou o suficiente.

CAPÍTULO NOVE: LUKAS

— Só falta pouco mais de duas semanas antes do baile — digo ao Comitê do Homecoming durante nossa reunião de quarta-feira. Duas semanas, dois dias, três horas e catorze minutos, para ser exato, mas vou parecer esquisito se eles descobrirem que mantenho um temporizador. — Precisamos comprar novas coroas para a Corte do Homecoming.

—Vou até Party City neste fim de semana — diz Debbie, perto do meu cotovelo.

Estamos nos reunindo na sala da orquestra, mas apareceu o dobro de estudantes do que eu havia previsto, e estamos apertados entre os armários de violinos e a pilha enorme de xilofones.

— A não ser que você literalmente queira que eu compre uma coroa de ouro de verdade para você.

Eu rio e imagino brevemente o quanto custaria uma coroa de ouro.

— Não é o material que importa. É o que ela representa. Você sabe. Eu. Vencendo.

— E se o Jeremy vencer? — diz um calouro. Meus dedos se apertam ao redor do celular quando mencionam o nome dele. — Nós finalizamos as candidaturas. Ele e Sol Reyes-Garcia estão concorrendo. Deveríamos arranjar algumas coroas extras da seção infantil? São duas pessoas bem baixinhas.

— Ninguém vai votar de verdade em Jeremy ou Sol — digo, me esforçando para manter a respiração calma e co- medida. — Não precisamos nos preocupar. — Claro, alguns calouros no chat em grupo do Decatlo Acadêmico estavam falando sobre votar em Sol em vez de mim, mas isso só podia ser uma piada. E ninguém poderia querer mesmo o Jeremy no palco, com tudo o que ele tem aprontado.

Você não significou o suficiente. É assim que ele me vê. Tudo o que compartilhamos significa menos que uma coroa de plás- tico para ele.

Vou mostrar a ele. Ele vai acabar sem coroa, sem amigos, e sem mim. E, por mais que eu duvide que ele se arrependerá de algo — porque ele não estaria acendendo esses incêndios se não gostasse de assisti-los queimar —, destruir as defesas dele e fazê- -lo se sentir mesmo que só um pouquinho envergonhado valerá a pena. Eu preciso saber que posso fazê-lo reagir a mim. Que eu posso atravessar aquele sarcasmo amargurado e desagradável e extrair algo verdadeiro. Machucá-lo como ele me machucou.

— Jeremy pode receber alguns votos — diz um aluno novato que se esquiva do meu olhar cortante. — Algumas pes- soas na minha turma ficaram muito impressionadas quando ele subiu no mastro. Quer dizer, não eu, Lukas. Vou votar em você. Mas algumas pessoas.

— Não foi legal ele ter pendurado a faixa de Naomi sem pedir a ela antes — diz uma garota vestindo um suéter da animação de Cresswell. — Mas o que Philip fez foi terrível. Eu me sinto tão mal pelo Jeremy, ser atacado dessa maneira.

Alguns dos amigos dela concordaram juntos, uma pequena aglomeração enfiada perigosamente debaixo das prateleiras de fagotes. Votos de pena. Mas votos, mesmo assim. Um terço do meu Comitê do Homecoming, com espaço para crescer. *Jeremy é um perigo para mim. Philip é uma ameaça para todo mundo.* Depois que Sarika Patel recusou o pedido de encontro do Philip, *alguém* enviou um bilhete anônimo para a administração dizendo que ela tinha uma bomba no armário, e fez o colégio chamar a polícia para investigar. Por mais que eu esteja com raiva do meu ex, ele não merece ser o novo alvo de Philip.

Puxo a conversa de volta para os meus objetivos. Deveríamos estar fazendo publicidade do novo código de vestimenta que a administração lançou para os *Spirit Days* do Homecoming. Eles ainda estão claramente chateados por causa do meu cosplay de Rei Leônidas no Dia do Personagem de Cinema no ano passado. *Partes de cima são obrigatórias para todos os estudantes, garotos e garotas.* Talvez Sol apareça sem camisa.

A segunda-feira da Semana do Homecoming será o primeiro grande evento: a competição de esculturas de comida enlatada, quando estudantes constroem monumentos elaborados a partir de latas doadas, competindo pela preferência do público antes que as latas sejam enviadas para a despensa local de comida. Os calouros só têm sessenta latas até agora. Não será o suficiente para uma escultura.

— Organizar uma grande arrecadação é difícil — digo, sentando-me com eles enquanto um violoncelista enraivecido tenta se espremer por entre nós com seu instrumento gigantesco. — Todo mundo nesse colégio tem um milhão de coisas na cabeça. É difícil fazer as pessoas se concentrarem. Falem com suas turmas, com múltiplos lembretes. Cartazes, e-mails, conversas pessoais. Só colocar um aviso no site da sua turma não é o suficiente.

— Eu achava que as pessoas se importariam mais com isso — murmura um calouro. — Todo mundo em Cresswell se importa tanto com o Homecoming. Deveria ser mais fácil.

— As pessoas se importam com o Homecoming porque nós fazemos dele algo que vale a pena — digo. — É uma celebração de tudo o que nosso colégio pode construir. Sim, vai levar um tempo para o pessoal da turma de vocês se envolver. Mas eles vão se importar porque vocês se importaram primeiro. Porque vocês ofereceram algo tão maneiro que parece não exigir esforço algum. As pessoas não gostam de doar porque acham que o Homecoming vai acontecer automaticamente. É preciso pressioná-los. Pressionem o suficiente e eu prometo: esse Homecoming será espetacular. — Falo sério. Cada palavra. Eu quero que esse baile seja espetacular. Um testemunho da pessoa que estou tentando me tornar. E mais.

E é estranho perceber, mesmo sem ter o mundo me esmagando, que eu ainda faria isso.

Estranho imaginar que há um eu fora dos pesos que carrego.

O zelador envia mensagem dizendo que há uma entrega para o Comitê do Homecoming na doca de carregamento que eles precisam que eu assine. Pedi licença para sair. Como a única pessoa com 18 anos no comitê, é da minha assinatura que precisam. Depois do calor denso e opressor e da cacofonia ecoante da sala de orquestra, sair para o ar fresco de setembro parece tão revigorante quanto um comercial de Sprite. Estou tão feliz por inspirar algo que não seja resina de instrumentos de corda e odor corporal que não percebo o homem descarregando o caminhão até que esteja quase em cima dele.

Terry Gould mal fez 21 anos, mas as bochechas pálidas, torcidas e esburacadas dele o deixavam mais velho. Seus cabelos loiros caem soltos em mechas desiguais. Prata reluz em seu rosto e orelhas quando ele se vira para mim. A tinta da nova tatuagem cobre o pescoço. *JR 6 de maio.*

Ele fez uma tatuagem para o meu irmão. A fúria escorre por minha garganta como a língua de um intruso. *Estive ocupado demais recolhendo os cacos para me sentir triste.*

A perda de Jason me atinge em momentos estranhos e obscuros, enquanto assisto à aula de Cálculo ou pinto a escultura da turma de último ano, quando noto o rosto dele na foto de ex-oradores de Cresswell no corredor. Um eco no espaço vazio no meu peito. Um buraco onde meu coração continha substância. *Ele se foi. Eu nunca mais o verei.*

Eu quero ser poético com isso. Mas pensar nele só faz eu me sentir vazio, não magoado. Há um buraco nas minhas rotinas de quando ele roubava minha comida e tocava minha música alto o suficiente para me irritar. Uma mancha com cheiro de gás no calendário todo mês de maio, vazando tristeza no meu aniversário, uma data que costumava ser uma das poucas coisas que eu chamava de minha. Em algum lugar no emaranhado que sou, estou de luto por ele. Mas pensar nos padrões que ele deixou para trás só me faz sentir pânico, o coração se debatendo como um peixe retirado da água. *Como posso manter minha família unida? Como posso preencher o espaço deixado pela vida inteira de alguém?* E o maior e mais triste: se tivesse sido eu naquele carro, e não meu irmão, todo mundo na minha família já teria superado.

É claro que teriam. Eles teriam o Jason Perfeito por perto para mostrar a eles o caminho. Não sei bem por que Terry fez uma tatuagem em homenagem ao meu irmão. Eles eram amigos desde a infância, claro, mas Jason parou de andar com ele quando foi para a faculdade. Terry viu o lado cruel e controlador do meu irmão que ninguém mais viu. Anos disso. Mas ele também viu meu pior lado.

Eu sei como as coisas ficam feias quando perco o controle. Nenhum dos meus colegas de turma do segundo ano foi parar em Cresswell, graças a Deus. Tenho certeza de que todos eles se lembram daquela crise. Eu lembro. A senhorita Brinton, com as mãos cheirando a sabonete de baunilha seguro para crianças, pegando meu boneco do Batman no fim do recreio. O estalo na minha cabeça que doía quando as coisas mudavam. Eu mordi bem abaixo da aliança dela. Ela havia se sacudido, mas eu era forte, mesmo para um garoto de 8 anos que queria ser um peixe piranha. As outras crianças haviam rido e gritado enquanto a senhorita Brinton chamava o diretor, mas eu me lembrei apenas das palavras de Jason.

— Retardado de merda — sibilou ele no meu ouvido ao me buscar. Eu não sabia o que aquilo significava. Sabia que deveria machucar.

Terry não havia dito aquelas palavras naquele dia. Ele só ficou em pé atrás dos ombros do meu irmão. Eu ainda me lembro de como ele havia me encarado, olhos azuis arregalados, enquanto eu gritava e lutava para escapar do aperto doloroso dos braços do meu irmão. Como se ele soubesse que algo estava errado, mas não tivesse certeza do quê.

Eu ainda não tenho certeza. Eu só odeio que ele sabe o que acontece quando tenho um colapso. Odeio que ele nunca disse nada, fazendo com que eu me sentisse completamente sozinho. Até com a ausência do meu irmão, a memória daquela voz permanece.

Seja normal ou vou te bater.

— Oi, Lukas — diz ele enquanto assino o formulário. O sol reluz nos brincos prateados dele e na lateral amassada do caminhão. — Não te vejo desde o verão.

Há um calor por trás daquelas palavras inocentes, como o clima de julho se esgueira adiante, avançando até setembro a cada ano. Algumas pessoas carregam uma faísca de encrenca dentro de si e eu sou a mariposa que é atraída por isso. Antes de conhecer Jeremy, Terry era o garoto que eu seguia por aí, observando, impressionado, à margem enquanto ele xingava os pais e roubava doces da mesa dos professores. *Um vilão do Bond em desenvolvimento.* Fascinante por ser tudo o que eu não era. Porque tudo o que ele era mexia algo em mim que era grande demais para eu entender.

Ele é encrenca, meu senso comum grita. *Vocês não são mais crianças. Pessoas irresponsáveis e problemáticas arruínam vidas.*

Mas outra parte de mim se pergunta o que acontece entre mim e Terry quando Jason não está por perto.

— Estive ocupado desde que o colégio começou — digo, tentando retribuir o calor julino do tom dele. Acho que não consigo. Ele sabia onde me encontrar se quisesse conversar.

— Novo emprego?

Ele faz que sim com a cabeça.

— Faço entregas, sirvo mesas nas horas vagas. Assisto algumas aulas à noite. Como você está, com a situação do Jason e tal? Você está bem?

Você está bem? Três pequenas palavras formam a pergunta mais complicada que alguém poderia me fazer.

— Claro. Acho.

— Você tem permissão para não estar bem, sabe. Vocês tinham uma relação complicada.

— Complicada? — pergunto, fazendo uma cara para ele.

— É, tá bom. Ele foi um irmão de merda contigo — emenda Terry.

— Ele foi — digo. — Mas... Não sei. Parece desleal dizer isso em voz alta. Um bom irmão ajudaria a proteger a memória de Jason. Pelo resto da minha família.

— Você é um cara legal — diz Terry. — Mas tudo bem ficar com raiva. Sabia que, depois da graduação, Jason foi para casa cheirando a maconha e seus pais surtaram? Ele disse a eles que não havia fumado, que ele ouviu que eu estava vendendo e foi me convencer a parar. Inventou uma historinha de merda sobre mim, fez eu parecer um daqueles chefões do tráfico de Bethesda. Chamaram a polícia. Nenhuma acusação foi feita, mas meus pais me expulsaram de casa, e por causa do quê: dois baseados que fumamos juntos?

— Jesus — digo. — Eu não sabia.

Mas isso combina com o Jason. Empurrar as pessoas para baixo era o preço que ele pagava por sua própria perfeição.

— Ainda assim você fez essa tatuagem para homenageá-lo? — Ergo a sobrancelha para a tinta no pescoço dele.

Terry assente.

— Havíamos voltado a nos falar, alguns meses antes do acidente. Estávamos planejando nos encontrar quando ele viesse para casa no verão. — Ele dá de ombros. — Mas nunca conseguimos acertar as coisas antes de ele falecer. Perder um amigo, com palavras que não foram ditas, isso deixa uma marca, Lukas. Eu queria que essa marca fosse visível para o mundo. Éramos bons amigos antes de toda essa merda.

— Um bom amigo teria aparecido depois da morte do Jason, em vez de fazer um espetáculo da própria tristeza — eu disse, revirando os olhos. — Aposto que você mostra isso para as garotas que quer transar, para fazê-las sentir pena de você.

Ele ri, erguendo as mãos em rendição.

—Você não está tão longe da verdade. — Há algo lisonjeiro em sua voz, uma nota de desejo, como um estudante pedindo a um professor que aumente sua nota. Não sei de onde isso está vindo. — Se eu tivesse alguém como você na minha vida, se eu fosse seu amigo, em vez de amigo do Jason, talvez eu fosse uma pessoa melhor.

—Você não precisa de outras pessoas para ser melhor. Você pode só parar de ser um babaca.

Eu seguro a caixa de camisetas e marcho para dentro, enfiando-me de volta na sala lotada da orquestra, escalando um armário para guardar a caixa, atrasado para minha próxima aula depois de derrubar sem querer alguns oboés enquanto desço. É só mais tarde que eu percebo como o interpretei errado. Ele não estava em busca de conselhos pessoais. Ele queria estabelecer uma conexão comigo.

Eu não deveria deixar isso acontecer. O meu âmago dispara um alerta vermelho mais estridente do que a sirene de uma ambulância. Porque Terry pode não ter vendido drogas na época, mas ele largou a UMD no ano passado por algum motivo e, com sua família bem conectada, não há razão para ele estar entregando pacotes, a não ser que tenha feito algo ruim o suficiente para ser isolado. Uma encrenca de adulto do mundo real. Não é uma porta que eu quero abrir.

Mas meu âmago é uma droga para interpretar as pessoas. Talvez ele esteja querendo fazer contato com o irmão de seu amigo próximo com boas intenções. Talvez ele se sinta sozinho.

Ele fica girando na minha cabeça pelo resto do dia. Eu não percebo que estou mastigando um lápis até que ele desliza entre meus dentes e eu mordo a borracha, sendo arremessado para um inferno sensorial pelos próximos dez minutos. Finalmente, digito nas minha anotações de história: *Eu não tenho MOTIVO NENHUM para me preocupar com o Terry Gould*.

Depois do treino, engulo o sanduíche que resta na minha marmita enquanto observo os dançarinos da turma do último ano ensaiarem para o esquete musical. Laurie, nossa coreógrafa, montou uma playlist para o tema de Veteranos Vingadores — o tema clássico do *Super-Homem*, a trilha sonora dos *Vingadores* e a música do Five for Fighting sobre o Super-Homem, que os emos gostam.

— Teremos problemas de direitos autorais? — pergunta ela enquanto eles giram em círculos sobre a terra batida da quadra de tênis. — Usando essas músicas?

Balanço a cabeça.

— Ninguém vai processar um colégio.

O musical ficará pronto a tempo, mas nossa camiseta da turma é outro problema. A equipe de design me mostra seu trabalho, apenas um *V* de Vingadores depois da palavra *Veteranos*. Eu quase engasgo com meu panini.

— O quê? Vocês fizeram algum esforço?

— Se mudarmos agora, teremos que remarcar uma impressão rápida — diz o designer líder.

— Temos o orçamento para isso — digo, mostrando o cartão de débito. — Faça algo criativo. Esse é nosso último ano. Temos critérios. — Nada pode ser menos do que perfeito quando o assunto é o Homecoming e o meu futuro.

Depois do pessoal do comitê ir embora, eu me sento no banco traseiro do meu carro e me apresso fazendo uma semana inteira de dever de casa. Não chego em casa até meia-noite. Enquanto me esgueiro pelo corredor, pulando sobre tábuas de madeira que rangem, sinto que consegui fazer algo mais ousado do que meu cosplay de espartano sem camisa do Homecoming do ano passado.

Minha família não me faz falar com eles se eu estiver ocupado fazendo o dever de casa ou qualquer coisa relacionada às inscrições para a faculdade. Se eu puder evitar mencionar Jason — se eu puder evitá-los por completo —, talvez eu possa manter as feridas fechadas até ser coroado. E decisões antecipadas de aceitação nas Ivies são anunciadas logo depois, em envelopes gordos e gloriosos. Estou tão perto de sentir minha família me rodear e sorrir. Só preciso ignorar a dor até o momento em que posso selar permanentemente a ferida e estancar o sangramento.

Quinta-feira de manhã, antes do nosso próximo teste de biologia, procuro por Sol no laboratório de informática.

— Muito obrigado por me dar o gabarito — digo. — Não tenho tempo para estudar com o Homecoming e tal. — Estou mentindo sobre o motivo de eu precisar disso. Não me importo. Jason provavelmente ficaria orgulhoso de como estou me saindo bem ao manter minhas falhas em segredo.

Elu assente, sai da sua conta no computador e entra em outra conta com o e-mail da dra. Coryn, e coloca uma linha de números no lugar da senha.

— Ela usa a data de nascimento. Não deveria, mas enfim. — O gabarito é salvo em um pen drive vazio e colocado na minha mão. Plástico vermelho puro e anônimo. — Não deixa ninguém ver.

— Obrigado — digo, arrastando calor para a minha voz. Sol está me fazendo um grande favor e sei que elu poderia sofrer uma expulsão se descobrissem. —Você é incrível. Sério.

— Enfio o pen drive no fundo da mochila e me viro para sair. Mas então paro. — Ei, o que está rolando com você e Jeremy? Ouvi que vocês estão concorrendo juntos para a Corte do Homecoming? — Tento soar casual, como se não estivesse tentando pescar informações.

— É uma campanha de protesto *queer*. Puro anarquismo político. Não espere me ver por aí implorando por votos usando pérolas e uma camisa polo.

Não consigo imaginar elu em qualquer visual que não envolva pelo menos três camadas de jeans, lantejoulas e couro.

— Ele falou alguma coisa sobre o término?

— Só que ele não quer falar sobre isso. O que eu entendo.

O que há para elu entender? Sol está realmente ficando do lado de Jeremy nisso tudo? Penso de novo na expressão acalorada e raivosa de Jeremy no outro dia quando ele disse que seus motivos são só dele. Tento uma tática diferente.

— E como vai ser a campanha? Vocês vão planejar algum evento?

Elu sorri.

— Jeremy está planejando distribuir pizza de graça para o colégio inteiro na sexta. É para ser um lance do Grêmio Estudantil, é de lá que ele está tirando o dinheiro. Ele vai organizar estações de comida sob os cartazes que está fazendo para promover a audiência pública *antibullying*. Mas ele também está aproveitando para falar da campanha para Rei do Homecoming.

— Excelente ideia — digo. Um calor triunfante percorre minhas veias. — Espero que se divirtam.

Jeremy Harkiss, seu idiota egoísta. Agora você vai levar o que merece. Não quero estragar a diversão de Sol — elu parece estar curtindo muito a situação —, mas se Jeremy pode irritar todo mundo que já se importou com ele, posso me permitir uma chance de ser um babaca.

Esta noite, vou ligar para todas as pizzarias num raio de 25 km, fingir que sou pai do Jeremy, e dizer a eles que meu filho de merda anda pedindo centenas de dólares de pizza com cartões de crédito falsos. Ninguém na cidade vai aceitar o dinheiro dele. Nós dois fizemos uma pegadinha igual com o Jason alguns anos atrás. Ele deveria esperar algo assim, mas não vai. Tenho certeza de que se esqueceu de cada segundo que passamos juntos, tanto os bons quanto os ruins. Vou me vingar dele do jeito mais delicioso. Cortando-o em pedacinhos até que ele não tenha outra opção a não ser se lembrar de nós dois. *Sinto muito, mas não sinto, não. Minha família e meu futuro dependem dessa vitória. Você não se importa em destruir isso. Então vou destruir você.*

Carrego o gabarito no meu laptop, encolhido sozinho encostado no armário do corredor, e tento estudar, mas nada gruda na memória. A matemática é fácil para mim, mas biologia — especialmente do jeito que a dra. Coryn ensina — não faz sentido nenhum. Corro até outro laboratório de informática, um que está lotado, e convenço Ben a sair do seu computador para que eu possa imprimir o gabarito. Agora posso fazer o que preciso: deslizar meu dedo pela folha, sussurrando as perguntas e respostas baixinho para mim mesmo, repetidas vezes. No meio do processo consigo absorver, então vou para a aula de Biologia Avançada, onde não faço nada além de vomitar em um turbilhão as respostas memorizadas na folha do teste.

Não há uma vitória verdadeira quando a dra. Coryn faz perguntas do tipo "Descreva a cascata da proteína G", e deixa o resto com a gente. Uma pergunta de dez pontos para resumir um processo químico que rendeu livros inteiros. Nunca é o suficiente só descrever o que a reação faz: preciso adivinhar quais são os dez factoides em que ela estava pensando quando formulou a pergunta, e regurgitar tudo na ordem certa. Até mesmo com o gabarito de Sol, minha cabeça está girando quando a dra. Coryn coleta nossos trabalhos.

Ela inspeciona nossos testes com uma fungada, o quadro de cortiça cheio de cartazes e cópias impressas tremulando com suas bufadas de decepção.

— As notas não estarão on-line até daqui a uns dias, mas alguns de vocês parecem ter tirado notas estranhamente altas. Sempre achei suspeito que tantos membros do time de futebol de Cresswell decidiram fazer minha aula em vez de algo mais calmante para seus cérebros cheios de concussões.

Ela olha para mim, Ben e Philip com desconfiança. O capacete que é o seu cabelo balança enquanto ela mexe a cabeça como se soubesse.

— Dá para acreditar nisso? — Philip bufa enquanto saímos. — Ela está discriminando a gente porque jogamos futebol.

Ben revira os olhos.

— Ah, sim, nós, os pobres jogadores de futebol oprimidos. O que virá em seguida? Jogadores de futebol sendo forçados a esperar nas filas do almoço? Jogadores de futebol sendo aceitos apenas em faculdades estaduais?

— Na verdade — acrescento, manobrando no caminho ao redor de um casal se pegando contra os armários —, as pessoas respeitam o time de futebol. Eles vencem. Tecnicamente, estamos jogando "futebol americano".

— Devia ser só futebol — diz Philip enraivecido.

— Você não tem orgulho de o jogo ser americano? — diz Ben. Nós damos um high five enquanto Philip sai pisando duro, empurrando os aglomerados de estudantes e quase derrubando o sr. McKinney, que estava empurrando um projetor antigo sobre um carrinho pelo corredor.

A animação de zoar com o Philip logo evapora. Parece imaturo e, pior, ineficaz. Esse colégio é minha comunidade, o lugar em que sou um líder, em vez de um desastre — o lugar onde o que eu digo tem importância.

Não vou deixar Philip Cross arruinar isso.

No vestiário, naquela tarde, enquanto meus colegas de time saem para o campo, abordo Philip ao lado de um banco. As colunas altas de armários e a tinta azul descascando do metal enferrujado transformam o local em um labirinto de fedor de meias suadas. É fácil emboscar — posicionar-se acima de — alguém que não espera que sua presença seja desafiada.

— Eu vi o que você fez com a faixa — digo, as mãos na cintura para bloquear o caminho dele casualmente. — Está em toda parte na internet. Qual é o seu problema com o Jeremy?

Ele dá de ombros e se levanta. Mas não tenta me empurrar para passar.

— É divertido ver aquele esquisitinho ficar assustado. É só dizer "uuuh, você é uma garota" e bam! Fogos de artifício.

Bom. Como a mãe da minha mãe costumava dizer, não vá atrás de profundidade em uma poça de lama.

Afundo um dedo no peito dele.

— Você vai se desculpar e pagar o prejuízo à Naomi. Então talvez Cresswell vá tolerar sua presença até você se graduar e dar o fora daqui. Quem mexe com um antigo amigo assim?

— Nunca fomos amigos — diz Philip. — Eu só gostava de ver qual era o tipo de maluquice que eu conseguia convencer o esquisitinho a fazer. Não seja uma porra de um guerreiro da justiça social, Rivers. Deve ser uma merda saber que é tão ruim de cama que transformou sua namorada em um homem. Seja honesto. Somos só nós dois aqui. Você odeia ela, não é?

— Você não sabe do que está falando. — Eu tenho o direito de ficar com raiva sobre como o Jeremy terminou comigo de um jeito tão insensível. Havíamos sido amigos a vida inteira. Ele é o único que sabe como tive dificuldades com o Jason e da minha deficiência. Eu precisava do apoio dele. Ele desapareceu durante o pior momento da minha vida e voltou determinado a destruir meu mundo.

Mas odiar o Jeremy por ser ele mesmo — porque eu vi a luz emanando dele agora que ele transicionou, eu o vi cheio de vida e raiva e se movimentanto —, odiá-lo por isso não é só cruel, é sem sentido. Tive que usar toda a minha força para impedi-lo de quebrar o nariz de Philip. Eu não podia impedi-lo de ser ele mesmo nem se eu tentasse.

— Ai, meu Deus — ele ri. — Você acreditou na historinha triste do Harkiss. Nossa, você é uma porra de um retardado? Vira homem logo.

A passagem repentina para o xingamento me sacode de volta para o presente com um tapa. Eu me retraio. Ele não sabe que sou autista, não espera que isso me atinja como um martelo — mas é claro que não. Tudo o que ele está tentando fazer é me irritar e me atrair para a briga. Não quero nem uma parte da masculinidade que o Philip está vendendo e não vou participar do jogo dele. Eu não preciso.

— Não vou brigar com você — digo. — Não vou ser expulso por sua causa. Você é um lixo, Philip. E, se continuar agindo assim, vou te botar para fora com o resto do lixo. Agora levanta e vai para o campo. Diga ao treinador que estou enchendo os galões de água, porque alguém no time tem que ser responsável.

Ele se vira e vai embora, pisando duro sobre o piso de pastilhas lavado com água sanitária.

— Bicha! — Ele cospe de volta por cima do ombro. — A gente sabe que vocês estavam fodendo, Lukas. Você gostou quando ele enfiou o pau no seu cu?

Então você consegue *se lembrar dos pronomes dele.* Mas, é claro, nada que o Philip disse é porque ele não sabe o que significa ser transgênero, ou porque ele não sabe que a palavra que começa com R é errada. Ele só está dizendo qualquer coisa que consegue pensar para causar dor.

E ele está se tornando mais um item para ser riscado na minha lista mental de tarefas: *Livrar-se de Philip Cross.*

Bizarramente, um sorriso se abre em meu rosto. Depois de tudo pelo que passei hoje, isso será um prazer.

CAPÍTULO DEZ: JEREMY

Eu fico à espreita na entrada do vestiário masculino durante quinze minutos. Eu me encosto em uma pilha de colchonetes de academia perto da porta, meu capuz puxado sobre a cabeça, fingindo mexer no meu celular. Ninguém me nota enquanto o time sai de uniforme, correndo para o campo de treino. *Todos eles devem ter saído a esta altura. Deve estar vazio.* Ou pode só estar vazio o suficiente para ninguém se importar se eu gritar.

Eu digo a mim mesmo para ser corajoso. Mas, na minha cabeça, estou em um porão escuro, os lábios pegajosos de cerveja. Brandon Kyle, o *quarterback* antes do Ben e Rei do Homecoming há dois anos, me agarra pelos ombros. *Seu namorado te deixou aqui? Venha ao meu quarto. Vou te mostrar o que um homem de verdade pode fazer.* Eu estremeço, confuso e aterrorizado, até que Lukas chega e me tira dali. A mão de Brandon nunca saiu dos meus ombros. Mas aquilo foi tudo que eu precisava para saber onde eu estava.

E a sacanagem de Philip com a faixa foi tudo o que precisei para me lembrar.

Isso é um vestiário. Não é o porão do Brandon, não é um poço do inferno. Mas as pessoas são abusadas por todo canto e as leis não as protegem. Os piores garotos de Cresswell crescem e fazem as leis. Preciso me vingar do Philip, mostrar a ele que há consequências por me humilhar em público. Pimenta em pó na bolsa de academia dele seria uma boa. Eu só preciso atravessar a porta e enfrentar o que há do outro lado.

Eu mexo na parte de trás do meu binder até meus dedos agarrarem o plástico firme. A faca de dez centímetros reluz quando eu a retiro; experimento o gume no dedo e a guardo mais uma vez. Spray de pimenta ou um apito de estupro seria um pouco mais legalizado, mas uma faca é poder masculino puro. Um talismã de proteção. Um símbolo da alma que todo garoto como Brandon e Philip queria roubar para me usar.

Não sou a presa de ninguém, digo a mim mesmo, a faca firme na mão. Só se precisar. Com a espinha reta, abro a porta com os ombros e avanço para dentro.

— Ai, meu Deus! — Lukas dá um pulo ao me ver. A mangueira que ele está usando para encher os galões de água escapa de sua mão, me encharcando a frente do corpo antes que ele a recupere. Ele leva um segundo para recuperar o fôlego e seus olhos engancham no meu punho fechado. — Isso é uma faca? O que você está fazendo? Você pode ser expulso!

— Há destinos piores. — Mostro uma garrafinha de pimenta em pó gourmet. —Tipo o que o Philip vai sofrer quando eu botar isso no armário dele.

— Isso é agressão. — Lukas fecha a mangueira e arruma o cabelo para trás com um gesto frustrado. O cabelo está ficando longo de novo. Diferente de tantos garotos cis, ele usa condicionador, e não consigo não pensar em como seus cabelos sempre foram macios ao toque. — Você é um futuro advogado. Deveria saber disso.

— O que devo fazer? Deitar no chão e aguentar? — Há algo cortante no modo como falo isso. Faço uma careta. É tão injusto da minha parte, quando sei que tantas pessoas aguentam esse tipo de merda porque a alternativa é se machucar ainda mais. Quando vi minha mãe preparar refeições especiais para meu padrasto porque assim ele não me empurraria ou beliscaria. Quando até minha avó silenciava depois de mencionar o temperamento do meu avô, que já havia morrido fazia tempo. Eu sei que resistir a Philip é tão perigoso quanto pisar em uma cobra. Eu só não me importo com minha segurança tanto quanto deveria. — Desculpa. Sério. É só que...

— Você não é menos homem por não lutar essa batalha contra o Philip — diz Lukas. — Guarda a faca. Você está me assustando. Quando você ficou tão violento assim?

O medo pisca em seus olhos arregalados. Esse tempo todo eu quis que Lukas me enxergasse como um igual, e agora fui longe demais. Em vez de me ver como um igual, ele está olhando para mim como se eu fosse um estranho.

Guardo a faca e a deslizo de volta sob a camiseta. Olhar para ele está partindo meu coração um pouquinho, então dou um passo para trás. O vestiário masculino não é tão assustador quanto eu temia que fosse. É uma cópia espelhada do vestiário feminino do outro lado do corredor, apesar de mais maltratado e com um cheiro pior.

— Escuta. — Minha voz falha de novo. Como uma cicatriz

no meio do rosto. — Ninguém nunca questionaria a sua masculinidade.

— Eu entendo — Lukas começa a dizer.

— Não, não entende — digo, sacudindo a cabeça. — Como poderia? *Mesmo* se as pessoas questionassem você, essa parte de você não é algo que outras pessoas podem arrancar. Você não faz ideia de qual é a sensação, Lukas. É impossível para você entender como Philip me machucou.

Ele fica em silêncio por um momento.

— OK. Mas há várias outras merdas que as pessoas *poderiam* dizer de mim. Não acho que esfaquear as pessoas é a solução.

— Porque você não sabe como é! — grito. Minha voz fica aguda. Tão alta, tão fraca. Tão incisiva e verdadeira. Porque ele não sabe. Porque eu nunca contei a ele.

Somos apenas eu e ele neste vestiário. Sozinhos. Juntos. E eu sei, mesmo enquanto me remexo para fazer as palavras emergirem, que Lukas não ficará com raiva de mim por dizê--las. Sou eu que não consigo controlar meu temperamento. Sou eu que continuo perdendo a cabeça e afastando as pessoas.

— Você se lembra da festa de volta às aulas do Brandon Kyle? No verão antes do segundo ano? — Respiro fundo. O tremor percorre minha garganta até os dedos do pé. — Nós nos separamos. Eu estava sozinho no porão, perdido e bêbado, e Brandon me encurralou. Tentou fazer eu ir até o quarto dele. Ele provavelmente estava tentando... me atacar. — Eu nem consigo dizer a palavra verdadeira. Parece pesada demais.

— Eu sei que ele já foi mais longe com outras garotas. Com garotas, quero dizer. Teria sido péssimo. Mas você chegou e me tirou de lá.

— Eu me lembro — sussurra ele, parecendo abalado. — Eu cheguei, disse que você estava comigo, e te levei lá para cima. Você estava... tremendo. Mas disse que estava bem.

Porque eu queria estar bem. Porque eu queria ser forte, como o homem que eu não sabia que estava tentando ser. Eu queria ser tudo menos um alvo.

— Philip estava lá o tempo todo. A meio metro de distância de mim. Eu ficava tentando chamar a atenção dele com o olhar, murmurando "Por favor, me tira daqui", mas ele só riu e deu um tapinha nas costas do Bradon Kyle antes de ir embora. E só porque eu confiava em alguém, isso não significava que a pessoa estaria do meu lado quando eu mais precisasse.

É claro que não posso confiar nas pessoas. Quem quer estar por perto de um garoto paranoico sacudindo uma faca?

Por mais que eu tenha fantasiado matar meus inimigos, é só uma fantasia. Tentei furar o polegar na ponta da faca e falhei. Não sei se conseguiria usá-la para machucar alguém. Isso não importa. A faca é a linha na areia que foi desenhada ao meu redor. Eu escolho quem toca em mim. Eu escolho o que acontece com meu corpo. Eu sei que é extremo, mas *extremo* é a única palavra que tenho para descrever o medo e a raiva se debatendo dentro de mim quando ando pelos mesmos corredores que o Philip Cross, com um alvo nas minhas costas. Problemas extremos pedem tudo o que posso imaginar para resolvê-los.

Eu mordo a língua. Sinto gosto de sangue. O sal das lágrimas.

— Talvez eu só seja um imbecil violento também. Nem um pouco melhor do que o Philip. — Espero Lukas concordar comigo.

Mas tudo o que Lukas diz é:

— Sem chance. — E sei que ele é uma pessoa melhor do que jamais serei. — Philip é um lixo. Você é só complicado.

Mordo o lábio. Meu rosto esquenta e não sei se estou prestes a chorar ou sorrir. Quero jogar meus braços ao redor dele, mesmo que seja a coisa menos masculina imaginável. Mesmo que ele tenha deixado claro que está fora de alcance. Ele é da Naomi agora.

— Isso é um insulto ou um elogio? — balbucio.

— Um pouco dos dois — ele sorri. A tensão diminui no meu peito. — Vou deixar você mesmo descobrir. — Então ele fica sério. — Olha, Philip é um bicho solto. Ele precisa ser contido. Se Meehan não fizer nada, podemos cuidar disso nós mesmos, antes que alguém se machuque. Mas vamos cuidar disso de um jeito pacífico.

— Parece uma boa. Vou dizer a ele que magoou meus sentimentos e pedir para que pare. Ele vai dizer não e me dar um soco na cara. — Reviro os olhos. — Esse é o seu plano para virar Rei do Homecoming? Acha que eu serei menos arrasadoramente sexy quando estiver usando um colar cervical?

— Dificilmente. Aparecer com um colar cervical vai render votos. As garotas adoram essa conversa fiada de *bad boy* machucado. Eu nem sou uma garota e posso ver o que há de atraente. — Isso escorre da língua dele do jeito típico do Lukas, então não sei se ele entende o que está insinuando e, antes que eu possa pensar demais nisso, ele diz: — Vamos derrubar o Philip juntos. Amanhã, quando jogarmos Silver Spring. Diga a Meehan que você recebeu uma denúncia anônima sobre quem colou em Biologia Avançada.

—Tá bom — digo, encaixando as peças do plano dele aos poucos. O Código de Conduta pune quem cola com um punho de ferro. — Gênio. Mas como podemos botar a culpa nele?

Lukas pega uma pasta da sua mochila e a entrega para mim. Meus olhos se arregalam ao ver o gabarito do teste lá dentro.

— Você está colando em Biologia Avançada? — Não o culpo. A dra. Coryn se gaba de a sua aula ser tão difícil que dez por cento dos estudantes a abandonam no primeiro trimestre. Quando seus professores se sentem orgulhosos de atormentar os estudantes, você faz o que for preciso para passar. No primeiro ano, uma líder de torcida veterana me deu o ensaio de *Romeu e Julieta* dela, de três anos atrás, e eu o entreguei e ganhei um A. Mas roubar dos professores é perigoso, especialmente quando as universidades estão tomando suas decisões finais. Se Lukas for pego, o futuro inteiro dele pode sofrer as consequências.

— Por que você se importa? — pergunta Lukas, colocando os galões de água com uma mão sobre o carrinho. O tom dele é equilibrado, mas algo de dor e raiva transparece em seus olhos antes de ele desviar o rosto. — Você me largou. Jogou um *milkshake* na minha cara, lembra?

— Estou preocupado com você — digo. Uma meia-verdade. A verdade real se aninha por baixo, uma baleia presa no gelo polar, grande e tentando se libertar. — Eu te devo pelo menos isso, se você vai me ajudar a me livrar do Philip.

— Estou ajudando a mim mesmo — diz ele. — Philip faz com que o time inteiro de futebol tenha uma péssima imagem. Caras iguais a ele e Brandon são a pior coisa a sair desse colégio. Não quero que os departamentos de admissão das universidades vejam a Academia Cresswell e pensem neles. Além do mais, quem não gostaria de votar em um herói para Rei do Homecoming?

As últimas palavras dele são suaves. Provocadoras. Como se não fossem nada de mais. Mas eu conheço o Lukas. Ele não precisa de nenhum papo-furado para ajudar. Ele ajudaria qualquer pessoa de qualquer gênero que precisar mesmo dele. É quem ele é. Uma pessoa decente que quer ser boa com os outros.

— Obrigado — digo, baixinho. Segurando a vontade de extravasar até conseguir encontrar um alvo que mereça. — Vamos derrubá-lo.

Estou com o GSA inteiro na minha sala de estar, mais o Ben como representante do Grêmio Estudantil, o que é a maior quantidade de pessoas em casa desde que saí do armário. É um progresso, mesmo que eu não saiba se gosto de algum deles. Mesmo que eu saiba que eles estão passando tempo comigo por causa do que sou, não de quem eu sou. Eu quero ser admirado e percebido por quem sou, não por causa da situação esquisita dos meus genitais.

Mas aceito qualquer aliado que conseguir angariar. Não é como se eu tivesse tantos amigos antes da transição. Eu tinha admiradores, seguidores, garotas aos meus pés por uma chance de conseguir dicas sobre promoções em boutiques, técnicas de aplicar sombra nos olhos, garotos solteiros. Talvez pudéssemos ter sido mais próximos, se eu fosse a pessoa que achavam que eu era. Mas só tive amizades genuínas — com as quais era seguro compartilhar minhas dores e vulnerabilidades — com Lukas e Naomi.

Agora tenho Sol. Que não tem exatamente um motivo para se importar com meus sentimentos.

—Você não pode ficar chateado porque o Lukas está namorando outra pessoa — diz elu, largade no meu sofá. Minha mãe cobriu os móveis da sala de estar com mantas de lã feitas à mão, peças coloridas e chamativas que ninguém usa de verdade, e elu está coberte por três delas. —Você largou ele.

— Eu acabei de dizer que não tenho o direito de ficar chateado — disse. — Só estou chateado. Está me ouvindo?

— Sim, quando você disser algo novo. — Elu revira os olhos. —Você está reclamando do Lukas há meia hora. Como se ele tivesse caído nos braços de Naomi só para mexer contigo.

Lukas leva os relacionamentos dele a sério, tá bom? Na semana depois que você terminou com ele, ele não saiu de casa nem uma vez. Ele ficou sentado perto da janela jogando videogame e ouvindo música emo nas alturas para o quarteirão todo escutar. Ele também não parou de falar de você. Eu provavelmente poderia escrever um resumo detalhado dos seus dez melhores encontros.

Lukas sentiu minha falta? Meu estômago se revira. Massageio os dedos no punho, pressionando os nós. *Mesmo depois que saí do armário, ele ainda falava de mim?* Ou ele estava apenas falando da garota que achava que conhecia?

— Mas ainda não entendo por que você fez aquilo — diz Sol, aproximando-se detestavelmente. — Ele tem algum segredo obscuro? Tipo, ele ronca muito alto ou mastiga com a boca aberta? Ele tem um bebê secreto? Isso aconteceu com minha prima Lena.

— Tive meus motivos. Motivos de gente grande. Vou te contar quando você estiver no último ano. — Como se eu fosse exibir tanto assim de mim para alguém. Como sou fraco. Mas antes que possa me impedir, pergunto: — Por que Lukas acha que eu terminei?

Ben estreita os olhos. Ele está esparramado no meu pufe favorito, as pernas e músculos livres.

— Jeremy, você não disse que não está mais interessado no Lukas?

— Não estou interessado *nele* — digo. Estou interessado no que ele está fazendo. — Mas as sobrancelhas de Ben continuam erguidas e eu sei que ele não está convencido.

Foi tudo falso. É isso que eu tenho falado para as pessoas. Entretanto, o que eu e Lukas tivemos não foi falso. Em um mundo de impostores do ensino médio escalando a pirâmide social, ele era a única pessoa com quem eu podia ser eu mesmo. Mesmo quando eu não sabia quem eu queria ser. Isso havia significado alguma coisa.

E eu sinto falta.

— Você pode perguntar se ele gosta de garotos — diz Anna. — Não há vergonha alguma em perguntar. Se você disser a ele como se sente...

— Não importa o que sinto pelo Lukas — digo, e as palavras são moídas como vidro na minha garganta dolorida. Estou bastante consciente de Ben do outro lado da sala. — Ele está com Naomi agora.

—Vocês três podem namorar — sugere Hannah.

— Estou namorando Kaytie e Quince — acrescenta Anna. — Saímos juntos para o cinema e então ficamos juntinhos no porão de Kaytie.

Essa é a solução para pessoas saudáveis. Não sou uma delas. Estou transbordando com raiva o suficiente para envenenar um animal de grande porte. *Todos os outros queers são tão... doces.* Como se isso fosse salvá-los. O mundo quer nos devorar por inteiro. Minha intenção é ser amargo quando descer pela garganta.

— Isso parece legal. — Ben apoia o queixo no punho, pensativo. O pufe se mexe, engolindo-o mais fundo. — Como isso funciona? Vocês estão, tipo... sabe? Fazendo? Se não se importar...

— O quê? Não! — diz Anna. — Acho que sou assexual, de qualquer maneira, e nenhum de nós quer fazer isso agora.

— Isso é uma opção? — diz Ben, parecendo animado.

Não posso lidar com essas pessoas felizes e bem ajustadas.

Eu vou até a cozinha e pego salgadinhos e refrigerante. Eu meio que espero que as latas de Sprite vão ferver e explodir nas minhas mãos.

— Esses são todos os seus novos amigos? — diz minha mãe, com a voz tensa, sem erguer o olhar do laptop. Seja qual for o caso em que ela está trabalhando esta semana, ele a deixou mais cheia de tensão do que uma mola. Pelo menos, espero que seja o caso. Espero que ela não esteja se retorcendo para segurar o que poderia dizer para mim. — Não conhecia eles antes. Você não gosta mais dos seus velhos amigos?

— Está tudo bem — digo com cautela, vasculhando o armário e me equilibrando na ponta de um pé com meia. Dizer a coisa errada pode desfazer o frágil equilíbrio entre nós. — Nem todos eles são novos. Ben é o irmão da Naomi.

— Eu sei. Eu vi a sra. Guo na ioga quente e ela disse que vocês discutiram.

Eu me retraio. Minha mãe devia saber que estou sempre discutindo com meus amigos. Além do meu drama anual com Naomi, passei metade do ensino fundamental falando apenas com Lukas. Debbie e eu quase partimos o time de animação de torcida ao meio no segundo ano.

Mas não quero falar dessa briga com minha mãe. Não quero ouvi-la gritar comigo por ser trans quando ela deveria gritar comigo por ser um babaca. *Sua avó ficaria tão chateada ao ver a garotinha dela começando discussões. Mas ela provavelmente deixaria um garotinho se livrar de um assassinato.*

— Vamos ficar bem.

— Você não parece bem. Você parece chateado. — Ela esfrega o nariz e estende a mão sobre a mesa para acender uma vela aromática. — Lembra o que eu te disse sobre masculinidade tóxica e reprimir seus sentimentos?

É como se eu nunca soubesse em que pé estou com ela. Odeio ter que prever como ela vai reagir e temer as consequências se estiver errado. Sair do armário para ela deveria ter sido fácil. Vovó adorava suas normas de gênero tradicionais, mas ela havia morrido dois anos antes, e minha mãe era a feminista liberal que havia doado para protestos da organização de Parentalidade Planejada e celebrado quando a Suprema Corte legalizou o casamento gay. Ela não se importaria ao meu ouvir dizer que eu queria transicionar, não é?

Mas ela havia ficado pálida como papel enquanto eu balbuciava minha explicação. Os dedos apertados ao redor das chaves do carro.

— Bom, você sempre será minha filha — disse ela sucintamente depois. Como se ela pensasse que isso me acalmaria, como se fosse o que eu queria ouvir, em vez de um gancho de direita no meu coração.

Depois do meu colapso no jantar, quando terminei com Lukas, vim para casa e disse a ela que precisava começar a terapia hormonal. Ela bateu o pé no chão e declarou:

—Você *não* vai se tornar algo tóxico. — Como se a substância que me faria inteiro fosse envenenar minha alma.

E eu engasguei com o choro:

— Não consigo enxergar um futuro sem isso.

Isso a assustou. Nunca estive deprimido antes. Ela seguiu em frente e marcou uma consulta com um psicólogo especializado em identidade de gênero. Mas entre meu pai, que a havia abandonado quando a engravidara, e meu padrasto, que bateu em mim quando eu tinha 6 anos, minha mãe não tinha experiência com homens saudáveis.

Ainda consigo enxergar aquele momento quando fecho os olhos. Aquele babaca de merda nem era alto, nem tinha uma aparência assustadora... mas, nossa, como ele conseguia gritar! *"Em-ly"* Ele sempre deixava o i de fora do nome de minha mãe quando gritava, como se não valesse o esforço. E minha mãe se encolhia, como se as palavras dele já tivessem cortado fora um pequeno fragmento dela, mesmo antes de ele fazer alguma de suas exigências ridículas. *Vai até o Safeway e compra um frango assado. É melhor do que o seu. Não vai ao Giant, não ligo se é mais perto, odeio eles, só vai logo.* Um bebê no corpo de um homem crescido com a raiva acumulada de uma bomba. Minha mãe tem bons motivos para se sentir desconfortável perto de homens. Até mesmo assustada. Mas eu não escolhi ser um cara só para irritá-la.

E não sei como dizer a ela que não sou como eles sem me desculpar por ser homem.

— Naomi e eu vamos acertar as coisas — digo, puxando um pacote de Doritos sabor Cool Ranch e segurando-o junto ao peito como um escudo. Sempre acertamos as coisas, apesar dessa briga parecer maior. Apesar de ter certeza de que a última habilidade que Jeremy Harkiss possui é a resolução de conflitos.

— Enquanto isso, eu e meus novos amigos vamos fazer um projeto útil com o Grêmio Estudantil. Vamos emendar o Código de Conduta do colégio para prevenir o *bullying*. Esta noite, faremos cartazes para promover nossa audiência pública. Preciso da força de um batalhão de homens para dar certo.

— Um batalhão de pessoas. Você precisa da força de um batalhão de pessoas. Mulheres também podem contribuir para as iniciativas e, em uma como essa, mulheres precisam contribuir.

— Eu não vou me esquecer de que as mulheres existem, mãe. — Não quando metade do mundo quer me chamar de uma. — E, aliás, homens e mulheres não são as únicas pessoas.

Ela pausa.

— Certo. — Há uma rigidez estranha na voz dela. Como se estivéssemos nos separando um do outro. Odeio isso.

Ser uma mulher — enfrentar o sexismo na família, no local de trabalho e nos relacionamentos — moldou com muita força a vida da minha mãe. Ela entende bem as dinâmicas entre homens e mulheres cis. Mas acho que ela não sabe onde me encaixar nesse padrão. Tenho medo de que parte dela pense que eu "mudei de lado". Que eu traí ela e tudo o que as mulheres lutaram para conquistar ao longo de gerações. Talvez eu esteja sendo paranoico e talvez ela não pense tão profundamente assim. Mas eu sei que ela sempre costumava falar de nós como duas garotas unidas contra o mundo, e quanto mais eu me afasto da ideia que ela tinha de nós, mais nossa proximidade se dissipa.

Eu só quero que ela veja que temos mais em comum do que diferenças. Eu só quero ouvi-la dizer que estamos do mesmo lado.

— Esse é um design afiado — diz Connor enquanto os cartazes deslizam para fora da impressora da minha mãe, as letras pretas marcadas em uma delicada fonte *art déco*. *Acabe Com o Assédio em Cresswell*, diz o cartaz, e *Ajude o Grêmio Estudantil a Prevenir o Bullying*.

— Tentei — digo, a falta de modéstia transparecendo. — Tenho um olho bom para tipografia. — Sai dos meus lábios soando supergay... ou isso é apenas um estereótipo? Eu meio que gosto de pensar que posso soar gay. Parece certo. Mantenho o olhar em Connor, conferindo para ver se ele percebeu meu sinal, se ele enxerga que estou totalmente disponível para flertar. Mas ele só pega o celular e começa a enviar mensagens, com o polegar formando um borrão sobre a tela.

Eu me esgueiro para o emaranhado de mantas de Sol e observo sobre o ombro delu enquanto elu organiza a *inbox*. Minhas costas começam a doer, então vou trocar meu binder por um top esportivo. Eu normalmente não faria isso onde minha mãe pudesse me ver — caso ela perceba isso como um sinal de que quero voltar a ser uma garota —, mas esses meus novos amigos consagraram um espaço seguro no qual o fantasma do meu velho eu não é bem-vindo. Eles só me conhecem como

Jeremy, como o meu eu que é tão legal e tão incrível. E saber disso faz com que o ar fique mais fresco para respirar.

— Assim que distribuirmos as pizzas de graça amanhã — comento —, o colégio inteiro vai saber do nosso plano. Eles se sentirão seguros em enviar para nós as suas histórias anônimas sobre o *bullying* que sofreram. A partir daí, podemos organizar uma audiência aberta do Grêmio Estudantil, discutir o problema e coletar sugestões para a mudança. Então poderemos enviar nossas recomendações formais para a administração. — Se seguirmos o processo, se os estudantes assumirem a liderança, os ex-alunos não terão como contestar. As mudanças no Código serão totalmente lideradas pelos estudantes.

— Você vai receber muitas mensagens — avisa Sol. O tom delu fica sério desta vez. — Algumas delas serão sobre você. As pessoas te odeiam. Bom, pelo menos uma pessoa. Você precisa estar preparado para lidar com a transfobia ou ter alguém que vai ler para você.

— Posso monitorar a *inbox* — diz Ben. — Mas, se as pessoas descobrirem que sou eu fazendo isso, elas provavelmente vão enviar toneladas de merda racista e antissemita.

— Não — digo. Não vou deixar o Ben se expor a isso, não quando tenho um plano. — Vou pegar o ódio e usar todinho. Deixar que isso me alimente. — Philip terá recebido seu castigo até lá. E, assim que fizermos a emenda no Código de Conduta, os outros transfóbicos vão calar a boca. Eu vou poder voltar a ser o rei do colégio. Sem a necessidade de asterisco ou adjetivo.

Chegamos cedo ao colégio na sexta de manhã e colamos os cartazes. Falto ao segundo período para pedir a pizza, deixando o tom da voz mais grave quando atendem a ligação.

— Gostaria de cinquenta pizzas de queijo entregues na Academia Cresswell. Estamos fazendo um evento no colégio...

— Nome?

— Jeremy Harkiss. — Ainda soa estranho na minha língua. Quente e delicioso de dizer.

— Ai, deus. É aquele cara. — A pessoa desliga.

O que infernos? Ligo de novo. Ninguém atende. Tento o Domino's do outro lado da cidade, mas eles também desligam ao ouvir meu nome. A terceira pizzaria diz que meu pai está furioso comigo por fazer trotes, o que por si só parece um trote, já que meu pai nunca falou comigo.

— Ninguém te deixou pedir a pizza? — Ben pergunta quando convoco ele e o GSA no almoço. — Que esquisito.

— Provavelmente é transfobia — lamento.

— Domino's sabe que você é trans?

Parece ridículo mesmo, mas sigo em frente.

— Sou importante e famoso. O que mais poderia esperar?

Os estudantes não vêm em bando até mim por pizza de graça, mas eu saúdo todo mundo que passa pelo cartaz com um aperto de mão e um sorriso.

— Oi, sou o Jeremy, presidente do Grêmio Estudantil,

e gostaria de falar sobre o Código de Conduta e *bullying*. — Assim que finalizo meu breve discurso, se a pessoa ainda está prestando atenção, jogo: — Ei, também estou concorrendo a Rei do Homecoming.

— Você está realmente desesperado por votos — diz Hannah.

Dou de ombros.

— Eu diria que estou animado para recebê-los.

Ben ri, um som profundo e rico que temo que a minha garganta nunca vá alcançar.

—Você vai mesmo me fazer escolher entre você e Lukas, hein? Não é justo.

— Sério — diz Sol. — Eu também ando com o Lukas.

— Não sou uma pessoa justa — digo. Eles não deveriam saber disso a essa altura? Eles não deveriam ter percebido por que Lukas e Naomi não andam mais comigo? — Votos são anônimos. Diz ao Lukas que escolheu ele, me diz que me escolheu, então vote em mim.

Ambos riem, mas baixinho, porque estou pedindo a eles que escolham entre amigos. Mas eu já escolhi entre minha própria alma e o amor da minha vida. Meus amigos conseguem escolher um candidato em uma eleição. Não posso deixar isso me abalar quando já estou enfrentando tantas coisas.

Se isso incomoda o Lukas, ele pode nos poupar de um coração partido e entregar a coroa.

Depois do colégio, coloco meu uniforme da animação de torcida e subo no ônibus para ir ao jogo fora de casa.

Naomi e as outras garotas do primeiro e último anos ainda não estão falando comigo, então eu me sento com Anna e os calouros dela, compactados em três por assento na parte frontal e ruidosa do ônibus, e explico francamente como colocar uma camisinha de maneira segura. É puro, estar com pessoas que nunca me conheceram como uma garota, que tratam todo mundo como uma divindade se tiverem a palavra mágica *veterano* anexada a eles. Mas sinto falta de Naomi, até mesmo de Debbie. Sinto falta de saber com clareza a que lugar eu pertencia.

Às vezes, parece que estou assistindo à minha vida do lado de fora. Como se estivesse me assombrando. Eu costumava me sentir assim o tempo todo — cada respiro meu com uma precisão de laser para aprimorar meu disfarce de garota popular perfeita. Melhorou. Mas, quando saímos do ônibus no colégio Silver Spring, e Lukas abraça Naomi, erguendo-a do chão, mais uma vez sou um estranho em minha própria pele. Eles parecem perfeitos juntos. Eu deveria deixá-los serem perfeitos juntos. Parti o coração dele. Destruí a faixa dela. Eles merecem alguma felicidade depois de lidarem comigo, e posso dar isso a eles de uma maneira melhor se me afastar.

— Eles são tão fofos — diz uma caloura carregando uma caixa de pompons. — Amo.

— Eles não vão durar até depois da graduação — retruco, erguendo uma caixa de pompons no ombro e marchando até o campo de Silver Spring. A raiva vai me impedir de desmoronar. E eles não podem ouvir minha injustiça, a distância e agarrados um no outro como estão. — Ele vai trair ela com a primeira loirinha bonita que vir.

— Não o Lukas! — disse outra garota. — Ele é tão legal! A não ser que... Ele já traiu você? Foi por isso que vocês terminaram?

Não. Ele me trazia milkshakes quando eu menstruava. Ele me dava a jaqueta dele quando eu sentia frio. Ele era perfeito.

— Ele é um lobo em shorts apertados de futebol — digo, assentindo gravemente.

Meu celular vibra no cós. Eu me retraio ao ver o nome de Lukas aparecer. Como se ele soubesse que eu estava pensando nele, mentindo para os calouros jovens e impressionáveis sobre ele. Ainda bem que a mensagem dele é desprovida de sentimentos.

Lukas Rivers: Não use as folhas. Ela têm o nome do Ben. Eu imprimi com a conta dele. Vamos encontrar outro jeito.

Merda. Ele usou uma impressora do colégio.

Se os papéis forem encontrados com o nome do Ben, ele também será acusado de quebrar o Código de Conduta. *Por que infernos tinha que ser o Ben?* Ele não fez nada de errado a não ser confiar ao Lukas o seu login do computador. Ele está aqui comigo. Ele está me ajudando.

Eu sei que não me sentirei seguro em Cresswell até que Philip saiba que não deve mexer comigo.

Mas não sei se consigo jogar Ben aos leões para alcançar isso.

Desfilamos até a esteira de borracha da pista de Silver Spring, nos aquecendo com alongamentos e pulos enquanto o sufocamento úmido do fim do verão deixa nossos uniformes grudados na pele. O aperto dos meus três tops esportivos me deixa mais roxo e sem ar do que a linha de defesa de Cresswell, que é derrubada como se não fosse nada na primeira jogada de Silver Spring. Eu tento não pensar como esses caras são grandes o suficiente para esmagar Lukas enquanto fechamos o primeiro set.

Com uma força treinada, Naomi e seu círculo de apoiadoras me jogam para o alto. No topo do meu arco, minha respiração fica presa na garganta. *Ela poderia me largar.* Mas as mãos dela me seguram sob os ombros e ela me coloca no chão com menos interesse do que um faria com um pompom. É quase pior assim, ser de tão pouca importância para alguém que costumava significar o mundo para mim. Será que vou importar tão pouco para Ben se o trair esta noite? Quando vou afastar até mesmo a promessa de apoio do GSA?

Lukas costura um caminho em meio à defesa, gracioso e veloz como sempre, os passes de Ben caindo em seus braços. Naomi fecha os olhos quando ele é derrubado, fazendo uma careta de leve com a dor compartilhada. Talvez seja isso que namoradas devam fazer. Eu não consigo não me sentir atraído pela colisão de corpos quando outro garoto o prende no chão.

Seu homossexual estúpido e pervertido, penso com uma risada maníaca. Quase não consigo evitar. Eu sempre quis transar e essa testosterona deixa tudo tão pior. Eu lembro dele me tocando, me segurando e nós dois atrapalhados com as coisas que ficamos sabendo por meio de filmes. O sexo havia sido apenas uma parte do que tínhamos, uma parte nova e estranha, mas havia sido importante, e eu gostava. Ele dormia na minha casa quase duas vezes por semana no fim do primeiro ano. Minha mãe agendou a implantação de um DIU para mim, comprou camisinhas para ele, e nos deixou.

Eu sinto falta. Sinto falta dele me tocando. Sinto falta do quanto ele se importava.

Mas não posso voltar atrás. Não depois de tudo. Não com Naomi nos braços dele.

Eu lidero meu esquadrão através dos gritos e movimentos, sorrindo enquanto minha garganta dói e minha voz falha no megafone. Odeio soar como um garoto pré-adolescente, e dói ainda mais quando Philip me olha de relance de onde o time está reunido e me dá um sorriso malicioso, e meu estômago revira.

Quando o jogo recomeça, Lukas desliza pelas mãos de um defensor e marca nosso primeiro *touchdown* da noite. Lidero a torcida na cantoria das Fênix de Cresswell e, sob o capacete dele, acho que consigo enxergar o vislumbre de um sorriso.

Ele acha que estamos trabalhando juntos esta noite. O sorriso dele me aquece de dentro para fora, mas não posso me permitir absorver isso. Estou ocupado demais preocupado com o gabarito na minha mochila, já que o Lukas me pediu para não me vingar do Philip se isso também significar atingir o Ben no meio do fogo cruzado. Ele quer que eu espere para encontrar outro jeito.

— Cuidado! — grita Philip.

Os outros líderes de torcida se abaixam para se proteger, mas eu estava tão distraído que não percebo até que ele me atropela. O capacete dele colide com o meu peito, pegando logo acima do esterno. O cotovelo dele afunda na minha bochecha e no meu olho. Eu caio com força na grama. A dor se irradia na minha lateral quando desabo em cima do meu cotovelo e Philip despenca sobre mim. Por um momento, todo o ar é expulso dos meus pulmões.

— Foi mal, cara — diz Philip, se levantando. — Aquela bola me escapou. — Ele sorri para mim de cima. — Ainda bem que não derrubei nenhuma das garotas.

— Vai pegar um pouco de gelo — me diz o treinador enquanto Philip corre de volta para o campo. — Acidentes acontecem.

Isso não foi um acidente.

Vou mancando até o campo em direção ao carrinho de golf onde os treinadores guardam o gelo e as ataduras, então fujo sob as arquibancadas para onde o time de fora guarda suas bolsas. Nas sombras onde a luz do estádio é fragmentada e oblíqua, a mochila feia de exército do Philip está no topo da pilha. Um adereço em uma performance. Um garoto que eu sei que posso vencer em seu próprio jogo. E não posso esperar que eu e Lukas encontremos outro jeito. Não posso confiar em ninguém para colocar a minha segurança em primeiro lugar além de mim. *Desculpa, Ben,* penso enquanto abro o zíper e enfio os papéis roubados. *Preciso estar seguro. Por mim. Se Meehan não vai me proteger, vou encontrar um jeito de fazer isso sozinho.*

Com a cabeça abaixada, me esgueiro de volta para a pista.

Cresswell perde de 27 a 7, o que é... esperado. Naomi corre até o campo para reconfortar Lukas. Não consigo olhar. Meu estômago se revira e se retorce enquanto ela o abraça. Espio através da multidão, em busca de Meehan. Preciso da última peça no meu quebra-cabeça.

— Ei, cara — diz Ben, com as bolsas já jogadas sobre o ombro. Ele me oferece o aperto de mão secreto do futebol, o que ele me ensinara no pátio antes de Philip arruinar meu momento de triunfo. Eu o executo com perfeição, combinando com o sorriso dele. Ninguém pode ver minha duplicidade. Eles nunca viram. *Estou tão sozinho agora quanto sempre estive.* E talvez isso seja culpa minha. Só porque destruí relacionamentos no passado não significa que preciso continuar fazendo isso para sempre. Fico deixando meu ego assumir o comando. Faço com que as situações sejam sobre mim e não sobre as pessoas que amo.

Mas como posso abrir mão do meu ego? Parece algo que é tão essencial para mim quanto ser um garoto. *Olá, sou o Jeremy, meus pronomes são ele/dele e sou um gigantesco imbecil.*

E como posso evitar a minha raiva quando a minha raiva é a única ferramenta que tenho para me manter seguro?

— Ei. — Lukas estende o braço meio sem jeito, como se não tivesse certeza se vamos nos abraçar ou apertar as mãos. Eu me lembro do cheiro dele no vestiário e uma onda estúpida de *sim* quase recobre meus sentidos.

Estúpido. Tão estúpido. Não posso deixá-lo me tocar. Quando ele cansar de falar comigo, eu vou morrer. E ele vai cansar, porque agora ele tem a Naomi. Ele sempre vai abrir mão de mim.

Eu desvio da mão dele e aceno.

— Oi, Lukas. Você se esforçou bastante.

— Isso é tudo que você consegue dizer? — Ele sorri. — Eu fiz nosso único *touchdown*!

— Se esforça mais? — sugiro. Ele revira os olhos, mas ainda está sorrindo. Olho de relance para Naomi, que está por perto, atrás dele.

Philip passeia pelo campo, a mochila pendurada sobre o ombro, e se enfia em nossa conversa como um urso pesado.

— Cala a boca, Harkiss. Se você fosse mesmo um homem, estaria lá no campo.

— Eles me baniram dos esportes de contato porque sou tão bonito que causa distração. — Faço contato visual com a diretora Meehan, que está papeando com nosso treinador na lateral do campo. Os olhos dela encaram o meu lado esquerdo e sei que ela pode ver que Philip está assomando sobre meu ombro. Tudo o que eu preciso fazer é dirigir a ela um olhar de súplica e ela virá em nossa direção. Parte de mim deseja que Philip me dê um soco agora, enquanto todo mundo está assistindo. Levar um soco doeria, mas violaria o Código de Conduta e finalmente faria o Philip ser expulso do colégio.

— Não que eu me importe. É mais tempo para trabalhar na minha inscrição para Harvard.

— Como se você precisasse tentar. Eles deixam qualquer um entrar para atender aos objetivos imbecis de "diversidade".

— Na verdade, eles vão me deixar entrar porque sou parte de um legado. Onde foi mesmo que seu pai estudou? UMD? — Isso é algo tão babaca e privilegiado de se dizer que eu não usaria isso contra ninguém, a não ser ele. — Você não conseguiria entrar em uma Ivy League nem se quisesse. Você não está reprovando em Biologia Avançada?

Os punhos dele se fecham.

— Não é minha culpa se a dra. Coryn está querendo afundar todos os jogadores de futebol, aquela pu...

— Com licença — diz a diretora Meehan, chegando atrás dele. — O que você estava dizendo sobre a dra. Coryn?

Philip congela.

— Q-quer dizer, ela é uma péssima professora. Só isso. Se eu contasse ao meu pai o que ela nos disse ontem, ele retiraria suas doações. — Ele me encara. Eu engulo, minha espinha esfriando. O time de futebol observa. Não posso voltar atrás.

—Talvez eu devesse fazer ele retirar as doações mesmo assim. Esse colégio acomoda show de horrores, tipo *isso aí*. — As últimas palavras são uma bala disparada na minha direção.

— Philip, mas o que... — começa Meehan, mas eu a interrompo.

— Não sou *isso aí*. Sou ele. Eu até conheci alguém nesse verão que usa um pronome diferente, tipo *isso*. Ume gótique de Potomac do Sul. — Abro um sorriso. — Mas talvez eu devesse me desculpar com o Philip — digo. — Não foi minha intenção ameaçar a masculinidade delicada dele e esmagá-lo com a minha existência. — Dou um tapa nas costas dele. — Foi mal, cara.

Com a outra mão, derrubo a mochila do ombro dele. A parte de baixo explode, abrindo-se e derramando os livros e papéis sobre a calçada.

Eu resisto ao impulso de pegar a faca guardada no bolso lateral da minha mochila. Em vez disso, me ajoelho e pego a folha com o gabarito.

— Uou. Diretora Meehan?

Ela fica pálida quando entrego os papéis a ela.

— Isso é o gabarito da professora. Onde você conseguiu isso, Philip?

Philip fica com o rosto manchado de vermelho.

— Eu-eu nunca vi isso antes!

— Bem convincente — murmuro, segurando um sorriso pretensioso.

— Você roubou os gabaritos. — Meehan lê a marca-d'água no topo da folha. — E, Ben, foi você que imprimiu isto? O time inteiro está usando estas folhas para colar?

— O quê? — O sorriso morre no rosto de Ben. — Eu não... Eu nunca faria...

— Diretora Meehan! — diz Lukas. — Você-você não pode...

Ah, merda. Por um segundo acho que ele vai contar a verdade, me entregar. Mas então ele fecha a boca. Suas bochechas coram. Ele desvia o olhar.

Sou mais corajoso que Lukas. Não digo nada, mas é porque eu não quero.

Essa é a sensação da vitória.

Doce com um gostinho tóxico.

CAPÍTULO ONZE: LUKAS

Duas semanas para o Homecoming

Eu não falo nada na viagem de ônibus de volta a Cresswell. Furioso. Odiando Jeremy por ter seguido em frente com o plano quando eu havia dito para ele não fazer isso, porque é mais fácil do que odiar a mim mesmo por não dizer a verdade a Meehan. Porque *trapaceiro* não é uma coisa boa em uma inscrição universitária. Porque isso destruiria o objetivo de tudo pelo que estou batalhando.

Eu deveria ter me limitado só a brigar com o Jeremy por causa do Rei do Homecoming. Em vez disso, tentei fazer a coisa certa, defender Jeremy porque ele é parte da comunidade de Cresswell, mesmo que não sejamos mais nada um para o outro. Eu deveria só ter deixado que Philip o arrastasse para baixo. Consigo carregar um peso impressionante nos ombros, mas não posso carregar o Jeremy. Ele deixou claro que não é meu problema.

Ben não volta com a gente — os pais dele o levaram de carro, provavelmente gritando com ele o caminho inteiro por colar. Ele não respondeu minha mensagem: *Ei, cara, você tá bem?* Eu não ouso mandar outra mensagem. Não quero parecer culpado.

O treinador nos dá um sermão sobre nossas falhas, em pé no corredor para poder olhar nos olhos de todo mundo — como nossa defesa não estava empurrando com força o suficiente, como eu não estava antecipando os passes de Ben, como nenhum de nós estava prestando atenção o suficiente aos nossos arredores. Eu não escuto. Tudo em mim ainda está preso no sorriso presunçoso de Jeremy, o vislumbre de vitória naqueles olhos verdes do inferno enquanto ele despedaçava o time.

— Estamos ferrados, não importa o que a defesa faça — resmunga Max ao meu lado. O *linebacker* está brincando com os polegares. — A diretora Meehan provavelmente vai suspender Ben e Philip nos esportes. Não podemos vencer o Homecoming sem o Ben.

Não podemos vencer o jogo do Homecoming. Talvez seja verdade. Ben e eu seguramos o time. *Mas eu posso vencer.* Eu posso carregar o time de futebol nas costas se for preciso.

O que importa é que eu ainda esteja no jogo. Posso cuidar dos danos mais tarde.

De volta em Cresswell, nos dispersamos. Jeremy estacionou seu Prius no limite da área dos veteranos. Eu passo pelas líderes de torcida e espero por ele perto do carro.

A história que ele me contou sobre a festa de Brandon abriu uma ferida em mim. Mais cedo, estava tão irritado comigo mesmo por nunca ter notado o que realmente acontecera naquela noite. *Ele me contou aquela história por confiar em mim. Como se eu ainda importasse para ele, depois de tudo.*

Naomi me diz por mensagem que ela está se arrumando no vestiário. Eu espero. Leva dez minutos para Jeremy chegar ao carro, mas vale a pena quando eu deslizo da escuridão e me posiciono entre ele e a porta.

— Como você pôde? — pergunto. O vento da noite raspa nos meus ombros, lançando o odor terroso do início do outono. Fazendo com que eu me pergunte o que vale ficar aqui fora esperando.

— Eu? — Ele boceja. — Não fui eu o imbecil que imprimiu as folhas na conta do amigo.

— Eu te falei por mensagem. Eu *confiei* em você.

— É. Mas nada disso era problema meu, Rivers. — Ele sorri como se isso fosse tudo o que ele soubesse fazer, olhos verdes cintilando na luz baixa, brincando com as chaves do carro, jogando-as para cima. Mas, por trás do sorriso, há alguma coisa azeda, uma defesa que ele se recusa a abaixar. Eu o encaro e o analiso também: a tensão sutil na sua mandíbula, o ângulo reto da sua cabeça raspada e a penugem loira, o plano chato do peito. Perdemos nossa virgindade juntos. Mas sinto como se estivesse descobrindo algo novo quando olho para ele agora. Algo que faz as minhas mãos suarem e minha garganta apertar. — Você colocou uma ferramenta nas minhas mãos e eu a usei. O que mais você espera de mim? — pergunta ele com um sorriso. Ainda sinto o cheiro de *milkshake* de morango nos meus pesadelos.

—Você acha que eu teria desistido de te ajudar só porque um plano não funcionou? Eu posso não gostar de você, mas te dei a minha palavra que ajudaria a lidar com Philip. — Seja lá o que for que eu fiz para ele me odiar, ele não poderia pensar que eu quebraria minha promessa. Ele não poderia pensar tão mal de mim.

Mas, por outro lado, o que eu sei? Perdi tanta coisa.

Contudo, depois de ouvir sobre Brandon, eu sei que entendi mal tanta coisa da vida dele. Do nosso relacionamento. Eu posso ter feito ou dito alguma coisa danosa sem perceber o quão fundo eu poderia atingir.

Não. Eu me esforço há tanto tempo para entender como as pessoas interagem, como as amizades crescem, como dar aos outros o que eles precisam. Não sou mais um menino esquisito.

Mas não posso controlar como ele me enxerga. Não posso evitar que ninguém se machuque. Não o Ben. Não o Jeremy. E me dar conta disso é como água gelada despejada sobre a minha cabeça no meio de uma nevasca.

Estou mirando em ser rei. Nunca me senti tão impotente.

Jeremy sorri enquanto meus dedos tremem. O pensamento afunda em mim como uma agulha perfurante.

— Você acha que eu me comportaria só porque você me fez um favor? Encare isso como uma lição. Estamos em lados opostos da guerra, querido, e não há a menor chance de você conseguir a sua coroa se não perceber que sou homem o suficiente para ser uma ameaça.

Passo as mãos no cabelo, frustrado. Os cabelos dele haviam sido cortados de novo, quase raspados totalmente. Eu me pergunto se a sensação é a mesma de que me lembro. Não consigo me convencer de que o tocar será como enfiar os dedos em uma tomada.

Será que eu me importaria se ele me eletrificasse?

— Sua definição de masculinidade é completamente autodestrutiva. Como você vai virar o Rei do Homecoming se fica excluindo todo mundo no colégio?

— Se você acha que o meu plano para vencer um concurso de popularidade é ruim, deveria dar uma olhada mais de perto no seu próprio plano para passar no último ano. — Os ombros dele endurecem. Posso ver que ele está sentindo dor por causa do binder, posso ver as falhas no sorriso dele no canto dos lábios. Sei que ele quebraria os próprios ossos antes de oferecer uma centelha de fraqueza, e me pergunto o que eu encontraria se o partisse ao meio. — Por que você está colando em Biologia Avançada? Eu sei que você se importa em aprender. Deixa eu adivinhar: Coryn não está deixando você fazer anotações no seu computador? Ouvi sobre a política de tecnologia dela. Você não consegue aprender desse jeito e é teimoso demais para pedir um plano de adaptação para pessoas com deficiência. Porque homens de verdade não admitem as suas fraquezas.

Ai. Isso dói, como uma cutucada em uma bolha, e meu bom humor está se esgotando. Ele me conhece bem demais e fui eu que o subestimei. Pensei que estivesse fazendo a coisa certa, ajudando-o com Philip, mas não tenho espaço na minha vida para fazer o certo só por justiça. Estou consumido pelas promessas que fiz aos outros e os pesos que levantei por vontade própria sobre minha cabeça.

Eu quero que sejamos populares no ensino médio, Jeremy me disse há tantos anos, quando o mundo se apresentava em binários simples. Como se fosse um projeto no qual poderíamos trabalhar juntos. E parte disso era descobrir o que vestir e com quem almoçar. Outra parte era apenas ser útil às pessoas. Descobrir onde eu poderia guardar os pedaços de mim mesmo para me erguer mais alto na pirâmide social. Então deixar esses fragmentos para trás.

Mas Jeremy não é como eu. Ele não enraíza as escolhas no que as outras pessoas querem e precisam. Jeremy não está concorrendo porque está com raiva de mim, porque me odeia. Não é sobre nada que eu tenha feito. Ele quer mostrar a Cresswell que ele é homem o suficiente para assumir o trono; ele vai chutar qualquer coisa que entrar em seu caminho. Jeremy quer uma coisa, ele vai atrás. Não sei se ainda tenho energia de sobra em mim para querer alguma coisa.

Exceto para dar a ele a reação que ele está provocando. Mostrar que também posso explodir.

Vai se foder pelo que você fez com o Ben. Pelo que fez comigo.

Eu capturo as chaves dele quando estão no ar e as arremesso no campo. A prata reluz e desaparece.

— Quer ajuda para encontrar?

Ele simplesmente não para de sorrir.

— É claro que não. Mete o pé, garanhão.

O calor pulsa nas minhas veias quando me viro para ir embora. O sorriso dele. O estúpido sorriso dele. A curva rosa e afiada dos lábios dele, fixados e concentrados em mim. Meu corpo inteiro, imobilizado e pronto para ter um surto.

Ele deve saber que está me afetando assim.

— Lukas! — Naomi aparece pela saída de trás do vestiário, trajando um vestido de estampa de pétalas rosas e sandálias de gladiador, uma mochila pesada pendurada em um ombro. — Estou pronta para ir!

Mesmo quando seguro a mão de Naomi, sinto os olhos dele perfurando minha nuca o caminho inteiro até o carro.

Zombando de mim por cada momento em que pensei que poderíamos pertencer um ao outro.

A lanchonete fica no centro comercial, virando a esquina a partir da cerca viva de Cresswell. É coberta de janelas em todos os quatro lados, com jukeboxes de cromo manchado e jogo americano de papel com desenhos para colorir em cada mesa. O grosso estofado das cabines, que afunda e range quando você desliza para se acomodar, é pegajoso por conta das décadas de cerveja e refrigerante derramados. O ar sempre cheira a hambúrgueres na chapa, exceto na hora de pico do café da manhã, quando o cheiro do bacon fritando preenche o ar.

É um lar, e os sanduíches custam apenas quatro dólares.

— Nova garota? — pergunta a recepcionista quando nós dois entramos. — Ela não é a sua de costume, Lukas.

Eu sorrio.

— Geraldine! Essa é Naomi.

— Você me conhece. — Naomi acena para a mulher. — Venho aqui o tempo todo quando tem aula.

— Você não é a garota de sempre do Lukas. Ele costumava ter uma loirinha. Ela era engraçada. O que aconteceu com ela?

Nós dois trocamos olhares desconfortáveis, fazendo caretas idênticas. A verdade dele não é minha para revelar para uma estranha — mas ele está assumido para o mundo, e não quero que ele venha aqui e seja tratado pelo pronome errado na entrada. Como respondo a isso?

— Ele se chama Jeremy agora — diz Naomi gentilmente. — Ele é transgênero.

— Sua namorada mudou de sexo? — declara Geraldine. Alto. A lanchonete inteira se vira para nos olhar.

— A gente não, hã, fala mais assim? — digo, o sangue fervendo nas bochechas. Batalhando contra o impulso de me esconder enquanto olhos formigando ameaçam me oprimir.

— E ele sempre foi meu namorado, não minha namorada. Meu ex-namorado imbecil e babaca.

É a primeira vez que o chamei de *meu ex-namorado* em voz alta. Quero fazer Geraldine usar as palavras certas, porque sei que Jeremy vem aqui também — entretanto, o que eu disse parece ter sido tanto sobre mim quanto sobre ele. *Meu. Ele era meu.* E ainda quero defendê-lo, apesar de não servir para nada. Um desperdício estúpido e sem sentido de energia — mas eu poderia descrever a minha vida inteira com essas mesmas palavras.

Uma cabeça loira descabelada aparece por trás da grelha. Terry Gould, com avental de garçom. *Mas que sorte a minha ele trabalhar aqui também.* Se ele falar alguma coisa transfóbica sobre o Jeremy, vou chamar a atenção dele. Eu não me importo se for desconfortável.

Mas Terry não tem nada a dizer sobre o Jeremy. Ou Jason. Em vez disso, ele está olhando para mim, seus olhos afiados como um cutelo.

Eu ergo o pescoço para encontrar o olhar dele e deslizo para minha cabine de volta.

Espero que Naomi sente do outro lado, mas ela escorrega ao meu lado, seu ombro tocando o meu, o perfume de baunilha me inundando com força. Doce, na realidade. Doce demais. Comprei um perfume para o Jeremy no Natal há dois anos, e ele riu, mas nunca usou.

Concentre-se no seu encontro, idiota. Apoio um braço ao redor dela e a puxo para perto. É agradável sentir ela encostar a bochecha no meu ombro, mesmo que o perfume esteja competindo pela minha atenção. A espinha dela relaxa, os músculos amolecem, e a estou segurando. Eu queria poder fazer todo mundo na minha vida feliz só por tocá-los. Ser um bom namorado não é o tipo de coisa pela qual eles o aceitam numa Ivy League.

— Aquilo foi esquisito — diz Naomi. — Você acha que eu fiz a coisa certa?

— Jeremy virá aqui cedo ou tarde. É melhor dar logo um aviso para que eles não o chamem pelo pronome errado. O que mais você poderia dizer?

— Perdi minha oportunidade. Eu poderia ter dito: "Ah, sinto muito por dizer isso, mas ela foi devorada por uma matilha de coiotes errantes". Ou: "Ah, você não ficou sabendo? Ela foi recrutada pela Agência do Departamento de Defesa dos Estados Unidos para ajudar a usar a babaquice como arma".

— Conseguiu um estágio com Satã — sugiro. — Foi fazer trabalho voluntário para *tirar* materiais escolares de órfãos.

— Ouvi que o tema do ensaio de admissão para Harvard este ano é: "Descreva um momento em que você aprendeu com um erro". O dele vai ser: "Eu fui cruel com todos os meus amigos e não aprendi droga nenhuma".

Eu ri.

— Você já falou com ele sobre isso? — pergunto.

Ela morde o lábio e desvia o olhar, o que é toda a resposta de que preciso.

— Posso enviar mensagem para ele por você — digo. — Se for muito difícil para você falar com ele. Aqui, me dá seu celular...

— Hm, que tal não? — Naomi desliza para longe de mim. Olhando para mim como se eu tivesse sugerido comer os dois sapatos dela. — Por que você está tão dedicado aos sentimentos daquele babaca?

— Tecnicamente, estou dedicado aos seus. Vocês dois são amigos desde o segundo ano. Você será minha Rainha de Homecoming. Eu quero que você seja feliz. — Estou correndo para improvisar enquanto minha própria língua ameaça me fazer tropeçar. Para construir um raciocínio por baixo das minhas escolhas. Porque eu não tenho motivo para me importar com a vida pessoal do Jeremy. Eu só me importo.

— Eu só me sinto obrigada. Se eu não largar tudo, de novo, para fazer ele se sentir melhor, serei uma vadia egoísta. — Ela crispa os lábios. Sopra uma mecha de cabelo que ficou presa ao batom. — Você não pode nem imaginar a pressão pela qual estou passando. Com meus pais, é tipo: há faculdades da Ivy League que não são boas o suficiente para entrar. Como asiática, eu posso entrar em Stanford, Caltech, Harvard, MIT, Yale ou Princeton, e até Princeton é esticando já. Eu tenho que ser perfeita e, quer dizer, Ben tem que ser perfeito também, mas eu sou a filha. Ele me mandou mensagem dizendo que nossa mãe gritou com ele durante a viagem de carro inteira por colar na aula de Coryn, só que ela grita comigo por umas merdas pequenas, tipo usar um número maior de vestido. Tudo o que eu quero, tudo o que eu preciso é que o Jeremy me mostre uma fração da preocupação que tive com ele esse verão. E ele não consegue nem me oferecer isso. E me sinto um lixo por causa do que *ele* fez, o que é zoado e nojento, e eu odeio.

— Entendo — digo, e me corrijo. — Quer dizer, não entendo. Não especificamente. Eu me sinto tão responsável pelo Homecoming. Deixar perfeito. Vencer o jogo de futebol para os ex-alunos. Eu me sinto responsável por entrar na Corte e entrar em uma faculdade que deixará minha família orgulhosa. Mil pessoas querem alguma coisa de mim, e parece que estou sangrando em um mundo que não me dá nada em troca.

E sinto falta do Jeremy também. Ele é a única pessoa que me conhece bem o suficiente para ver a dor por trás dos sorrisos e do meu protetor bucal fedorento.

Eu me atrapalho seguindo em frente:

—Você é incrível do jeito que é, Naomi. Você não precisa ser perfeita. E seus pais sabendo disso ou não, espero que você saiba.

Ela abriu um sorriso triste.

— Obrigada. Eu precisava ouvir isso. Eu... Eu estou tão feliz que você concordou em dar uma chance a esta situação toda do encontro. Eu precisava falar com alguém, e você é um dos caras mais legais que eu conheço.

— Sempre fico feliz em estar aqui do seu lado, Naomi.

— Como está a sua família? Você não fala muito deles.

— Eles estão bem — digo rapidamente, para fechar a porta do tópico. Não posso dizer que estou com medo de ser o único mantendo minha família unida. Jeremy está certo sobre como estou pensando. *Homens de verdade não admitem suas fraquezas.* Homens de verdade fazem o que for preciso para consertar seus problemas.

Não sei muito bem onde estão as fronteiras, com coisas de garoto e coisas de garota e tudo que há no meio e do lado de fora. Se tivessem me perguntado ano passado, eu teria respondido que não há uma diferença real entre os gêneros — apenas milênios de estereótipos e tradições —, mas então Jeremy transicionou, tornando-se verdadeiro e vivo de um modo que ele nunca havia sido antes. A diferença importa para ele. Não porque ele pode fazer coisas de garoto — não consigo enxergá-lo largando a animação de torcida por lacrosse ou trocando o Prius por uma picape —, mas porque ele pode ser ele mesmo. *Não importa qual é o seu gênero. Até que isso importe mais do que tudo.*

Até que nenhum roteiro que o mundo tenha me dado contenha as respostas.

— Como vão as inscrições para a universidade? — pergunto a Naomi.

— Estão indo. — Ela suspira. — Fiz uma agenda com marcação em cores de todos os prazos, submeti pedidos de recomendação a todos os professores que tive desde o oitavo ano, e escrevi dois ensaios diferentes para todos os temas comuns. Mas continuo achando que não é o suficiente.

— Suas notas são incríveis. — Ela está até mesmo gabaritando a Biologia Avançada da dra. Coryn. — Tenho certeza de que você será aceita em algum lugar ótimo.

— Espero que sim. — Ela se retrai, os olhos arregalados e ansiosos. — Quero acreditar que minha inscrição é forte o suficiente. Mas, se eles colocarem a minha ao lado da inscrição do Jeremy, tudo que verão é uma garota que sempre ficou em segundo lugar. — Ela morde o lábio e muda de assunto. —Você já viu os novos calouros da animação de torcida?

Uma garota traz água e os menus. Naomi me conta sobre a pirâmide que ela e o time estão ensaiando para o jogo do Homecoming, com ela como um dos apoios de base. Uma caloura quase derrubou a outra e todo mundo discutiu quem devia levar a culpa. Depois de um ou dois minutos, percebo que ela se sente desconfortável e está preenchendo o espaço com som. Eu também faço isso.

Torne as coisas interessantes. Vire o jogo.

— Não que todo esse drama de calouros não seja fascinante, Naomi, mas vamos falar dos detalhes da coroação do Homecoming.

Ela franze a testa e se remexe no assento.

— Desculpa. Tava chato?

Ah. Merda. Eu disse alguma coisa errada?

— Que tipo de vestido você vai usar? Preciso combinar com minha gravata e arranjar um corsage para você. Provavelmente algo grande e brilhante, já que a coroa das garotas é tão pequena. É só uma presilha de cabelo. — Estou tagarelando agora, botando para fora qualquer coisa que surge na minha cabeça porque não sei o que dizer. Namorar Jeremy era tão natural e fácil. Isso me dá a sensação de que estou fazendo um teste para um papel em uma peça de teatro do oitavo ano e esqueci todas as minhas falas. Eu paro e respiro fundo. — Estou nervoso.

Ela sorri, um gesto pequeno e nervoso que, de algum modo, me acalma.

— A cor é azul-marinho, com diamantes azuis na saia. Qualquer coisa azul vai combinar. E entendo. Você esteve em um relacionamento por um longo tempo. Mas a gente se conhece. Não precisamos agir, tipo, como um casal no primeiro encontro. Podemos ser o Lukas e a Naomi. No primeiro encontro.

E o que isso quer dizer? Eu sinto que estou me afogando. Como se eu fosse um peixe que pulou para fora da água e se esqueceu de que só tem guelras. Não sei qual roteiro seguir e só consigo pensar no meu ex. Quando o que eu deveria estar pensando é na melhor maneira de deixar Naomi feliz.

Por sorte, o garçom aparece para anotar nossos pedidos. Por menos sorte, é o Terry.

Volta mais uma vez quando ele sorri para mim, encostando-se na borda cromada da mesa de plástico, os cabelos soltos caindo do rabo de cavalo. Eu me lembro de sentir as raízes disso no segundo ano. Memória, fina como uma linha de grafite, pisca na minha cabeça. Eu entro em nosso escritório. Terry e Jason estão assistindo a algum vídeo no computador, rindo histericamente. Jason diminui o volume das caixas de som quando me vê.

— Tran e eu vamos brincar de casinha — digo a eles. — Precisamos de pessoas para serem os pais. Querem brincar?

— Sua bichinha. — Jason lança um elástico no meu ombro. Eu grito e esfrego com força onde bateu, tentando apagar a dor. Arde, uma onda de choque percorrendo meu corpo. Estou acostumado a receber isso do Jason, mas ainda olho para Terry. Às vezes ele brinca comigo quando meu irmão não está olhando.

— Você pode ser o pai — digo a ele. — Eu serei a mãe.

Ele só joga um punhado de clipes de papel. Eles se espalham aos meus pés.

— Se manda, moleque. Estamos fazendo coisa de gente grande.

Eu havia sido estúpido, sentindo-me atraído por ele naquela época. Eu havia levado mais tempo do que a maioria dos garotos para aprender quais coisas eu não deveria dizer.

Mas Jason não está aqui para deixar o ar tóxico. Fazer com que eu me sinta enfiado em uma caixa tão apertada da qual nunca escaparei. Não tenho nada a temer de um garçom com cabelo comprido e uma orelha cheia de brincos. Agora eu sou até mais alto que ele. Esse babaca magrelo parece que foi massacrado pelo inferno e então cuspido de volta. Meus olhos pousam na posição torta do nariz dele — uma lembrança de um soco pesado. *Sou encrenca*, diz. Não encrenca tipo o Jeremy. Encrenca adulta.

Não consigo não comparar eles dois. Loiros com uma tendência para se meter em problemas — será que estou fadado a sempre ser perseguido pelo pior tipo de personalidade do universo?

—Você está aqui para me perturbar? — pergunto a ele.

— Estou aqui para anotar seu pedido. Posso te perturbar quando meu turno acabar. — Ele me olha. Sinto a espinha pinicar e fico tenso quando encontro o olhar dele. Seus olhos são azuis, tingidos de roxo pelas luzes de neon rosa no teto. Não é como o verde pernicioso de Jeremy. — Eu poderia arruinar seu dia. Arruinar sua vida inteira.

— Sou um cara bem ocupado — digo, cauteloso, testando. Alguma coisa incomum se mexe na minha língua, eletrizante e diferente como da primeira vez em que provei vodka. Uma quentura lenta e ardilosa se esgueira nas minhas palavras. — Se quiser arruinar minha vida, podemos agendar na semana seguinte à fogueira.

Ele se inclina sobre a mesa. A gola da camiseta larga cai para a frente, revelando tufos de pelos loiros ao redor dos mamilos. Um deles tem um piercing. Não consigo parar de olhar.

— Sua namorada não se importaria? — Ele olha para Naomi.

— Ela não é minha namorada — digo automaticamente. Naomi se retrai. — Estamos só... tentando?

— Deve ser difícil — diz ele, pegando nossos menus.

— Na verdade, não.

Ele assente — em simpatia, talvez? — e vai embora. O rosto de Naomi fica da cor de uma ameixa amassada.

— Desculpa por isso — digo. — Não quis soar como se você não fosse importante para mim. Se você quiser, tipo, usar o rótulo de namorada, podemos conversar, não me importo. Não quis te chamar de namorada sem perguntar antes.

— Quem é aquele cara para você? — diz ela.

— Ele é um velho amigo.

Amigo do Jason. Mesmo que eu quisesse que fosse meu. Não me atrevo a mencionar Jason e abrir a porta da família de novo. Posso deixar escapar que estou com mais raiva do que tristeza. Que sou tão transtornado que nem consigo sentir luto direito.

Depois de alguns falsos inícios, consigo direcionar a conversa para os professores que odiamos. Ela imita a professora de Química ameaçando grampear os estudantes no teto e eu falo do meu professor de Cálculo aparecendo na sala bêbado na semana passada. São as mesmas piadas de Cresswell que posso contar dormindo, gastas e fáceis na minha língua como um suéter favorito. Um idioma que sei falar, no qual a popularidade vem tão fácil quanto dominar padrões. *Vou perder tudo isso quando for para a universidade.* Não importa o quanto o colégio seja pomposo, sair daqui vai ser como arrancar um membro fora. Mas isso não importa se eu puder jogar um moletom de Harvard sobre o toco.

— Isso foi legal — digo a Naomi enquanto andamos até o carro. Nuvens densas fecham o céu noturno, sufocando o ar com o inevitável peso úmido da chuva que se aproxima. — Gosto de passar tempo com você. — E gosto mesmo. É relaxante tê-la por perto. Ela não exige muito de mim.

— Teria sido mais legal se você não tivesse flertado com o garçom.

Eu me forço a rir.

— Essa é boa, Naomi.

— Não estou brincando. — A voz dela sai baixa e entristecida. Eu congelo. *Merda.* Interpretei errado o tom. — Você estava flertando com outra pessoa. Na minha frente. No nosso primeiro encontro oficial.

— Eu falo assim com todo mundo, Naomi.

— Não comigo, Lukas. Seu rosto inteiro se iluminou quando ele se inclinou sobre a cabine. Tipo fogos de artifício. — Ela suspira. — Talvez isso seja tudo culpa minha. O que eu estava achando que ia acontecer, ao me inserir bem no meio do seu drama com o Jeremy? Achei que poderíamos dar certo, mas agora estou me perguntando... você gosta de garotas?

Fico sem reação. *Hã?*

— Você está perguntando se sou gay?

Como ela teve uma ideia dessas? Ela está falando de mim, Lukas Rivers, o jogador de futebol americano e chefe do Comitê do Homecoming, futuro Rei do Homecoming, que namorou líderes de torcida e... ah, Jeremy.

Eu deveria ter questionado minha sexualidade quando ele se assumiu? Não parecia nada de mais. Estávamos acabados. Soube da notícia duas semanas depois do funeral, quando estava entorpecido. Li o e-mail que ele enviou ao corpo estudantil, mudei o nome dele no meu celular e segui em frente com meu dia.

A notícia havia sido sobre ele. Não sobre mim. Ainda sou a mesma pessoa que sempre fui. Bom, sou um filho único agora, e minha família está se despedaçando, e minha coroa está em perigo, mas algumas partes de mim têm que permanecer estáticas. Eu vou me forçar a ser hétero se precisar.

Mas sei que não funciona assim.

Isso não é justo. Nada disso é justo, porra. Eu não pedi por isso. Mas falar com o Terry — flertar com ele, que seja — folgou algum nó dentro de mim. Uma pressão retorcida e tensa que eu nunca havia notado que estava me estrangulando até sentir o ar soprar para dentro. Como a primeira tragada em um baseado, um fôlego inebriante que me levanta e me mete em tantas encrencas. Não importa com quem compartilhei aquele momento. Importa que aconteceu.

Ah, Deus. Tenho quase certeza de que não sou hétero. E deveria ter percebido isso mais cedo, deveria ter sido óbvio. Mas nunca pensei de verdade sobre minha sexualidade. A identidade que me define, além do futebol, do colégio, do Homecoming, sempre foi a minha deficiência. Nunca me permiti pensar que poderia ser outra coisa. Algo a mais.

Algo que poderia bagunçar com tudo.

Eu nunca me permiti pensar sobre quem sou e o que eu quero porque isso significa que teria que tomar uma decisão. Puxar alguma coisa de dentro de mim quando já estou sendo empurrado por todos os lados. Quando minha família precisa que eu seja perfeito, Cresswell quer que eu seja o rei, Jeremy me quer tão irritado, escandaloso e exagerado quanto ele é. Tantas coisas que eu preciso oferecer, investir. Ao ponto de não haver espaço de sobra para minha própria voz.

Talvez seja melhor assim. Pois dei aquele gabarito para Jeremy porque eu queria. E posso ter destruído a vida do meu melhor amigo.

Quando entro pela porta da frente, meus pais ainda estão sentados na sala de jantar. Os pratos estão cheios de espaguete, mesmo que já tenha passado das onze e já tenhamos comido espaguete três vezes esta semana. O ar tem cheiro de cerveja.

Ninguém está falando. Eu me sinto enjoado como se tivesse passado de carro por um cachorro morto na estrada.

— Vi on-line que vocês perderam o jogo — diz minha mãe. — Você está bem?

— Estou — digo com cautela, caindo sentado. Forçando uma garfada de espaguete malcozido para que eles não percebam que comi sem eles. — Estou mais preocupado com a agenda do Comitê do Homecoming. Mas o subcomitê da turma de calouros finalmente escolheu um diagrama para a escultura, então logo voltaremos aos trilhos.

A pergunta "*Vocês estarão no jogo, não é?*" se retorce dentro de mim. Não sei o que farei se disserem não. Posso vencer se eles não estiverem presentes, posso entrar em Stanford se não estiverem olhando — mas meu peito dói ao pensar que eles vão perder mais um momento.

— Como vai o dever de casa? — Meu pai olha para mim. As rugas em sua testa são profundas, mesmo que ele mal tenha chegado aos 40 e poucos anos. — Está estudando? Tem um teste em breve?

— Sim — digo — e não. — Isso é uma mentira, mas minha nota de Biologia Avançada também está presa atrás daquele nó na minha garganta. Apenas mais um pedaço da minha vida ameaçando escorrer pelos meus dedos. — Você teve notícias da vovó e do vovô desde o restaurante? — O que eu quero saber é se eles superaram o momento em que minha mãe me chamou de Jason, mas não me atrevo a reconhecer a existência desse momento em voz alta.

— Eles estão bem, mas muito ocupados — diz ele. Sou ruim em interpretar as pessoas, mas acho que isso é uma mentira. Ele falou tão rápido. Como na vez em que eu não passei nas avaliações de patologia da fala quando era criança e depois perguntei se ele estava com raiva. — Com licença. Vou tomar banho.

Ele sai da sala. Minha mãe o observa. A cabeça dela está abaixada. Círculos escuros flutuam debaixo de seus olhos.

— Não pergunte sobre seus avós de novo — diz ela, e eu não sei o que dizer.

Minha mãe e eu lavamos a louça. Eu levo os pratos para a pia, ela joga os restos de comida no triturador. O prato do meu pai ainda está quase cheio. Percebo que ele estava comendo no prato trincado e pintado à mão que Jason e eu fizemos para o Dia dos Pais quando ele tinha 12 anos e eu tinha 8.

Minha mãe pega o prato da minha mão, com muito cuidado. Ela não joga o espaguete fora.

— Lukas — diz ela, forçando uma voz feliz —, você já ajudou o suficiente. Vai fazer seu dever de casa.

Eu sei o que ela quer dizer. Ela quer que eu vá embora. Mas fico feliz em sair do caminho. Subo as escadas correndo enquanto ela começa a chorar.

No fim do corredor, o celular do meu pai apita urgentemente na mesa do lado de fora do banheiro. O toque que ele havia escolhido para as mensagens da minha avó.

Eu não deveria. Eu realmente não deveria. É uma invasão e tanto de privacidade, daquela bolha de proteção que meu pai ergueu, espessa, ao redor de si. Mas ninguém está me dizendo nada nesta casa, não mais. As pessoas falam para mim, mas não comigo, e os pedaços não estão se encaixando na minha cabeça como deveriam. E o vapor rolando por debaixo da porta me diz que ele ficará lá dentro por um tempo.

Eu pego o celular. Destravo a tela com o ano de nascimento do Jason. Leio o fio inteiro de mensagens com meus avós.

Meu pai não havia contado que eles estavam tentando entrar em contato a semana toda. Perguntando quando poderiam me visitar de novo, convidando meu pai para ir até Virginia de carro e conversar, oferecendo cozinhar todos os nossos pratos favoritos. Nada nas palavras deles revela a dor e o medo — mas posso sentir nas coisas que não foram ditas, suspensas nos espaços vazios. Posso ver meu pai desviando das perguntas, inventando desculpas sobre o trabalho e planos sem nome. Motivos razoáveis que se acumulam até não passarmos mais tempo juntos.

Uma onda de raiva se avoluma dentro de mim. Não pontuda e afiada, como minha raiva com o Jeremy. Essa é uma raiva maior e mais sufocante. Como algo espesso sendo empurrado pela minha goela abaixo. Não aguento a névoa de sentimentos nesta casa. Não posso nem me permitir sentir falta do Jason sem querer dar um soco na urna funerária dele. *Isso tudo é grande demais. Forte demais. Ruim demais.*

Preciso fazer com que seja como era antes de Jason fazer nossas esperanças desmoronarem e serem levadas junto com ele.

Vocês deviam ir ao Jogo do Homecoming de Cresswell, digito no celular. Não é uma mentira, digo a mim mesmo. Não estou me passando por meu pai. Só estou dando a eles o neto que eles querem e precisam.

E também, talvez, abrindo um espacinho para mim? *Se eu contasse a eles que não sou hétero, eles provavelmente fingiriam não me entender.* Mesmo que a última vez que tivesse ido à casa deles, eu tivesse notado três temporadas de *Queer Eye* na fila da Netflix da minha avó. *Tudo bem se for na televisão. Não se for o neto dela.* Especialmente quando ela só tem mais um. Precisamos de um terreno comum que não esteja pantanoso ou em ruínas.

Lukas será coroado o Rei do Homecoming, finalizo, e aperto Enviar.

Nada disso é legal da minha parte. Nada disso é educado, decente ou bom. Mas preciso manter minha vida intacta, encontrar a cola para consertar as fissuras, deixar as coisas tão boas — ou até mesmo melhores — quanto eram antes. Não quero perder minha família, e o Homecoming é uma parte da minha vida segura para compartilharmos. Preciso de uma vitória aqui mais do que jamais precisei vencer jogos ou bolsas de estudo. Mais do que precisei que Jeremy me amasse.

Mas só porque preciso vencer não significa que eu queira.

Não sei se tenho a energia para querer qualquer coisa para mim mesmo.

CAPÍTULO DOZE: JEREMY

É sábado à tarde e minha mãe me deixa no metrô, e eu pego a linha vermelha até Woodley Park, onde a Sociedade de Harvard está organizando um open house para estudantes em potencial. Estou vestindo calça social cinza, uma camisa branca novinha e uma gravata vermelho-escura que eu passei uma hora humilhante descobrindo como arrumar. A mulher na mesa de entrada me saúda com um "Bom dia, senhora", e eu retruco "Senhor", as bochechas corando um segundo depois, pois que tipo de babaca sai por aí exigindo que as pessoas o chamem de senhor?

Encontro a etiqueta com meu nome na mesa, colo na camisa, e entro no salão principal coberto por painéis de cedro. Garçons circulam com bandejas de massa folhada, membros do clube com broches dourados com seus nomes conversam em um tom sussurrado, o carpete felpudo absorvendo o som. As estantes de livros empoeiradas respiram linhagem e quero absorver um pouco disso para mim.

— Academia de Cresswell? — diz um homem com um broche, lendo o nome do meu colégio na minha etiqueta de papel. — Um dos seus colegas de classe está aqui. O sr. Cross?

Philip sorri e acena da tigela de ponche.

Meu mundo emite um clarão vermelho. Aquele *filho da mãe*. O que ele está fazendo aqui? Tá bom, eu sabia que o pai rico pagaria para ele entrar onde quisesse — mas por que ele tinha que compartilhar do meu estúpido objetivo de entrar numa Ivy League? Ele não pode pelo menos se fixar em Princeton, como todos os babacas insuportáveis?

Por que temos que ser tão parecidos?

— Oi, Jeremy. — Philip diz meu nome como se fosse alérgico a ele. Mas ele diz. Então eu sei que ele conseguiu entender. — Bom te ver. Parece que nós dois seremos homens de Harvard juntos.

Não se eu te esmigalhar todinho antes, seu merda. O vômito se agita no fundo da minha garganta. Porque não há nada que eu possa fazer com ele, rodeado por esta sociedade elegante de folheados de espinafre e água com gás. Não se eu não quiser prejudicar minha admissão. E o mundo para o qual me mudarei no ano que vem é muito mais próximo disto e mais distante dos corredores de Cresswell, onde eu conquistei algum poder.

Não tenho escolha a não ser tratar esse desgraçado com educação. Mas pelo menos tenho a habilidade de um líder de torcida para fazer isso doer.

Ofereço um sorriso educado e confuso e faço minha jogada.

— Você é o... Paul, não é? Peter? Sei que estudamos no mesmo colégio. Dei aulas de álgebra para você no primeiro ano.

— Você fez álgebra quando era calouro? — pergunta uma das ex-alunas mais novas, um tom de desprezo na voz dela. Álgebra é a aula de matemática mais básica que as escolas de Maryland oferecem no nono ano. Entre a elite de uma Ivy

League, não há medalha de vergonha pior do que ser normal em matemática. — Qual curso você quer fazer?

— Engenharia — diz Philip. — Gosto de construir coisas. Coisas que vão durar.

Phil, o Construtor. Eu o imagino com um capacete de proteção e jeans de trabalho — uma imagem estúpida, já que Philip só quer ser o cara de terno dando ordens para os caras de capacete de proteção, como seu pai.

— Contemplai as minhas obras, ó poderosos, e desesperai-vos!

— Exatamente — diz Philip. — Quero construir coisas. E Harvard vai me ajudar a fazer isso.

Ele soa quase adulador. Espero que essa ex-aluna saiba que ele só age assim porque ele quer algo dela. Julgando pelo sorriso frio em seu rosto quando ela se vira para mim, ela enxerga claramente o teatro dele. Só espero que ela não enxergue o meu.

—Você conhece Shelley? — diz ela.

— Claro! Li tudo o que ele já escreveu.

— Quais são os seus cinco poemas favoritos dele?

Ah, merda. Porque, é claro, eu só sei o suficiente da poesia de Shelley para citar uma referência que faz o Philip parecer burro por não ter entendido.

— Hm, é tão difícil de escolher.

— Por que você quer estudar em Harvard?

Mordo o lábio. Não é tão diferente do motivo pelo qual eu quero ser Rei do Homecoming. Porque eu quero ter uma vida expansiva e fazer coisas difíceis. Porque eu quero mostrar ao mundo que a transfobia não vai me impedir. Porque, quanto mais ser eu mesmo deixa as pessoas desconfortáveis, mais eu quero me jogar na cara delas.

O GSA entenderia, ou pelo menos me escutaria, se eu dissesse isso. E minha cabeça fica estranhamente sacudida quando percebo que prefiro estar de volta no esconderijo subterrâneo do clube do que aqui. Porque aqui não me sinto seguro para expressar meus sentimentos. Que eu comecei desejando a coroa porque era isso que os garotos populares desejavam, e desejo ainda mais agora que o mundo quer que eu use minha masculinidade como um cachorro usa um brinquedo mordedor. Quero provar para mim mesmo e para todos eles que eu sou quem eu digo que sou. As pessoas de Harvard não precisam provar quem são. Elas só se apresentam.

— Porque — invento um papo —, penso que uma instituição de elite que defende as artes liberais vai me preparar melhor para a liderança no século 21. E mencionei que estou concorrendo a Rei do Homecoming na Academia Cresswell?

— Isso é muito bem pensado — ela diz. — E uau! Meu amigo John Bailey estudou em Cresswell. Mas ele era nerd demais para concorrer à Corte.

O evento de recepção vira um borrão de apertos de mãos, apresentações e as mesmas cinco perguntas de novo e de novo. Bebida de gengibre artesanal cintilando em taças de champanhe. Sanduichinhos e mini kebabs mergulhados no molho de pepinos. Eu tento manter Philip a uma distância segura. Meu estômago se revira sempre que ele pergunta se conservadores são bem-vindos no campus. Sempre que mais um jovem branco, cis e rico diz *"Claro, pode ser bem difícil, mas você vai se encaixar bem"*, eu digo a mim mesmo que isso não significa nada, que estamos em Washington e pessoas de todas as orientações políticas sentam-se à mesa aqui. Mas isso não é verdade.

Porque se ele for bem-vindo à mesa, então eu com certeza não serei.

Eu me percebo em busca dos sinais silenciosos de pessoas *queer*. Alguém com os cabelos verdes e um piercing no lábio. Duas garotas reunidas em um canto, os dedos entrelaçados, mas sem apertarem as mãos.

Eu vou fazer com que me queiram, digo a mim mesmo. *Vou me transformar em realeza*. O pensamento tem um gosto amargo. Quase doentio. Outro jovem ex-aluno me chama pelo pronome errado e pede desculpas.

— Desculpa. Não fica com raiva, tá? Em Harvard ninguém liga se você é trans.

Dou um sorriso falso, odiando ter que parecer agradável e educado. Odiando a antecipação de todos os desrespeitos e zombarias que eu terei de engolir para sobreviver nesse mundo enquanto Philip pode simplesmente passear por ele.

Essa deveria ser a minha universidade dos sonhos. Mas, se eles não ligam que eu sou trans, nunca serão capazes de abrir espaço para mim. Harvard será mais uma coisa que pertence aos Philips do mundo.

Se eles não enxergam a minha transgeneridade, minhas necessidades, não vão perceber se Philip me empurrar para longe. Eles podem até me culpar por ficar preso lá fora.

Na manhã de segunda-feira, entro em Cresswell sob uma chuva de confetes.

— Hallie! Hallie — Os garotos em pé de cada lado do corredor abrem os punhos cheios de glitter. O cara em pé no meio deles abaixa o cartaz com os dizeres *"Hallie, HC?"*. Eles transformaram essa alcova inteira em uma festa, completa com serpentinas e uma *piñata* gigante aos pés do garoto que está convidando Hallie para o baile de Homecoming.

— Jeremy? — diz ele. — Desculpa, achei que você fosse minha namorada.

Eu nem sei quem é Hallie.

—Você não é meu tipo. Magrinho demais.

Subo as escadas em direção ao primeiro período e bato de frente com um garoto fantasiado de Homem-Aranha, pendurado de cabeça para baixo sobre a sacada. Ele está segurando um cartaz que diz *Aisha, quer ser minha Mary Jane no HC?*

— Foi mal! — diz ele. — Mal consigo enxergar com esta máscara!

Acima dele, a sacada range com o seu peso. Reviro os olhos e sigo em frente, esbarrando na maré de corpos e mochilas em direção à aula de inglês. Alguma coisa se enrosca no meu tornozelo. Eu tombo e bato com o queixo em um armário.

Um garoto fantasiado de Pinóquio, com shorts de couro e suspensório e tudo, está chorando no chão — eu quase tropecei no nariz extralongo dele. *Estaria mentindo se dissesse que não quero te levar para o HC* diz o cartaz ao lado dele.

— Ninguém acha bonecos de madeira sexy — digo a ele, e vou saltitando até o primeiro período.

A semana anterior ao Homecoming é a Semana do Convite, quando os garotos inventam besteiras para impressionar as garotas e convencê-las a ir ao baile com eles. Como se fossem um bando de pavões abrindo a cauda. Às vezes é fofo. Às vezes é humilhante. Lukas sempre organizou caças ao tesouro fofas que duravam a semana toda para me convidar. Duvido que ele conheça Naomi bem o suficiente para fazer o mesmo com ela, e esse pensamento é um choque de alegria mesquinha.

Eu deveria chamar alguém. O Rei do Homecoming não pode aparecer sem um par.

Mas encontros somem da minha cabeça quando chego para ajudar a organizar a sala para o fórum antiassédio do Grêmio Estudantil.

Eu congelo na entrada. Ben já está lá dentro, organizando as cadeiras em fileiras, empurrando carteiras para as paredes, abrindo espaço. Ele colocou a divisória de plástico entre essa sala de aula e a do lado para nos dar bastante espaço. *Merda.*

Eu tinha me convencido de que poderia evitá-lo até que tivesse mais pessoas na sala. Que eu poderia evitar o que fiz com ele.

Mas os olhos dele se levantam e me encontram. Dou um breve aceno e murmuro:

— Ei.

A culpa já está corando as minhas bochechas.

— Me ajuda a arrastar os móveis — diz ele com um grunhido. Eu largo minha mochila e começo a empurrar carteiras em direção às paredes. Está silencioso a não ser pelo ruído do plástico contra o linóleo. Silencioso demais. Normalmente, eu preencho com som todo cômodo em que estou, mas alguns minutos desconfortáveis se passam até que eu penso em algo inocente para dizer.

— É uma pena que a Debbie não está trabalhando nisso com a gente. — Ergo outra cadeira, arrumando-a no lugar. Minhas costas doem. Mordo o lábio e tento não deixar transparecer. — Mas, considerando que Debbie me odeia quase tanto quanto o merda do Philip, eu deveria ficar feliz que ela não está superenvolvida.

— Para um garoto tão baixinho, você tem uma lista bem comprida de inimigos. Você já pensou em quem poderia se machucar com as suas decisões imbecis? Ou você espera que todo mundo ao seu redor aguente as suas besteiras para sempre? — Ele suspira. — Olha, eu sei que não roubei um gabarito e entreguei ao Philip. Eu sei que Lukas é a única pessoa que eu deixei usar meu login de computador. E eu sei que é você que quer se vingar do Philip. Então o que caralhos aconteceu no jogo?

A voz dele é afiada. Alguma coisa dentro de mim se retrai por instinto. Mas não sou a vítima aqui. Eu sei disso. Eu me senti tão sozinho na última sexta-feira. Assustado e agitado depois de tudo o que aconteceu com Philip. Isolado e desesperançoso ao ver Lukas beijando Naomi.

E descontei isso em alguém que não fez nada além de me ajudar. Isso é culpa minha.

Preciso do Ben. Preciso do GSA. Preciso de todos os amigos que eu conseguir, que me enxergam como eu sou e me tratam como eu mesmo, porque o mundo para além deles é doloroso e cruel. Parte de mim se parece com uma bomba que está sempre detonando, mas também sou uma pessoa, e, só porque controlar a minha raiva é difícil, isso não significa que eu não deveria tentar.

Só porque me desculpar é difícil, isso não significa que eu não preciso fazê-lo. Especialmente depois do que aprontei com ele.

— Fiz merda — digo, a voz falhando. — Eu, eu estava com medo do Philip me machucar, e estava com medo de ninguém me ajudar, se eu pedisse. Porque sou uma bagunça, e sei disso, e eu só queria ser uma bagunça que pode proteger a *ele* mesmo sozinho. — Boto uma entonação forte no pronome, fincando minha reivindicação. — Lukas imprimiu os papéis a partir da sua conta e me deu. Só mais tarde ele viu que tinha o seu nome. Eu sabia, mas coloquei os papeis na mochila de Philip mesmo assim. Eu errei e sinto muito.

Ben suspira de novo. Ele fica quieto por um longo momento.

— Meehan me suspendeu dos próximos três jogos de futebol. Ela também está me fazendo tirar um F naquela prova de biologia. Se eu não me meter em nenhum problema a mais, não terei uma marca permanente no meu registro. Mas poderia ter. Você e Lukas poderiam ter arruinado minhas chances de entrar em uma faculdade de Pré-Medicina de elite. Meus pais me *destruiriam* se eu tivesse que frequentar uma faculdade estadual.

Não temos a menor chance de vencer o jogo sem ele. Tecnicamente, isso funciona a meu favor — a Corte será coroada com ou sem vitória, Lukas será humilhado enquanto seu time se debate, Meehan terá de conquistar nossos ex-alunos ricos sem a alegria de uma vitória para ajudar. Mas isso não é sobre Lukas e eu, sobre ganhar ou perder. Isso é sobre o Ben.

— Eu não devia ter te arrastado pra essa — digo. — Eu devia ter encontrado outro jeito.

Ele me encara por um longo tempo. Eu abaixo o olhar para meus tênis. Finalmente, Ben quebra o silêncio:

— Tá bom. Eu entendo. Não faz isso de novo.

— Não farei — digo. — Prometo, não importa o que aconteça. E não vou precisar. Acho que Philip aprendeu a lição.

E assim que atualizarmos o Código de Conduta, estarei protegido das palavras dele como estou dos punhos. Assim que Meehan aceitar as recomendações de mudança do

Grêmio Estudantil, teremos em comum nossa vontade de fazer de Cresswell o porto seguro que deveria ser.

Mas aqui estou, sentado na sala do Grêmio Estudantil, que deveria ser o meu salão do trono, com o medo se esgueirando na minha espinha, me dizendo que as alavancas do poder não foram feitas para as minhas mãos. A coroa do Rei do Homecoming é grande demais para a minha cabeça trans suportar.

— Bem-vindos à primeira audiência pública sobre o Código de Conduta de Cresswell — falo enquanto os participantes entram, em pé e aprumado no centro da sala, tamborilando na lista de e-mails anônimos que Sol imprimiu para mim. — Meu nome é Jeremy Harkiss, presidente do Grêmio Estudantil. Serei o guia dessa reunião. Também estou concorrendo a Rei do Homecoming.

— Meu nome é Ben Guo — diz Ben —, vice-presidente do Grêmio Estudantil. E quero que usemos esses fóruns para falar sobre como nossas ações podem machucar outras pessoas. Eu aprendi muito sobre esse assunto recentemente.

Sorri em meio ao desconforto, repuxando minhas entranhas.

— Então — digo —, quem já sofreu um ato de assédio verbal ou outro *bullying* desde o início do colégio? Sejam honestos. Esse é um espaço seguro.

Mãos se erguem. Muitas mãos. Puta merda. Eu esperava que duas ou três pessoas aparecessem — o público é de quarenta a cinquenta participantes, espalhando-se pela sala de aula dupla. Como a diretora Meehan não viu nada disso?

A maior parte do que está acontecendo é on-line. Eu já vi a disseminação de boatos perversos, os xingamentos por comportamentos sexuais e o ódio que é espalhado pela internet. Como uma das garotas mais populares de Cresswell, eu já fui alvo no passado — eu havia mostrado as mensagens ao Lukas e nós rimos. Nunca foi algo que me machucou como estou percebendo que machucou todo mundo nesta sala. Desde que fiz a transição, cortei minha foto do perfil para me parecer com um garoto adolescente normal — e recebi cerca de um décimo do ódio.

Entrego aos participantes uma fênix de pelúcia que deve indicar quem está falando no momento, e logo as garotas estão abraçando a fênix e chorando. Cantadas no corredor, toques indesejados, garotos mais velhos encarando os peitos das garotas. Junto com a transfobia e o discurso de ódio em geral, o Código também não inclui assédio sexual. Enquanto uma quinta garota relembra como um professor fez piada do peso dela, meu punho aperta ao redor do lápis até que o grafite afunde na pele da palma. Eu quero bater em alguma coisa. Mas esse problema não pode ser resolvido por um cara se enraivecendo e — como Ben escreve em um pedaço de papel e me entrega — *Fizemos merda. Debbie deveria estar aqui liderando isso com a gente.*

Debbie está sentada na primeira fileira em vez de nos ajudando. Estou com raiva dela, mas isso é maior do que a nossa rivalidade mesquinha. Eu não sou nenhum dos meus pais babacas. Eu sei como passar o microfone. Faço contato visual e suplico em silêncio. *Pegue o bicho de pelúcia. Assuma a liderança.* Enfim, ela pega a fênix e se levanta.

— Eu quero falar sobre as pessoas neste colégio que odeiam mulheres. E misoginia internalizada.

— A casa reconhece a veterana Debbie Engle — digo.

— Eu não reconheço você — diz ela. — Votei em uma presidente mulher para o Grêmio Estudantil.

Isso me estremece como um balde de água fria. Ranjo os dentes.

— Debbie, qual é. Você quer mesmo usar o pronome errado comigo quando estamos falando sobre *bullying*?

— Eu sei que você é um garoto, Jeremy. É óbvio pra caralho. Eu queria que uma garota liderasse o Grêmio Estudantil porque ela entenderia melhor o que estamos passando. Não está escutando a sala? Quase todo o assédio em Cresswell é feito por garotos indo atrás de garotas. Como alguém como você vai resolver isso?

— Você acha que eu não tive a experiência vivida para entender pelo que as garotas passam? — Como se minha avó não tivesse falado para eu ficar quieto quando um garoto vizinho me derrubava no chão, para sorrir para um primo mais velho quando ele dissera que eu havia crescido bonita. Como se eu não tivesse ido ao inferno e voltado. Aceno a mão na frente do peito, o que é algo que eu não faria nem em um milhão de anos se não fosse necessário. — Tá vendo? Peitos. E uns bem óbvios, mesmo que eu tente escondê-los. — Acrescento um suspiro dramático no final da frase. Minha voz falha e cai de tom.

Repentinamente, eu não me importo. Eu quero que eles vejam as bordas ásperas do meu contorno, os detalhes que não se encaixam, a voz e as curvas e os peitos e os pelos loiros fininhos sobre o lábio superior. Quero jogar a minha realidade na cara deles, fazê-los me ver como eu realmente sou. As partes de garoto, as partes trans, as partes em ebulição. Quero que cada pedacinho meu valha a pena de ser defendido.

Debbie balança a cabeça.

— Mas na verdade você não liga, não é? Tipo, você se recusou a denunciar Brandon Kyle no segundo ano.

Eu me retraio, aquele velho medo ressurgindo e bloqueando minhas entranhas. É disso que ela estava falando? Brandon Kyle havia perseguido Debbie naquele ano também. Ele a fazia tropeçar nos corredores, a apalpava nas aulas de educação física. Ela havia me pedido para denunciá-lo junto com ela para Meehan, mas eu recusei. Mesmo que eu não soubesse que era um cara, a vergonha que ele havia implantado em mim havia se entranhado nas profundezas da minha alma. Então Debbie o havia denunciado sozinha. E Meehan não achou a palavra dela crível o suficiente para punir Brandon.

Ficamos sentados ali por dois minutos desconfortáveis até o sinal tocar. E tudo em que consigo pensar é que talvez eu me pareça ainda mais com um cara cis do que havia imaginado, se não sei o que dizer a ela em seguida. O resto do grupo se embaralha em silêncio, saindo da sala de aula, mas eu permaneço grudado no assento.

De volta em casa naquela noite, o GSA não fica surpreso quando conto o que aconteceu. O tema do *Spirit Day* de quarta-feira é fantasia em grupo — coordenação e conceito valem pontos —, e nos reunimos para resolver a nossa fantasia e falar mal das pessoas que odiamos.

— Isso é coisa de TERF — diz Hannah, vasculhando meu armário. Pilhas de tecidos se derramam de caixas, espalhando-se pelo chão, amostras de lantejoulas de velhas fantasias de Halloween e blusas florais que não cabem em mim desde o sétimo ano. Salto alto e galochas e todas as peças de uma vida que ainda não tenho certeza de ter vivido.

— Feministas radicais trans-exclusionárias. — Anna pega uma velha boina e experimenta. — Muitas delas são lésbicas, infelizmente. Elas odeiam pessoas trans porque gostam de reivindicar o posto das *queers* mais oprimidas que existem.

Isso não descreve muito bem a Debbie. Agora consigo entender. Ela queria que sua amiga líder de torcida estivesse ao lado dela em solidariedade contra Brandon e a ajudasse a buscar justiça, rápida e feminista, contra os babacas e assediadores de Cresswell. E não há nada que eu gostaria de fazer mais do que isso. Mas só posso fazer do meu jeito, e meu jeito é apenas o masculino.

Acho que essa não é a explicação que Debbie quer ouvir.

Eu tiro longos fios de cabelo loiro de um velho vestido

meu. Parece que eles não vieram do meu corpo. O vestido também não parece meu, mesmo que eu me lembre de chorar quando fui à loja comprá-lo. Eu sempre odiei fazer compras para mim mesmo, mas adorava escolher roupas para minhas amigas líderes de torcida. *Como foi que levei esse tempo todo para entender que sou trans?* Eu morreria pela minha coleção de roupas masculinas. Estou guardando o conjunto que planejo vestir para aceitar a coroa do Homecoming desde meados de agosto.

Eu provavelmente deveria estar trabalhando na fantasia da *Spirit Week*, a semana *antibullying queer*, desde essa época. Acho que só presumi que Naomi faria as fantasias. Como sempre.

Nossa, eu sou uma grande bosta de amigo. Mas posso resolver isso, lembro a mim mesmo. Eu posso me desculpar com as pessoas que machuquei. Posso criar novas conexões, deixá-las mais fortes, me esforçar para manter minha raiva sob controle. Especialmente quando estou entrando em uma comunidade da qual preciso, onde há mais pessoas que posso magoar.

Sol tinha razão. Preciso de amigos que entendem e recebem bem a minha transgeneridade. Mesmo se pensar nisso, às vezes, me deixar disfórico. Mesmo se, às vezes, tudo que eu quero é fechar os olhos e acordar como um garoto cis, um garoto normal. Eu me senti tão invisível naquela recepção de Harvard, onde todo mundo ficou fazendo rodeios em torno da minha transgeneridade, da mesma forma como se ignora uma rachadura em um velho prato.

Só porque meus sentimentos sobre meu gênero são confusos e conflitantes, isso não significa que eu deveria querer ser cis para deixar esses desgraçados confortáveis.

— De quais personagens de filme queremos nos fantasiar? — indagou Sol. — Posso sugerir as do anime *Revolutionary Girl Utena*?

— Posso te lembrar de que nem todo mundo assiste anime? — diz Hannah. — Não quero passar o dia todo explicando minha fantasia para as pessoas.

— Vamos fazer *Matrix* — sugiro, puxando meu longo casaco preto de lã. Vou suar para cacete nele, mas esse é o preço que pagamos pela moda. — O filme trans mais influente?

— Eu preferi *O Destino de Júpiter* — diz Connor, e eu marco uma pequena vitória: o cara gatinho está falando comigo. — Você viu o Eddie Redmayne nesse filme?

— Não vi. — Eddie estava morto para mim desde *A Garota Dinamarquesa*. Quando eu vencer o Rei do Homecoming e a história viralizar e eu me tornar superfamoso, não venderei os direitos da minha história para Hollywood, a não ser que eles jurem contratar um ator trans para me representar. E um gato. Inferno, eu mesmo faço se eles implorarem o suficiente. — Mas ele é fofo.

Connor dá de ombros. Minha isca perdeu o alvo. O quanto é difícil falar sobre caras fofos com outros gays? Por que não consigo me conectar com ele?

— É uma droga que as Wachowski são as únicas cineastas trans realmente bem conhecidas — diz Hannah. — Não existe nem um cara trans bem conhecido em Hollywood.

—Talvez eu vire o primeiro — digo.

— Pensei que você queria ser um advogado como sua mãe — diz Anna.

—Talvez eu faça as duas coisas. O céu é o limite, né?

Todo mundo olha para mim como se eu tivesse brotado em mim uma segunda cabeça. Vivi a vida inteira com o conhecimento de que pessoas como eu não são bem-vindas na alta sociedade. Existe um meme sobre como todas as pessoas trans trabalham com programação de computadores (as que conseguem um emprego) e é meio verdade. Parece que todos acabamos caindo em empregos que não exigem que os outros gostem de nós. Empregos dos quais não podemos ser mandados embora por termos uma aparência estranha ou por deixarmos as pessoas desconfortáveis. Tipo o Neo em *Matrix*.

Mas eu não pretendo deixar o que sou colocar um limite nos meus sonhos. Não vou deixar o medo ditar os termos nos quais vivo a minha vida. Há um motivo para a existência de *Matrix* — pessoas como eu são a falha no sistema, o bug que as lembra de que os sistemas que são vistos como certos estão quebrados.

Pego dois corpetes de couro preto do armário e os jogo para as irmãs.

— Por que você ainda tem isso?

— Eu nunca jogo nada fora. — Sorrio enquanto cavo na minha pilha de acessórios, pendurando correntes de contas e lenços delicados no pescoço, completando com óculos escuros dignos de uma estrela do cinema. — As coisas ficam bem em mim.

Connor trouxe a câmera chique dele, então pilhamos meu armário e fazemos uma sessão de fotos diante das cortinas rendadas que minha mãe pendurou. Couro preto e óculos escuros, eu tentando arrumar o que restou do meu cabelo em uma onda descolada, Sol se adornando com uma dúzia de chokers grossos.

— Como future membre da Monarquia Não Binárie do Homecoming, posso me vestir como quiser — elu me diz.

Anna tenta andar de salto stiletto e cai. Hannah, para a minha surpresa, desliza pelo corredor com eles como uma rainha de concurso de beleza. Convencemos Connor a experimentar um vestido, e faço a maquiagem dele, passando bronze nas pálpebras enquanto seus cílios estremecem. Alguém liga a música e Sol salta da cama para cantar usando a minha escova de cabelo. Enquanto isso, a câmera está clicando.

Eu sorrio e carrego as fotos em um pen drive. Planejo transformá-las em cartazes mais tarde. Minha oferta de pizza pode ter dado errado, mas isso chamará atenção e fará as pessoas lembrarem meu nome. Lembrarem que eu sou um arraso de *queer* e vou arrasar com essa competição. Se votarem contra mim por isso, não quero o apoio dessas pessoas.

Não demora muito e temos roupas para todos os dias da semana, exceto segunda-feira, que é tradicionalmente o Dia da Vestimenta Formal. Eu estava planejando vestir o *smoking* que comprei no ano passado, quando Naomi e eu fomos um par de Jane Bonds.

— Ei, mãe — digo, me inclinando sobre o parapeito da escada. —Você viu meu *smoking*?

— Ah. — Ela está vindo da garagem, vestida com um combo impecável de blazer e saia lápis. Olhando para mim debaixo do lustre e dos cristais brilhantes pendendo do teto. — Joguei fora.

— O quê? — Ouvi errado? Estava em ótimo estado. Eu achei na Goodwill e só tinha sido usado uma vez. Desço as escadas de dois em dois degraus e a encontro na cozinha. Mas ela não me olha nos olhos.

— Eu joguei fora várias coisas suas ao longo do verão — diz minha mãe. — Estava fazendo uma faxina.

Ah. Sinto como se água gelada estivesse escorrendo pelo meu pescoço.

— Você não "faxinou" meus vestidos de Páscoa — digo. — Nem mesmo os de quando eu tinha cinco anos.

— Eu... Devo ter me esquecido deles.

Não. Eu sei exatamente o que ela estava tentando fazer. Ela agiu como se remover as roupas de Jeremy fosse banir um fantasma indesejado do meu corpo.

— Se você queria uma filha cis e hétero, deveria ter me vestido melhor. Aqueles vermelhos e laranjas eram cores de outono. Eu me desenvolvi gay como um mecanismo de defesa.

Minha piada não é compreendida pelos ouvidos héteros dela. Ela se remexe, desconfortável.

— Eu... Eu não deveria ter feito isso.

— Não diga. Você não tem permissão para odiar seu próprio filho por existir.

— Não estou com raiva por você existir. — Ela ri, afastando

o cabelo do rosto, meio sem jeito. Posso ver que ela está nervosa. Não ligo. — Eu só tive um momento breve e imaturo. Desculpa. Foi errado da minha parte. Não toquei nas suas coisas desde então.

— Você queria que eu sumisse, que fosse apagado. — Ainda estou possesso. — O quê? Achou que, se mexesse no meu armário, eu só secaria e desapareceria? Eu. Seu filho. — Essa última palavra parece uma arma sendo arremessada da minha língua, um letreiro neon piscando no rosto dela, mas a única coisa que eu quero é que ela me ame. Não quero sentir como se quem eu sou fosse uma traição a ela. Eu só quero que ela me enxergue como eu sou, nos meus termos.

— Desculpa — diz ela, baixinho. — Vou comprar um *smoking* novo para você.

Você pode me comprar uma mãe nova? Quase falo, e engulo a resposta.

Carrego essa decepção comigo a noite toda, enquanto desenho a próxima leva de cartazes da campanha, e a manhã inteira, enquanto imprimo tudo e corro para me unir ao GSA. É algo que cutuca minha espinha. *Indesejado.* E miro nos olhos dela e vejo que sou indesejado, mesmo que ela não diga isso em voz alta. Eu não sei qual força na terra pode fazer com que ela me queira, não depois de ter falhado a regra fundamental de ser a filha dela. *É injusto. É tão difícil ser uma filha mesmo se você for uma. Eu nunca poderia ter suportado esse peso.*

Eu só quero ser desejado como filho dela. Como parte de nossa pequena família unida, só nós dois.

Não é como se o mundo estivesse do meu lado. Mas só porque eu quero tentar consertar os laços partidos que despedacei por aí, isso não significa que eu saiba como.

Como você começa a persuadir a sua família que você pertence a ela?

Nossos cartazes são expostos em uma agitação arco-íris, flamejantes e brilhantes sobre os anúncios normais de clubes, arrecadações beneficentes e do Comitê do Homecoming, além dos que fizemos para o fórum *antibullying*. O oficial dos bombeiros teria um surto se visse toda essa papelada nas paredes. A cartolina mais chamativa que posso comprar e, coladas nela, fotos de mim e Sol com casacos pretos. *Nossas fotos de Matrix*.

Derrube a velha Cresswell, eles dizem, e *Saudações, camaradas*, e *Queers dominam o colégio!* Embaixo de tudo está a minha declaração: *Jeremy Harkiss e Sol Reyes-Garcia para a Corte do Homecoming*.

Talvez eu seja uma decepção. Talvez eu não devesse existir. Mas eu sou eu, e estou lutando.

E a descoberta de que eu, trans, garoto e gay — cada parte de mim —, posso me recompor e combater o fogo com mais fogo faz eu abrir um sorriso enorme e brilhante.

— Igualzinho a um garoto — Debbie comenta enquanto eu prendo um cartaz sobre o armário dela, equilibrando-me sobre uma banqueta com rodinhas precária que roubei da sala de aula de Ciências da Natureza. — Você não deveria estar liderando o novo programa *antibullying* de Cresswell?

— Posso fazer duas coisas ao mesmo tempo.

— Pode fazer bem duas coisas ao mesmo tempo? — diz ela. — Porque nesse momento parece que você está usando a atualização do Código de Conduta para chamar atenção para a sua campanha. O que é bem babaca.

Eu me retraio. Ela está certa. Quero me sentir seguro com relação a Philip. Quero ajudar o colégio. Mas também quero crédito por uma vitória.

— Importa mesmo se eu estiver, Debbie? Eu me beneficio, Cresswell se beneficia. Nem tudo o que eu faço precisa ser perfeitamente altruísta.

Todas as garotas — bem, toda pessoa com um marcador de sexo F registrado na certidão de nascimento, e as mulheres trans também — são ensinadas a não fazer nada para elas mesmas. Isso é besteira.

— Isso não é um jogo, Jeremy. É sobre a vida das pessoas.

— É sobre a minha vida também. — Respiro fundo, tentando não gritar. Não preciso de mais inimigos. — Não acho que estamos em lados diferentes. Acho que...

— Eu acho que não posso confiar em você — diz ela. — Considerando que você é um traidor que trocou de lado para o dos garotos.

Esquece essa merda. Pelo menos Debbie me enxerga como um cara — só que de um modo que apaga todas as minhas experiências. Isso não melhora nada. Eu passo por ela, subo as escadas depressa e começo a cobrir o segundo andar com cartazes.

Ela acha que eu não tenho mais o que perder nesse jogo. Mas dizer ao mundo quem eu sou não impede que caminhoneiros buzinem para mim quando estou andando até a lanchonete à tarde. Não me impede de precisar entrar em três mercadinhos no caminho para casa até encontrar um que venda absorventes internos. O formato do alvo nas minhas costas mudou, mas também aumentou de tamanho.

Minha transgeneridade é parte da minha masculinidade. O modo como cheguei ao meu gênero importa, mesmo que não mude o que meu gênero é. Não estou a salvo de assédio só porque sou homem.

E talvez o outro lado da moeda também seja verdade. Talvez eu também não seja menos homem porque sou trans. Debbie enxerga uma parte da minha identidade, minha mãe enxerga outra, mas são todas peças diferentes de mim que eu preciso descobrir como carregar. Um labirinto no qual preciso navegar. Um campo minado.

E tantas pessoas querem que eu o atravesse sozinho.

CAPÍTULO TREZE: LUKAS

Terça-feira chegou em uma maré de cartazes reluzentes e coloridos, espalhados pelas paredes do colégio. Colados em armários, espetados sobre os bebedouros, pendurados no topo da corda de escalada no ginásio. Adesivos chamativos, fontes elaboradas e fotos de Jeremy e Sol vestindo capas pretas muito legais. *Onde eu consigo uma jaqueta dessas para mim?* Meu ex provavelmente queimou uns trezentos dólares nos custos de impressão. Mas ele parece feliz. Sorrindo maliciosamente, olhos verdes dançantes. Como um alienígena visitando de outro planeta onde tudo está bem e tranquilo.

É uma confiança fingida. Eu acho. Pela discussão que tivemos depois do jogo, eu sei que ele está lutando com unhas e dentes, que ele quer tanto essa coroa que vai até mesmo passar por cima do Ben para conseguir. Ele não é um dos caras brancos e cis que venceram sem esforço ao longo de cem bailes de Homecoming de Cresswell. Ele não está só esperando aparecer e receber os louros. Mas tenho inveja da habilidade dele de chegar com tudo e exigir que seja levado a sério. Ele se ergue a uma altura como se nada pudesse derrubá-lo.

Eu não sou o único hipnotizado pelas fotos. Sol também, a meio caminho do corredor. Encarando-as com uma expressão próxima à reverência.

— Seu visual tá legal — digo.

Elu sorri.

— Meu visual tá irado. E incrível. Tipo, eu sempre sinto tanta disforia quando olho para fotos minhas. Mas Connor é um ótimo fotógrafo, e Jeremy tem uma coleção maravilhosa de roupas. Eu amo me ver como uma divindade sem gênero da computação.

— É bom ter objetivos — digo, minha raiva purulenta com Jeremy escurecendo todo o resto na minha visão. Minha família se partiu este fim de semana enquanto ele fazia projetos artísticos com seus novos amigos. — Preciso fazer algo em relação a essas fotos. — Jeremy sorriu quando explodiu a vida de Ben. Agora devo deixar que ele reivindique as paredes do colégio como seu território?

— Por quê? — pergunta Sol. — Elas estão incríveis.

— Para a campanha dele, sim. Não para a minha. — Observo Sol. Cético, dessa vez. — Você ainda está do meu lado, né?

— Hm — elu diz. — Somos amigues. Mas não vou escolher um lado do seu término. Você e Jeremy são os únicos forçando as pessoas a isso. Eu sei que foi você quem zoou com a oferta de pizzas, usando a dica que eu te dei. Você meio que me usou.

Em me retraio. Porque, sim, eu usei mesmo.

— Desculpa — digo. Mas eu tenho uma semana, três dias, treze horas e cinquenta e um minutos para firmar minha reivindicação. Tenho que jogar esse jogo nos meus termos, não nos de Jeremy. — Não vai acontecer de novo. A partir de agora, vou me ater a só promover minha campanha com Naomi. Falando nisso, sabe aquele carrinho que as pessoas usam para levar a TV até a sala de aula? — digo. — Está no laboratório de informática, eu sei. Posso pegar emprestado?

— Para quê? Um convite para o baile ou algo do tipo?

Semana do Convite. Naomi. Certo. Estou tão ocupado organizando meu grande evento da campanha que convidar meu par para o Homecoming de maneira pomposa me escapou da memória. Pior, eu não posso só reutilizar o que eu teria feito para o Jeremy — uma caça ao tesouro de uma semana culminando em uma celebração enorme na fogueira. Uma caça que teria sido toda sobre nós. Cada pergunta, cada pista conectando-se ao nosso histórico compartilhado.

De que tipo de convite Naomi gostaria? Ela passou os últimos três anos na sombra do Jeremy. Ela gosta de planejar grandes eventos, mas nunca está no centro deles. Ela merece um momento sob a luz dos holofotes. Uma chance de brilhar por conta própria. O namorado que ela quer que eu seja faria isso por ela.

Meu futuro pode estar em chamas, mas posso vestir um sorriso e fazer algo legal para ela.

—Você pode enviar um e-mail para toda a turma de veteranos?

O e-mail é enviado. Peço aos meus colegas de turma fotos e vídeos de mim ao longo dos últimos quatro anos. Peço a todos que se reúnam no estacionamento dos veteranos na hora do almoço na quinta-feira. Finalmente, vou atrás de Laurie e imploro para que ela falte a um período do esquete musical para me ajudar.

— Temos uma semana e meia até a performance — ela retruca, indignada. — A linha de trás ainda nem consegue fazer os passos de sapateado!

— Vou pedir para Meehan aumentar o limite de tempo do show para que você possa ter um solo extralongo de balé — digo a ela, e funciona.

Pode não ser doce e pessoal, mas toda garota gosta de um flash mob.

Minha professora de Literatura Inglesa Avançada nos deixa usar laptops para fazer anotações. Sentado nos fundos da sala de aula com luzes baixas e aroma de lavanda, eu pego as fotos e vídeos que meus colegas me enviaram e começo a cortar e montar os arquivos para formar algo épico. Adicionando música de calibre olímpico de fundo. Mentalmente planejando uma rota pelo colégio. *Como posso alcançar o máximo de pessoas possível no prédio? Como posso fazê-las perceberem meu espírito escolar?* O que estou planejando é realmente épico, um registro para a lenda do Homecoming de Cresswell. Eu sei que vou conseguir. Só queria ter a energia para aproveitar.

No treino daquela tarde, o treinador me faz praticar jogadas com o Troy, o *quarterback* de reserva magrelo e trêmulo.

Com Ben suspenso, ele vai jogar na partida do Homecoming. Corremos de um lado a outro pelo campo de prática de terreno irregular, sincronizando nossos movimentos, eu tentando gravar a sensação dos passes dele na minha memória muscular. Eu tento encorajar o garoto, mas as mãos dele tremem toda vez que se curvam ao redor da bola, e não sei o que dizer. As coisas estão esquisitas sem o Ben arremessando para mim, como se eu tentasse alcançar a bola com dedos que não tenho. Como se minha vida tivesse sido partida ao meio.

Tudo bem, digo a mim mesmo quando o treinador encerra o treino balançando a cabeça com pesar. Tento esquecer a imagem de Ben no último sinal, arrastando-se para o salão de estudos enquanto o resto de nós ia para o campo. *Se ainda estou no campo, posso fazer isso funcionar. Todo mundo está contando comigo.*

Eu fico até mais tarde depois do treino para ajudar os calouros a montar um esqueleto para a escultura de enlatados da próxima semana. Já que o tema deles é Mistério, eles estão construindo uma lupa. É patético comparado à escultura dos veteranos, que é um busto do Super-Homem, mas dou a eles todas as dicas que tenho sobre como construir uma estrutura de papelão.

— Ainda não temos latas o suficiente — diz um calouro, arrastando um carrinho vermelho enferrujado de ervilhas em lata para a sala de orquestra. — As pessoas são tão avarentas. Eu não sei nem como o colégio consegue arrecadar dinheiro o suficiente para fazer o baile.

— É dinheiro do fundo dos ex-alunos — digo. Minha carteira (e o cartão de débito dentro dela) parece pesada no meu bolso. Cheia da responsabilidade que foi depositada em mim pela sociedade de elite na qual preciso me enfiar. As pessoas que podem colocar minha inscrição universitária no topo de cada pilha, as relações que podem me destacar como o melhor dos melhores. — É decente, mas o orçamento é bem apertado. Se não tivermos mais dinheiro, não poderemos fazer o baile.

— Então não podemos simplesmente comprar latas e doar para nós mesmos? — indaga ele.

Eu balanço a cabeça. Se permitíssemos isso, os riquinhos competitivos de Cresswell comprariam o concurso inteiro.

— Bota algum esforço nisso. Esforço. E-S-F-O-R-Ç-O. E de energia, S de superação, F de... — Eu não completo a frase, sem ideias além de *preciso de cafeína*. Dou um tapinha nas costas dele. — F é de fomente sua própria criatividade. Eu não tenho tempo para escrever um poema para vocês.

Compro uma Coca-Cola da máquina de bebidas e volto ao trabalho. Depois de prender três suportes de papelão, ligar para os fornecedores da fogueira para confirmar a hora de entrega, e impedir dois alunos do segundo ano de enfiar chiclete nas válvulas de água de um saxofone abandonado, encontro Sol perto do meu carro. Elu pegou uma caneta tricolor da mochila e está brincando com ela.

— Demorou um bocado — diz elu. — Praticando suas melhores cantadas na frente do espelho?

— Desculpa — murmuro. Mas como posso explicar?

Que eu engulo tudo o que empurram para mim e não reajo, que não penso no que eu quero e como poderia responder.

Eu só me viro.

Se eu continuar só me virando, vou me desgastar como um lápis depois dos testes avançados.

Dessa vez, quando chego em casa, meu pai está dormindo. Minha mãe está lá fora no pórtico. Eu pergunto se tem janta e uma nuvem quente de fumaça de tabaco me envolve.

Ela está fumando de novo.

— Preciso explicar quantas pessoas morrem todo ano por causa desses cigarros estúpidos? — digo.

— Você faz isso toda vez que tenho uma recaída. — Ela suspira, encostando-se na grade e observando o jardim escuro e cercado. Galhos soltos e folhas mortas voam sobre a grama alta demais. A churrasqueira que ela comprou para meu pai como presente de aniversário está coberta por teias de aranha. Faço uma anotação mental para limpar o quintal neste fim de semana. — Eu sei que você se preocupa com minha saúde, mas acredita em mim, Lukas, não vou a lugar algum.

Não sou mais uma criança. Será que eles se esqueceram disso? Talvez eles queiram que eu permaneça criança na cabeça deles, já que a breve vida adulta do meu irmão foi extinguida. Ou talvez o meu autismo os faça sempre me verem como alguém de quem que eles precisam cuidar, mesmo quando estou carregando todo o colégio e a família nos ombros. Também não gosto disso. Desde o funeral, é como se estivéssemos vivendo em mundos separados.

— Está animada para o jogo do Homecoming? — digo.

— Será difícil sem o Ben, mas ainda temos uma chance, e o desfile do intervalo será incrível.

Perceba que estou construindo algo para você. Que ainda estou aqui e você ainda tem alguém por quem torcer.

Minha mãe dá uma longa tragada no cigarro.

— Amo meu novo emprego, mas ele ocupa muito meu tempo. Não quero prometer que vou ao jogo quando posso não ir.

As palavras dela são suaves. Posso ver que ela está tentando diminuir o golpe. Mas ainda me atinge com força e todas as banalidades dela soam como mentiras. *Ela não quer ir ao jogo.* Eu poderia ser coroado Rei da Inglaterra e ela não apareceria.

— A sra. Harkiss estará lá para ver o Jeremy na animação de torcida — digo. — Ela é sua amiga. Você também pode ficar com ela, se for. — Um choramingo em pânico beira as minhas palavras, e mordo a bochecha para estabilizar o coração acelerado. *Por favor, vá.* Como eu poderia fazer mais do que isso para deixá-la com orgulho de mim?

— É claro que adoro ver você jogar. Mas sei que seu pai também quer estar lá. Vou deixá-lo ter essa.

— Então você está evitando meu pai? — Meus dentes afundam na pele sensível do meu lábio. O sangue preenche minha boca, uma ferida que só eu sei que está aberta. — Percebi que você tinha "terapia em casal" no histórico de pesquisas do computador...

— Você não deveria invadir minha privacidade assim, Lukas — diz ela, severa, o cigarro esquecido.

— Ninguém me diz nada! — eu grito. Alguma coisa estoura dentro de mim, como se tivesse pressionado com força demais a ponta de um lápis e quebrado o grafite. Como se tivesse deixado borrões cinzentos na minha vida limpa e imaculada. — Ninguém nesta casa sequer fala comigo. Vocês só ficam parados e sentados no jantar e balançam a cabeça quando falo dos meus planos para o Homecoming. Vocês deixam que eu descubra sozinho o que está acontecendo entre vocês dois e como mediar isso, e eu não sei o que fazer, eu não sei, eu só não sei! — Posso me forçar mais e mais, posso trabalhar até cair exausto, mas se eles não me derem contexto suficiente, não consigo ajustar o percurso para ajudá-los...

— Não se preocupe — diz minha mãe. — Não importa o que acontecer com seu pai e eu, você ficará bem. Temos todo o dinheiro guardado para as suas despesas da faculdade...

— O que você quer dizer? O que pode acontecer com meu pai e você?

— Não importa. Você terá o dinheiro. Você ficará bem.

Desde quando ter dinheiro significa que estou bem? Estar bem precisa significar que terei uma família que me receberá de volta. Mas gritar *Dê um jeito na sua vida! Dê um jeito por mim!* não vai me levar a lugar nenhum, e eu não me incendeio sem o Jeremy me incentivando. Eu nunca gritei com meus pais. Não sei por onde começar.

— Relaxa — diz minha mãe. — Você só tem 18 anos. — Ela me oferece o maço de cigarros e o isqueiro. — Quer desestressar?

Eu a encaro. Horrorizado. Por um segundo, penso em pegá-los e arremessá-los longe no meio da mata atrás da nossa cerca.

Em vez disso, pego o isqueiro e volto para dentro de casa.

Eu sei que é estúpido e inútil — se ela quiser fumar, ela pode simplesmente comprar um novo isqueiro no mercadinho —, mas o plástico tem uma textura lisa e gelada nos meus dedos. No silêncio do meu quarto, encolho os joelhos de encontro ao peito na cadeira da escrivaninha e me balanço para a frente e para trás, girando o isqueiro e olhando para a foto da família sorridente que costumava ser a minha.

Quando o mundo está desabando, eu me agarro a qualquer coisa como uma âncora. Vou remendar o que está quebrado dentro de mim. Posso costurar uma ou duas fissuras em mim mesmo. A única coisa que me deixaria com cicatrizes para sempre seria me despedaçar.

Mas e se a minha vida estiver mais quebrada do que imagino? Será que alguma carta de aceitação na faculdade vai consertar o que há de errado entre meus pais? Jeremy e eu construímos tantas memórias incríveis juntos, mas isso não nos impediu de implodir.

Vencer pode só prolongar o dia quando meu mundo desabar. Vencer pode não fazer absolutamente nada.

Na quarta-feira, passo o primeiro período falando por mensagem com Debbie sob a carteira a respeito das serpentinas. Meu celular conta o tempo: uma semana, dois dias, sete horas e quinze minutos. Meu peito aperta a cada instante que passa. Os calouros nos enviam um projeto para a escultura de Homecoming que eles planejam construir: uma cabeça gigante do Sherlock Holmes. Fofo, mas querem fazer tudo de papel machê, e eu sei por experiência própria que o Sherlock vai se desfazer em dois pedaços se eles não forem cuidadosos.

Envio mensagem para Stephen, o garoto no comando da construção.

Lukas Rivers: Vocês precisam construir uma estrutura. Não de papelão. Madeira e canos de plástico. Temos pouco mais de uma semana até o grande desfile. Tem certeza de que quer fazer algo tão ambicioso? Você não quer que sua escultura desmorone e então ter que se virar de última hora para inventar alguma coisa rápida quando o plano original falhar.

Stephen Gibson: Que seja, cara. Eu vou tentar do meu jeito.

Do jeito dele? Eu quase respondo dizendo que sou o líder do Comitê do Homecoming, o futuro Rei do Homecoming, e estava construindo esculturas sobre rodas na época em que ele estava no ensino fundamental. Mas talvez não seja mais assim. Talvez eu não importe mais.

O jornal do colégio realiza uma pesquisa de opinião para a eleição da Corte: fruto do cérebro de Kelsey Miller, que está determinada a conseguir um emprego de especialista na CNN antes de ter idade para alugar um carro. Nos anos anteriores, a pesquisa nunca foi exata — as pessoas mudam de ideia, ou marcam o xis errado, ou inventam algo para imprimir uma piada no jornal. Espera-se que "Chad Bolazul" obtenha 3% dos votos — na frente de Sol, que pelo menos é uma pessoa de verdade e uma opção real na eleição. Então eu não deveria me importar. Mas me ver com 36% — ver o Jeremy com 44% — me dá calafrios na espinha e não há margem de erro que possa acalmar isso.

Preciso de uma reconfiguração. Porque estou perdendo, perdendo tudo, e essa é a única coisa que posso controlar. Naomi e eu não conseguimos chegar no mesmo nível dessa jogada dos cartazes, não quando o Jeremy cobriu cada superfície disponível no colégio com seu rosto sorridente. Por Deus, como ele sempre consegue parecer tão não afetado? Eu me lembro de segurá-lo nos meus braços enquanto ele chorava até dormir no inverno passado. *Eu não sei como ser feliz, Lukas. Eu só sei fingir.*

Eu sou a única pessoa que já o viu chorar. Será que ele parou de sentir dor?

Espero que não, penso, puxando com força o elástico enrolado no meu polegar. *Espero que ele esteja tão transtornado por dentro quanto eu estou agora.*

Pensamentos sobre o Jeremy, cartazes e vitórias giram na minha cabeça enquanto passo a hora do almoço levando de carro o comitê de escultura do segundo ano até a Home

Depot. Eles querem que a escultura de dragão cuspa fogo de verdade e, já que tenho 18 anos, posso comprar o spray que servirá de ignição. O cartão de débito do Homecoming reluz na minha mão quando o aproximo da maquininha.

— Isso vai ser demais — diz um garoto do segundo ano, clicando seu isqueiro. — Obrigado, Lukas. Esse vai ser o melhor desfile de todos!

Sorrio em resposta, mas não sinto o mesmo. Sou bom o bastante em fingir um sorriso.

Quando volto para Cresswell, mal tenho cinco minutos de sobra na hora do almoço. Estou tão distraído enviando mensagens enquanto corro para a doca de carregamento — mais camisetas de turmas estão chegando, e o Comitê precisa da minha ajuda para carregá-las — que não percebo Ben até colidir com ele no meio do corredor.

— Olha por onde anda! — ele grita.

— Desculpa — eu começo. Minhas palavras vêm tarde, vazias, e Ben aproveita isso.

— Desculpinha mole — resmunga ele. — Eu sei que foi você quem imprimiu aquele gabarito da minha conta. Você podia ter contado a verdade para Meehan e Coryn. Podia ter consertado isso. Por que você deixou que eu me ferrasse por isso?

Choques percorrem meu corpo, como relâmpagos. Tudo no que consigo pensar é *conserta isso*, e caio na defensiva, como um boxeador golpeado.

— Jeremy plantou aqueles papéis — insisto. Eu sei que não significa nada. Jeremy só queria jogar pimenta nos shorts de ginástica do Philip. Fui eu que dei o gabarito para ele; queria tanto ajudar que me comprometi com mais do que podia suportar. — Assim que percebi que tinha o seu nome, mandei ele não usar. Eu tentei impedi-lo...

— Você está roubando de uma professora — diz ele. — Está trapaceando para passar em Biologia Avançada, uma violação do Código de Conduta que daria em uma expulsão, e está jogando seus amigos aos leões por isso. Você. Não o Jeremy. Você vai mesmo deixar eu me ferrar por causa de uma disciplina?

Não é sobre a disciplina. É sobre dar a todo mundo o que eles querem de mim. Mas não posso dar ao Ben o que ele quer e precisa. O mundo tremeluz, para e desfoca tudo. Eu não tenho nada a dizer e nada a fazer que possa consertar isso. O pânico emerge dentro de mim. Preciso sair para algum outro lugar. Preciso *dar o fora*.

— Lukas! — Ben grita quando viro as costas para ele. — Você não pode simplesmente fugir de mim.

Mas eu posso. Eu posso escorregar para as profundezas dentro de mim, trancar o mundo lá fora e sumir. A respiração pesada, os punhos fechados, me distanciando o máximo que posso da pressão esmagadora do que eu fiz. Apertado ao redor da minha cabeça como um elástico. Eu passo pela sala de Europa Avançada e continuo em frente, cada parte do meu corpo paralisada de modo artificial e forçoso. Passo pelo labirinto de cartazes. Sentindo os olhos desdenhosos de Jeremy na pele enquanto o corredor se esvazia.

Eu só consigo pensar que estou tão transtornado e magoado quanto ele. Nós dois colocamos a vitória de Rei do Homecoming e tudo o que ela representa acima dos nossos amigos. Acima um do outro. Nós dois estamos machucando as pessoas que amamos. Não haverá paz até que um de nós leve a coroa.

Você quer jogar sujo? A pressão na minha cabeça diminui. O pensamento de arruinar o dia do Jeremy acende alguma coisa dentro de mim. Eu baguncei as coisas com o Ben, mas ainda posso ser a pessoa — o rival — que o Jeremy quer que eu seja. *Explosivo.*

Sinto o isqueiro que roubei da minha mãe quente nas minhas mãos.

CAPÍTULO CATORZE: JEREMY

— Jeremy! — diz o sr. Ewing quando entro na sala de aula de Governo Avançado na quinta-feira. — Estou animado para a sua apresentação hoje! Acredito que será muito informativa!

Eu sorrio com educação. *Fico tão feliz em saber que você está obtendo alguma coisa da minha humilhação.*

Han He argumenta que as forças armadas deveriam financiar pesquisas de armas biológicas, esmurrando a tribuna com o punho enquanto discursa. Julie Chen faz uma apresentação sobre a proibição da pesca comercial. Moein Mosleh explica por que iniciativas de compensação de carbono são ambientalmente terríveis. Anotações farfalham em mãos suadas. O sr. Ewing murmura em simpatia atrás de sua mesa. Mesmo com o ar-condicionado ligado na janela ao meu lado, o suor escorre no meu pescoço. Se vou construir um futuro para mim mesmo como advogado, preciso me acostumar com a minha presença sendo questionada. Preciso praticar me defender sem perder a compostura.

Mas quando o sr. Ewing chama meu nome, "Jeremy Harkiss, sobre direitos de pessoas transgênero", e eu vou até a tribuna, não sinto a raiva subir. A turma me encara como se eu fosse um objeto, não um palestrante. Quase quero gritar, só para dar um susto neles. *Reage*. Mostrar a eles que tenho algum poder, pelo menos o poder de fazê-los reagir.

— Eu... Eu acho que preciso falar disso — digo. É como se eu tivesse cinquenta bolas de algodão na boca, absorvendo a umidade e a vida do meu corpo. Minha voz falha. Eu me retraio. — Então. Eis porque acho que tenho, hã, direitos civis.

— Fala mais alto — diz o sr. Ewing.

Meu Jesus amado ou Hermes ou quem estiver ouvindo, por favor, me tira daqui. Eu não sou religioso, mas preciso de um favor. Preciso de um escape. Preciso me esconder dos olhos pesados e perfurantes, cada par observando como sou pequeno e esquisito. *Querido Loki do gênero fluido, me dê respostas que não sejam berrar ou cair no choro.*

E talvez o deus das travessuras esteja mesmo ouvindo. Porque é nesta hora que o alarme de incêndio começa a tocar.

Nós saímos das salas de aula, as mochilas penduradas no ombro, laptops enfiados com pressa nas bolsas. O labirinto de estudantes se fecha ao meu redor — não consigo enxergar através de todos os babacas me rodeando que tiveram a audácia de serem altos. Mas noto a fumaça espiralando do corredor, sinto o gosto no céu da boca — isso não é uma simulação. No final do corredor, vejo antigos cartazes do clube de ecologia, colados com três camadas, declarando *Você também pode lutar contra a mudança climática!*, enquanto se enrolam e chamuscam nas pontas.

Repentinamente, Lukas sai escondido de uma sala de aula, lutando com um cartaz em chamas de uma Mãe Natureza sorridente. Ele joga o rosto benevolente de Gaia em uma lata de lixo, que imediatamente pega fogo, retraindo-se e enxugando o rosto suado com a mão enquanto corre em nossa direção. O pé dele torce ao pisar no cadarço, ele derrapa, xingando, e cai de joelhos.

— Mexa-se, sr. Rivers — diz um professor, ajudando-o a se levantar. Uma risada absurda escapa de mim; e morre quando vejo o pequeno isqueiro de plástico cair do bolso dele.

Estranho ele ficar mexendo com isso, penso enquanto vamos em bando para o estacionamento. O sol quente de setembro faz o suor brotar na minha nuca. *Ele costuma mexer com canetas ou elásticos*. Mas minha mente não consegue chegar à conclusão óbvia. Não até o sr. Ewing gritar:

— Quem puxou o alarme? Isso é a ideia brilhante de alguém para um convite do baile de Homecoming?

E lá está: uma multidão batendo palmas circunda um casal de calouros na quadra de tênis enquanto o garoto enfia uma bandeja de biscoitos nas mãos da garota e ela o abraça meio sem jeito. *Que irremediavelmente heterossexual*. O sr. Ewing aperta o passo em direção a eles.

Eu sei, no meu âmago, que isso não é sobre um convite — mas *é* sobre o Homecoming. É sobre mim.

Eu abro caminho até a beirada da multidão, onde Lukas está em pé. Do outro lado do prédio, vejo Naomi andando em nossa direção. Os olhos dela se iluminam quando encontram Lukas — *ah, não, ela não vai* — e eu agarro o braço dele e o puxo através da multidão na quadra de tênis, até a sombra de uma árvore.

Ele coloca a mão no meu pulso, como se quisesse me desacelerar, mas então não puxa. Minha pele arde onde ele me toca. Folhas e galhos desenham sombras fortes nos contornos angulares das bochechas dele. Arrepios emergem da floresta de pelinhos nos meus braços.

— Você tem algum tipo de vingança contra o clube de ecologia? — digo, tentando manter o papo leve. Como se qualquer coisa pudesse ser leve quando estamos próximos o suficiente para eu sentir a batida de seu coração.

— Talvez eu odeie o planeta. — O sorriso dele é toda a confirmação de que eu preciso. — Talvez eu tenha um ex secreto e maligno no clube de ecologia também.

— Não acredito que você teve a coragem de botar fogo nos cartazes e puxar o alarme. — Não consigo esconder a admiração da voz. Lukas é um garoto gentil, do tipo que você leva para casa para conhecer seus pais. Ele só está trapaceando no dever de biologia porque o orgulho dele não oferece nenhuma alternativa. — Por quê?

— Porque eu quero vencer.

Como é que iniciar um incêndio vai render votos a ele? Incendiários amadores por acaso são um grande grupo demográfico secreto em Cresswell? Tenho certeza de que ele tem algo de bom planejado — ele sempre tem — mas não consigo enxergar o que é.

— Seu imbecil. Se arriscar numa encrenca dessas não é a sua cara.

— Como você sabe o que é ou não é a minha cara? —

Agora o sorriso dele exibe os dentes, e não é mais tão amigável. Meu pulso acelera. — Como se você fosse algum tipo de especialista na minha vida?

— Namoramos durante três anos...

— E você me largou no dia do enterro do meu irmão. Você perdeu o direito de agir como se me entendesse. — As palavras dele saem velozes e raivosas. Ele não está mais sorrindo. Ele está disparando adagas com os olhos, me encarando de propósito. *Eu o machuquei.* A vergonha tinge minhas bochechas, mas eu não desvio o rosto. Mesmo que ele esteja certo, não posso deixá-lo vencer.

— Eu sei que você está chateado — digo. Eu tento jogar isso na cara dele como se fosse uma mão de pôquer vencedora. Sai suave demais. — O que está acontecendo?

Ele não diz nada por um momento, só me olha.

— Por que você terminou comigo? Foi alguma coisa que eu fiz?

Eu congelo. Isso de novo?

Eu me recusei a botar tudo para fora diante do time inteiro de futebol, na primeira vez em que ele perguntou. Mas aqui, só nós dois, a pergunta não parece tão pesada, tão acusatória. Em vez de sentir raiva, ele parece apenas perdido.

— Eu precisava cuidar de mim mesmo esse verão — digo asperamente. — Sair do armário foi mais difícil do que me salvar de afogamento. Eu só não tinha ar nos pulmões para te apoiar também. — Até mesmo a menor admissão da minha própria vulnerabilidade me machuca. Mas preciso que ele saiba que eu não o machuquei de propósito. — Eu tentei te dizer o que estava acontecendo, quando conversamos na lanchonete depois do funeral. Mas quando perguntei se você ainda me amaria se eu fosse... diferente... você me olhou nos olhos e disse que eu sempre "seria a sua garota". E eu nunca fui, Lukas.

— Você tem que saber que eu não quis... Não. Quer dizer, posso ver como isso te machucou. Eu nem me lembro de falar isso. — O ombro dele cai. Ele com o corpo inclinado mais perto de mim, os lábios torcidos e arrependidos. — Sinto muito. Por isso, pelo menos. Escolhi as palavras erradas. O que eu queria dizer é que... meus sentimentos não vêm com condições anexadas. É isso.

Ele fala como se fosse simples. Como se, caso ele tivesse evitado aquela frase, eu não teria jogado aquele *milkshake*. Mas é maior do que isso. Maior do que ele. Eu sinto as condições no amor da minha mãe toda vez que ela erra meus pronomes. Mesmo agora, quando ela só erra uma em cinco vezes, eu ainda me sinto o filho nota B dela. *Não foi culpa sua, querido. Foi minha. Toda minha.*

Pedir por amor como uma pessoa trans, com o peso bruto de um martelo que essa palavra carrega, parece andar sobre gelo frágil e rachado. Pedir por amor como a bagunça raivosa que eu sou parece convidar a água escura para me engolir por inteiro. É claro que eu não queria testar o amor dele por mim. Eu sabia que teria um limite. Eu só não queria saber qual era.

— Desculpa aceita — digo, pois que se dane agora, ele está seguindo a cartilha dos livros de autoajuda. E agora podemos seguir em frente. Preciso mudar para um assunto distante de "nós" antes de me distrair. Mas o tronco da árvore está nas minhas costas, me prendendo próximo a ele sob os galhos escuros. A respiração dele é quente no ar úmido. Minha pele se arrepia quando ele dá um passo à frente, a mão a centímetros de distância do meu quadril. Eu *quero* ele. Com um turbilhão, sinto uma rigidez surpresa no meio das pernas, que os fóruns trans dizem que pode acontecer quando se toma T, mas eu ainda não havia sentido com outra pessoa. — Você vai se desculpar com o clube de ecologia por queimar os cartazes deles?

— Claro. Depois que eu vencer a coroa. — Ele crispa os lábios, pensativo, e tudo em que posso pensar é como deve ser a sensação de beijá-los. — Estou começando a gostar desse lance todo de jogar sujo.

Busco o veneno.

— Vai em frente, rouba minha tática favorita. Isso só significa que você está desesperado. Você sabe que estou vencendo, e isso está te consumindo por dentro. — As palavras saem rápidas, quase automáticas. Como o movimento ágil e elástico das bolas impelidas pelas raquetes nas quadras de tênis atrás de nós. Cristo, achei que tinha parado de viver por trás de uma fachada quando fiz a transição. Mas uso outra máscara agora, do tipo que os garotos usam para esconder seus sentimentos verdadeiros. E mesmo que encaixe bem e seja confortável, eu sei que a máscara ainda está lá.

Quando volto para dentro do colégio, a equipe de zeladoria está tirando os meus cartazes e de Sol das paredes. Metade dos corredores já está limpo, cheios de latas de lixo, grandes o bastante para se entrar dentro.

— O oficial dos bombeiros ligou — disse o zelador, enfiando mais cartazes no lixo. Pelo menos, ele também está arrancando os flyers de *Tente a Abstinência!* dos anos 1990. — Temos cartazes demais nas paredes. O colégio pode pegar fogo e desabar se não tirarmos tudo.

Quando consigo me esgueirar até meu carro para mudar de roupa para o treino de animação de torcida no fim do dia, não sobrou nenhum cartaz. Isso foi plano do Lukas. Não — isso foi a vingança dele.

A parte mais triste é que eu ainda o quero. Minha mão ainda coça de quando eu o toquei durante o alarme de incêndio. Eu ainda o amo. Eu me abri para ele, mostrei meus pontos fracos, tudo para aliviar a dor dele. Nós nos encaixamos como peças de um quebra-cabeça, meu fogo e o raciocínio dele, minha energia e os braços confortáveis dele. Se a dor do nosso término é um incêndio florestal, nosso inverno atômico encharcando o colégio e envenenando a própria chegada do Homecoming, então isso certamente é um sinal. Um presságio de que pertencemos juntos.

Eu o quero de volta. Eu quero nossa relação de volta. O que só prova que sou egoísta demais para tê-lo. Boa parte do nosso relacionamento era apenas sobre mim. Eu escolhi cada restaurante em que comemos, cada viagem que fizemos, cada música que ouvimos. Eu o beijei pela primeira vez quando fomos a uma festa na casa da minha avó no oitavo ano e ela disse que eu não era feminina o suficiente para ter um namorado de verdade. Mesmo o dia que deveria ter sido sobre ele, o pior dia da vida dele, tornou-se um cenário de fundo para o meu drama. O que é uma questão na qual estou trabalhando, mas não é algo que me dá qualquer direito de exigir que ele fique do meu lado. Todo dia, durante semanas depois do nosso término, eu queria ligar para ele. Implorar para ele me aceitar de volta. Mas ele podia ter respondido que não. Ou ele podia ter respondido que sim e bagunçado a vida dele ainda mais.

Não importa agora. Lukas Rivers não gosta de garotos. E ninguém gosta de garotos trans.

E, mesmo se ele gostasse, uma pessoa confusa como eu é melhor ficar sozinha.

CAPÍTULO QUINZE: LUKAS

A parte um está completa. Reconfiguração, obtida. Fazer com que os cartazes dele fossem retirados é mesquinho, mas meu próprio projetinho — incorporar os novos alto-falantes que comprei no cartão de débito do Homecoming para o carrinho de audiovisual móvel — vai ser um espetáculo e tanto. Chamar atenção. Marcar meu nome na mente das pessoas. Apagar a memória do Jeremy e suas acrobacias estúpidas. Transformar o maravilhamento em votos. Transformar votos em uma multidão e um futuro.

Naquela noite, amontoados no pódio do maestro na sala da orquestra, Debbie e eu formalizamos os planos para a fogueira que marca o início da Semana do Homecoming: a agenda, instruções para os voluntários e fornecedores de alimentos e bebidas, as playlists, a lista secreta de motoristas da vez. Quando dá meia-noite, até mesmo Sol deixa o campus — Jeremy leva elu para casa. *Eu provavelmente sou a última pessoa que elu quer ver.* Debbie boceja enquanto a acompanho até o carro dela. Eu espero mais meia hora dentro do meu carro, fazendo meu dever de casa de cálculo, os joelhos apoiados no painel, cadernos empilhados no meu colo.

É desconfortável, mas, quando chego em casa, o lugar está silencioso e escuro. Apesar da fumaça de cigarro que permanece nos corredores, especialmente perto da porta do meu irmão, posso fingir não perceber. Caio deitado na minha cama, exausto mas triunfante, porque minha vida recobrou o equilíbrio.

E agora sei a verdade sobre Jeremy e o término. É como se um peso de dez toneladas tivesse sido retirado de cima do meu peito. Eu disse a coisa errada na hora errada para a última pessoa na Terra que precisava ouvir aquilo. *Você sempre será a minha garota.* Eu provavelmente havia absorvido essa garantia roteirizada de um filme antigo, uma conversa lembrada pela metade na qual um herói anima a namorada depois dela ter assado a torta errada ou algo assim.

Será que eu gosto de garotas? Ou já gostei alguma vez na vida? Eu penso como eu e Jeremy estávamos próximos um do outro debaixo daquela árvore essa tarde, o corpo dele a poucos centímetros do meu. Naomi chamando meu nome a distância e eu não querendo ir até ela. Jeremy sabe quem ele é e o que ele quer, e transmite isso mais claramente do que uma sirene numa biblioteca. Eu prefiro ficar quieto, guardar meus segredos seguros e perto do peito. Tenho problemas demais com os quais lidar. Se eu conseguir sossegar essa voz insistente, posso pelo menos riscar um problema da minha lista.

O problema *eu.*

Dúvidas vazam para meus sonhos naquela noite. Vejo Naomi, usando um vestido e corsage azuis, segurando minha mão e acenando enquanto Meehan apoia a coroa na minha cabeça, com Terry dando um sorrisinho lateral — e então é o Jeremy que está ao meu lado, e estou jogando cartazes em chamas nele, e ele não para de sorrir, nem mesmo enquanto sua pele pega fogo.

— Vai precisar fazer mais do que isso para me impedir, Lukas. — As mãos em chamas dele envolvem meu pescoço. Prendendo nós dois juntos enquanto o incêndio se espalha. — Você fez merda. Você me fez te deixar. Você faz tanta coisa para os outros, e ainda não consegue ajudar quem mais importa.

— Desculpa! — grito. — Eu não queria te machucar. Eu quero... — Mas as mãos dele forçam todo o ar para fora dos meus pulmões e eu perco a voz.

Estou sem palavras, e queimando.

E não quero que ele tire as mãos de mim.

Meu alarme dispara às sete horas. Minha cabeça está girando enquanto eu me visto, pego barrinhas de cereal na cozinha em vez de tomar café da manhã. *Você sabe o que fez de errado. Você se desculpou. Espero que agora nós dois possamos seguir em frente.* Mas não me sinto esperançoso. Eu passo a manhã atordoado, as vozes dos professores são pouco mais do que um zunido distante nos meus ouvidos. Sinto o peito vazio, a falha na voz do Jeremy quando ele disse *Eu tentei te contar* repete sem parar na minha cabeça. Só no almoço eu me recuperei o suficiente para forçar um sorriso. Estou prestes a convidar Naomi para o baile, e o futuro Rei do Homecoming precisa parecer feliz para sua rainha.

— É melhor você doar isso para o colégio quando acabar o Homecoming — diz Laurie, observando os novos alto-falantes enquanto eu os arrasto para o pátio dos veteranos, deslizando-os discretamente sob os bancos da mesa de piquenique para obter um volume máximo. — Estou te fazendo um favor enorme. Cadê o seu cartaz?

Meu cartaz com o pedido. Certo. Enfio a mão em uma lata de lixo e pesco o papelão de algum pobre coitado — provavelmente jogado fora depois de um pedido malsucedido. Corro até a sala de aula mais próxima, pego um marcador do quadro branco e escrevo *Naomi, HC?* no outro lado do cartaz.

— Uau — diz Laurie quando mostro a ela. — Posso ver o quanto você se importa com sua nova namorada, Lukas.

Eu me retraio. Até eu consigo perceber o sarcasmo na voz dela.

— Estive muito ocupado com o Comitê do Homecoming. — Ocupado despejando meu coração e minha alma em todo recipiente que encontro. — Me esqueci do cartaz. Naomi e eu começamos a sair na semana passada. Eu...

— Você acha que ela vai ficar feliz namorando um cara que se esquece da existência dela?

Eu sinto como se ela tivesse enterrado uma de suas longas unhas vermelhas nas minhas entranhas. Deixar Naomi feliz é outra responsabilidade que eu carrego. Outra oportunidade de não dar conta.

— Estou fazendo o melhor que posso — respondo.

E, se eu estiver indo mal em mais alguma coisa, Laurie não me diz.

O alarme no meu celular toca às 12h15. Eu vou até o pátio dos veteranos. Por toda parte sobre os bancos e tijolos, as pessoas desligam os alarmes em seus celulares vibrantes.

Deixando os potes de Tupperware e as latas de refrigerante de lado, eles se levantam e se reúnem em um semicírculo ao redor da mesa de almoço das líderes de torcida.

E, em sincronia, quando o refrão inicial de "Your Love Is My Drag" começa a tocar, metade da turma começa a dançar.

Ninguém na nossa turma tem nem uma gota de coordenação para conseguir fazer isso direito. Laurie fez o melhor que pôde para deixar a coreografia simples, mas Max tropeça nos cadarços e Debbie decide improvisar. Ainda assim, duzentas pessoas dançam juntas, mãos e quadris sacudindo no ritmo da batida enquanto passantes, surpresos, aplaudem. Eu disparo um lança-confetes, atravesso o mar de corpos, e apoio o braço ao redor dos ombros magros de Naomi.

— Você gostaria de ir ao baile de Homecoming comigo? — As amigas líderes de torcida dela tiram fotos e nos filmam. Atrás de mim, Laurie dispara o segundo lança-confetes. Meus ouvidos doem. Minha cabeça gira. Mas o sorriso dela diz que estou no caminho certo.

— Sim! — Naomi exclama. Os lábios dela encostam na minha bochecha. Ela sorri para as câmeras. Eu fico corado com o triunfo, sentindo-me elétrico e incrível como se tivesse marcado um *touchdown*. Os holofotes estão sobre ela. Eu dei a ela o momento que ela sempre quis, um momento em que ela está brilhando sem o Jeremy para roubar a cena. *Até mesmo o Jason ficaria impressionado em como seu irmãozinho autista conseguiu se dar tão bem nessa.* Estou feliz por ela, e por mim, porque parece que eu finalmente fiz tudo perfeito e *certo*.

Ninguém consegue ver o nome de outra garota rabiscado na parte de trás do meu cartaz. Ninguém sabe que eu sonhei com o Jeremy ontem à noite.

Mas eu sei. E eu o procuro. Ele está sentado com o Ben, nenhum dos dois está dançando. Apenas observando em um silêncio impressionado. Ele está com a testa franzida, mas não com raiva. Ele está piscando — muito —, mas não desvia o rosto.

Então, com um gesto, ele enfia a comida de volta na mochila e sai apressado em direção ao prédio.

Como se ele me odiasse tanto que não consegue nem me ver feliz.

Eu tento surfar no barato do sim de Naomi pelo resto do dia, enquanto ela me manda por mensagem uma lista de restaurantes para nosso jantar pós-festa. *Vai dar tudo certo. Vai ficar tudo bem. Jeremy não importa. Você fez a coisa certa e se desculpou pelo que disse. Deixa para lá.*

Mensagens do comitê e outras me parabenizando pairam na tela do meu celular. O temporizador gira: uma semana, um dia, cinco horas, sete minutos até o início do Homecoming. Tudo está se alinhando a meu favor. Preciso focar nisso, e não no Jeremy.

Quando vou pegar o carrinho de audiovisual com Sol e me encontro com o Comitê do Homecoming do lado de fora da sala da orquestra naquela tarde, durante o período livre no colégio todo, meu coração está acelerado como se eu estivesse me preparando para ser atacado no campo de futebol. Assim que meu pen drive se encaixa no equipamento, a música estoura inevitavelmente alta.

Jeremy pode ficar com seus cartazes e ensaios fotográficos. Eu tenho um evento. Três telas planas móveis estão exibindo vídeos de mim e do time: jogos que vencemos, vitórias que conquistei. Momentos passados da minha vida desde o primeiro ano formam uma trilha só com destaques. *Tudo é destaque para mim.* Cenas de *touchdowns* e festas na piscina no verão e uma garota loira e descolada nos meus braços. Um rock animado se derrama livre pelos corredores enquanto empurro o carrinho, as líderes de torcida veteranas desfilando atrás de mim, pompons erguidos no alto, o time principal de futebol jogando doces para as salas de aula pelas quais passamos. O pessoal sai das salas para nos seguir e a faixa que carregamos é clara. *Lukas e Naomi para a Corte do Homecoming.*

Jeremy não tem isso, digo a mim mesmo enquanto dou high five nos estudantes, meu tema musical pessoal estourando no fundo. Ele nunca terá isso. Isso tudo sou eu. Ele é o novato em Cresswell. Ele não pode competir com o que eu passei todos esses anos construindo.

Eu o vejo quando entramos na sala de reunião do Grêmio Estudantil, respondendo a perguntas atrás de uma tribuna, em pé sobre um banquinho. Os lábios dele se fecham quando desfilo ao entrar, minha escolta ao meu redor, a música abafando todos os outros ruídos, os vídeos rodando sem parar. Absorvendo toda a atenção pública e devolvendo como fogo. Todos os olhares se viram para nós. E é perfeito.

Você quer jogar sujo? Eu penso, encontrando os olhos dele de propósito. A expressão dele é de espanto. As bochechas ficam vermelhas. O peito dele infla e desinfla por baixo do binder. Eu sorrio enquanto a multidão se aglomera ao meu redor e ele sai correndo da sala.

É brilhante. Lindo. Sinto que estou voando. No final do dia, enquanto ando pelos corredores e pergunto às pessoas em quem elas votarão para Rei do Homecoming, nem uma entre dez pessoas responde Jeremy. Alguns calouros até perguntam se estou concorrendo sem oposição. O caminho até a coroa parece livre e desimpedido.

Se minha vida parece sólida para todo mundo ao meu redor, então talvez ela não esteja desmoronando sob os meus pés.

Depois do treino de futebol, Jeremy e Sol esperam perto do meu carro. Por um instante, estremeço — será que Sol contou ao Jeremy sobre o lance da pizza? —, mas então Jeremy se vira para mim, seus olhos em chamas, e ele inspira fundo, trêmulo.

— Se você mostrar aquele vídeo de novo, se você postar qualquer foto ou imagem dos vídeos, se eu ouvir só mais uma *palavra* sobre a sua campanha de merda que insinuar que eu sou menos homem do que você, vou contar para o colégio inteiro que você é autista.

O quê? Eu congelo, o coração batendo tão forte que quase sai do peito. Eu havia dito a ele que estava preparado para jogar sujo. Mas isso é uma facada nas costas. Eu teria caído de joelhos se eles não estivessem travados.

Talvez ele não tenha entrado nessa corrida para me machucar de propósito. Mas agora somos dois motores a vapor no mesmo trilho, disparando em rota de colisão com a força de meteoros, destinados a explodir.

Ele me pegou. O babaca me pegou.

— Isso é baixo — digo. — Até mesmo para você, Jeremy. Isso é cruzar um limite.

Ele ri. O som escapa agudo. Os punhos dele se fecham, o peito se contrai ao cortar o som, todo o corpo dele se esforçando para não lutar consigo mesmo.

— Como se você não tivesse cruzado um limite! Como se não tivesse cruzado todos eles!

— Eu não sei do que você está falando! — Deslizo as mãos pelo cabelo. Frustrado. Precisando me enraizar. O mundo gira rápido demais, sai de equilíbrio, e sinto que vou cair. — Isso é por causa do que eu disse no verão passado? A frase que eu não deveria ter usado? Eu me desculpei. Não foi minha intenção. Você ainda pode sentir raiva, mas isso não significa...

Ele agarra minha camisa e me puxa na direção dele. O cascalho é esmagado sob os sapatos. Ele é mais forte do que parece. Nas dobras da camisa dele, novas linhas de músculo tensionam e me prendem.

— Para de foder com a minha cabeça.

Eu solto uma risada pelo nariz, alta, e me aproveito da diferença de altura que tenho sobre ele para assumir uma posição que deveria ser intimidadora.

— Você começou isso, Jeremy. Estou só terminando.

Ele me encara por um longo tempo, o rosto sério e focado. Seus olhos começam a se encher de água. Por fim, ele larga minha camisa e se afasta, andando de volta até o carro dele.

Um ponto para o Lukas.

Mas isso não parece uma vitória. Parece que eu me despedacei. Um copo derrubado no asfalto, que nenhuma quantidade de cola e paciência poderia consertar. Se ele continuar agindo assim, vai me desmembrar nos degraus do colégio e deixar meu cadáver esquisito de sobra para os corvos.

— Sabe — diz Sol —, eu achava que o Jeremy era só obcecado, competindo tão pesado contra você. Mas ele tem razão. Você não merece liderar este colégio. Vai se foder, Lukas. E nem espere pelo gabarito para o teste de biologia amanhã. Esfregar a antiga expressão de gênero de alguém assim na cara dele é de um nível baixo demais.

— Eu não... — E mordo a língua antes que possa dizer alguma coisa errada.

Elu me mostra o dedo do meio e entra no carro do Jeremy.

E então eu percebo o que no vídeo fez o Jeremy me ameaçar. O que fez ele me odiar o suficiente para cruzar aquela linha final. Porque em cada um dos vídeos, em cada uma das fotos que eu acabei de exibir pelo colégio todo, estou abraçado a um fantasma. Depois de me desculpar pelo que eu disse no verão passado, eu fui e esfreguei aquelas velhas fotos dele na cara de cada um dos estudantes de Cresswell.

CAPÍTULO DEZESSEIS:
JEREMY

Jogar sujo. Aquele filho da mãe. Ele me prometeu isso, mas eu não tinha noção do quanto seria sujo. Eu nem posso mais me acabar de chorar no banheiro feminino. Tenho que chorar no meu carro.

Mesmo enquanto levo Sol de carro para casa, minha pele coça, quente, suada, errada. Infinitamente errada. Não como a garota naqueles vídeos. Bonita, livre, sexy, amada e desejada. A garota que a minha avó queria que eu me tornasse. Uma garota que o mundo poderia aceitar. Eu conheço a mentira nos olhos dela, conheço a dor e o sofrimento reprimidos — mas almejo o modo como as pessoas olhavam para ela. Ela havia sido tão fácil de amar.

Foco, digo a mim mesmo. Preciso revidar. Agora. Já fiz meu jogo mais sujo. Isso vai impedir o Lukas de arrastar meu passado de novo para o meio disso. *A fogueira de início do Homecoming. Amanhã à noite.* Lukas, fazendo o papel de monarca cavalheiresco, se voluntariou como motorista da vez. Não seria uma pena se alguém aspirasse toda a gasolina do carro dele? Philip me ensinou a fazer isso no primeiro ano. Não tenho certeza se me lembro de como fazer com perfeição. Mas vou beber gasolina para punir o Lukas.

— Você está bem? — pergunta Sol, abaixando a janela.

Enxugo a última lágrima quente e raivosa da bochecha.

— Não — digo, me surpreendendo com a minha honestidade. — Confiei no Lukas e ele me fodeu. Ele devia saber o que aquelas fotos significariam. O que elas fariam comigo.

— Talvez não — diz Sol. — Ele é cis, o que significa que ele nunca vai ter a sensibilidade pra esse tipo de coisa como nós temos. Ele vai cometer erros e vai precisar aprender. Isso não significa que você precisa ensiná-lo, se não quiser.

O que eu quero não importa. Só importa o que as outras pessoas entendem a meu respeito. E Lukas deixou claro que ele não me entende, o verdadeiro eu, nem um pouco.

Dou um soco no volante. A buzina dispara no cruzamento. O homem no carro ao meu lado me mostra o dedo do meio. Eu respondo com o mesmo gesto.

— Eu nunca pedi que essa fosse a minha vida! — grito. — Não quero ensinar a ele, quero que ele *saiba*. Quero que ele e todo mundo saiba quem eu sou logo de primeira, sem nunca errar meu gênero, porra!

— Você acha que é difícil pra você? — diz Sol. — Tenta ter que dar uma aula gratuita de gramática toda vez que você conta para as pessoas qual é o seu pronome e elas não acreditam em gênero neutro. Tente convencer sua tia professora de literatura que *latine* é uma palavra de verdade. Pelo menos as pessoas sabem o que é a porra de um *garoto*. — Elu bate no painel com o punho. Sorri. Faz de novo. — Porra!

A voz delu ecoa pelo carro, reverberando no para-brisa

polido e na bolsa estufada com nossas coisas do colégio. Eu me percebo sorrindo, impulsionado pela raiva que estoura e ricocheteia. Eu ficava me dizendo que Sol era nerd, mole, sem graça por deixar o gênero definir quem elu é, limitar o que elu pode e não pode fazer. Mas nós dois só estávamos mostrando a Cresswell o lado que achávamos que nos ajudaria, *queers*, a sobreviver melhor nessa bagunça. Eu subestimei o quanto somos parecidos quando elu relaxa e se revela de verdade. Eu nunca me conectei a nenhum amigue assim, além do Lukas, porque elu é a primeira amizade que faço depois de assumido.

— Por Deus, eu tava precisando disso. — Sol olha para suas mãos, que devem doer para cacete. — O Lukas é mesmo autista? Você vai mesmo contar para o colégio todo?

Eu faço uma careta.

— Eu não devia ter falado aquilo na sua frente. — Eu não devia ter falado e ponto, quase acrescento, mas me impeço. Lukas me esfaqueou nas costas. Eu deveria esfaqueá-lo no coração. Talvez eu seja só mais um macho tóxico, mas, se há uma lista de caras de Cresswell para ferrar, eu não quero estar nela. Eu não me sinto obrigado a me fazer de frágil porque sou trans. — Não era meu segredo para contar, e não deveria ser o seu segredo para guardar.

— Eu não vou dizer nada. Gosto do Lukas.

E agora eu me sinto um babaca.

— Merda, estou ferrando isso tudo. Sua amizade tem sido ótima, e eu te arrastei para o fogo cruzado do meu drama de relacionamento. Não vai acontecer de novo.

Elu morde o lábio, deixando marcas de lua crescente no batom preto.

— Minha amizade nem sempre foi ótima — diz elu, dando de ombros.

Passamos pela casa do Lukas a caminho da casa de Sol. Eu tento não olhar — não para o pórtico onde bebi minha primeira cerveja, ou para a janela do quarto pela qual eu saí uma vez quando os pais dele chegaram em casa cedo. Tento não esfregar a cicatriz no meu joelho de quando eu tinha 10 anos e tropecei no cascalho quando brincávamos de pega-pega no quintal.

Eu tento esquecer meus laços com ele.

— Tenha uma boa noite — diz Sol quando eu deixo elu em casa. Eu faço que sim com a cabeça e pego outro caminho de volta para casa.

O Lukas invade meus sonhos durante a noite toda. Meu corpo se lembra de todos os lugares em que ele me tocou, as mãos no meu quadril, peito e coxas, a língua e os lábios dele em todos os outros lugares, todos os lugares que importam. Eu acordo às quatro da madrugada, a luz do luar se derramando através das persianas, os lençóis finos largados de lado. A protuberância dos meus peitos sob a longa camiseta derrapa no meu mundo como um carro deslizando sobre o gelo. Inclino a cabeça para trás e puxo a manta mais para cima. Não posso usar binder à noite sem esmagar um pulmão, mas quase vale o risco para evitar a pressão destruidora do *erro*. *Meu corpo é errado.*

Às vezes, nos meus sonhos, eu sou cis. Sou tão alto quanto o Lukas; meu peitoral, tão largo e forte quanto o dele. Eu me sinto inteiro. Curado. Não preciso ter medo de que alguém vá olhar para nós juntos e me ver como uma garota. Eu posso empurrá-lo, prendê-lo contra a parede. Posso mandar ele me olhar, me ver como realmente sou, me dizer se sou alguém que ele pode amar. Às vezes ele diz não, e eu vou embora, rindo. *Quem perde é ele.* Às vezes ele diz sim, e ele me perdoa, e o mundo se dissolve em fogos de artifício quando nos beijamos.

Mas, dessa vez, sonho com o corpo no qual estou preso, com a gente na lanchonete, com a cena em que eu grito com ele. Sonho com o momento em que tudo desmoronou.

— Não posso mais fazer isso, Lukas!

— Espera. — E ele havia dito aquele nome. O nome que eu queria apagar mais do que tudo.

Na vida real, foi nessa hora que eu joguei o *milkshake*. Aquele nome havia me golpeado como um tapa. Não posso deixar sair dos meus lábios. Não consigo reagir com nada além de fúria.

Agora eu tento algo novo. Pedir desculpas. Tirar alguma coisa de bom de tanta desgraça e bagunça.

— Esse não é meu nome. Na verdade, eu sou um garoto, caso você não tenha notado. — As palavras escorrem com sarcasmo e dor. Meus punhos se fecham com tanta força, minhas unhas se enterram nas palmas, mas o *milkshake* não é arremessado. — Vou contar ao mundo todo, e as pessoas vão perder a cabeça. Talvez isso signifique que as coisas não vão dar certo a longo prazo. Talvez isso signifique que você vai querer que voltemos a ser amigos, tipo quando éramos crianças. Mas a verdade é que eu sou o Jeremy Harkiss, uso o pronome *ele* e te amo mais do que tudo.

Ele cambaleia. Como se eu tivesse dado um tapa nele. Eu não sei o que significa, mas através da névoa do meu sonho, estou me estendendo para segurar a mão dele quando o alarme toca.

Certo, digo a mim mesmo, piscando os olhos em meio à névoa turva da manhã. Colocando meu binder e minha camisa de botão laranja mais ofensiva. *Tenho coisas gays a fazer. E Connor, um cara gay de verdade, para conquistar.*

Eu arranquei meu coração das mãos do Lukas. Eu me preparei para começar uma vida nova, uma vida melhor, e assim fiz. Agora estou fora do alcance do poder dele para ser afetado. Eu vou conseguir um novo namorado. Não importa que eu mal conheça o Connor há uma semana e não consiga ter uma conversa decente com ele. Não importa que tudo que há entre nós seja eu achando ele um gatinho e ele sem me notar. Eu preciso continuar seguindo em frente. Preciso tentar alguma coisa nova. Por que não ele?

Chego a Cresswell mais cedo e escondo minhas pistas pelo colégio todo. Eu não conheço o Connor bem o suficiente para personalizar essa caça ao tesouro, mas Sol me deu uma cópia da agenda dele, e eu deixo pistas disfarçadas de trocadilhos espertos. Ao longo da manhã, eu o vejo no colégio com seus cachos castanhos, entrando e saindo de salas de aula, coletando os chocolates que deixei para ele. Conto sobre a caçada para Ben e os outros jogadores do time de futebol que usurpei do grupo de amizade do Lukas, durante o almoço, tentando fazer parecer nada de mais. Mas minha voz e meu coração estão acelerados, e eu estou apavorado que eles possam ver o quanto me sinto vulnerável.

— É bem detalhado para seu primeiro convite — diz Ben. — Bom trabalho.

— Como é que funciona, quando se é gay? — pergunta Max. — Como vocês escolhem qual dos dois caras faz o pedido?

— Estou sendo proativo — digo, convencido. — Um gay faz o pedido, o outro compra as camisinhas. O nome disso é igualdade.

— Boa — diz Max, assentindo sabiamente, e digo a mim mesmo que sou capaz.

Então, quando vejo Naomi e Lukas de mãos dadas no corredor, tento me forçar a pensar no Connor — tão alto quanto o Lukas, mais magro, sempre mordendo o lábio. Cachos castanho-avermelhados longos o suficente para que mereçam o adjetivo *bonitos*. Atraente. Observável. Deleitável. Eu sei que ele gosta de livros e fotografia, e que ele não consegue ouvir direito de um ouvido. Eu não sei quais são os medos e as esperanças que mexem as correntezas profundas da alma dele. *Não como sei os do Lukas.*

Talvez todos os términos doam demais assim. Talvez deva ser assim. Mas agora estou recomeçando com alguém melhor. Ter o Connor vai sarar minhas feridas — e vai machucar o Lukas quando ele souber que é substituível. Eu quero partir ele por dentro.

Talvez Sol tenha razão. Um garoto cis não poderia saber como aquelas fotos me machucariam. Mas talvez eu não me importe com o que um garoto cis saberia.

Perder a cabeça com o Lukas fez eu me sentir melhor. E, agora que não estamos juntos, Lukas é o local seguro para armazenar toda a minha raiva.

Depois de passar o dia na caça ao tesouro, Connor me encontra na noite da fogueira. O outono está começando a se esgueirar sobre as colinas atrás do colégio, a mata tingida de amarelo e vermelho, o ar seco com o aroma de almíscar. Música country está tocando nos alto-falantes do carro de alguém. Troncos rodeiam a pira de velhas caixas, prontos para serem acesos no pôr do sol. O churrasco chia na grelha, e os calouros, ansiosos, fazem fila para pegar os sanduíches gratuitos. Nós, veteranos bacanas, trouxemos nossa própria comida da lanchonete.

Eu comprei comida para duas pessoas. Espero no estacionamento enquanto os estudantes vão até o fogo — mas dessa vez estou do lado de fora por opção. Segurando minha faixa e as flores. Preparado, esperando, e nervoso, só que de um jeito bom. É assim que os caras se sentem quando vão chamar alguém para sair. Isso é uma experiência normal para um garoto do ensino médio. Connor West vem até mim, segurando a última pista, parecendo confuso e uma graça.

Eu ofereço as flores a ele.

— Tem esse baile que está chegando — digo, tentando soar como se não importasse, de qualquer maneira. Ele tem uma covinha no queixo tão fofa que me distrai, e a brisa da noite balança os cachos dele. — E pensei: se você já não tiver um par, podemos ir juntos.

Connor congela, então sacode a cabeça.

— Não, obrigado. Eu sou gay, lembra?

Ai meu Deus. Uma fissão de horror se abre no meu peito. *É isso. O pior cenário possível. Absolutamente o pior de todos.* Minha língua estúpida se solta e eu não paro de falar.

— Eu também sou. Por isso estou te convidando.

— Mas você... — A confusão transparece nos olhos dele. Olhos grandes e estúpidos que eu digo a mim mesmo que nem são tão atraentes assim. — Eu achei... Espera, eu achei que você gostava de garotas. Tipo, você é lésbica, não é? Por isso cortou o cabelo curto e mudou de nome.

Água gelada inunda minhas entranhas.

— Não — eu gaguejo, de uma maneira dormente e aguda.

— Eu sou um cara. Que gosta de caras. É por isso que namorei o Lukas Rivers durante três anos.

— É diferente — diz ele, como se tivesse me dando aula de cálculo. — Você não pode simplesmente decidir ser um de nós. Tipo, é legal se você quiser ser um aliado e tudo o mais, mas você nunca vai, tipo, viver como um cara gay de verdade. Você pode namorar todos os homens que quiser se só deixar o cabelo crescer de volta, então não é como se você fosse enfrentar a homofobia ou fazer sexo gay de verdade. Na real, é meio esquisito você me chamar pra sair. Tipo, eu sou só um fetiche para você? — Ele finalmente fica quieto e me encara com aqueles olhos grandes e estúpidos.

A raiva dispara dentro de mim. Não o tipo de raiva dolorida e persistente que tenho com o Lukas — mas de um soco onde Connor me atingiu.

— Você podia só dizer não e calar a porra da boca.

Volto pisando duro pela colina até o círculo de bancos. Os tênis atravessando a grama alta, seguindo o odor da fumaça que se ergue no crepúsculo.

É assim que vai ser. Essa é a minha vida. Um mar de possibilidades de namoro constituído por garotos bonitos que nunca vão me enxergar como um deles, que nunca vão me deixar pertencer. *Gays gostam de pau. Gostam muito.* Quer dizer, é claro? Mas isso faz eu me sentir um impostor na única coisa de que eu tenho certeza. *Eu sou um garoto. Eu sou. Eu sou.* E estou tentando entender como a parte trans se encaixa nisso tudo. Mas como posso fazer as pazes comigo mesmo, se as pessoas de que eu gosto me tratam como lixo? Cada respiro que dou faz meus pulmões arderem enquanto o coro baixo de risadas percorre as colinas. Eu quero gritar, preciso gritar, preciso liberar a raiva. Porém vou só parecer louco se fizer isso — ou pior, transtornado.

— Cartaz legal — diz o Ben. Então eu jogo o cartaz no fogo. — Hã, deu tudo certo com o convite?

Solto um grunhido.

— Que azar, cara. Melhor dar um jeito. O Rei do Homecoming não pode aparecer sem um par.

Ninguém vai votar em mim. Ninguém me quer. Ninguém nunca vai me querer.

É só um não. Connor tem o direito de dizer não. Sou um feminista criado por uma mãe solo. Eu sei que as pessoas podem e devem dizer não. Mas é o motivo do não que me machuca. A ideia de que tudo o que eu posso levar para um encontro — minha vontade, meu humor, minha ambição — será sempre apagado por esse corpo que eu não pedi e não posso mudar.

Eu nunca vou fazer eles me desejarem. Talvez eu faça com que me odeiem. Talvez eu faça com que o mundo inteiro me odeie. Começando pelo garoto que nunca será meu de novo.

Ergo o queixo e saio marchando em direção ao carro do Lukas.

Mas Sol tropeça na minha frente. Elu está respirando pesado, o rosto úmido de suor. Olhando para a esquerda e a direita como uma nuvem ambulante de nervos.

— As pessoas deveriam estar bebendo neste rolê? — pergunta elu.

— Sim. Esse é o objetivo.

Elu parece em choque.

— Mas... o colégio patrocina isso.

— O colégio sabe que vamos beber de qualquer maneira. Eles querem que façamos isso em um lugar só. Você não precisa beber se não se sentir confortável. — Quero sair daqui. Correr. Arrastar a minha chave na lateral do carro do Lukas e inscrever meu nome na tinta e canalizar cada sentimento ruim em um golpe contra ele. Eu sei que é uma má ideia. Eu sei que não vai ajudar. Eu só sinto vontade de fazer.

Mas Sol é ume amigue. E elu claramente está precisando de companhia. Há alguma coisa adorável na expressão atordoada no rosto delu.

Não posso fugir e riscar o carro do Lukas. Alguém precisa dos meus cuidados.

E preciso sentir que alguém está cuidando de mim também. Preciso de ume amigue. Comunidade *queer*. E, se preciso disso, não posso apenas abandonar elu na fogueira dos veteranos bêbados.

— Não é que eu não me sinta confortável — diz Sol, mesmo com o suor se formando na testa contando uma história diferente. Elu ainda está tentando se fazer de despreocupade perto de mim, mesmo já tendo intimidade. — Eu só não sei beber.

Pesco as cervejas, que roubei da geladeira secreta da minha

mãe e coloquei debaixo do meu suéter grande e confortável, e ofereço uma a elu.

— Quer aprender?

— Não tenho como voltar para casa. Meus pais me matariam se me vissem no carro com alguém que andou bebendo.

Empurro uma segunda cerveja nas mãos delu.

— Bebe a minha também. Eu fico sóbrio.

—Tá bom, já falei com o Connor sobre isso umas duas vezes — começa Sol, trinta minutos depois, quando termino de contar minha situação patética. Estamos sentados juntos na frente do fogo e, através da matriz de vermelho e rubi, vejo o Philip do lado mais distante do círculo, me encarando. Mas não quero jogar os joguinhos estúpidos dele esta noite. Já tenho toda a carga de problemas que aguento. — E ele sempre *fala* que entende, mas muitos caras gays cis nunca pensam direito sobre a transfobia deles. Eles agem como se fossem os membros mais perseguidos da comunidade e qualquer pessoa designada mulher ao nascer é um impostor nos espaços *queer*. Connor ficou irritado quando uma garota bi se uniu ao GSA, porque ela tinha um namorado. Se isso continuar, eu, você e Hannah vamos precisar pedir que ele saia do clube.

— Não quero isso — digo, triste. —Tipo, ele deveria ser

parte do clube. Talvez eu seja o que ele disse mesmo, um impostor nojento, tentando me enfiar em um lugar que não me pertence. Sou mais um esquisito feio e suado do que um gay bem polido do *Queer Eye*.

— Jonathan Van Ness é não binárie — aponta Sol. — Tipo, não é possível ter espaços *queer* que só servem para um tipo de *queer*. Identidades *queer* não são estados binários. Não existe isso de "*queer* impostor" porque não existe um único jeito *certo* de ser *queer*. Isso faz sentido para você?

— Um pouco — digo, apesar da rejeição ainda doer. — Eu provavelmente vou me sentir melhor amanhã.

— Há quanto tempo você gosta do Connor?

— Eu mal troquei meia dúzia de palavras com ele — digo, dando de ombros. — Ele é só o gay solteiro mais próximo.

É demais para aguentar: ver Lukas e Naomi, de mãos dadas do outro lado da fogueira, sabendo que eu não tenho isso. Temendo que nunca mais terei.

— E é esse o melhor motivo para começar um relacionamento? Você não me vê chamando toda pessoa não binária que encontro para sair. Não é nem um pouco prático, esperar que as pessoas se deem bem só porque compartilham um gênero ou orientação. — Elu suspira. — Eu queria que fosse tão fácil assim.

Cara, e como isso é verdade. A maioria dos caras trans mais velhos que conheci, on-line e na vida real, são figuras paternas, chatos e responsáveis, com um monte de gatos. Todos eles têm conselhos profundos sobre a transição que envolvem gerenciar a sua raiva, cuidar mais das amizades próximas e um monte de besteira que as pessoas mentalmente saudáveis fazem. Nenhum deles entende que estou em busca de conselhos sobre como ser o merdinha desagradável que eu sou de coração.

— Além disso — acrescenta Sol —, as lésbicas questionaram ano passado se eu podia ou não me identificar no mesmo grupo.

— Que droga — digo. — Qualquer lésbica teria sorte de te namorar. Como duas pessoas tão atraentes como a gente não têm pares para o Homecoming?

— Porque você é insuportável — diz elu. — E eu... Eu não sei o que sou.

— Você é ume excelente amigue — aponto. — Tipo, sério. Depois que eu desconsidero todo o ego e as habilidades divinas de computação.

— Para. — Elu ri, mas posso ver o calor cintilando nos olhos delu. — Ai, meu Deus, para. Estou tendo sentimentos demais. — Elu bebe um longo gole da cerveja, cospe e engasga. Alguma coisa triste pesa nos olhos delu, alguma coisa que elu quer dizer, mas não diz. Eu conheço esse sentimento.

Enfio um punhado de Doritos na boca.

— Como você soube que era não binárie?

Elu suspira.

— Às vezes eu conto esta história pras pessoas cis: quando eu tinha três anos e meus pais me encontraram chorando do lado de fora do banheiro de um aeroporto porque eu não sabia qual deles eu deveria usar. Mas isso não é verdade. Eu passo muito tempo no meu computador. Dei um pulo no Tumblr e as coisas progrediram a partir dali. Não binárie só me parece mais confortável. Quer dizer, pelo menos por dentro. Com o mundo externo é mais difícil. A ideia que todo mundo tem de alguém não binárie é uma pessoa magra e branca, e minha família é supercatólica e eles acham que isso é só uma fase ou talvez coisa do demônio. Não sei dizer se eles estão de brincadeira com a parte do demônio.

— Mas que merda — digo.

Elu dá de ombros.

— É o que é.

— Quando me assumi para a treinadora da animação de torcida, ela tentou me persuadir a ser não binárie primeiro. Usava "elu" em vez de "ele". Como se, caso eu passasse tempo o suficiente sendo "meio" trans, isso pudesse ser expelido do meu sistema. — Minha pele ainda pinica quando penso nisso. Como se ser eu mesmo fosse algo que eu tivesse que superar e do qual me livrar.

— Meu Deus, que besteira — diz Sol, e fico feliz ao ouvir isso. Não sei se mais alguém aqui entenderia o quanto isso machuca. — Gênero é estúpido. É tipo aqueles romances distópicos em que todo mundo é designado parte de um grupo no nascimento e você só tem que aceitar isso? Tipo, o quanto isso é bizarro olhando de fora?

— Superbizarro — concordo. — Não beneficia ninguém, e ainda assim as pessoas cis amam. Quase tanto quanto amam explodir as coisas nas revelações de sexo do bebê para anunciar às pessoas se o feto tem um pau.

— Minha prima no Texas fez um chá de revelação de gênero em que o marido e os amigos dele deviam atirar em um balão cheio de confetes azuis. Mas a corda do balão partiu e ele saiu voando para longe antes que eles pudessem atirar. Então eles só dispararam aleatoriamente até alguém gritar: "É um menino!"

— Provisoriamente um menino — digo. — É assim que deveriam dizer. Você recebe um gênero inicial e pode revisar, se necessário.

— Deveríamos fazer um revezamento — sugere elu. — Quatro semanas em cada gênero, trocando de um a outro, até que você tenha experimentado todos. Daí escolher.

— Muito mais razoável — digo. Eu sorrio, e pela primeira vez em séculos não parece forçado.

Eu sinto falta de Lukas e Naomi, mas estou feliz por ter alguém que me entende de um jeito que eles não podem. Mesmo que essa pessoa seja ume nerd que passa metade do tempo lendo gibis no laboratório de informática — a última pessoa com quem o Jeremy do oitavo ano, querendo ser legal, passaria tempo junto. Tudo aquilo parece tão raso agora.

Estou feliz porque meu mundo se expandiu, e não diminuiu, desde que eu saí do armário. Estou feliz pois algumas pessoas gostam de mim como eu sou. Estou feliz por ter encontrado uma comunidade de pessoas *queer* que gostam da minha energia e me recebem de braços abertos.

E tenho medo de que, na próxima vez em que eu inevitavelmente fizer uma besteira, eu vá perdê-los.

As horas passam. As chamas se erguem e dançam, projetando um círculo de calor no ar congelante de setembro. Um círculo de calor tremula no meu peito também. É bom relaxar. É bom me afastar da fúria e da pressão de tudo. Talvez eu não precise destruir o carro do Lukas esta noite. Na verdade, talvez eu deva me desculpar por ameaçar revelar a deficiência dele para o colégio inteiro.

Sol termina de beber as cervejas e se estende sobre a grama, bocejando.

— Preciso te contar uma coisa — diz elu. — Enquanto ainda sinto coragem. A culpa está me consumindo por dentro, cara.

— Você tentou hackear a NSA?

Elu morde o lábio.

— Isso também. Mas eu não tenho sido honeste com você, Jeremy. Eu... porra, eu faria de tudo por minhas amizades, tá bom? Mas não sei o que fazer, já que o Lukas foi tão babaca com aquele vídeo e você é meu amigo também, e vocês dois se dedicaram completamente a destruir um ao outro, e eu sinto que preciso escolher um lado. — Elu inspira fundo, trêmule. — Lukas me pediu para fazer amizade com você. Para te envolver no GSA. Primeiro, ele só queria saber por que você o largou, mas então ele me perguntou sobre a sua campanha. Foi assim que ele conseguiu sabotar a sua oferta de pizzas.

A porra do Domino's. Cada loja dentro de um raio de 24 km

estava convencida de que um garoto de 12 anos chamado Jeremy estava pedindo pizzas como trote. Lukas havia ligado para todas elas. Eu fecho os punhos, forçando-me a ficar de boa, forçando-me a não admitir que essa havia sido a jogada mais habilidosa da campanha dele.

— Então, de que lado você está agora?

Do meu. Por favor, fala que é do meu, depois do que o Lukas disse para você.

— Fodam-se os lados. Chega de ficar contando a ele os seus segredos, chega de ficar correndo de um lado a outro entre vocês dois, eu só... — Elu soluça e aperta a barriga com as mãos. Posso ver que elu está em busca da desenvoltura casual do dia a dia. — Você está com raiva de mim? Tipo, se estiver, beleza. Entendo. Posso aguentar. Só me conta.

Eu fecho os olhos e vejo o Connor me encarando com uma expressão confusa. Lukas desfilando pelos corredores. Philip grunhindo e pronto para a violência. E Sol acha que vou sentir raiva delu por ter guardado um segredo? Quer dizer, eu posso tentar. Sou bom em sentir raiva. Mas então eu estaria apenas arremessando mais merda na direção da pessoa mais próxima.

— Estamos bem — digo. — Você não precisa escolher um lado nisso, tá bom? Não se está tão desconfortável. — Eu pego a cerveja delu gentilmente e a jogo no lixo. — Me dá um segundo. Eu vou aspirar a gasolina toda do carro do Lukas. Então eu vou voltar e te levar de carro para casa.

Eu saio perambulando em direção ao estacionamento, o

cascalho sendo esmagado sob meus pés. Meio possesso. Meio vazio. Tremendo um pouco onde a brisa da noite desliza para dentro do meu suéter. O carro do Lukas está na beira da escuridão, exposto e vulnerável, mas preciso andar o caminho inteiro de volta até o prédio para pegar a mangueira e talvez isso seja longe demais. Ou talvez eu não esteja fazendo o suficiente.

Um som arfante de dor emerge das árvores escuras lá embaixo, nítido demais para não perceber. Uma voz que eu conheço bem demais: Lukas.

Eu ligo a lanterna do celular e disparo em direção à mata, escalando sobre samambaias, empurrando nós de ervas daninhas que agarram meu suéter e meus braços.

— Lukas? — Não há resposta. Meu coração se retorce. Sigo em frente, quase torcendo o tornozelo em uma pedra. Meu pé lateja. — Lukas!

No fundo da colina, meu celular ilumina. Eu vejo ele, a cerca de quinze metros da estrada.

Correção: eu vejo *eles*.

Encostado em uma árvore, o contorno do corpo deles nítido, claro, longo e entrelaçado.

É como se um raio me atingisse. Um golpe afiado que parte meu mundo ao meio — e tudo o que eu sei sobre ele — em antes e depois.

Eu estive errado sobre o Lukas. Eu estive errado sobre tudo.

CAPÍTULO DEZESSETE: LUKAS

Uma semana para o Homecoming

As chamas crepitam alongadas. A banda marcial desfila na frente da fogueira, tocando a música de guerra do colégio. O cheiro de churrasco e uísque invade meu nariz. Centenas de estudantes cantam junto ou jogam frisbee à beira do círculo de luz ou tomam goles de bebidas alcoólicas em garrafinhas minúsculas escondidas nas mangas. Uma celebração perfeita, e fui eu que organizei. Um triunfo a uma semana do Homecoming. Eu deveria estar me banhando na emoção de um bom presságio.

E só consigo pensar em como machuquei o Jeremy. *De novo.*

Como eu não havia notado que era ele naquele vídeo? Como eu não havia percebido que isso o machucaria? *Merda.* Aqueles clipes não significavam nada para mim — aquela garota que estou abraçando poderia ser uma prima distante ou uma amiga aleatória do acampamento de teatro. Alguém que conheci em um verão e deixei que desaparecesse naturalmente da minha mente.

Desapaixonar-se não deveria ser fácil assim. Eu me lembro

daquela vez em que ficamos acordados até as três da madrugada para assistir a uma chuva de meteoros no telhado do colégio, como preparamos cachorros-quentes sobre a chama de um acendedor e experimentamos tequila pela primeira vez e zombamos um do outro sem pena enquanto cuspíamos a bebida sob as estrelas dançantes. Essa memória não se conecta à garota do vídeo. Está conectada ao garoto que corava vermelho de raiva quando me via, que ameaçava revelar todos os meus segredos mais obscuros, que vai me destruir se eu der uma chance.

Parece que não me desapaixonei, não me desfiz de nada. Parece mais que, ao tentar me desembaraçar, tropecei e me embolei ainda mais na *dor*.

— Ele me odeia — digo a Naomi, abraçando e apertando o peito. Como se eu pudesse me segurar e me manter inteiro só com a força de vontade. O que eu realmente quero é pedir a ela que me abrace, mas isso parece esquisito. *Eu nunca tive nenhum problema para pedir ao Jeremy quando estávamos juntos.* Mas o Jeremy me deu um fora. Todo mundo está me abandonando. Eu ficaria feliz de ver até mesmo o Jason me dando uma cotovelada na lateral do corpo quando não faço contato visual por tempo suficiente.

— Que difícil — diz Naomi, sem tirar os olhos do celular, a luz branca-azulada espiralando pelos cachos arrumados dela. Um aplicativo pisca questões de prática do SAT a cada dez minutos para ela. — Normalmente é isso que acontece depois de um término.

Uma garota vestindo um suéter do time de animação senta-se do outro lado dela.

— Você tem tequila? — murmura ela.

— Eu tenho Pabst na bolsa — responde Naomi. — Meu primo arranjou para mim.

— Debbie sempre tem tequila — diz a garota, mas pesca a cerveja assim mesmo e vai embora. Naomi franze ainda mais a testa.

— Não sei como melhorar isso — digo. Eu já contei a ela como ele reagiu ao meu vídeo estúpido. Tudo o que eu disse e fiz de errado. — E eu preciso, Naomi. Não consigo parar de pensar nele e isso me faz querer *gritar*.

— Então grita — diz ela. — Eu entendo. Pelos últimos três anos, eu sempre me senti a coadjuvante no programa de TV dele. Tipo, não é culpa dele ter ganhado aqueles concursos de beleza estúpidos; aqueles juízes provavelmente não deixariam uma garota asiática ganhar a coroa, não importa o quanto eu fosse boa em acenar e rebolar no bambolê, mas ainda assim doeu. E doeu ainda mais nesse verão, quando ele nem ligou que eu me ferrei no SAT. A faixa só piorou as coisas. O que começou como algo insuportavelmente charmoso, agora é só insuportável e cruel.

Concordo.

— Como você está se sentindo agora em relação a ele? — Talvez exista uma resposta simples que ela possa me dar. Como ela quer que eu me sinta em relação a ele? Como eu posso processá-lo para fora da minha mente, para que eu possa viver e respirar e estar com Naomi?

— Preocupada — ela suspira. — Eu sinto como se ele estivesse andando sobre uma corda bamba, e no instante em que ele perder o equilíbrio... — Ela estala os dedos. — Eu não quero que ele exploda a própria vida. Sinto falta dele. Eu quero que a gente encontre um jeito de ainda sermos amigos. Eu quero que ele peça desculpas. E preciso que ele aprenda de verdade a ter autocontrole.

— É — digo, e relaxo o corpo, inclinando-me para a frente sobre o tronco onde estou sentado. — Isso seria legal.

Não há respostas fáceis. Você não para de se importar com alguém com a mesma facilidade que apaga a luz. Naomi não se esqueceu de que Jeremy é seu amigo. Eu não me esqueci de ter namorado ele. Mas temos que encontrar nosso caminho adiante de algum jeito, com ou sem ele.

Porque eu não sei o que fazer para trazê-lo de volta para nossa vida.

O celular da Naomi apita. Ela pega uma caixinha de pílulas da bolsa e engole um tablete minúsculo. Eu sei que deveria me sentir feliz porque minha nova namorada está tomando anticoncepcional, mas isso faz meu pescoço coçar. *Ela está esperando que a gente transe?* Eu deveria querer. Vou transar se ela me pedir. Eu tenho um excelente motivo para dizer sim — porque eu deveria ser o cara que dorme com a Rainha do Homecoming — e nenhuma palavra para justificar um não.

— Por que a gente sempre acaba falando do Jeremy sempre que nos encontramos? — ela pergunta. — Ele é a única coisa que temos em comum?

— Nós dois somos atraentes e esforçados além da conta? — digo. Ela ri. — Ei, quando se passa 90% do tempo desperto trabalhando para entrar em uma Ivy League, um pouco de drama pode ser refrescante.

— E ele com certeza fornece isso — diz Naomi. — Especialmente com o Philip à espreita.

Eu me retraio. O incidente do gabarito não fez nada além de deixá-lo com mais raiva. Agora o Philip está sentado de um lado da fogueira, largando latas vazias de cerveja aos seus pés. Eu estive observando-o com atenção, pronto para interceder se ele der um passo em direção a Jeremy e Sol. Eu não sei o que vou fazer se ele se mexer.

— Se liga só — diz Philip e pega uma lata da mochila. Ele joga acendedor líquido no fogo. Fagulhas chiam e saltam. Alguns dos meus colegas de time soltam risadas escandalosas, mas a maioria das pessoas xinga e dá um pulo para fugir das chamas ondulantes.

— Corta essa — eu grito. —Você pode machucar alguém.

— Eu sei o que estou fazendo, idiota. — Ele levanta a lata de novo. Ben apoia a mão no braço dele.

—Você tá bêbado, cara. Essa não é a hora. Para.

Philip franze a testa. Se ele não gosta de ouvir *não* de mim, ele com certeza odeia ouvir do Ben.

— Eu não obedeço ordens de alguém com um pau de sete centímetros.

— Mas que porra? — Ben grita. — Caralho, isso é tão racista...

— É uma piada! — insiste Philip. Mas as palavras dele pairam no ar como veneno. Elas voam em nuvens coalhadas sobre a minha pele, mordazes como o cheiro persistente do acendedor líquido. O suor parece oleoso e incômodo na ponta do meu nariz.

— Todo mundo sabe que você não estava brincando quando destruiu a faixa da minha irmã — diz Ben, aproximando-se. Os punhos dele se fecham. — Todo mundo sabe que você não está brincando agora. Vai pra casa.

Eu me levanto, visto a minha melhor cópia do olhar emputecido do Jeremy e estalo os dedos da mão. Os olhos do Philip olham de relance para mim e de volta para Ben. Eu posso estar brigado com meu melhor amigo, mas Philip não sabe disso. E eu sei, não importa o quanto Ben esteja com raiva de mim, que estar ao lado dele neste momento é mais importante do que qualquer discussão. Um vislumbre de esperança se acende dentro de mim quando ficamos ombro a ombro. Talvez Ben e eu possamos superar isso.

Philip calcula. Eu vejo a tensão na mandíbula no momento em que ele percebe que as chances não estão a seu favor. Ele se afasta, gritando com raiva para o celular enquanto se aproxima da estrada. O fogo se ergue até os céus enquanto ele vai embora, as velhas caixas de madeira colapsando sobre si mesmas.

Eu solto o ar. Mas não profundamente. As palavras horríveis dele permanecem no ar, incomodando como um fio solto. Isso ainda não acabou.

Meu celular apita. Uma notificação do sistema de notas on-line de Cresswell.

Eu reprovei no teste desta semana de Biologia Avançada.

É um soco no estômago. *Seu perdedor patético e estúpido. Você acha que vai virar Rei do Homecoming? Você acha que pode ser tão perfeito quanto o seu irmão, quando estava prestes a se meter em uma porradaria na fogueira?* Eu preciso escapar. Se não posso pegar um avião para o México, posso optar pela segunda melhor alternativa.

— Ainda tem aquele frasco? — pergunto a Max. O *linebacker* puxa o frasco do bolso traseiro e me oferece. Eu engulo o rum mal misturado com Coca-Cola; ou alguma coisa e Coca-Cola, seja lá o que for que ele conseguiu pegar no porão dos pais e Coca-Cola. O negócio sobe direito para a minha cabeça. O rugido do mundo se transforma em um zumbido mais gerenciável.

— Lukas! — diz Naomi. — Você deveria ser quem vai levar as pessoas de carro para casa.

— Mais oito pessoas se inscreveram para ser motoristas — digo, e jogo minhas chaves para ela. — Se faltar, podemos usar o orçamento do Homecoming para pedir uns carros.

Max estende a mão para o frasco. Eu finjo não notar e tomo outro gole, o metal frio nos meus dedos, o álcool queimando e me acalmando ao mesmo tempo.

— Queremos que eles vejam *você* dando as caronas — ela me lembra. — Como um líder responsável. Um Rei do Homecoming.

— Eu sou o rei da *festa*. — O álcool queima minha língua e quase desce pelo buraco errado. Eu me dobro, cuspindo, e transformo o gesto em uma reverência real. Eu devo parecer incrivelmente imbecil, e quase peço desculpas. Mas em vez disso tomo outro gole.

A festa passa como um borrão. Naomi me encara como se pudesse me esfaquear com os olhos, e eu não a culpo. Jeremy a arrastou para os problemas dele, e agora eu a estou arrastando para os meus. *Eu deveria ser um bom namorado para você. Mas não sei se eu quero.* Então, para não arruinar com a noite dela, eu mudo de lugar e vou para o meio dos bancos, onde o comitê de escultura dos calouros está discutindo sobre qual versão da *Millennium Falcon* eles deveriam construir para finalizar a escultura de ficção científica. Então, depois que eu confisco todo o uísque deles e recebo um olhar desdenhoso, perambulo até as margens da área da fogueira.

Grama seca e copos descartados são amassados sob meus pés. O mundo passa em batidas, lendas e velozes. Quando meus pés chegam no asfalto do estacionamento, um borrão de movimento e o cheiro doce da maconha capturam minha atenção. Terry, vestido com um jeans rasgado e uma camiseta estampada com o logo da lanchonete, subindo a colina a pé.

Quando ele se aproxima, pego o braço dele.

— Você não deveria estar aqui. — Minhas palavras saem um pouco arrastadas. Tropeçando, eu tombo sobre o braço dele. Ele tem cheiro de gordura da grelha da lanchonete; ruim para mim, mas delicioso.

— Ouvi dizer que teria cerveja.

—Tem. Mas é um evento do colégio, e você não é um estudante. — Sou assertivo. Isso é uma regra, mesmo que não esteja escrita em nenhum livro. — A cerveja é só para estudantes.

—Teria problema se eu for como seu convidado?

Eu considero. O pensamento de levar Terry, com seus piercings e sorriso selvagem, de volta para meus amigos parece levemente obsceno. *O garoto que sabe a verdade sobre mim e meu irmão. O garoto com quem eu posso ter flertado por acidente em uma lanchonete.* Eu não quero que a minha realidade bagunçada invada o círculo de bancos contendo meus amigos e a imagem que eu construí para mim mesmo.

Também não posso voltar para lá. Porque aquele Lukas não é real. É algo que eu inventei quando era uma criança estúpida, um sonho do que eu queria que a minha vida fosse. E só agora estou começando a perceber o quanto me custa tentar manter isso.

—Vamos dar uma volta — digo, e uma excitação percorre minha espinha quando ele entrelaça o braço no meu.

A mata por trás de Cresswell se ergue alta ao nosso redor, fria na noite, o calor evaporando das folhas mortas, gravetos sendo partidos sob nossos pés. A inclinação da colina abafa o ruído da fogueira. Se não fosse pela luz ocasional de faróis da estrada, eu poderia imaginar que estamos no meio do nada, com ninguém de testemunha.

Terry senta-se em um tronco, um pedaço de madeira velho e podre, e acende um baseado.

— Quer?

Eu hesito, me sento ao lado dele, e aceito. Respirando fundo. Doce, terra, solo e especiarias. Não é como a bosta que a Debbie passou de mão em mão na última festa dela. Posso sentir o cuspe dele também, o que, para minha estúpida surpresa, eu meio que gosto. Tem gosto de compartilhar um segredo.

Então eu compartilho o meu.

— Eu odeio demais o Jason. — Eu raspo o tênis na terra para enfatizar meu ponto e devolvo o baseado. — Mesmo ele estando morto. Mesmo ele sendo perfeito. Mesmo que eu sinta um pouco de saudades. — Eu me sinto ousado. A fumaça emprestada inflando meus pulmões. Terry não pode delatar nada disso para ninguém de Cresswell. Não é como se ele pudesse contar para a diretora ou meus pais que o Lukas Rivers é um babaca raivoso que odeia o irmão morto. — Sou uma pessoa horrível.

— Nem pensar. Você tem direito de ficar puto. Jason fez as próprias escolhas dele, e elas foram escolhas de merda. — Os dedos dele contornam a fumaça em círculos. — Ele foi um idiota contigo. Você era uma criança esquisita que queria a admiração do irmão mais velho, e ele te zoou porque achava que isso fazia dele um homem.

Ah. Um peso que eu nem sabia que estava carregando se dissolve no meu estômago, me deixando leve e borbulhante. Eu não havia percebido o quanto eu precisava que alguém dissesse que o Jason era cruel, que meus sentimentos são válidos. *Quando o assunto são métodos ruins para provar a sua masculini-*

dade, concorrer a Rei do Homecoming contra seu ex é dez vezes melhor do que fazer bullying com um garoto de 8 anos com deficiência.

E talvez Jason e Jeremy não fossem as únicas pessoas que me machucaram ao tentar provar quem eram. Talvez eu também esteja me machucando.

— Eu digo a mim mesmo que, se vencer como Rei do Homecoming, se entrar em uma boa universidade, eu posso ser tão bom quanto ele era. Eu posso reconstruir minha família. Mas estou aterrorizado com o fato de que o Jeremy vai me vencer, e estou aterrorizado com o fato de que, mesmo se eu vencer, não vai importar...

Eu mordo o punho para segurar o pânico subindo pela garganta. Não posso ter um colapso na frente de um estranho.

— Lukas. — Ele se vira para mim e desliza o polegar sobre a maçã do meu rosto, enxugando uma lágrima que eu não percebi que havia escapado. O dedo dele é quente e liso, como a textura de uma rocha na beira do rio que se aqueceu com a luz do sol. — Você já é tão melhor do que o Jason.

Minha cabeça está girando. A névoa passa entre meus ouvidos. Eu não entendo isso... e então entendo.

— Na lanchonete na semana passada — eu começo —, quando você me disse para te encontrar depois do turno, foi uma piada? Ou você estava flertando comigo? — *Porque Naomi achou que estávamos flertando e eu confio no julgamento dela.* Eu tento fazer soar natural, como se eu não me importasse, como se fosse óbvio que ele flertaria comigo porque é claro que todo mundo vivo flerta comigo. Mas eu honestamente não sei a resposta. Não consigo dizer se alguém sente atração por mim a não ser que a pessoa deixe isso claro. Se o Jeremy não tivesse me chamado para sair no oitavo ano, eu nunca teria dado o primeiro passo por conta própria. *Essa é a melhor parte do Jeremy. Ele é ousado. Ele é excitante.* Equilibrando todas as minhas partes incertas e em dúvida com sua energia e determinação. Persistente, mesmo que tenha partido meu coração.

— Meio que as duas coisas? — diz ele. — Eu achei que podia ter algo no jeito como você sempre olhou para mim. Você era só um menino quando eu e seu irmão costumávamos passar tempo na sua casa, mas achei que valia a pena. Você é gatinho. E cresceu, deixou de ser aquela criança que a gente costumava zoar. Jogador, líder do Comitê do Homecoming. Você deveria ficar orgulhoso.

Eu rio.

— Eu nem tenho tempo para sentir orgulho de mim mesmo. Eu gasto toda a minha energia tentando ser perfeito. E se, uma vez na vida, eu quiser fazer escolhas estúpidas, irresponsáveis e idiotas e deixar que todo mundo lide com as consequências?

— Parece que você quer se rebelar. — Ele abre um sorriso para mim. Um dos dentes está faltando, um vislumbre de escuridão no canto da boca. Faz ele parecer perigoso. — Colocar um piercing ou alguma coisa assim.

— É? Onde eu devia colocar?

— Bota no nariz. É pequeno o suficiente para ser prático, mas também uma graça.

Uma graça? Não é uma palavra do Lukas. Lukas é alto, atlético, atraente. *Uma graça* é para garotas que elogiam o visual umas das outras no dia de tirar fotos. Mas poderia servir para mim. Jeremy não deveria ser o único que pode se definir.

— Parece uma boa. Tô dentro.

— Legal. — Terry pega uma agulha e uma argolinha dourada do bolso.

Ah.

— *Agora?*

— Por que não? — pergunta ele, sorrindo de novo.

Através da névoa na minha cabeça, penso como sou um idiota por deixar todo mundo me definir, menos eu mesmo. Eu tenho responsabilidades com minha família, meus amigos — mas Jason se foi. Chega de deixar que a memória dele ordene o que eu quero e o que eu faço. Quais pedaços e partes de mim eu enterro fundo, porque tenho medo de que minhas falhas serão visíveis no meu rosto?

E, honestamente, eu só quero ver como vou ficar.

Terry sacode o isqueiro sobre a agulha.

— Você pode ficar com esse por enquanto. Meu ex-namorado me deu, mas prefiro aço inoxidável. Ouro vai ficar melhor em você.

— Talvez eu compre um pra mim — digo, tagarelando de nervosismo. — Talvez eu compre argolas de nariz para a turma inteira de veteranos. Tenho um cartão de débito de trinta mil dólares, o orçamento inteiro do Homecoming. Eles confiam tanto em mim lá em Cresswell. Estou tão cansado de ser o cara responsável. Eu prefiro ter um piercing no nariz. — Estou preocupado que vá doer. Estou dizendo qualquer coisa que faça o medo virar ruído.

Ele toca meu rosto. Não sei muito bem o que estou esperando, mas não sinto nada além de uma picada. Então um jorro de sangue e ranho. O metal frio desliza na minha pele. Eu imagino o Jeremy e a faca que ele carrega, imagino os dedos dele na minha bochecha. Arquejo, uma vez, e o som ecoa pela colina, e então tudo fica quieto.

— Viu? — Terry segura o celular como um espelho. Eu não sei o que estou olhando, mas não importa, porque está escuro demais aqui fora para eu conseguir me enxergar. *Eu acabei de me infectar com um milhão de doenças diferentes. Não é à toa que estou reprovando em biologia.* — Bem sexy. Fala mais desse cartão de débito que você tem. Eles realmente confiam em você com essa grana toda?

Dinheiro é a última coisa na qual eu quero pensar. Sinto que estou me despedaçando sob todo o peso que carrego. Eu quero empacotar isso tudo e enviar para outro lugar fora de mim.

Eu quero me preencher, mesmo que não exista nada além de vazio e ar aqui para fazer isso.

Eu me inclino e o abraço pela cintura. Viro minha cabeça e engancho a língua na boca do Terry.

Ele tem gosto de cerveja e maconha barata, de raiva e perigo. Tudo o que eu sei que não deveria consumir. Mas se comunica com uma parte de mim que esteve vazia por tanto tempo que quase esqueci que eu não deveria me sentir adormecido.

Não posso fazer isso, eu penso, enrolando a língua na dele, deslizando as mãos pelos cabelos loiros e desgrenhados dele. *Ele é velho demais. Problemático demais.* Mas, mesmo se isso for errado, é real. Não preciso fingir com ele. Não tenho que mentir para mim mesmo sobre nada quando ele está mordendo meu lábio e o sangue melequento escorre entre nós dois.

— Incrível — sussurra Terry quando nos afastamos. — Você é incrível pra caralho. Quer ir lá em casa? Eu posso te dar uma carona?

Os pelos da minha nuca ficam eriçados. Meu estômago se revira, incerto. Leva alguns segundos para que minhas emoções atravessem a névoa da maconha e se fixem em algo real. Medo. Não estou pronto para o que ele está oferecendo. Eu consegui o que vim pegar.

— Não, obrigado.

E então, porque eu preciso chegar em casa e meu cérebro sabe que a casa é na direção da fogueira, eu me viro e subo a colina, cambaleando. Uma luz na distância chama minha atenção, e me arrasto na escuridão.

O tempo muda. Segundos escorrem. Repentinamente, estou deitado de costas e não sei como cheguei ali.

— Lukas?

A mão no meu ombro é suave. Familiar. A voz, profunda e cativante, é difícil de identificar.

— É você. — Eu me viro e vomito na grama.

Jeremy está em pé ao meu lado, o rosto pálido no halo da luz do celular. Os olhos dele, arregalados e brilhantes, piscam verde como a hera das paredes de Cresswell. Os lábios rachados dele se crispam. Eu sei que ele vai me chamar de idiota.

— Puta merda, ainda bem, você ainda está respirando. — Ele cutuca minha nova argola no nariz. A dor dispara no meu rosto. — Por que caralhos você fez isso?

— Por causa do Jason — respondo. — E por causa de você.

— Por causa de mim?

— Sim — confirmo, porque é verdade. Porque eu nunca percebi o tamanho da fachada que eu ergo antes de vê-lo derrubar a dele. — Estou cansado de me esforçar tanto. Não está funcionando. Está me consumindo por dentro. — Ele deve entender. Alguém tem de entender. — Você é o único que não espera muito de mim. Você só quer que eu sinta raiva como você.

É verdade. Estamos com raiva um do outro, mas eu gosto de saber que estamos conectados. Há alguma coisa embolada no âmago de todo o meu desespero, toda a minha dor. *Desejo*. Um tipo diferente de desejo do que eu já senti antes. Novo, quente e importante.

E, debaixo de tudo, anos e anos de amizade e amor.

— Se você quiser tentar se esforçar menos, larga Biologia Avançada. Não sai correndo para o meio do mato com um maconheiro. Você fumou?

— Só maconha.

— Seu babaca imbecil. — Ele se ajoelha ao meu lado.
— Você foi na direção errada. Poderia ter morrido congelado aqui fora. — A mão dele cobre a minha. Sentindo meu pulso.
— Você está, tipo, um gelo. Aqui.

Ele tira o moletom da animação de torcida de Cresswell, tamanho extragrande. Por baixo, ele veste a camiseta de gola V que comprei para ele quando fomos assistir o show de Imagine Dragons. *Ele ainda tem. Ele não jogou fora tudo que dei para ele.*

— O álcool diminui sua frequência cardíaca. Faz a temperatura do corpo cair. — Ele enfia o moletom na minha cara.
— Toma. Veste.

— Você nem está usando uma camisa de verdade! — O tecido está tão gasto e fino que eu posso ver o top esportivo por baixo. Alguma voz baixa no fundo da minha cabeça diz que ele não planejou tirar o moletom, que ele está se expondo para mim em mais de um jeito. Ele está confiando a mim algo importante, e eu deveria ser cuidadoso para não vacilar de novo.

Jeremy agarra meus braços, me puxa para ficar em pé, e enfia o tecido pela minha cabeça.

— Isso vai entrar, você queira ou não.

Não posso ignorar o fogo nas palavras dele. Eu deixo ele me embrulhar no moletom, forço minhas mãos pelas mangas, respirando o cheiro dele. Fumaça de madeira da fogueira, alguma colônia desconhecida e suor. *Foi essa colônia que ele comprou para mim no Natal?* Distraído pelo cheiro dele, eu mal presto atenção enquanto ele me puxa colina acima e contornando os fundos do estacionamento dos veteranos.

— Não estou bêbado — diz ele, me jogando no banco do passageiro do Prius dele. Diferente de mim, ele mantém o carro meticulosamente limpo, borrifado com Clorox e purificador de ar, e tenho medo de vomitar e sujar tudo. — Sol roubou a minha cerveja toda. Vou te levar para casa antes de voltar para levar elu. Seus pais devem estar dormindo a essa hora.

Ele está tomando conta de mim. Eu sorrio.

— É estranho, conhecer você — eu digo enquanto ele dirige, aquecendo as mãos na abertura do aquecedor do lado do passageiro. — Como, tipo... duas pessoas diferentes. Você não é a mesma pessoa que eu namorei. Mas é feito das mesmas partes.

—Todas as partes quebradas.

— As *melhores* partes.

— As partes babacas. Eu parti seu coração no pior dia da sua vida. Arruinei a faixa que a minha melhor amiga passou semanas fazendo. Quase destruí as chances do Ben de ir pra universidade que ele quer, e tive que sair da fogueira para não ficar com raiva de Sol por me espionar.

— Fica com raiva de mim — eu murmuro. — Fui eu que pedi a elu para fazer isso.

Ele faz um ruído de engasgo, como se a fumaça da fogueira ainda estivesse enrolada em seus pulmões.

— Eu já tenho motivos suficientes para ficar com raiva de você. Acho que posso ter atingido o limite de raiva. Mas não posso parar de sentir. É como se meu cérebro inteiro tivesse quebrado. Eu queria ser mais como você... não só as partes cis e gostosas, mas a parte sua que sempre coloca as outras pessoas em primeiro lugar.

—Você acha que eu sou gostoso? — Eu sussurro. Sangue e muco escorrem no meu rosto. Ele não responde. — Você não é tão egoísta assim. Você literalmente acabou de salvar a minha vida.

— Isso não é nada — ele retruca. Aquilo são lágrimas nos olhos dele? Provavelmente da fumaça da fogueira. — Eu não podia deixar você morrer congelado. Eles teriam que cancelar o Homecoming e todo o meu trabalho duro seria desperdiçado. Não cancelariam o Homecoming se eu morresse. Eles provavelmente fariam um segundo Homecoming, maior e mais divertido. Só para celebrar terem se livrado de mim.

— Jeremy. — Um calor provocante se esgueira de volta para a minha voz. Eu sei onde estamos. Esse terreno é conhecido e seguro. —Você não é tão importante assim.

— Cala a boca.

—Ah, vai. É engraçado. A gente se diverte junto. Tipo, se diverte muito, muito mesmo. Lembra daquela noite em que vimos a chuva de meteoros?

— Eu fiz transição. Não tive amnésia.

—Você não se lembra de como as coisas eram? — Há um tom de súplica na minha voz. Eu odeio soar fraco, mas isso é importante. Ele precisa saber como eu me sinto. —Tenho saudades. Honestamente. Sério. Por favor, diz que tem saudades também.

— Isso vai te impedir de vomitar no meu painel?

— Jeremy. Por favor. — Eu me mexo para segurar a mão dele, mas minha visão fica duplicada e meu gesto não é suficiente. Parece que tem uma parede de tijolos entre nós, erguida bem alto sobre as cinzas dos erros e desconfianças. — Por favor, me diz que você sente minha falta. Por favor, me diz que não foi só o meu mundo que começou a desmoronar quando terminamos.

Meus olhos estão molhados. Não posso impedir as lágrimas de cair enquanto dirigimos por ruas conhecidas, toda a dor do nosso término, fresca e vazando de mim. Eu não chorei depois do *milkshake*, quando a dor ainda era bem recente. Eu não chorei nem no funeral do Jason. Tudo que eu sinto me escapa na hora errada. Ver o Jeremy, o verdadeiro Jeremy, vivo e vibrante e sem mim, torna as minhas perdas verdadeiras.

Ele me arrasta pelo caminho da garagem até a minha casa, vira o coelho de pedra debaixo do qual a minha mãe deixa uma chave reserva, e me puxa pela porta adentro. A casa está silenciosa, felizmente.

— Não vou tirar suas roupas por você — diz ele, me empurrando para a cama. — Dorme com seu jeans enlameado. Você merece. — Com um grunhido, ele me vira de lado. — Pronto. Não sufoca no seu próprio vômito. É melhor eu ir embora antes que os seus pais me peguem.

— Meus pais têm o próprio drama deles — respiro, a manta acomodada e pesada sobre mim. — Eles não vão contar a ninguém em Cresswell que você estava com o ex perdedor que odeia.

Ele joga um travesseiro na minha cabeça. Eu não tenho a energia para removê-lo, então ele suspira e o ajeita sob a minha cabeça.

— Você é patético. Honestamente. — Mas há tanto calor naquelas palavras, um cuidado quieto por baixo do fogo e da turbulência, e eu quero guardar isso dentro de mim. — E eu gosto da argola no nariz. Estou feliz que você finalmente fez alguma coisa para você mesmo. Você devia fazer o que quer mais vezes.

— E se eu dissesse que eu quero que você fique?

Ele paralisa na soleira da porta. Cabelos curtos e espetados, olhos grandes como montanhas. A sombra dele se aproxima de mim e, por um instante, espero que ele venha se unir a mim na cama.

Mas a risada dele, dura e cortante, dilacera minhas esperanças.

— Essa foi boa, Lukas — diz ele. — Me chuta enquanto estou sangrando. Por um segundo, você quase me convenceu de que não era tão ruim assim.

E então ele vai embora e o peso do sono me engole.

A manhã de sábado dispara como uma bomba no meu torpor enevoado da ressaca.

Eu beijei o velho amigo do meu irmão morto, percebo quando do a luz dolorosa do dia se derrama sobre meu travesseiro. *E ele tinha gosto de suor e maconha. Eu o beijei como se nada mais importasse.*

Eu traí Naomi. Eu não sabia que era capaz disso. Eu nunca entendi os caras do time que davam fugidinhas escondidos das namoradas. Ainda não entendo. Eu só tinha um milhão de coisas rodopiando na minha cabeça, então deixei o Terry perfurar a porra do meu nariz.

Eu sabia que estava ficando mais difícil fingir que a minha vida estava equilibrada. Mas, na noite passada, botei tanto peso de um lado só da balança que ela se despedaçou.

É só quando eu chego no chuveiro que percebo que beijei um garoto. Um garoto que eu sei que é um garoto. E pedi a outro garoto para dormir comigo.

E ele foi embora. Meu quarto parece dez vezes mais frio sem ele.

Esqueça o Jeremy. Você é o Lukas Rivers, jogador de futebol, Rei do Homecoming. O que ele importa para você? Mas a pessoa que estou me esforçando tanto para ser para todo mundo não se parece em nada com a pessoa que estava se desgarrando da minha pele. Eu digo a mim mesmo que vencer a coroa vai fazer toda essa incerteza ir embora, mas a luz do banheiro reluzindo na argola no meu nariz diz o contrário. Todas as minhas mentiras estão escritas em mim.

Eu tropeço de volta para meu quarto. O cômodo está silencioso como uma tumba, tão silencioso quanto o quarto fechado do Jason ao lado. As medalhas brilhantes de futebol e decatlo acadêmico sobre a minha escrivaninha parecem pertencer a outra pessoa. Meus sentidos rodopiantes parecem deslizar para fora da minha cabeça. Eu preciso de peso, pressão, me estabilizar. Alguma coisa para segurar todos os pedaços quebrados de mim em um só para que ninguém perceba que as minhas cicatrizes são fechadas com cola.

Eu pego um moletom do chão e o visto. Um cheiro desconhecido me inunda. *Jeremy*. Um cheiro mais forte e mais imediato do que estou acostumado. Suor e mato, e mato e fumaça. Como se ele estivesse declarando a sua presença no quarto em que não queria ficar. Eu sei que a culpa por afastá-lo é minha. O moletom dele não é tanto um prêmio de consolação. Eu o visto mesmo assim.

Meu laptop chia quando eu o abro. O Lukas sóbrio e inteligente da semana passada deu folga para o Comitê do Homecoming esta manhã. Não preciso chegar a Cresswell até as 15h para começar a pendurar a faixa do Homecoming. Meus temporizadores e agendas sincronizam perfeitamente. Seis dias e oito horas até o início.

Eu deveria trabalhar nos meus ensaios para as inscrições universitárias, penso, abrindo um novo documento. *Disserte sobre a conquista pessoal da qual sente mais orgulho* é um tema comum, e eu provavelmente deveria começar a rascunhar um texto sobre *Como eu fui eleito Rei do Homecoming*, mas pensar na competição que se aproxima só faz meu estômago revirar.

Deixe-me contar uma história sobre o amor da minha vida, eu digito. *E como ela se revelou não ser uma pessoa de verdade*. Pronto. Palavras. Mas não gosto desse *ela* na página. Parece desrespeitoso.

Se ainda estivéssemos namorando quando ele saiu do armário, eu me pergunto, *será que eu teria terminado com ele?* Deixar alguém para trás em um momento tão vulnerável da vida parece mais que cruel, mas Jeremy não é a mesma pessoa que eu comecei a namorar no primeiro ano. *Eu também não sou.* Talvez, conforme ele fosse fazendo a transição, as coisas tivessem acabado naturalmente. Talvez seríamos apenas amigos, como éramos no ensino fundamental. *Ele poderia ter andado comigo e o Ben. O lance todo do Homecoming poderia ter sido apenas uma rivalidade amigável. Eu poderia falar com ele como me sinto partido por dentro em relação a tudo, e ele me escutaria.*

Mas parece que fica faltando alguma coisa quando penso em nós dois sendo apenas amigos. Parece errado.

Eu não sei como teria reagido se ele tivesse saído do armário para mim no verão passado. Eu só sei que nunca quis que alguém ficasse comigo tanto quanto eu o queria ontem à noite.

Eu fecho o arquivo do ensaio sem salvar e me esgueiro até o andar de baixo para comer. E dou de cara com meu pai esperando na cozinha.

Merda, penso quando o vejo sentado à mesa, encarando o chá. Parte de mim tinha esperanças de que não nos falaríamos pelo menos até o Homecoming. Quando eu tiver uma coroa na cabeça e o sorriso dele se abrir de orgulho. Quando eu brilhar forte assim, ele e minha mãe se esquecerão de todas as brigas.

—Você enviou uma mensagem para minha mãe. Do meu celular.

Eu congelo. Ultrapassei um limite. Um bem grande.

Mas ninguém distribui guias de instrução sobre como sobreviver à ruína da sua família. Eu não consigo nem ver onde estão os limites até que tenha ultrapassado um deles.

— Eu só queria reconfortar eles — digo. — Desde que o Jason morreu, eles não são bem-vindos na nossa casa, e não sei por quê. Vocês estão brigados?

Ele se retrai.

— É claro que não. Não fale assim dessa maneira.

— O que eu deveria fazer? — Mantenho a voz calma, apesar de a garganta estar irritada por causa do vômito e o cômodo girar um pouco ao meu redor. Estou tão cansado. — Essa família está desmoronando e eu sou o único tentando fazer as coisas voltarem a ser como eram antes.

— As coisas nunca vão voltar a ser como eram antes, Lukas — diz ele, pacientemente, como se eu ainda fosse uma criança sem discernimento. Ignorando a minha raiva, por enquanto. — Elas nunca vão melhorar se voltar atrás for o primeiro passo nessa jornada.

Tá bom. Eu sei disso. Logicamente. Não é como se eu pudesse reviver os mortos. Mas quando os pais da minha mãe morreram, as coisas voltaram ao normal. Quando o câncer da minha avó venceu, quando meu avô caiu na banheira, mamãe chorou por algumas semanas, meu pai segurou a mão dela e cuidou dela, e as coisas se ajeitaram. Talvez isso seja objetivamente mais triste, já que Jason era tão novo. Mas eu quero que meus pais completem seus processos de luto. Quero espalhar as cinzas do Jason que estão guardadas sobre a cornija da lareira, absorvendo nossos pensamentos como um buraco negro sempre que botamos o pé na sala, quero limpar o quarto do Jason e doar as coisas dele para instituições beneficentes. Precisamos agir para eu saber que as coisas serão curadas.

Saber que, um dia, isso não será tão difícil.

— Você podia pelo menos ligar e dar um oi — sugiro, meio sem jeito. Parece que o mundo virou de cabeça para baixo, eu dando conselhos para meu pai sobre como falar com o pai dele. — Conversas são uma droga. Eu tive que falar com meu ex ontem. Se eu posso lidar com o Jeremy, sei que você pode falar com as pessoas que te criaram.

— Não sou o filho que eles acharam que eu fosse. Não sou o marido que a sua mãe ama. Não sou o pai que você e seu irmão precisavam que eu fosse. — Ele suspira. — Até falar dos meus problemas com você parece um fracasso. Um homem de verdade resolveria isso por conta própria.

Eu não sei o que dizer. Eu também não sei como consertar meus próprios erros. Para o Jason era fácil — ele nunca cometia erros. Eu e Jeremy somos parecidos nisso — colidindo um no outro, fazendo ondas, atingindo tudo e todo mundo em que confiamos. Eu não sei quanto tempo mais podemos aguentar a dor. Eu só sei que preciso de uma mudança. Por que importa o que faz meu pai se sentir como um homem de verdade? Ninguém diria que ele não é. Ele é o único que pode dizer que ter sentimentos faz ele se sentir menor.

Eu engulo, com força, e envolvo meu peito com os braços.

— Talvez você precise seguir o conselho da mamãe e falar com um terapeuta.

Meu pai parece não me escutar. Ele esfrega os olhos e me observa com mais atenção.

— O que é isso no seu nariz? — Eu me retraio. — Quando você fez isso?

Eu sou o bom filho. Eu levanto os pesos mesmo quando eles me esmagam. Mas, de repente, eu lembro que sou uma fraude. A argola no meu nariz é uma marca disso.

— Tem importância? — digo. — Eu poderia ter feito semanas atrás e você nem teria percebido.

Ele faz uma careta. Eu pego um pouco do iogurte da minha mãe na geladeira e ando de volta para meu quarto. Uma voz no fundo da minha mente grita que eu fui rude, de um modo inaceitável, ao reagir assim com meu pai. Que eu estou desmoronando como fiz no ensino fundamental, mas dessa vez com consequências mais duras e complicadas. Com a minha vida e meu futuro inteiros na berlinda. *Como ouso botar um piercing no rosto? Como ouso chamar a atenção do meu pai por desaparecer da minha vista?*

Mas eu não volto. Deixo a ferida entre nós aberta e sangrando.

Eu não sei o que mais posso fazer para consertá-lo. E estou exausto de tentar.

CAPÍTULO DEZOITO: JEREMY

Eu o vi beijando o Terry na mata.

Eu devia ter deixado ele por lá mesmo, coberto de vômito e folhas. Ele traiu a Naomi. Pior, ele escolheu um cara que se pareceria comigo se eu fosse cis. Ver o Lukas beijando o Terry — depois de jogar aquelas fotografias de merda na minha cara, depois do Connor me rejeitar — me perfura a alma como cacos de vidro. *Ele gosta de garotos! Surpresa! Não é à toa que você se sente tão atraído por ele!*

Foi quase perfeito demais, de um jeito de revirar o estômago. Eu poderia lidar com o eventual estranho errando meus pronomes se vissem o Lukas me abraçando. Eu me distanciei um bocado da minha vida antiga, então talvez não doesse trazer alguns pedaços do passado para a frente. Jeremy-e-Lukas — poderia dar certo para mim. Mais do que dar certo. Eu poderia finalmente sorrir. Saciar o incêndio florestal se retorcendo dentro de mim com o conhecimento de que alguém me ama como eu sou.

Mas claramente não daria certo para o Lukas. Ele já provou garotas de verdade e garotos de verdade e não me sinto como nenhum dos dois. Eu não sou nada além de erros.

Enfim. Se eu me sentar no trono do Homecoming sozinho,

não vai importar se ninguém me amar. Eu ainda estarei sentado ali.

Eu quero matar aquele babaca.

Especialmente depois de ele ter me pedido para passar a noite. O que só podia ter sido uma piada. Algum trote que os garotos cis fazem uns com os outros. *Ele sorriu quando disse aquilo.* Ele não tinha como saber que, se eu deitasse ao lado dele, minha vida estaria nas mãos dele. Que, no momento em que ele me afastasse e dissesse *Tô brincando*, ele esmagaria minha alma.

Preciso revidar. De algum jeito.

A sra. Guo sorri quando entro na casa de Ben e Naomi. Eu sorrio de volta quando ela diz:

— Oi, Jeremy.

Como se fosse apenas o meu nome e não um objeto estranho em sua boca. Eu solto o ar. Não terei que justificar minha existência para ela. É sempre um jogo de cara ou coroa com os pais dos amigos.

— Naomi está na loja — continua ela enquanto tiro meus sapatos. — Ela volta daqui a cinco minutos. Quer beber alguma coisa?

— Obrigado — digo, olhando de relance para a hora no meu celular. — Na verdade, estou aqui para ver o Ben. — Não quero ficar sozinho com Naomi, ainda mais sabendo que o Lukas a traiu. Não sei o que farei em relação a isso, mas ela merece ouvir a verdade dele. Eu conheço o Lukas. Ele vai contar.

— Ele está lá em cima no quarto, trabalhando no projeto do Grêmio Estudantil. Como vão as suas inscrições para a faculdade? Eu vivo dizendo para sua mãe que ela precisa contratar esse treinador de SAT que eu conheço...

— As inscrições estão indo muito bem. — Eu finjo um sorriso, saio do cômodo e subo as escadas, apressado.

Quando entro no quarto de Ben, ele está com um documento aberto, no laptop, intitulado "Atualizações no Código de Conduta". O rosto de Sol aparece no chat em vídeo — os pais delu não sabem que elu bebeu na fogueira, mas elu ultrapassou a hora de chegar em casa e levou a punição de ficar no quarto pelo resto do fim de semana. Tentar fazer elu entrar de fininho pela janela dos fundos da casa *não* foi uma ideia inteligente. Elu está chateade por não poder comparecer — é a primeira vez em meses que elu é convidade para passar tempo com os amigos no fim de semana.

— As regras atuais protegem assediadores como Brandon Kyle — elu está dizendo enquanto Ben e eu nos acomodamos na cama dele, em um quarto tão cheio de troféus esportivos e fotos do acampamento de escoteiros que deixa meu coração doendo pela infância de garoto que eu não tive. — Três garotas falaram com a Meehan sobre ele, e ela disse que não havia provas suficientes de que ele havia machucado elas fisicamente para que isso se qualificasse como uma violação do Código.

Três. Eu estremeço. Será que eu teria sido o suficiente para fazer Meehan mudar de ideia? Eu sei que ela disse que quer os estudantes de Cresswell decidindo os padrões pelos quais julgamos nossos colegas, o que parece ótimo em teoria, mas eu odeio que precisamos ter todo esse trabalho para garantir a proteção que já deveríamos ter.

— Você contou pra Debbie sobre esta reunião, né? — digo, puxando uma cadeira até a escrivaninha de Ben.

Ele assente.

— Mandei mensagem. Ela disse que não queria vir.

— Ela ainda está com raiva de mim?

— Hm. Ela disse: "Diz pro Jeremy que seja lá o que ele estiver fazendo não vai funcionar".

Voto de confiança.

— Devemos ser os líderes desse colégio. Se não conseguirmos fazer isso funcionar, quem vai? Então, vamos arregaçar as mangas e trabalhar duro. Agora. Por onde começamos?

— O que eu ouvi no fórum — diz Ben — é que ninguém nunca é castigado porque as regras são tão fracas, o que desencoraja as pessoas de denunciar violações mesmo quando elas são sérias.

— Exatamente — diz Sol. — Ninguém acha que a administração vai ajudar. O antigo presidente do GSA, no primeiro ano, me disse que eu só tirei uma nota maior do que ele na prova de cálculo porque eu e a sra. Newport éramos latines. Também foi ele que expulsou os bissexuais do clube. Ele queria que o clube pertencesse apenas a caras gays brancos, cis e ricos. Eu fiz uma lista das mudanças que eu queria que ele fizesse para deixar o clube mais convidativo, e ele rasgou o papel na minha frente. Eu tive que sair até a Hannah assumir a liderança. Eu nunca nem imaginei que poderia denunciar ele.

— Eita — digo. — Que babaca filho da puta. Como podemos atualizar o Código de Conduta para cobrir isso?

Mergulhamos no documento arcaico, riscando todas as referências ao cavalheirismo e ao cristianismo. Começamos redefinindo o assédio como um comportamento calculado, feito com a intenção de forçar outros estudantes a deixar de participar por inteiro da vida escolar. Então rascunhamos uma seção sobre discurso de ódio, esclarecendo que ele mira em grupos que são historicamente marginalizados.

— A parte histórica é importante — diz Sol. — Não queremos nenhum branco acusando as pessoas de discurso de ódio por chamar a atenção deles por alguma merda racista.

Finalmente, chegamos nas recomendações para disciplinar. Nenhum de nós consegue se decidir por um único plano sólido para a punição adequada de assediadores. Eu concordo inteiramente com a expulsão com zero tolerância, mas Ben diz que Meehan nunca concordaria com isso, e Sol acrescenta que isso poderia ser facilmente usado como arma contra as pessoas que não queríamos machucar. Eles sugerem aconselhamento obrigatório, com opções para as vítimas se separarem de seus abusadores — mas estou preocupado que isso coloque uma demanda alta demais nas vítimas. *Philip sabe que o que está fazendo é errado, e todo o aconselhamento no mundo não vai fazê-lo mudar de ideia.* Pelo menos, concordamos que isso é algo que a administração deveria resolver, caso por caso, mas que eles precisam ser transparentes sobre seus processos de tomada de decisões e justificar o que escolherem.

Por fim, enviamos um e-mail para Meehan com nosso Código atualizado, junto com a transcrição da nossa reunião e a análise racional sobre como as mudanças vão melhorar a vida dos estudantes. Um brilho aquecido se expande no meu âmago enquanto eu me espalho de volta na cama de Ben, pensando em tudo o que alcancei. Isso é liderança. É para fazer isso que os estudantes de Cresswell me elegeram. Pode ser tarde demais para impressionar Debbie, mas posso pelo menos conquistar o resto deles para o meu lado.

Ignoro o sentimento de que há uma onda se avolumando sobre minha cabeça, prestes a arrebentar.

Enquanto dirijo para o colégio na segunda-feira de manhã, passo rápido demais sobre um quebra-molas e alguma coisa se sacode na porta do passageiro. Eu paro no acostamento e dou uma olhada, passando a mão debaixo da borracha do apoiador de copos.

A carteira do Lukas. Ele deve ter deixado cair quando eu o levei de carro para casa depois da fogueira. Eu a coloco na mochila, ignorando como o couro está gasto no formato exato da mão dele. Mãos que costumavam acariciar minhas bochechas quando eu deitava juntinho dele, a cabeça apoiada no ombro. Meu rosto se aquece com a memória. Meu coração dá um solavanco patético.

É só o nervosismo antes do Homecoming, digo a mim mesmo enquanto estaciono e saio do carro. O Comitê do Homecoming do Lukas pendurou uma faixa de nove metros sobre as principais portas duplas do colégio, azul-claro no tijolo vermelho. *Sejam bem-vindos, ex-alunos, à Semana do Homecoming!* O ar do outono que chegou mais cedo está limpo. Parece que qualquer coisa pode acontecer. O enorme prédio de tijolos, as torres nos andares superiores como um par de olhos parecem prender a respiração.

Eu não estou com meu *smoking*, então decidi fazer o contrário no Dia da Vestimenta Formal — o primeiro dos cinco *Spirit Days*. Estou vestindo uma calça de pijama e uma camiseta grande demais para mim — vou deixar todo mundo louco com minhas habilidades para me vestir formalmente no baile, não preciso me apressar. Como sempre, meu cabelo está penteado e arrumado com precisão... bem, eu raspei tão curto que não dá para fazer mais nada. Não quero que as pessoas achem que levantei da cama assim.

Mas as pessoas sorriem e me dão joinhas quando entro, a multidão se abrindo quando caminho para o átrio, então sei que está funcionando.

As eleições começaram. Qualquer estudante pode fazer login no site do colégio e escolher em quem votar na longa lista de opções para a Corte do Homecoming. Lukas — eu sibilo entre os dentes quando percebo — ganhou o cobiçado espaço no topo da lista de candidatos para Rei do Homecoming, mas estou logo embaixo dele. Sol, a única pessoa caloura que se candidatou, foi listade ao mesmo tempo nas opções de rei e rainha. Não sei se isso vai deixar elu irritade ou achando graça.

Está realmente acontecendo, eu percebo quando voto em mim mesmo, sentindo o frenesi de alegria percorrer minha espinha sempre que vejo meu nome de verdade em um papel. Eu consegui. Atravessei o inferno e voltei, e agora estou a caminho da glória. Calouros e desconhecidos vêm até mim para me dizer que votaram em mim. Que eles amaram meus cartazes, que estão gratos por ter organizado a audiência pública. Mesmo que Lukas tenha sabotado minha oferta de pizzas gratuitas e esfregado aquelas fotos antigas na cara das pessoas, elas confiam em mim, no meu eu trans, e querem me recompensar com seus votos.

Estou com as emoções afloradas — até eu sair para almoçar e esbarrar no Lukas perto do armário.

Aquele desgraçado roubou minha ideia.

Meu time de animação de torcida o rodeia, um floreio de seda e cetim brilhantes. Naomi está usando seu vestido elegante de sereia do Homecoming do ano passado. Ele decidiu que seria divertido vir só de boxers e um moletom da torcida de Cresswell — meu moletom roubado. Ele para onde está quando nossos olhos se encontram. Aquela argola dourada estúpida ainda reluz na narina dele. Eu quero arrancá-la e ver ele sangrar.

— Imitador. — Ele ri, revirando os olhos.

— Não fui eu que roubei a ideia de concorrer a Rei do Homecoming. — Considero sacudir a carteira perdida na cara dele, talvez correr até o banheiro mais próximo, jogá-la na privada e dar descarga. O único motivo pelo qual não apronto uma dessas é porque eu sei que ele pode me vencer na corrida.

— Seus pais gostaram da sua cara nova? — pergunto. — Se você fosse meu filho, eu não deixaria você sair de casa até tirar essa argola ou botar mais seis. — Piercing no rosto é um visual que você precisa assumir.

— Se você fosse meu filho, eu faria você arrumar o cabelo com alguma coisa além de um barbeador elétrico. Está com medo de ter que pentear?

Eu pauso. Sinto orgulho deste cabelo, e quero defendê-lo — mas o humor quente e sinuoso na voz dele me desequilibra. Tudo em que consigo pensar é *cabelo* e *barbeador* e *ele está olhando para mim*. Não consigo nem conjurar uma resposta espertalhona.

Com uma piscadinha, Lukas passa por mim.

Bom. Talvez eu fique com a carteira dele mais um tempinho.

Naomi para enquanto ele vai andando, enfiando a mão no armário ao lado do meu para pegar um livro.

— Ei, Jeremy? — diz ela, mordendo o lábio. — Foi você que levou o Lukas de carro para casa depois de ele ficar bêbado na fogueira, não foi?

Faço que sim com a cabeça. Por que ela está me olhando com essa cara?

— Vocês chegaram a... sabe. Quando você levou ele para casa. Vocês ficaram?

— O quê? — Minhas sobrancelhas disparam para o alto. Eu rio, então seguro a risada. Ela parece tão séria. — Cacete, Naomi, eu sei que você está com raiva de mim, mas eu não vou roubar seu par do Homecoming só porque estamos brigando.

— Não achei que você o roubaria. Só acho que ele talvez queira voltar contigo. Acho que ele sente sua falta. — Ela engole. — Quer dizer, eu sinto sua falta.

Uou. Eu paro bem onde estou. Essa é a última coisa que eu esperava ouvir dela.

— Você está aqui para falar comigo sobre você e Lukas ou sobre você e eu?

— Tudo isso, eu acho? Tá tudo conectado. Eu acho... Eu acho que cometi um erro, tentando namorar o Lukas. Ele é um cara ótimo, mas todo mundo concorda que não é legal dar em cima do ex dos amigos. E agora entendo por quê. Sinto que afundei o pé no meio desse lamaçal de drama.

— Sinto muito por isso — eu murmuro. Estou quase chocado pela forma como me desculpo tão rápido. Mas, se há alguma falha minha que é fácil de reconhecer, ela é a minha inclinação para o drama.

— Eu quero que as coisas fiquem bem entre nós. Lukas e eu passamos o tempo todo na fogueira falando de você, antes... bom, sabe como é. Você sempre foi a pessoa que eu procurava, com as coisas do colégio, da animação de torcida, sempre que eu discutia com a minha mãe.

— E eu não tenho sido de muita ajuda ultimamente — admito, pensando nesse verão. — No dia em que você recebeu o resultado do SAT... Eu reagi do jeito errado com aquilo também. Acho que eu poderia ter criado espaço para nós dois falarmos dos nossos problemas se eu não estivesse com a cabeça enfiada no cu. A mesma coisa com a faixa. Embolei tudo em mim mesmo, não pensei em você nem nada, sinto muito por isso também. Eu nunca quis te machucar. — Agora que eu havia me desculpado uma vez, o resto saía mais fácil.

— Obrigada — ela grunhiu de volta. Mas os ombros dela ainda estão duros com a tensão. Ela desvia os olhos castanhos quando eu tento fazer contato visual. — Mas... porra. Jeremy, é bom *demais* ouvir você se desculpar, mas é mais do que isso. Mais do que só esse verão. Eu não quero sentir que sou a única pessoa lutando pela nossa amizade, a única pessoa que se importa. Eu quero que as coisas fiquem bem entre a gente, mas não sei como podemos ser amigos a não ser se as coisas mudarem. A não ser que você também queira que as coisas mudem.

Minha garganta aperta. Meu estômago revira. Não sei se consigo fazer isso. Mudar de gênero parece dez vezes mais fácil do que o que ela está me pedindo. Ser um garoto é algo natural para mim. Ser um bom amigo é tão mais difícil.

— Vou tentar — digo. — Eu... eu prometo.

— Ok — diz Naomi, baixinho, fechando o armário e indo embora.

Eu fico sozinho, com uma marmita cheia de lasanha fria e a sensação do estômago afundando. Como se o abismo entre nós tivesse apenas se expandido ainda mais.

A banda marcial desfila pelos corredores na hora do almoço, quase atropelando a mim e o GSA enquanto discutimos quais penteados faremos para o baile. Eles farão isso todo dia até o jogo do Homecoming, assim como eu vou torcer toda tarde. Eu saio mais cedo do sétimo período para colocar o uniforme da animação de torcida para o primeiro dos cinco pep rallies da semana. Dessa vez, tenho coragem suficiente para usar o vestiário certo, minha faca escondida na manga, caso eu precise. Está quase vazio a essa hora do dia, o labirinto de armários altos me escondendo da vista dos outros, apesar de ter um calouro chorando no canto — e o som me faz ranger os dentes. *Posso fazer isso. Sou corajoso o suficiente. Vai dar tudo certo.*

Eu mudo de roupa e não acontece nada de ruim. O aperto do meu peito folga um pouquinho.

Ouço vozes se aproximando da porta principal: um grande grupo de garotos. Para permanecer no lado seguro, eu saio pela porta dos fundos do vestiário, que dá para um beco, com a mochila pendurada de qualquer jeito no ombro. Quando corro ao redor do prédio principal, fazendo o caminho de volta para o ginásio, esbarro com o Terry, que está descarregando caixas na doca de carregamento do colégio.

— Corte bacana! — Ele grita. — Eu não te vejo há séculos...

E então ele fala meu nome morto. Eu giro sobre os calcanhares, as mãos fechadas em punhos, já me preparando para lutar ou fugir. Aquele nome é uma facada na minha espinha, um grito estridente e agudo nos meus ouvidos. Um aviso de que, apesar do cabelo, das roupas e dos hormônios, todo mundo está olhando para mim e vendo o fantasma dela.

— Como é que anda a sua vida de desistente da faculdade, Terry? — respondo, ríspido, e ele dá um passo cambaleante para trás, encostando na lateral do caminhão sujo. Pode não ser justo; ele não estuda mais aqui, ele não teria ouvido que eu transicionei. Mas justo e sensato podem esperar até que eu não esteja mais puto. — Ainda está gravitando ao redor do velho colégio, pelo visto? Vinte e um anos e você ainda não tem uma vida própria, hein?

— Uau — diz ele. — Quanto mau humor. Eu só estou tentando ser legal.

Ele está certo. Não posso culpar o Lukas por ter escolhido ele. Porque não importa de quem o Lukas gosta, garotas ou garotos ou qualquer um: ele não teria como gostar do meu eu de verdade, hostil e raivoso. O meu eu verdadeiro não é seguro.

Queimar a carteira dele do lado de fora do vestiário masculino esta noite vai melhorar essa situação toda. O ácido naquele pensamento, quase sulfúrico, me aquece até as entranhas — e se dissipa. Eu podia contar ao Terry que o Lukas implorou para que eu passasse a noite com ele depois da fogueira. Arruinar o relacionamento deles. *Sem Naomi, sem Terry... parece que nós dois vamos para o Homecoming sozinhos.*

Mas não quero arrastá-lo para baixo até meu nível de solidão. Eu já o magoei o suficiente.

— Devolve isso pro Lukas. — Eu pego a carteira da mochila e enfio nas mãos dele. — Diz pra ele que eu não quero vê-lo ou falar com ele ou responder às mensagens, mas eu quero que ele seja feliz. Eu quero que vocês dois sejam felizes.

— *Eu quero arrancar a sua pele e vestir como um casaco.*

Então saio marchando até o ginásio, batendo a porta atrás de mim. Porque um líder de torcida nunca deixa ninguém o ver chorar. Eu faço a minha rotina e chamo o nome dos jogadores. Ben me lança um joinha quando me aproximo dele. Mas passo os olhos pela torcida e procuro o Philip, e o olhar feroz de lobo que ele me dirige diz que ele sabe. Diz que ele quer que eu me arrependa.

Eu nunca vou me arrepender de nada que o machucar.

As esculturas de comida enlatada são trazidas sobre rodas pelo piso de vinil. Os estudantes as acompanham usando vestidos de baile, ternos e uma gravata eduardiana extremamente bonita. O busto do Super-Homem dos veteranos é uma obra de arte. Eu balanço a cabeça admirando os largos ombros azuis de latinhas de atum. Os alunos do terceiro ano tentaram construir um xenomorfo para a escultura de ficção científica, mas o resultado se parece mais com uma bosta gigante. O dragão de latas dos alunos do segundo ano pelo menos possui o formato de um dragão, mas acho que a turma deles não tem a menor ideia do que fazer para se adequar ao tema fantástico além de cobrir tudo com dragões. Os calouros estão em pé ao lado de sua minúscula-mas-orgulhosa lupa, exibindo-a enquanto ela oscila.

Eu desfilo pelo ginásio, gesticulando para cada escultura com meus pompons enquanto o público faz barulho para as suas favoritas. Eu faço floreios para o Super-Homem, e uma muralha de som me atinge, gritos e pés que batem no chão. Os alunos do segundo e terceiro anos nem tentam chegar perto. Quando chego à lupa oscilante, um rugido triunfante de "Veteranos! Veteranos" ecoa no teto do ginásio.

— A vitória é dos veteranos! — declara Meehan perto de mim. Então, baixinho, ela acrescenta: — Bom trabalho, Jeremy. Você está aguentando bem essa atenção toda.

Eu sou um líder de torcida. Eu me dou bem com atenção. São meus peitos e meu quadril que eu quero esconder do mundo, não eu mesmo.

— Obrigado. Você teve oportunidade de ler as propostas de mudança do Código de Conduta que o Grêmio Estudantil enviou?

Ela fica rígida. A voz muda de tom. Ainda calorosa, mas... tensa. Como se eu tivesse pisado no pé dela.

— Eu li. E estou tão orgulhosa. Vocês fizeram um rascunho muito mais detalhado e rápido do que eu poderia ter imaginado.

Eu solto o ar. Funcionou. Tudo o que demos do nosso esforço vai valer a pena. Mas...

— Então, você vai autorizar?

— Eu... Sim, espero. Quero checar com o conselho de administração e a equipe de advogados para garantir que as mudanças não nos deixem vulneráveis...

— Por que ter mais regras deixaria o colégio mais vulnerável para ações legais? — Quem ela acha que vai processar Cresswell?

— Confie em mim, Jeremy. Vamos implementar as mudanças. Um dia. Eu só tenho que as fazer passarem por algumas camadas a mais de burocracia escolar, e...

Eu esfrego o tênis com força no piso emborrachado do ginásio, fazendo um chiado e deixando uma marca escura para trás.

— Você disse, quando eu mencionei a ideia das mudanças, que autorizaria. Você não falou nada sobre o conselho ou advogados.

— Bom. Sim, em teoria. Mas não quero passar uma ideia de que estou tomando decisões para favorecer estudantes como você. Uma diretora precisa ser neutra, objetiva... não posso assumir lados políticos.

Eu me afasto dela bruscamente. *Estudantes como você.* Meu ombro bate na escultura de lupa. Com o barulho metálico, as latas desmoronam e caem na minha cabeça e nos ombros. Meus ouvidos apitam. Um calouro xinga com uma voz aguda.

— Eu falei para vocês usarem cola! — grita Lukas na lateral do campo, correndo para pegar as latas e colocá-las de volta na pilha. Duas estouraram, derramando feijões pretos pelo chão. Meehan suspira e vai chamar o zelador. Os calouros me olham de cara feia na seção deles na arquibancada. Eu provavelmente perdi votos por causa disso. Eu não ligo.

Estudantes como eu. Será que ela não entende que, cada dia a mais que isso demora, mais estudantes são machucados? Um assunto abstrato para membros do conselho e advogados faz toda a diferença para os estudantes aqui. Proteger jovens não é político. Não deveria existir lados.

Mas não posso ruminar muito sobre isso, não quando meu coração está fazendo polichinelos na garganta, não enquanto meus pulmões ameaçam desinflar e apagar. Philip vai voltar a me perseguir. Como posso revidar quando todo o poder de Cresswell está do lado dele?

— Jeremy. — Lukas me alcança no canto quando tento me esgueirar para fora do ginásio, bloqueando minha passagem com as mãos na cintura. Um bando de calouros que estava andando na nossa direção faz uma volta e vai por outro caminho quando nos vê. — Odeio perguntar. Sério, odeio mesmo. Mas não encontro minha carteira desde a fogueira e preciso muito dela. Será que deixei no seu carro?

— Eu já te fiz um favor na fogueira. Não peça outro. — Não tenho espaço sobrando para ser agradável agora.

— Isso não é sobre mim. Tem um cartão de débito na carteira que está ligado aos fundos do Homecoming. Tipo, milhares de dólares. Se cair nas mãos erradas, podemos perder tudo. Preciso dela de volta. Agora. Sem ela, não posso fazer os últimos preparativos para o baile. Mesmo se não for cancelado, provavelmente será uma droga.

— E não seria tão ruim pra você se isso acontecesse — retruco. Empurrando para longe aquela proximidade breve e tentadora da fogueira. Golpeando-o com a fúria que não posso arremessar na Meehan. — Como as pessoas decidiriam coroar você como rei se você destruísse o baile? Bom, pelo menos você teria a chance de comprar uma carteira melhor. Aquela de pele falsa de cobra que eu comprei pra você no fundamental não ajuda em nada com a sua estética.

— Você roubou minha carteira — diz ele, a realização lentamente transparecendo no rosto dele. —Você... Se eu perder aquele dinheiro, eles vão cancelar o Homecoming.

O namorado novo dele vai entregar a carteira daqui a mais ou menos uma hora. O Homecoming não está correndo risco de verdade. Mas mesmo que eu tenha falado para o Terry que eu quero que eles sejam felizes, eu sorrio, porque eu sei que isso o irrita.

— Talvez eu queira isso.

Eu não deveria estar perdendo a cabeça com ele. É com a Meehan que eu estou irritado. Mas Meehan não vai me escutar ou agir para me proteger.

Se eu não tenho poder nenhum em Cresswell, pelo menos tenho o poder de fazer o Lukas suar.

CAPÍTULO DEZENOVE:
LUKAS

Meu pior pesadelo virou realidade. Não o pesadelo sobre todos os meus lápis se quebrando durante o SAT — o pesadelo em que meu ex desequilibrado rouba a minha carteira.

Eu passei o fim de semana inteiro procurando, quando não estava ocupado organizando o ginásio para os cinco pep rallies sucessivos. Todas as aulas de educação física seriam feitas nos campos até o fim da semana do Homecoming. É claro, vai levar a semana inteira para transformar por completo a cantina para o baile, e é nisso que trabalho na segunda-feira à noite depois do treino. Tenho a imagem perfeita na cabeça — flâmulas penduradas no alto do mural do Homecoming de cada turma, tinta dourada de spray cobrindo o trono onde a Corte vai se sentar. *Onde eu vou me sentar.* Max e eu passamos a tarde toda construindo uma fênix enorme de madeira enquanto cinquenta voluntários fazem flores de papel para cobri-la. O entregador de pizza chega quando o sol está se pondo, quando estou coberto de suor e o modelo está cheio de flores. O temporizador no meu celular avança faltando menos de quatro dias.

— Como vamos pagar por isso tudo? — pergunta Debbie. — Você começou a fazer *stripping*, Lukas? — Ela fala com escárnio.

Eu suspiro. Todo mundo tem perguntado sobre o piercing. As pessoas estão fofocando on-line sobre isso. Um número perturbadoramente alto dessas publicações teoriza que eu perdi de vez a sanidade. Só uma ou duas pessoas consideram que eu possa ter feito uma escolha estética. Quando Naomi e eu andamos juntos no almoço, como ela planejou, sorrindo e pedindo votos, as pessoas prometem alegremente que vão apoiá-la. Mas os olhos passeiam pelo meu rosto antes de prometerem o mesmo para mim. Como se um buraco e um pedacinho de metal diminuíssem todo o resto que fiz para o colégio.

— Tá tudo bem — digo a Debbie. — Botei na conta do Homecoming. Dei o número do cartão de débito quando fiz o pedido.

O cartão que ainda preciso recuperar do Jeremy.

Eu pego meu celular e envio uma mensagem para o babaquinha.

Lukas Rivers: O que preciso fazer para ter minha carteira de volta?

Jeremy Harkiss: Chupar meu pau

Lukas Rivers: Isso é um convite?

Eu me arrependo de apertar "enviar" assim que meu dedo toca a tela. Eu poderia ter mandado isso a ele quando estávamos juntos. Mas fiz besteira vezes demais. Ele deixou dolorosamente claro que não me quer.

E ele não responde.

Ele está blefando, digo a mim mesmo. *Ele vai me devolver a carteira. Pelo menos, ele vai devolver o cartão de débito. Ele não faria o baile ser cancelado de verdade. Ele não iria tão longe assim.* Mas até onde sei — até onde conheço a pessoa que ele se tornou — ele já deve ter comprado cinquenta pares de óculos escuros com aquela desgraça e arranjado para que todos fossem enviados para a minha casa. Sol também não responde quando envio mensagem para elu implorando pelo gabarito para a prova de Biologia Avançada desta semana. Eu tentei, na semana passada, fazer nos termos da dra. Coryn. Tentei o meu melhor e tirei 32%. Preciso dar um jeito nisso para que as faculdades vejam que eu tenho pelo menos um B no meu boletim do primeiro trimestre. Um B não me prejudicaria tanto, assim que eu puder incluir que fui *Rei do Homecoming* na minha inscrição. Mas Sol ainda está chateade com o lance do vídeo.

E então eu tenho uma ideia. Um plano de gênio. A preocupação persistente com o cartão de débito evapora.

Eu vou conseguir respostas. Eu vou dar a todo mundo de Cresswell o que eles precisam. E vou vencer o trono.

Porque todo mundo nesse colégio concorda que a aula de Biologia Avançada da dra. Coryn é uma droga completa.

Terça-feira é Dia do Eu do Futuro, Eu do Passado. Devemos nos vestir para representar a carreira que queremos — fantasias simbolizando nosso passado também são permitidas, mas a turma de veteranos, pelo menos, está com os olhos no futuro. Muitas pessoas usam camisetas com logos de empresas de tecnologia ou nomes de universidades. Um aluno do terceiro ano que ama Biologia Marinha construiu um aquário enorme para si mesmo. Eu visto uma camiseta branca com um sinal de interrogação desenhado com hidrográficas enquanto levo Naomi — que usa um jaleco médico — para jantar.

Eu junto coragem e consigo uma mesa para nós perto da máquina de chicletes. Terry pisca para mim quando entro, ignorando completamente Naomi, cujo braço está entrelaçado no meu. Ele não sente ciúme dela — é como se ele não a visse. Ele ri com o fundo da garganta quando ela pede uma salada e eu peço um sanduíche de bacon, alface e tomate.

— Garotas e saladas, num é?

— Não seja um imbecil — digo, e ele sacode a cabeça e volta para a cozinha.

Sob a proteção da máquina de chicletes, sem *milkshake* à vista, encontro a coragem para segurar a mão de Naomi. Meu coração bate forte. *Mostre a ela que você é um bom namorado. Diga alguma coisa provocante. Sedutora. Confiante.* Mas a fachada que eu construí, a máscara que Jason sempre me forçou a usar, o namorado hétero perfeito que eu acho que ela quer que eu seja — não posso aguentar. Não posso ser puxado para mais uma direção sem arriscar me partir.

— Lukas? O que você está fazendo?

Eu percebo que meus dedos estão envolvidos na palma dela como se eu tivesse segurando uma cobra venenosa. Congelados daquele jeito.

— Eu gosto do seu esmalte — digo, e solto a mão. Terry não para de me encarar quando traz a comida. Naomi não para de me encarar enquanto enfio o sanduíche na boca para evitar falar. Luzes neon pintam linhas rosadas nas minhas mãos enquanto eu os encaro e tento não pensar.

Eu não sei o que sou. Eu preciso saber. Eu preciso colocar um rótulo em mim mesmo. Eu preciso de alguma coisa na qual me segurar. Sinto atração pelo Terry — estupidamente, mas sinto. Ainda não esqueci o Jeremy — de novo, estupidamente, porque ele não me quer. Naomi e eu fazemos sentido. Talvez eu seja bissexual. Pansexual. Um dos dois. Talvez eu goste, sim, de garotas. Eu tive crushes em garotas no ensino fundamental, antes de começar a namorar o Jeremy. Se eu posso me sentir atraído por garotas, por Naomi, então não importa quem eu queira, quem eu beijei na mata. Se meus avós vão ficar evitando o fato de que namorei um garoto e meus pais estão absortos demais no próprio drama para se importarem, então o que importa como eu formarei uma família?

Mas importa para mim. Importa mais para mim do que dobrar cada pedacinho meu para agradar outra pessoa.

— Eu não quero namorar você — digo, resmungando as palavras. Eu não sei muito bem como fazer isso. Eu nunca terminei com alguém antes, e não quero ser tão ruim quanto o Jeremy foi.

— Desculpa. Estou tentando ser gentil. Quer dizer, Jeremy foi um babaca quando fez isso comigo. Ele foi um babaca e foi uma droga, mas eu beijei outra pessoa na fogueira. Sinto muito. Você precisa saber. E você precisa saber que merece mais do que isso.

Os olhos dela se enchem de lágrimas.

— Desculpa — digo. — Eu sin...

— Não. — Ela ergue a mão para me calar. E solta uma risadinha absurda. — Você não precisa dizer mais nada. Eu entendo, tá bom? Tudo bem. Está tudo bem. — Lágrimas escorrem pelas bochechas dela, manchando silenciosamente o rímel. Eu estendo meu guardanapo, oferecendo-o para ela se limpar. — Não, obrigada. Eu só nunca me senti tão envergonhada...

Ela sai da cadeira e corre para o banheiro.

Eu me retraio, estranhamente aliviado quando o peso das expectativas dela sai dos meus ombros. Graças a Deus. Eu não tenho mais que fingir. Eu deixo uma nota de vinte na mesa e ando até a área da grelha.

— E aí, Lukas? — Terry abre o sorriso de um dente ausente. Eu faço uma careta e desvio o olhar, quase tropeçando em uma família carregando balões de aniversário. Ele é encrenca. Só porque estou tentando descobrir o que eu quero, isso não significa que eu deveria ir atrás do cara que eu quero por motivos horríveis. Mas posso forçar os limites mais uma vez. A dra. Coryn e Jeremy, de algum jeito trabalhando em harmonia, não me deixaram outra opção.

— Eu sei que você faz entregas para Cresswell no outro emprego — murmuro. — Preciso da sua chave mestra emprestada.

— Claro, gatinho. Pode me fazer um favor de volta?

— Que tipo de favor? — Um tremor aquecido preenche minha voz. Talvez eu não seja tão ruim no flerte quanto sempre imaginei que fosse. — Eu tenho limites, sabe.

— Você pode me dizer em que ano você nasceu? Eu já tentei, quer dizer, eu já sei, que seu aniversário é dia 8 de maio. Eu sei bastante sobre a sua família por causa do Jason, mas nunca perguntei isso. Você tem 17 anos, não é?

Por um segundo, eu tento imaginar por que ele está perguntando isso. Então eu percebo.

— Não se preocupa. Não foi criminoso. Tenho 18 anos. — Reviro os olhos. É nojento ele não ter perguntado se eu tinha idade suficiente antes de me beijar, mas acho que nenhum de nós dois estava pensando. — Nasci em 2003.

— Nossa. Fico feliz em saber disso. — Ele enfia a mão sob a mesa e puxa um cordão. — Aproveita. Faz o que quiser.

— Obrigado — digo, pegando o cordão. — Eu te devolvo esta tarde. Sei que você precisa para o trabalho.

— Na verdade, acho que vou me demitir daquele emprego. Esbarrei numa grana.

— Ah. — Há algo predatório nos olhos dele. Algo que eu não consigo interpretar. — Parabéns.

Ele ainda está sorrindo. Naomi ainda está chorando. Eu vou embora, porque eu sei que minha presença só está piorando as coisas. Porque ainda tenho trabalho a fazer e uma necessidade me impulsionando para a frente.

De volta em Cresswell, o prédio principal está quase deserto. Um silêncio sombreado preenche os corredores, um lado mais fácil e mais suave do colégio, que brilha incômodo durante o dia. Eu uso a chave de Terry e entro no escritório pequeno e escuro da dra. Coryn. Papéis pendurados com tachinhas no quadro de cortiça tremulam como meu batimento cardíaco. Abro a escrivaninha dela e encontro uma cópia impressa da próxima prova, as respostas digitadas com uma fonte em negrito. Rapidamente, pego meu celular e tiro uma foto, fazendo uma careta quando o flash dispara. *Vitória.* Quando meus colegas de turma perceberem o quanto eu já fiz por eles, terão de votar em mim. Mas isso não parece uma vitória. O ponto de interrogação na minha camiseta parece uma âncora pesada o suficiente para me arrastar até o fundo do mar. *O que eu quero? O que estou fazendo? Como posso encontrar equilíbrio em uma tempestade de expectativas? Como posso fazer o Jeremy me devolver a minha carteira?*

Esta é a Semana do Homecoming. Esta é a culminação de anos de esforço, de tudo pelo qual eu trabalhei e que desejei, da minha reivindicação à coroa e o início de uma nova e brilhante jornada em direção ao sucesso. E para consertar a minha família e ser o provedor das necessidades das pessoas que eu amo.

E estou sem mais recurso algum.

CAPÍTULO VINTE: JEREMY

Na lanchonete naquela noite, Ben, Sol e eu planejamos o impulso final para a minha campanha. Eu vendi parte da minha antiga coleção de brincos no eBay para conseguir pagar por mais faixas e flyers impressos. O jornal do colégio publicou mais uma pesquisa de opinião para as eleições da Corte. Lukas está disparando na frente — agora com 41% contra meus 44% — graças ao editor ter banido "Chad Bolazul" como opção. Minha liderança continua, mas a pesquisa tem uma margem de erro de cinco pontos. Não posso me permitir ficar convencido — pelo menos, não mais convencido do que já estou.

Sol também subiu mais alguns pontos, o que me faz sorrir. *Tomara que essa eleição melhore a autoconfiança delu.* Elu está nos dois lados da eleição, o que significa que os votos são separados, mas isso não parece deixar elu incomodade.

— Eu prospero no caos — diz elu, molhando uma batata frita no *milkshake*. — Eu só gosto de saber que dei uma bicuda no conceito de gênero aprontando essa.

— O que você vestiria se ganhasse? — diz Ben. — Um *smoking* ou um vestido?

— Provavelmente uma jaqueta de couro. Que fica bem em todo mundo.

— Até em pessoas hétero? — questiona Ben. — Posso usar uma?

— Mas é claro que não — digo. — Pelo menos, não até eu usar a minha amanhã. Tenho um sobretudo que vai até o chão para a minha fantasia.

— A sua fantasia de hoje já não foi uma declaração suficiente?

Eu sorrio. Para minha fantasia de Eu do Passado, eu me vesti todo de branco e amarrei um globo enorme de isopor na cabeça.

— O que é a sua fantasia? — perguntou a sra. Valley quando entrei na aula de História Mundial Avançada.

— Meu pai — eu disse, quase me sentindo culpado por fazer essa piada com uma senhora de 70 e poucos anos. — Ou, pelo menos, a maior contribuição que ele fez para a minha vida.

Eu estava esperando ouvir um sermão sobre o código de vestimenta e que eu teria de mudar de roupa. Mas, de algum jeito, ela só riu.

— Isso é muito ousado, rapazinho. Muito engraçado.

À tarde, percebi que só as garotas tinham de seguir regras de vestimenta. Se alguém não entendia a piada, eu só tinha de explicar com a minha nova voz — nossa, eu amo o tom grave e sarcástico dela, como se desenrola na minha garganta — e ficava tudo bem. Quando chegou a hora do *pep rally* da tarde, uma foto minha já tinha recebido setecentos likes. Algumas pessoas se fantasiaram de bebês, com fraldas e macaquinhos, mas eu era o único que foi tão longe assim. Eu sou ousado, e Cresswell vai me reconhecer com seus votos.

Enquanto mastigo meu hambúrguer cheio de picles na lanchonete, uma Naomi de olhos avermelhados desliza para fora de uma mesa perto da máquina de chicletes e entra no banheiro. Mordendo o lábio, meio sem jeito, Lukas se levanta e anda até o balcão.

Merda. Alguma coisa está errada. Eu me levanto e a sigo até a porta. Minha mão para na maçaneta e congela — o banheiro *feminino*. Minha disforia é um nó vermelho e apertado de *não* na garganta, gritando que, mesmo que eu já tenha mijado aqui dezenas de vezes, esta entrada é onde eu paro agora.

— Naomi? — Chamo através da porta. Minha voz falha. —Você está bem? O que aconteceu?

Nada além de fungadas.

—Você quer que eu mate o Lukas para você? — digo. O beijo. Terry. A mata. — Porque estou pensando seriamente nisso. Eu sei o que ele fez e estou feliz por ele não ter mentido. — Isso parece ser responsabilidade minha também. Mesmo com o Lukas, as pessoas não se apaixonam depois de apenas alguns encontros. Ela está chorando porque está envergonhada. Porque, mais uma vez, um dos amigos estúpidos dela não pensou nos seus sentimentos antes de abaixar a cabeça e avançar, como um carneiro selvagem, em direção à coisa estúpida que ele deseja. — Naomi? Por favor. Fala comigo. Eu sei que não tenho sido um bom amigo este ano, mas quero ser. Eu quero estar ao seu lado.

Mas ela não responde. Depois de alguns minutos, Ben se aproxima.

—Tudo bem, irmã?

— Estou bem — ela murmura. — Me deixem sozinha.

Agarro o braço de Ben.

— Ela não está bem. Ouve só. Ela obviamente não está bem! Precisamos fazer alguma coisa. — Levanto a voz. — Naomi! Sai daí e vamos escolher aqueles marcadores de cor pastel que você ama na Staples!

Ben suspira.

— Às vezes as garotas precisam só chorar sobre as coisas. Você não pode consertar tudo de imediato.

Estou prestes a explodir — *eu sei como as garotas pensam, seu imbecil* — quando percebo que não sei, não de verdade, não assim. Eu só posso enxergar a minha própria dor e coração partido através dos meus olhos, e não importa o quanto isso é importante para mim, minha visão nunca será a da Naomi. Eu quero consertar os problemas dela, em vez de escutar. *Que coisa de homem.*

É terrível o quanto esse pensamento me anima. Eu decido dar espaço para Naomi e cruzar os dedos para que ela venha até mim quando se sentir pronta.

— Você piorou a situação? — Debbie sibila quando passo pela mesa dela no caminho de volta. A peruca loira da fantasia dela está apoiada sobre uma pilha de livros didáticos. Debbie jura que seu Eu do Passado foi a Grace Kelly em uma vida anterior. Ela pediu um hambúrguer, mas nem tocou nele.

— Eu tentei reconfortar uma amiga — digo. — Sinto muito se nem sempre eu sou bom nas coisas como você espera que eu seja. Você vai ficar feliz em saber que Meehan está adiando todas as mudanças no Código de Conduta até, tipo, um bilhão de advogados autorizarem.

— Isso não me deixa feliz. Mas eu esperava. É tão estúpido. Ela não teria expulsado Brandon Kyle nem se quinhentas pessoas tivessem denunciado ele. Ela fica falando essas besteiras, fingindo ser feminista quando faz bem para a imagem dela, mas não levanta um dedo para ajudar as garotas do colégio que precisam dela.

— Mas fui eu que traí todas as mulheres, né? — Aponto para o peito com o polegar. — Eu. Eu sou o problema.

— Ai meu deus. Isso não é sobre você, Jeremy.

— Mas é sim. Eu tenho tanto a perder nisso quanto você. Não ser uma garota não me protege de ser tratado como uma, não me protege das piores partes de ser tratado como uma. Nós dois estamos presos em um sistema que vai nos jogar para os lobos se causarmos problema demais.

O rosto dela fica mais vermelho do que o batom de cereja.

— O que você quer que eu diga? Que consertar Cresswell é impossível porque a diretora Girl Power prefere agradar à rede de ex-alunos ricos em vez de proteger os estudantes?

— Nada é impossível se trabalharmos como uma equipe. Somos líderes de torcida. Deveríamos saber disso. Podemos lidar com gente do tipo do Brandon e do Philip juntos. — Eu suspiro. — Eu deveria ter te ajudado a denunciá-lo, no segundo ano. Eu estava com vergonha, tá bom? Eu me senti tão pequeno e estúpido. Eu só queria esquecer. Pensei que poderia esquecer. Mas aí o Philip veio atrás de mim e...

— Philip. — Uma nota de culpa estremece na voz dela. Ela desvia o olhar do meu rosto. — Eu... você está certo. Você não fez isso tudo só para botar as mãos em um pouco do precioso privilégio masculino. Eu pensei que uma garota liderando o Grêmio Estudantil significaria que alguém importante em Cresswell finalmente me escutaria sobre os nossos problemas. Mas eu nunca tentei escutar você sobre os seus. Desculpa. — Ela acrescenta, tão baixinho que eu mal ouço: — Talvez eu só estivesse com raiva de você porque era mais seguro do que sentir raiva da Meehan.

— Conheço o sentimento — murmuro. — Não é tudo culpa sua. Eu e Ben também fizemos besteira. A gente devia ter envolvido mulheres na escrita da resolução e na organização do fórum. Todos nós precisamos escutar uns aos outros.

— É, vocês fizeram merda. — Ela me dá um sorriso breve, mas genuíno. — Amigos?

— Amigos. — Eu a abraço, um braço ao redor dos ombros, e vou embora sorrindo.

É um mundo esquisito, onde Debbie fala comigo e Naomi, não. Mas vou aceitar qualquer amizade que eu conseguir.

Não posso ajudar a construir uma Cresswell melhor se deixar minha raiva me controlar. Debbie me machucou, mas, se ela está disposta a ouvir e melhorar, eu posso fazer o mesmo por ela. Eu posso deixar para trás o que ela disse.

Eu deveria sentir isso como uma rendição. Como fraqueza.

Mas não me sinto menor depois do nosso abraço. Pela primeira vez em semanas, eu sinto meus pés firmes em chão sólido.

Quando chego em casa, a internet inteira de Cresswell está dominada com fantasias do *Spirit Day*. Eu clico para ver as melhores. A minha recebeu alguma atenção, e até os comentários parecem favoráveis — muitos emojis e GIFs de risada, e comentários o suficiente sobre como as pessoas acham que sou corajoso e querem votar em mim para Rei do Homecoming, ao ponto de eu não precisar me preocupar se a risada é direcionada a mim. *Corajoso. Eles acham que sou corajoso.* Uma palavra que pertence a caras durões em filmes, o tipo de cara que Philip finge ser. Mas minha masculinidade é igual à dele em qualquer momento. Mesmo sem Meehan me apoiando, ele ainda não venceu.

Meu cosplay de *Matrix* fica perfeito no dia seguinte. Um sobretudo longo de couro, óculos escuros espelhados, o couro preto alongando-se até o piso. O resto do GSA e eu posamos para fotos na casa de Sol naquela manhã, já que não podemos levar nossas armas de brinquedo para o colégio. Naomi e as outras líderes de torcida nos superam no turno matinal de likes, já que ela está coordenando todas elas para se vestirem como princesas da Disney. Ainda assim, minha fantasia me dá a confiança de que preciso para entrar na aula de Governo Avançado de manhã e retomar o lugar na tribuna.

— O alarme de incêndio nos interrompeu na semana passada — diz o sr. Ewing. — Mas estou feliz por ter reagendado para hoje a apresentação do Jeremy sobre direitos de pessoas transgênero.

Eu sorrio para o professor. Um sorriso largo e cheio de dentes. Eu não sei direito por que ele colocou os direitos de pessoas transgênero na lista de tópicos. Mas eu me recuso a dar a ele a performance que ele tanto quer.

— Eu não vou justificar por que vocês deveriam me respeitar — digo, subindo no banquinho escondido atrás da tribuna. Ele não me deixa na altura exata do microfone. Não importa. Minha voz é uma zona, um desastre, mas sempre foi forte. — A partir do momento em que a minha vida se torna um tópico a ser discutido, eu já perdi. Em vez disso, vou falar do Homecoming. Vou defender a ideia de entrar na Corte do Homecoming.

—Você deveria ter trabalhado neste discurso há semanas! — diz o sr. Ewing. — Não dá para improvisar um discurso inteiro de última hora.

Eu dou de ombros.

— Observa só.

Na parte de trás da sala de aula, Ben balança a cabeça em aprovação. Lanço um sorriso agradecido para ele e me aproximo do microfone.

— Homecoming. Como celulares BlackBerry ou Rickrolling, é uma tradição antiquada forçada a nós, alunos do ensino médio, pelo país inteiro. Então por que Cresswell gasta todo esse tempo, dinheiro e esforço elegendo uma Corte do Homecoming? Esse colégio tem problemas de verdade para resolver. A ausência de vegetais orgânicos na cantina, nosso histórico esportivo abismal do futebol. — Eu pauso antes de dar o golpe fatídico. — O fato de que um grupinho de estudantes pode assediar metade do colégio sem consequências.

O sr. Ewing estende a mão para o microfone.

— Jeremy — diz ele. — A tarefa era falar sobre um problema social importante.

Eu giro, mantendo o microfone na mão.

— Esse é um problema social importante. Porque afeta a todos nós. E a verdade é que há muitas pessoas em Cresswell que querem consertar as coisas, que querem tornar este colégio seguro para todo mundo. Mas isso não importa. Não quando a diretora Meehan e nossa rede de ex-alunos se opõem a qualquer mudança. Eles estão com medo de começar discussões nos brunches em seus clubes country e perder doações de gente branca velha e rica que enxerga nosso colégio como nada mais do que um parquinho de diversões para reviver seus dias de glória. — Com essa última frase, ouço sibilos, sussurros e palmas lentas vindas do fundo da sala.

— Isso é suficiente, jovem da... jovem rapaz — diz o sr. Ewing. — Não fale da diretora Meehan dessa maneira. Tenha respeito.

—Você não teve respeito nenhum quando colocou direitos de pessoas trans na lista — digo. — Quando me forçou a vir até aqui e dizer na frente da turma inteira por que eu mereço existir ou, pior, escutar qualquer um argumentar por que eu *não* mereço. Nada que eu diga pode prejudicar Meehan ou os administradores do colégio. Eu não tenho poder nenhum sobre eles. O único jeito de ter influência neste lugar é jogar de acordo com as regras deles, e eles podem mudar as regras sempre que quiserem.

Minhas palavras saem naturalmente, margeadas pelo sarcasmo vermelho-vívido como bala de canela. Eu segui as instruções de Meehan para emendar o Código de Conduta, acreditando que, se fizesse a minha parte do trabalho, ela faria a dela. Mas ela não queria mudar nada. Ela só queria que eu parasse de reclamar. E, se é isso que a liderança de Cresswell mais quer, como é que as coisas vão melhorar?

— Mas é por isso que *precisamos* da Corte do Homecoming — continuo. — Porque é uma das poucas coisas em Cresswell em que os estudantes têm voz. Votem em mim, e vou usar a plataforma dessa vitória para continuar botando pressão, para fazê-los nos ouvirem quando dissermos que não nos sentimos seguros, que não merecemos ser assediados ou desrespeitados.

Por baixo da maré de adrenalina em que estou surfando, andando de um lado ao outro, caso o sr. Ewing tente pegar o microfone de novo, a promessa que estou fazendo parece exaustiva. Como se estivesse me comprometendo a fazer pressão, sozinho, até o dia em que me formar. Mas qual alternativa eu tenho?

— Quando comecei esta campanha — finalizo —, achei que seria o suficiente para fazer Cresswell esquecer que sou trans. Para fazer todos vocês me enxergarem como mais um garoto. Agora estou me perguntando por que me importei. Por que senti a necessidade de me distanciar do que... de quem... eu sou para vencer. Votem em mim e votem para colocar um garoto trans na Corte. Votem no pior pesadelo de Philip Cross. Mas, acima de tudo, votem para mudar Cresswell do único jeito que podemos. — Eu largo o microfone no pódio. A estática chia pela sala de aula. Todo mundo tapa os ouvidos com as mãos. — Foi mal. Mas nem tanto. Sabe como é.

— Obrigado, Jeremy. — O sr. Ewing pega o microfone de volta. — Alguém tem alguma pergunta?

— Sim — diz Aninda Sinha, na primeira fileira. — Jeremy, se o sistema é tão zoado quanto você diz, como tornar você Rei do Homecoming vai fazer alguma coisa para mudá-lo? A diretora Meehan só não vai te ignorar com mais afinco?

Eu me retraio. Porque ela está certa. Eu posso mover montanhas, e Meehan poderia dizer: *Isso é legal, mas o conselho das montanhas está incomodado.* Tudo pelo que passei nessas últimas semanas, tudo o que eu fiz — fazer as pazes com Debbie, trabalhar com Ben e Sol para consertar o Código antiquado, tentar controlar minha raiva — parece tão pequeno e inútil.

— Talvez — digo. — É só que... essa é a única solução em que consigo pensar.

A sala de aula fica em silêncio. Ben diz:

— Vamos conseguir. — Mas as palavras dele soam ocas no ar vazio.

— D menos — diz o sr. Ewing. — Por ter saído do assunto. Eu simpatizo com seus argumentos, Jeremy, mas você não fez a tarefa como foi pedida.

Assinto. Então volto para meu assento e enterro a cabeça nas mãos.

Parece que estou lutando para consertar Cresswell sozinho. E estou perdendo.

Eu saio do almoço no pátio dos veteranos para colar nossos últimos cartazes. Tenho uma lista rígida do oficial dos bombeiros sobre onde eu posso e não posso colar as coisas, e minha intenção é segui-la. Mas esse é meu último impulso e eu colo fotos do meu adorável rosto — tiradas literalmente do único ângulo no qual eu não me sinto disfórico pra caralho — pelas paredes do colégio. Estou cobrindo uma área no fim do corredor, perto do auditório, quando Philip me enquadra. Vestindo seu uniforme do Corpo de Treinamento de Oficiais da Reserva como uma fantasia pelo segundo dia seguido.

— Oi — e ele me chama pelo nome morto. De novo.

Dou meu melhor sorriso para ele. O nome não machuca de verdade vindo dele. Eu sei que ele quer me ferir. Quando ele o usa, não tem nada a ver com a minha aparência, se estou me passando por cis ou não, se ele me enxerga ou não. É só mais uma flecha da aljava dele.

— Na verdade é Neo. Você não tem nada melhor para fazer com o seu tempo em vez de me perturbar?

— É você que é perturbado. Você acha que medicamentos e cirurgia vão te transformar em algo que você não é. — Ele se aproxima. — Não sei se foram os seus médicos que te empurraram isso ou a sua mãe feminista, mas alguém tem a cabeça bem adoentada para fazer isso contigo.

— Eu fiz meses de avaliações com médicos para poder tomar testosterona, Philip — aponto. — Eu quis isso. Fui eu. Para de escutar as teorias da conspiração que seus amiguinhos te contam e escuta literalmente *qualquer* outra coisa. Os seus pais ligam pro que você anda fazendo? — Pergunta errada. Os pais do Philip conquistaram uma pequena fortuna com a guerra e a violência. Eles provavelmente não dão a mínima para o que ele acredita, contanto que ele consiga soar gentil e educado em casa. — Pare de fantasiar sobre o que você acha que pode ter de errado comigo e se preocupe com os seus próprios problemas. *Pensa.* Por que eu te irrito tanto?

Ele pausa. Eu prendo a respiração. Eu nem sei direito o que estou fazendo, por que estou tentando fazê-lo perceber alguma coisa. Mas eu quero acreditar que existe um combo mágico de palavras que eu posso destravar para fazer ele parar. Como um código de trapaça em um videogame. Como o fio vermelho que deve ser cortado para desativar uma bomba.

Philip aperta os punhos. A testa dele se franze sobre os olhos estreitos.

— Olha para este colégio. Festivais de diversidade e clubes extracurriculares para falar sobre os seus sentimentos. Não há espaço aqui para homens de verdade. Então vou abrir espaço por mim mesmo. Custe o que custar.

— Você quer saber a verdade? — Eu rio. É tão ridículo, a força, a devoção nos olhos dele. Como ele se sente tão oprimido simplesmente porque o mundo não gira ao redor dele, porque ele nunca soube o que é opressão de verdade. — Não importa quantas pessoas você coloque para baixo, você ainda não vai se sentir como um homem de verdade.

Ele se retrai. Eu sorrio. Por um instante, estou no topo do mundo, as bochechas coradas com a vitória.

Mas todas as minhas palavras espertas não podem me tirar dessa.

Philip avança e me dá um soco na cara.

O mundo pisca. Branco. Vermelho. Eu tropeço, os ouvidos apitando, sem nenhum senso de gravidade. O colégio está flutuando solto ao meu redor, estou sem chão.

Eu caio com um baque.

Se apenas a porra do meu projeto antiassédio tivesse funcionado é tudo em que eu penso enquanto estou deitado no piso, o sangue enchendo a minha boca. Se apenas...

As botas dele colidem com o meu cóccix. A dor sacode meu mundo. Eu deslizo pelo corredor como um disco de hóquei, me atrapalho para levantar, e corro.

Fuja. Fuja. As escadas aparecem na minha visão enquanto meus joelhos movem-se para cima e para baixo, me impulsionando para a frente. Ele me persegue, tropeçando, ofegante, pesado e forte. Eu corro como nunca corri antes, disparando por corredores abandonados, mergulhando no escuro em busca de segurança...

Eu me lanço para dentro do banheiro e me tranco em uma cabine. Levanto os pés até a privada e me encolho em uma bola. Aguardando. Escutando. Ouço os passos dele lá fora, ele arquejando — mas ele não entra.

Está tudo bem. Estou vivo. Estou vivo. Respira. Isso é mais difícil do que deveria. Acho que meu nariz está quebrado. Ranho e sangue escorrem no meu rosto. Penso no meu padrasto, alto e ameaçador e poderoso, rindo sobre mim enquanto eu chorava.

Deus, eu quero me sentir poderoso. Eu quero a energia que a minha raiva me dá, e a certeza oferecida pela minha faca de que posso me manter seguro. Eu quero ser alto e poderoso e cis. *E seguro. E seguro.* Não desse jeito. Nunca desse jeito.

Quando recupero o fôlego e olho para baixo, o tule azul de um vestido de Cinderela aparece por baixo da divisória das cabines.

— Naomi? — Eu saio de cima da privada e bato na cabine ao lado da minha. Ela abre. E fica boquiaberta quando vê o meu rosto amassado.

— Puta *merda* — ela diz, mexendo a boca, e joga os braços ao meu redor. Ficamos em pé ali, iluminados pelo brilho forte das luzes fluorescentes nas pastilhas, nos segurando. Como deveríamos ter feito desde o início.

— Estou sujando seu vestido de sangue — murmuro, me afastando.

— Esquece o vestido, parece que você está literalmente morrendo. Quem fez isso?

Estou feliz por ela ter perguntado *quem* e não *como* — porque, se eu tivesse uma oportunidade para mentir, eu poderia dizer que dei de cara com uma porta em vez de admitir que outro cara me deu uma surra.

— Philip Cross. Ele...

Minhas bochechas ficam vermelhas quando percebo porque Naomi está aqui. Porque Philip não veio correndo atrás de mim. Meus pensamentos, desmembrados e em pânico, expostos e embaraçados em um lamaçal, assumiram o comando devido ao velho instinto. Eu corri para a segurança do santuário mais antigo de um colégio do ensino médio — o banheiro feminino.

— Dá o fora — diz Naomi gentilmente para um par de garotas do primeiro ano que estão encarando meu nariz ensanguentado, horrorizadas. — Não falem disso para ninguém. — Ela já está enviando mil mensagens no celular.

— Como você está? — pergunto. É óbvio para mim que ela não estava só fazendo suas necessidades na cabine. Ela estava se escondendo. — Você está bem com a situação toda do Lukas?

— Você acabou de levar um soco. Esquece meu drama. Não é nada de mais.

Eu deveria querer gritar. Berrar, chorar e quebrar alguma coisa. Mas tudo o que isso vai fazer é queimar oxigênio e nos deixar sufocando. A única coisa que vai curar a nossa amizade é eu demonstrar que me importo com ela tanto quanto ela se importa comigo.

— Eu te ignorei vezes demais quando você precisou de mim. Estou aqui agora. Você está bem?

—Você está realmente dizendo que tudo bem se eu desabafar com você? Agora?

—Vai em frente. —Tento suavizar a minha voz e repito. Quero que ela saiba que ela é importante de verdade para mim. — Você pode me contar qualquer coisa. Você é minha melhor amiga.

— Uau. Acho que você nunca me disse isso. — Naomi

balança a cabeça e, de repente, ela está chorando e enxugando a sombra borrada. Eu deixei uma mancha vermelha enorme na frente do vestido de baile dela. A peruca loira está torta. — Eu não sei se estou bem. Passei três anos vivendo à sua sombra. Às vezes eu me preocupava, achando que os garotos só gostavam de mim porque você já estava comprometido, sabe? Que as pessoas só gostavam de mim porque eu estava ao seu lado. Quando você saiu do armário, achei que isso mudaria. Que eu finalmente teria uma chance de brilhar, que eu seria a pessoa namorando o Lukas e vencendo a coroa de Rainha do Homecoming e recebendo todas as coisas que você recebia tão fácil.

— Amiga, eu entendo demais querer as coisas. Mas nada daquilo veio fácil para mim.

Ela enxuga os olhos.

— Eu sei. Eu só passei tanto tempo pensando que seria feliz se tivesse tudo o que você tem. Então eu consegui. E foi uma droga, mesmo antes de tudo desmoronar nessa grande zona humilhante. E agora eu... Tipo, será que acredito que existe algo que vai me fazer feliz?

— Hm, dã — digo. —Você é superinteligente e uma excelente líder de torcida. Você vai ficar bem. Só não tenta ser o meu antigo eu. Era uma droga. Tipo, era tão ruim que eu tive que desistir do Lukas só para deixar ela ir embora também. — Engulo. Essa parte me faz parecer tão fraco e patético, mas preciso dizer. Preciso dizer a verdade antes que ela me esmague. — Terminar com ele não foi uma escolha fácil, Naomi. Eu tinha que terminar. Mas quase me matou. Eu não podia aguentar ouvir ele terminar comigo porque sou um garoto. Eu não podia continuar arrastando ele para as minhas bagunças quando ele já tem tantas na própria vida.

— Acho que cabe ao Lukas decidir em quais bagunças ele quer se meter. Ele passou cada segundo do nosso chamado relacionamento falando de você. Ele quer saber o que fez de errado e como consertar. Acho que vocês dois precisam ter uma conversa séria. E você precisa contar tudo a ele. Incluindo o fato de que você ainda o ama.

— Eu não! — insisto.

— Eu te vi fuzilando a gente com os olhos sempre que ele me tocava. Vocês dois eram um casal desde o oitavo ano. Eu vejo o modo como você olha para ele, mesmo quando está gritando na cara dele. Como se ele fosse a pessoa mais importante do mundo para você.

No verão passado eu me perguntei se o amava tanto só porque eu queria ser ele. Mas isso não era verdade. Lukas é calmo quando sou raivoso, pensativo quando sou impulsivo, confiante quando sou desconfiado. Nós nos equilibramos. Juntos, fizemos Cresswell se ajoelhar e beijar nossos pés. Éramos um bom time, antes de eu arruinar tudo. Será que teríamos durado se eu não o tivesse largado no funeral do irmão?

Não importa, digo a mim mesmo. *Porque foi isso que eu fiz.*

Eu odeio ser um merda.

Odiaria ainda mais perder nossa amizade.

E torço para conseguir acertar as coisas. Melhorar as coisas.

— Estou com medo — confesso. As palavras saem

pequenas da minha garganta, quase trêmulas, porque estou admitindo ser um covarde, a última coisa que um homem de verdade seria. Mas é verdade, e respiro melhor por dizer isso. — Você falou que queria que eu mudasse, melhorasse. Mas e se eu não puder? E se eu pedir outra chance para o Lukas e arruiná-la de novo? E se eu acabar sem amigo nenhum? E se eu tentar melhorar as coisas e acabar piorando tudo?

— Jeremy. — Ela revira os olhos. Mesmo agora, depois de tanto tempo, ouvir meu nome, meu nome certo, meu nome de verdade, me estabiliza. O celular dela apita, um turbilhão de mensagens. — Você não precisa ser todo dramático. Tenho fé que você vai dar um jeito. — Ela envia uma última mensagem. — Se não tivesse, não teria enviado mensagens para o esquadrão inteiro vir para cá lidar com o Philip.

Ela se vira na direção da porta.

— Não vai lá pra fora — digo, em pânico. — Ele vai te machucar!

— Eu não vou sozinha. — Ela me dá um sorriso corajoso. — Vai dar tudo certo.

Saindo do banheiro, eu vejo o time inteiro de animação de torcida reunido no corredor. Rodeando Philip com seus vestidos de baile e perucas. Bloqueando o corredor até a ala de ciências, até as escadas. Braços cruzados e enfurecidas. Naomi anda a passos largos, coberta pelo meu sangue, completamente magnífica.

— Philip Cross, você nunca mais vai encostar um dedo no Jeremy — diz ela. — Você vai abandonar Cresswell e nos deixar em paz.

— Quero ver me forçarem — sibila ele. O círculo de líderes de torcida dá um passo adiante. Ele se retrai. O primeiro sinal de medo atravessa seu rosto.

— Ninguém neste colégio vai falar com você. Nunca mais.

Celulares estão erguidos, gravando a cena. Meu próprio celular vibra com o link para um vídeo ao vivo:

Sol Reyes-Garcia: O colégio inteiro está assistindo! Olha só!

— Qualquer um que ousar falar com você também será ignorado por todos — continua Naomi. — Meehan pode não te expulsar, mas eu posso transformar a sua vida em um inferno.

— Você acha que um bando de esquerdistas imbecis me ignorando vai me fazer calar a boca? — ele diz com escárnio. — Eu nem quero ser associado a vocês.

Mas há um tremor na voz dele. E há muitas pessoas no corredor. Mais de nós do que ele.

Uma comunidade inteira. Do meu lado.

Naomi sorri.

— Adeus, Philip. — Então ela agarra meu braço e me arrasta para longe dali. O time se reorganiza ao meu redor em uma onda de tules.

CAPÍTULO VINTE E UM: LUKAS

O Dia da Fantasia em Grupo é sempre mais desafiador, especialmente quando nenhum dos seus amigos está falando com você. Naomi e as líderes de torcida vão se fantasiar de princesas da Disney. Jeremy e o GSA se vestiram como personagens de Matrix. Ben e Max são os Caça-Fantasmas — mandei mensagem para o Ben na noite passada, perguntando se eles queriam uma terceira pessoa, mas ele aparentemente prefere me ignorar em vez de respeitar o cânone.

Então, hoje estou sem grupo. Vim para o colégio com uma camiseta branca lisa e jeans, falando para todo mundo que encontro que isso é uma fantasia irônica, que eu fui convidado para múltiplos grupos e me vesti como um Cara Comum para me encaixar em todos eles. Recebi alguns olhares estranhos — alguns quase de pena —, mas me esqueço disso tudo quando entro na aula de Biologia Avançada.

Estudantes do último período saem aos montes da sala, sussurros agitados crescentes sobre o teste que acabaram de fazer.

— A questão cinco foi a pior. Não fazia sentido nenhum!

Pelo menos três deles me dão tapinhas nas costas e murmuram "Obrigado, Lukas" quando passam.

— Teria sido muito pior sem você — diz uma caloura magrinha vestida como uma personagem de *My Little Pony*.

— Obrigada, Lukas. Você tem meu voto para ser Rei do Homecoming.

Com ou sem piercing no nariz, solteiro ou não, finalmente estou de volta no fluxo das coisas. As pessoas podem gostar da ousadia do Jeremy, mas sou eu que consigo o que elas precisam. Todo mundo odeia as provas estúpidas da dra. Coryn. Todo mundo ficaria feliz em ver o gabarito que eu enviei por e-mail para toda a lista da turma de Biologia Avançada. Feliz em ler *Vote no Lukas Rivers para Rei do Homecoming* na assinatura do e-mail do grupo.

Não sou estúpido. Configurei uma conta de e-mail descartável para fazer isso, com o nome de usuário PhoenixFootballFan128. Escrevi *Um presente de um ex-aluno de Cresswell* no campo do assunto. Com sorte, todo mundo acha que eu tenho um admirador secreto. Mas mesmo se algumas pessoas adivinharem que fui eu, por que elas contariam? Não há prova concreta de que fui eu, e estou fazendo um favor para todo mundo. Estou só fazendo o maior dos favores para mim mesmo.

Eu me sento à minha carteira. Todo mundo do meu período entra na sala. Suas fantasias, uma confusão de tecido, glitter e LEDs. Coryn distribui os testes com um sorriso sacarino no rosto. A alegria está praticamente transbordando do corpinho pequeno dela.

Eu acho que nunca a vi sorrir antes.

As perguntas dela são incompreensíveis como sempre — com uma dose extra de maldade, já que ela nem cancelou os testes semanais para o Homecoming. "Descreva a clorofila, dez pontos." Mas o que exatamente? A estrutura química? Seu papel e tarefas? Graças a Terry, posso rabiscar uma resposta. A questão cinco é esquisita — alguma coisa sobre como neurônios de plantas são estruturados —, mas eu só reproduzo a partir da lista de respostas que memorizei do gabarito e espero que sirva.

— Juro que essa aula vai me matar — digo para uma garota vestida de Darth Vader quando saímos.

Ela assente, a cabeça balançando atrás da máscara.

— Obrigada por arranjar o gabarito. Eu não sei o que faria sem ele.

— Não sei do que você está falando. — Dou um sorriso malandro. — Me diz, tenho seu voto para a Corte do Homecoming?

Antes que ela possa responder, Ben passa por mim, esbarrando com a mochila de prótons em mim e não se desculpando. Ele parece triste. Cansado. Coryn o obrigou a fazer o teste no fundo da sala e confiscou o celular dele. Philip largou a aula na semana passada e mudou para Carpintaria.

— Você tá bem? — Eu começo, tentando diminuir a distância entre nós. — Você parece exausto...

— Porque eu fiquei acordado a noite toda ouvindo minha irmã gritar no telefone com a Debbie. — Ele suspira. — Você traiu ela, você trapaceou nesse teste e contou pro colégio inteiro. PhoenixFootballFan128? Ah, por favor. É claramente você.

— Ninguém pode provar. E ninguém entende de verdade o que é e o que não é claramente eu. — Eu saio para o corredor, tentando não pisar na cauda de alguém vestido como a parte traseira de um burro. — Sinto muito pela Naomi. Eu não queria magoá-la. Mas não sinto por fazer o que eu tenho de fazer para vencer.

— Não há vitória assim, Lukas. Só, tipo, larga disso. Aceita a nota incompleta e segue em frente com a sua vida.

Para onde eu deveria seguir em frente? Esse é o último ano. Isso é sério. As universidades não me enxergarão com bons olhos se verem uma nota incompleta no meu boletim final. Sem a coroa do Homecoming e o apoio dos ex-alunos de Cresswell, eu não tenho nada para me destacar. Enquanto meus amigos vão para Boston, Nova York, Califórnia, eu ficarei preso em Maryland. Eu ficarei sozinho sem nada além da decepção da minha família como companhia. Vai ser igual ao quarto ano de novo. Só que, dessa vez, eles não têm o Jason para depositar suas esperanças.

Ou eu sou um campeão, ou sou um desastre. Não há espaço para ser mais nada.

— Sinto muito, Ben. Eu sei que todo o meu drama meteu você em encrenca. Eu não devia ter culpado o Jeremy pelo que aconteceu com o gabarito. Foi uma decisão irresponsável e idiota. Mas não posso consertar.

—Você pode — diz ele. — Se você contar para a Meehan que foi você, eu posso jogar na partida do Homecoming e recuperar minha nota de Biologia Avançada. Você pode ajudar, mas não vai. É por isso que votei no Jeremy.

Então ele vai embora.

Ai. Mas eu o deixo ir. Eu também quero acertar as coisas

entre nós, mas desculpas nunca serão o suficiente para consertar isso sem agir.

Eu não sei como consertar isso sem que todo o resto desmorone ao meu redor. Eu não sei como fazer a gente voltar aos trilhos quando eu já fiz tanta coisa errada.

Eu pulo a hora do almoço para decorar o ginásio. Debbie, em seu vestido de princesa Merida, está dirigindo ferozmente os calouros na arte de torcer flores de papel. A fênix de madeira gigante brotou espirais de papel azul pendendo das asas. Eu mostro a mais alguns voluntários meu plano de prender cordas de luzes no formato de estrelas no teto e distribuo pistolas de grampos. Um dos zeladores duvida da minha habilidade de manipular apropriadamente uma escada. Eu subo até a metade da parede e começo a prender os ganchos onde serão penduradas as faixas das quatro turmas. No chão, dou um joinha para o pessoal desenhando faixas em um rolo enorme de papel de embrulho e saio em direção à doca de carregamento para pegar tubos de tinta dourada. As barras giratórias no meu temporizador giram para baixo. Dois dias, oito horas e vinte e oito minutos restantes. Uma união estressante de simetria.

Terry não está aqui, e me sinto estranhamente grato. Eu o beijei porque precisava de alguma coisa dele, mas ficaria feliz se a vez em que peguei a chave mestra dele fosse a última em que nos falamos. Ele não é o tipo de relacionamento de que preciso. Ele não vai me impulsionar para lugar nenhum a não ser para a beira de um penhasco.

Então, no quinto período, os anúncios começam.

— Atenção, estudantes do ensino médio de Cresswell! — O antigo sistema de som geme e ronca enquanto estala de volta à vida. Ninguém usa muito, mas não é por isso que a voz falando com a gente é tão afiada e nasal. É a dra. Coryn, em um tom alto e raivoso, filtrado através dos alto-falantes e enfurecido. — Tive conhecimento de que metade dos meus estudantes colou no teste de Biologia Avançada de hoje. Eu acrescentei uma pergunta falsa como a número cinco na prova. Apenas os estudantes que leram o gabarito falso que criei poderiam ter respondido.

— Roubar do escritório de uma professora é contra o código de honra de Cresswell — diz Meehan, interrompendo-a. — A não ser que o culpado se apresente, vamos cancelar todas as atividades do Homecoming. Até a data do baile e o próprio baile.

Cancelar o baile. Eu aperto a beira da mesa. Tremores parecem invadir minhas mãos, fluindo para dentro de mim até que o mundo vira um caos efervescente de faíscas. Meu estômago afunda como um vagão de trem descarrilando para fora dos trilhos. *Acabou. Tudo acabou.*

Eu não desmaio. Eu não reajo de jeito algum, de modo que os outros possam ver. Mas, por dentro, sinto o abismo estender a mão e me puxar. Estou caindo na escuridão vazia e incorrigível, o mesmo lugar que está consumindo o meu pai. Onde nenhuma coroa de plástico ou aceitação na universidade pode brilhar forte o suficiente para me guiar para fora.

Tudo em que eu estive trabalhando durante semanas, tudo que eu sacrifiquei e me desdobrei para alcançar — tudo vai desaparecer no ar.

CAPÍTULO VINTE E DOIS: JEREMY

Debbie me leva de carro junto com Naomi até a Clínica Quick Care no centro comercial.

— Não quero você dirigindo, Jeremy. Você pode ter uma concussão, e você dirige estupidamente rápido mesmo quando não está sangrando pelo nariz.

— Você nunca falou de como eu dirijo — retruco enquanto Naomi me empurra para o banco traseiro.

— Eu nunca zoaria uma garota que dirige. Mas agora posso.

Ela bota a língua para fora.

—Você podia ter me levado para a enfermeira do colégio.

— Ela teria te dado um pirulito e falado para você ficar de cabeça erguida. Além do mais, quero tirar você do campus por algumas horas enquanto o Philip se acalma. E eu quero sair do campus por algumas horas também. — Debbie se abana. — Odeio aquele lugar.

Naomi não fala nada a viagem inteira de carro, tensa com o nervosismo.

—Vamos direto falar com Meehan assim que a gente voltar — diz ela, me guiando até o prédio, já planejando nosso contra-ataque. — Ela precisa ficar sabendo.

— Ela não vai fazer nada — diz Debbie. — Ela nunca faz.

— Em algum momento, até ela precisará tomar uma atitude — diz Naomi. — Mas primeiro precisamos saber se o Jeremy está bem.

— Estou bem — insisto enquanto outros pacientes encaram nossas fantasias ensanguentadas. Minha voz sai anasalada, aguda e horrorosa. Não quero que todo mundo saiba o que aconteceu. A vergonha me incomoda, tingida de sangue. Que tipo de homem não consegue nem erguer os punhos para se defender? *Se eu tivesse recebido algum sinal... da próxima vez eu vou acabar com ele. Vou mostrar que sou tão forte quanto ele.* Eu me sinto igual ao babaca do meu padrasto enquanto penso nisso, e o desejo de violência não faz nada para consertar meu nariz. Mas põe um curativo sobre a minha identidade magoada. Uma arma e um escudo. Confiável e ao alcance das mãos.

Preciso ser maior do que a minha raiva. Mas é difícil quando só tenho 1,57 m de altura.

O mundo está determinado a me irritar hoje. Uma enfermeira gentil nos recebe. De má vontade, entrego minha carteira de motorista e o cartão do plano de saúde que ainda não foram retificados. Rabisco de preto em cima da opção "Gênero" no formulário de entrada que recebo.

— É tão bom ver garotas cuidando umas das outras — diz ela, e eu fico rígido. Naomi entra em ação.

— Ele é um garoto — diz Naomi. — Todos podem cuidar uns dos outros.

A enfermeira no fundo da sala, uma mulher mais velha que compartilha o olhar aguçado da minha avó, também erra meu gênero. Quando eu a corrijo, ela revira os olhos e diz:

— Faz o que você quiser no colégio, docinho, mas aqui precisamos do seu gênero verdadeiro para tratar você. Então. O seu namorado te bateu?

— Foi um cuzão nazista do colégio.

— Minha nossa. Que boca. O que você fez para esse garoto te bater?

— Existi. — Eu me sinto com meio metro de altura. Engasgando agora. Imaginar Philip pegando fogo é a única coisa que me mantém inteiro. A raiva é segura. Talvez seja o último refúgio para o qual alguém deveria escapar, mas é um refúgio assim mesmo. Ergue uma proteção contra essas palavras cortantes para que elas não entrem em mim. Expondo minhas fraquezas. Cada lugar em que o mundo pode me derrubar.

— Você tem um nariz quebrado. Pode ficar um pouco torto depois que sarar...

— Tomara.

— Eu falaria com um cirurgião plástico.

— Não dá, primeiro tenho que arrancar as tetas fora. — Sorrio para o meu reflexo na janela. Meu nariz é uma bolha inchada gigantesca. Feio. Bom. Se ficar torto, será mais um tijolo na parede entre o meu eu do passado e o eu de agora.

Mas não posso fechar a parede inteira com tijolos. Ao sair da sala de exame e ver Naomi e Debbie na sala de espera, eu me sinto mais calmo e centrado do que me senti a semana toda. Tenho um time inteiro esperando por mim, mesmo que eu não os mereça.

Preciso pesar a amizade deles contra o Philip, contra meu temperamento. O quanto vale a pena proteger meu ego para me sentir seguro, se isso significa afastar todo mundo ao meu redor?

— Não acredito nisso — murmura Naomi. — Não acredito que isso aconteceu.

— Sinto muito, família da torcida — diz Debbie, rolando a tela do celular. — Parece que vocês dois namoraram um imbecil. Lukas invadiu o escritório da dra. Coryn, roubou o gabarito dela e enviou para a lista de e-mails inteira de Biologia Avançada. Pediu votos para a Corte do Homecoming em troca.

Eu rio.

— Essa foi boa, Debbie. — Lukas pode ser um pouco esquisito às vezes, um pouco rígido nos planos que ele faz para si mesmo, mas ele nunca seria tão estúpido para roubar o escritório da professora. Ele é calmo. Tranquilo. Mesmo quando às vezes eu insisto mais do que deveria, nós nos equilibramos bem quando cuidamos dos nossos problemas. É por isso que precisamos tanto um do outro. *Precisávamos*.

— Não estou brincando. — Ela me mostra o e-mail. — Nunca tenha os bebês dele, tá bom? Eu não quero que as minhas sobrinhas da torcida herdem essa zona.

Eu fico boquiaberto.

— Precisamos voltar para Cresswell — digo. — Rápido.

Preciso chegar a Lukas antes de ele se autodestruir.

CAPÍTULO VINTE E TRÊS: LUKAS

— Ninguém vai dedurar você — diz um garoto do terceiro ano, sussurrando do outro lado do corredor para mim. — Você fez um favor para todo mundo. A Coryn é do mal e aquele teste foi do mal.

Foi *mesmo* do mal. Professores precisam fazer com que os testes sejam acessíveis, possíveis, não só um exercício para se sentir uma bosta. Os estudantes estão do meu lado. Eu terei meus votos. Eu terei a minha coroa.

Eu tento afastar o pensamento incômodo de que votos não importam se o Homecoming for cancelado. Vou dar um jeito nisso. Eu preciso.

Se não tiver baile, vou despencar no abismo. Porque eu não sei o que mais vai me manter de pé.

Minha professora de Inglês Avançado desliga o telefone de mesa.

— Philip. Você foi chamado para o escritório da Meehan.

O último trapaceador. Talvez eu possa encontrar um jeito de botar a culpa nele.

A garota sentada ao lado de Philip se recusa a sair do lugar para deixar ele passar. Ele precisa se contorcer para passar por cima de uma bancada de trabalho, murmurando xingamentos. Eu deixo ele chegar na minha frente, então recolho meus livros. Com um "Emergência do Comitê do Homecoming" sussurrado para a professora, eu saio andando em direção ao escritório da diretora Meehan, preparado para soltar uma mentira deslavada.

Alguém precisa salvar esse baile. Se já houve algum motivo para a existência do Rei do Homecoming, é uma situação como esta.

Ben e Philip já estão no escritório quando eu chego, me espremendo ao redor da mesa da secretária. Ela finge estar ocupada com uma planilha enquanto Meehan grita com meus colegas de turma.

— ... apesar de serem avisados, vocês dois violaram o Código de Conduta de novo... Ah, Lukas, graças a Deus. Você pode me ajudar?

— Você pode deixar a gente ter o *pep rally*? — digo, indo em direção ao grupo. — Hoje é o concurso de faixas das turmas. Todo mundo trabalhou tão duro pintando aquelas coisas.

— Primeiro eu preciso de respostas. — Ela franze a testa. — Eu preciso... ai, Deus, o que foi agora?

— Precisamos de ajuda — diz Naomi, enfática, balançando seu enorme vestido de baile para dentro do escritório. Jeremy vem em seguida. Dessa vez, ele está quieto... então vejo seu rosto e entendo o motivo.

Um hematoma roxo enorme mancha a bochecha dele e o nariz está meio entortado. Quando Philip o encara, ele congela... mas só por um instante. Então ele abre caminho até o meu lado.

Ai, meu Deus. Philip fez isso. Philip quebrou o nariz dele.

—Você precisa tirar ele daqui — sussurro para Naomi. — Philip não deveria estar perto dele.

— Não vou te deixar sozinho — responde Jeremy. — Não posso deixar você arruinar o Homecoming mais do que já arruinou.

— Mais tarde, Naomi — diz Meehan. — Eu tenho um problema de verdade para resolver. Philip, meu escritório, agora. Preciso saber o que você sabe sobre o gabarito roubado.

O gabarito. Ainda o gabarito. Com Jeremy em pé bem na frente dela com o rosto machucado. Eu conheço o Código de Conduta — o limite que o Philip ultrapassou *deveria* ser o suficiente para que ele fosse expulso. Mas o que o Philip faz não importa, se proteger os estudantes não é a prioridade de Meehan.

Ela deixaria o Jeremy morrer se ela não levar a culpa por isso.

Eu não sou uma pessoa violenta. Mas o ódio que ferve dentro de mim quando percebo isso é real e vívido. Claro como água. Ela nunca vai dar os passos necessários. Ela pode ter falado que apoiaria Jeremy na transição dele, mas não reforça isso com ações quando ele mais precisa. Philip poderia perseguir qualquer estudante marginalizado no colégio, e ela deixaria ele sair ileso, porque o pai dele é um grande doador com amigos ricos e poderosos. Ela pode ser legal comigo, mas isso é por causa de todo o trabalho que eu faço para vencer jogos e organizar eventos. Eu não arrumo encrenca.

Até agora. Neste momento, eu sinto que estou a fim.

— Preciso de uma palavrinha, diretora Meehan. — Dou o meu sorriso mais gentil. — Por favor? Acho que posso consertar isso.

Philip pausa. Meehan acena para que eu entre no escritório. Eu olho para Naomi e Ben e então inclino a cabeça na direção de Jeremy. *Protejam ele.* Espero que eles entendam. Espero que não me odeiem tanto que descontem nele. Então entro no escritório de Meehan, onde o cartaz de citações motivacionais de mulheres pende solto da janela, tapando o sol.

Eu nunca li o cartaz antes, mas de repente estou convencido de que todas as mulheres citadas ali são brancas e ricas. Uma citação de Nancy Reagan está emoldurada em letras garrafais.

— Escuta, diretora Meehan. — Eu limpo a garganta e não me sento na pequena cadeira que ela me oferece. Minha cabeça está leve e arejada. Vou mesmo fazer isso? Tenho outra escolha? Jeremy já teria feito... todo feito de ego, todo feito de tempestade e fogo. Regras e padrões me sustentam. Me seguram firme.

Sem perceber, cutuco o piercing no meu nariz. Meehan franze o rosto.

— O que você estava pensando quando fez isso, Lukas? É tão...

Gay? Ela não pode terminar a frase. Eu sorrio, como se não tivesse ouvido a palavra que ela não disse.

— Eu roubei os gabaritos — digo. — Nas duas vezes. Ben não teve nada a ver com isso.

Ela ergue as sobrancelhas e se recosta na cadeira.

— Não é porque eu sou preguiçoso ou não presto atenção na aula. Me escuta. Olha. Eu sou autista e a dra. Coryn não me deixa fazer anotações do jeito que eu preciso. Talvez eu devesse ter requisitado adaptações especiais, mas eu estava... assustado. Com vergonha de admitir que precisava largar a disciplina. Eu sei que fiz a coisa errada, mas Biologia Avançada foi projetada para fazer as pessoas fracassarem e se sentirem ansiosas. Não é justo, e você precisa mudar isso.

Eu pauso e seguro a respiração. Engolindo palavras antes que eu possa derrapar mais. Dolorido, livre, vulnerável, irritado. A verdade está suspensa no ar como um fio desencapado, e espero que isso provoque alguma faísca nela. Eu fiz tanto por Cresswell. É a minha comunidade. É um lar mais do que a minha própria casa. Cresswell pede e eu faço. Isso precisa significar alguma coisa.

Ela junta as sobrancelhas. A raiva transparece no rosto dela.

— Lukas, o que você fez?

— Estou confessando — digo, mesmo com o estômago revirando. — Por favor. Eu vou largar Biologia Avançada e ficar com uma nota incompleta. Só deixa o baile acontecer. E limpa o registro do Ben para ele poder jogar. Ele não fez nada de errado. É tudo culpa minha.

Por um momento, eu me força a olhá-la nos olhos, mesmo que eu queira derreter para o piso devido à fervura vulcânica deles. Então o telefone na mesa dela toca. Meehan gira na cadeira para atender, irritada com a pessoa do outro lado:

— O que foi?

Então o tom dela muda.

— A. Sharon. Perdão. Que bom falar com você.

Sharon. Sharon Carlyle, chefe do comitê de eventos da associação de ex-alunos. Eu a conheci no Homecoming do ano passado, quando os antigos líderes do Comitê nos apresentaram. Ela administra a conta da qual o orçamento do Homecoming é retirado.

— O que você quer dizer com sacado além do limite? — Meehan me fuzila com outro olhar de desaprovação. — Lukas, você tirou algum dinheiro do orçamento do Homecoming hoje? Por exemplo, o dinheiro *todo*?

— O quê? — Por um momento, eu não tenho certeza se a ouvi direito. Como todo o dinheiro na conta do Homecoming poderia ter sumido? — Não. Eu não teria como. Perdi minha carteira depois da fogueira. O cartão estava nela.

— Cartão? — grita uma voz minúscula e distante do outro lado da linha. — Ashleigh, você deu um cartão de débito para um estudante?

— Vou te ligar de volta, Sharon — diz Meehan, e desliga o telefone.

Um sentimento de náusea se forma na base do meu estômago, como se eu tivesse devorado duas caixas de pizza gordurosa. O peso vazio no meu bolso traseiro, onde a carteira está ausente, incomoda como um dente em falta. Devemos desativar os cartões de débito e crédito quando perdemos a carteira? Eu nunca fiz isso antes. Não tenho certeza.

— Lukas. Escuta. Você ainda tem o cartão de débito do fundo do Homecoming? Você compartilhou o código PIN com alguém?

Meu PIN? Não. É só o ano do meu nascimento. O ano do meu nascimento. O Terry não tinha me perguntado isso? Terry, que sabia quase todas as outras datas que importavam na minha família, exceto aquela.

—Terry Gould pegou o cartão de débito — digo, quando tudo se encaixa. — O cara que faz entregas no lote dos fundos. Ele roubou minha carteira e descobriu meu PIN.

— Cristo. — Meehan esfrega as têmporas com dois dedos. — Eu pensei que você era responsável. É mais fácil confiar em Lukas Rivers do que assinar a papelada toda vez que o Comitê do Homecoming precisa comprar uma lata de tinta. Eu deveria ter escutado a Sharon e deixado o cartão comigo.

— Você não deveria ter me entregado o cartão. — Finalmente a estou interpretando corretamente. Vendo a intenção além da superfície das ações dela. Os ex-alunos não gostariam que um estudante tivesse acesso àquele tipo de dinheiro. Eles nem me conhecem. Meehan me deu acesso porque era mais fácil. Porque ela confiava em mim, e ela nunca mais vai confiar de novo.

Mas eu não preciso que ela confie em mim. E já que ela não levantou um dedo para ajudar Jeremy com Philip, eu não quero nem que ela goste de mim.

Eu só quero consertar isso com as pessoas que mais importam para mim.

— Terry teve acesso ao colégio inteiro — eu digo lentamente. — Ele pode ter roubado a qualquer momento. Talvez até mesmo da gaveta da sua mesa. Podemos deixar toda a parte de "você me deu o dinheiro" de fora da história que vamos contar para a associação de ex-alunos.

— Você está... tentando me chantagear?

Eu mordo o lábio para não soltar *Isso não é pior do que o que você fez com o Jeremy ao ignorá-lo*, e dou de ombros de um jeito neutro e cuidadoso.

Meehan me encara por um longo momento, então esfrega a testa de novo.

— Tá bom. Você vai se desculpar com a dra. Coryn e abandonar a disciplina. Você vai ficar com uma nota incompleta em Biologia Avançada e mudar para outra aula. Seu conselheiro será notificado. Todos os seus privilégios de informática estão revogados e você terá detenção de almoço por três semanas começando na próxima segunda. Mas você ainda pode treinar com o time, e vou limpar o registro do Ben também. Vamos colocar essa bagunça no passado e seguir em frente.

Eu solto o ar. Ben vai ser redimido. E eu terei que calar a boca e aceitar a punição, mas isso não vai me matar. Posso pensar no que farei com as inscrições universitárias quando o mundo não estiver acabando. Quando eu for coroado.

— Então o baile está de volta?

— *Estaria*. Mas agora não temos nem os oito mil dólares necessários para cobrir os custos operacionais do prédio para um evento. Acho que não temos escolha a não ser cancelar o baile de vez.

E, simples assim, o mundo me atropela como um caminhão. Eu me dobro na cadeira. Segundos passam. Sem coroa. Sem uma luz de guia. Sem uma chance para a minha família. Nenhum lugar para o qual eu possa ir.

Nada parece real até que as mãos de Jeremy apertam meu ombro.

CAPÍTULO VINTE E QUATRO: JEREMY

A diretora Meehan dá uma olhada para os hematomas fluorescentes cobrindo meu rosto todo e esfrega as têmporas com força. Como se a dor de cabeça dela fosse de algum jeito maior do que a minha.

— O que você fez dessa vez, Jeremy?

— Eu não fiz nada — insisto, uma negação rápida o suficiente para impressionar minha mãe advogada. — Philip Cross...

Ela suspira.

— Eu preciso falar com ele? Vou receber uma ligação do pai dele?

Eu repenso, então balanço a cabeça. Mesmo se eu insistir, o que ela vai fazer? Chamar a polícia? Fazer um relatório? Ninguém testemunhou o Philip me batendo. Pelo que sei, ele vai dizer que eu provoquei e ele só se defendeu. Vamos acabar como dois relatos conflitantes que a Meehan vai arquivar na gaveta da mesa e esquecer. A papelada sobre Brandon Kyle provavelmente ainda está em algum lugar neste escritório. Mesmo se eu vencer o Rei do Homecoming e receber mais atenção dela e dos ex-alunos, isso não é uma influência de verdade... é uma esperança insensata. Não sei se posso confiar nela para consertar nada.

Mas sei o que eu posso consertar. Então estendo a mão e a apoio no ombro de Lukas.

— Ei, diretora Meehan? — digo, assim que ela desliga o telefone. — Podemos dar um jeito nisso, beleza? Só dá um dia um pra gente. Vamos conseguir o dinheiro e salvar o baile.

Ela ergue uma sobrancelha, cética. Eu levanto a minha em resposta. Depois de tudo que deu errado, ela me deve pelo menos isso.

— Tá bom. Vocês têm vinte e quatro horas. Então desligo os aparelhos e cancelo tudo de vez.

Eu abaixo o tom da voz, tentando soar seguro e calmante enquanto pego o braço de Lukas. Ser contido é um inferno quando quero começar a gritar, mas vale a pena por ele.

— Por favor. Não dá para consertar isso aqui. Vamos.

Eu o arrasto para fora do escritório e pelo corredor. Graças a Deus está quase deserto no meio do período. Eu não quero ter que abrir caminho pelos calouros, e certamente não quero arriscar esbarrar no Philip mais uma vez.

— Você deu minha carteira para o Terry? — pergunta ele. — Isso é sério. Eu preciso saber.

— Você deixou no meu carro — digo. — É. Dei a carteira pro imbecil.

— Por quê? — ele grita, puxando os cabelos. — O que caralhos fez você achar que podia confiar nele com o dinheiro?

— Porque eu achei que vocês estavam juntos! — Eles não estão? Alguma coisa doida se remexe no meu peito. Ele está solteiro? Alguém tão atraente assim não deveria estar solteiro.

E eu não deveria me permitir nomear a emoção que está crescendo dentro de mim. Eu não deveria chamar de esperança, porque a esperança pode ser arrancada.

Se ele arrancar minha esperança, isso vai me matar.

Ele faz um ruído que é meio riso, meio tosse.

— Sério? Sem ofensa, mas meu gosto por homens não é *tão* horroroso assim.

E agora ele tem um gosto por homens. Eu quero morrer.

Em vez disso, eu o guio até o fim do corredor, e para fora, atravessando o cascalho do estacionamento dos veteranos, até o silêncio e o isolamento do meu carro. O ar parado e os espaços pequenos fazem ele se sentir mais calmo. Eu me sento do outro lado, respirando devagar e em intervalos regulares, esperando até os olhos dele focarem meu rosto.

— Jesus Cristo, isso tá horrível. Você já foi ver um médico?

— Já vi médicos demais. Eles me falaram que ser feio não é contagioso, então você não precisa se preocupar.

— Você não é feio. Você é... bonito.

— Esse é um endosso emocionante. Ontem você fez piada do meu cabelo.

— É isso que os caras fazem uns com os outros. Seu cabelo é.. bonito. Eu te magoei?

— Eu sou sensível com a minha aparência, tá bom? — Eu bufo. — Você não me machucou mais do que o Philip machucou minha cara.

— Puta merda. — Ele joga os braços ao meu redor, se inclinando no carro. Um abraço. Está apertado com o corpo grande dele, mas ele ainda consegue me envolver em seus braços. E eu deixo. Eu apoio meus braços nas costas largas dele, a disforia ciumenta escrevendo *quero* nas minhas têmporas e, de algum jeito, recuando. Diminuindo a minha raiva. Oferecendo uma corda salva-vidas que tenho medo de agarrar.

Há tanto no meu corpo que parece errado. Mas neste espaço, com ele me segurando, tudo parece certo.

— Precisamos encontrar o Terry — digo, me esforçando para me concentrar em algo além do cheiro sedutor do desodorante dele. Tão familiar. Faz com que eu me sinta faminto por uma vida que não está delineada por uma fúria vermelha. Por sorrir, respirar, existir sem o peso de um grito rebentando na minha garganta. — Fazer ele devolver o dinheiro.

Nós corremos até a lanchonete. Lukas consegue descolar o endereço do Terry sendo charmoso com a gerente idosa, e eu afundo o pé no pedal o caminho inteiro até o complexo de apartamentos caídos de College Park, os nós dos dedos brancos no volante, sem abrir a boca. Subimos as escadas correndo até a unidade do Terry. Eu esmurro a porta até que uma garota desgrenhada com óculos de armação fina e pijamas largos a abre.

— Estamos procurando por Terry Gould — digo. — É urgente.

Ela revira os olhos.

— Quem é que quer saber do meu irmão? Ele não tá aqui, beleza? Ele roubou meu laptop e comprou uma passagem de avião para ir morar com o imbecil do namorado dele na Califórnia. — Ela me olhou de cima a baixo. — Por favor, me diz que você não está grávida.

— Sou esperto o suficiente para manter o pau dele sempre a quinze metros de distância. — Dou uma cotovelada em Lukas. — Mas ele pode ter engravidado.

— Acho que seu irmão pode ter roubado dinheiro do nosso colégio — diz Lukas, ignorando minha piada.

— Ele faz essas coisas — diz a garota. — E não quero saber dos problemas dele.

Ela fecha a porta na nossa cara.

— Certo — diz Lukas. — Estou sem grana. Você sabe como podemos ir até a Califórnia?

— Tenho carro e dinheiro para a gasolina. Mas não podemos fazer uma viagem de carro até o outro lado do país em dois dias. Precisamos de quanto dinheiro para pagar os custos operacionais e salvar o baile?

Ele desaba contra a porta. Posso sentir a respiração dele no meu pescoço quando ele responde.

— Oito mil dólares. Eu fiz as contas. Deus, estou fodido. Todo mundo no colégio vai saber que a culpa é minha. Não tem como eu arrecadar isso tudo, não em vinte e quatro horas, não sem um exército...

— Eu posso conseguir um exército para você.

— Ah, é? E qual é a idiotice que você vai me pedir pra fazer em troca?

Me beijar. Até perder o fôlego.

— Eu quero meu moletom da torcida de volta.

— Ah — diz ele. — Tem certeza de que não quer alguma coisa mais humilhante? Tipo, eu enfiar a cabeça em uma paliçada para você arremessar frutas podres e rir?

— Igual à nossa excursão do quinto ano para Colonial Williamsburg? — eu sorrio. Aquela foi a primeira vez que ele me pediu permissão antes de segurar minha mão. A primeira vez que significou algo. Fui eu que enfiei a cabeça na paliçada. Outra criança me chamou de bruxa, e Lukas correu atrás dela explicando como as bruxas na história eram apenas mulheres bacanas que não seguiam regras estúpidas.

É impossível ficar com raiva quando estou sorrindo com ele. E, mesmo com o baile em chamas, é difícil lembrar por que eu deveria sentir qualquer raiva quando estou olhando para ele.

Lukas tira meu moletom da mochila dele. *Por que ele está carregando isso por aí?* Eu pego meu celular e ligo para Naomi.

— Pula o treino. Diz pro treinador que é uma emergência. Me encontra na lanchonete. Leva o time inteiro, um fichário, papel, canetas e alguns marcadores de texto. — Eu me lembro de ser educado em meio ao nevoeiro avermelhado e barulhento no meu crânio — Por favor, por favor, por favor.

A ameaça de cancelar o Homecoming deixa uma neblina suspensa sobre Cresswell. Estudantes perambulam sem rumo pelos corredores enquanto o *pep rally* vai embora. Com medo.

— O que está acontecendo? — Eles perguntam para mim e Lukas sempre que pausamos o envio de centenas de mensagens para nossas mães. — Ainda vai rolar o baile?

— Se eu tivesse qualquer poder de decisão... — ruge Lukas.

Nós dois recebemos uma rodada de aplausos quando entramos na lanchonete. Presumo que é tudo para mim, já que fui eu quem levou um soco na cara, corajosamente, e Lukas é o perdedor que fez o Homecoming ser cancelado.

— Certo — digo, marchando até a ponta da mesa onde as líderes de torcida e o GSA estão sentados. A luz neon rosa cintila na penugem raspada do meu cabelo. Eu seguro meu *milkshake* de morango como um juiz segura o martelo. — Essa é a hora em que eu me desculpo, não se acostumem, mas dei a carteira do Lukas para um idiota completo, e foi assim que a conta bancária do Homecoming foi roubada.

— Nós dois somos culpados — diz o Lukas. — E nós dois sentimos muito. Mas o colégio inteiro vai sofrer por causa dos nossos vacilos. O Homecoming será cancelado. Essa celebração significa tanta coisa para tantas pessoas. É sobre a nossa comunidade, a comunidade que nos mantém unidos. As partes boas, pelo menos. Por favor. Ajudem a gente a salvar o baile.

— Vamos assaltar um banco? — diz Sol. — Me falaram que ia rolar um assalto a banco.

— Ah, não, galera — digo, pegando um catálogo. — Vamos vender velas. Quatro mil velas. Em vinte e quatro horas.

— Isso dá cento e sessenta e sete velas por hora — acrescenta Lukas, não ajudando.

— Quem vai querer tantas velas assim? — diz Ben.

— Todo mundo vai querer — digo. — É de uma empresa local e apoia uma ótima causa. Minha mãe comprou quinze velas deles só este mês.

Naomi está folheando o catálogo, já fazendo anotações no fichário, colando adesivos para marcar seções diferentes. Ela ri.

— Posso ver por quê. Você sabia que ela escreveu uma resenha, Jeremy?

Eu fico sem reação.

— O quê?

Bem ali, no final do catálogo. Uma foto da minha mãe, com a legenda *Emily Harkiss, residente de Bethesda*.

Eu sempre amei as Velas Honeyflower! Agora que meu filho saiu do armário e começou a terapia hormonal, ele fede igual a um caminhão de lixo. Espalhei as velas Flor de Íris no quarto dele todo.

Essa é a coisa mais embaraçosa que eu já li. Mas meus olhos não estão lacrimejando por causa disso. *Meu filho.* Ela me chamou de filho. Não em particular ou porque eu a forcei a dizer. Ela me assumiu na frente do mundo inteiro. Como se não fosse nada de mais.

Mas é tudo para mim.

Eu sou o filho dela. O pensamento faz eu me sentir flutuando até o teto de pastilhas mofadas da lanchonete. *Ela não me odeia. Ela me enxerga. Ela me enxerga.*

— É — digo. — Bora vender umas velas, porra.

Nós nos apertamos ao redor da mesa comprida e planejamos.

Philip entra pelos fundos da lanchonete e, com um aceno de cabeça de Naomi, todos os estudantes sentados viram as costas para ele. Ele começa a perturbar um grupinho de calouros, mas nenhum deles cede. O gerente diz que ele precisa comprar alguma coisa ou sair. Ele vai embora.

— Isto tá bom — diz Ben, quando terminamos o rascunho final do nosso plano. — Impossível, mas bom.

— Nada é impossível depois de sobreviver ao primeiro mês em Cresswell — digo, sorvendo meu *milkshake*. —Vamos ter de começar cedinho amanhã. Todo mundo, vão para casa. Vão dormir. Agora.

— O que faz você achar que pode mandar na gente? — pergunta Debbie. — Tipo, o privilégio masculino finalmente fez você enlouquecer?

Ela está brincando, mas a piada não funciona. Depois do que aconteceu na clínica, não estou com humor para lidar com essa babaquice. Mas posso ignorar o comentário dela — até que Lukas se inclina sobre meu ombro.

— Não fala essas coisas — diz ele. — Jeremy teve um dia de merda.

E com isso ele ultrapassa um limite, e o nevoeiro vermelho começa a se adensar nas bordas do meu mundo de novo. Eu posso lidar com a gentileza dele no carro. Mas me defender em público?

—Todo mundo tem dias de merda, Lukas. Não preciso que você venha no seu cavalo branco e me leve para seu castelo mágico da proteção. Eu posso tomar conta de mim mesmo.

— Jeremy — diz Naomi. — Lukas está sendo gentil. Pelo menos uma vez na vida, será que você pode só deixar as pessoas serem gentis com você?

Eu encaro os dois.

— A questão é a seguinte: quando alguém é gentil comigo, eu presumo que estão me tratando como uma garota. — A palavra *garota* fica suspensa no ar, como se eu tivesse conjurado um fantasma. — Porque eu não mereço a gentileza de ninguém. Nem caronas para casa ou o time da torcida arriscando seus pescoços para me defender do Philip. Eu sou um babaca. Estive afastando todo mundo, arrumando encrenca só porque eu quero. Larguei o Lukas sem explicação, não estive ao lado da Naomi depois do SAT...

— Jeremy — diz Lukas. — Está tudo bem. Todo mundo cometeu erros. Isso não significa que eu não me importe com o seu eu de verdade.

— Sério — diz Naomi. — Nós enfrentamos o Philip por *você*.

— Mas... — Meus olhos estão enchendo de água. *Merda. Merda.* Não posso desmoronar aqui e agora. Preciso ficar calmo, contido. Jeremy Harkiss, frio, bacana e masculino. Como posso ser eu mesmo se as pessoas não estiverem gritando comigo alto o suficiente para me fazer explodir de volta? Eu assinto e respiro fundo. — Tenho que ir para casa — digo rapidamente. — Amanhã é um dia importante. Vamos limpar toda a nossa sujeirada. — Antes que alguém possa dizer alguma coisa, eu deslizo para fora da cabine e ando até a porta. Quando alcanço meu carro, ouço passos atrás de mim.

— Jeremy. Espera! — Eu paro de andar e ele corre para

me alcançar, balançando para ficar na minha frente. — Você está bem? — pergunta ele.

— Estou bem, Lukas — digo. Mas em vez de voltar para dentro, ele só me olha, e as lágrimas que eu achei que tinham secado voltam. — É só que... é só que o meu verdadeiro eu é um babaca tão *grande*.

Lukas ri.

—Você nem é o pior babaca que eu já conheci — ele provoca. — Você deveria saber disso. Você não me viu pegando o Terry na fogueira?

— É. — Meus lábios se repuxam para um sorriso relutante. — Ele é péssimo. Você é péssimo.

— Eu sempre disse que ninguém beija igual a você e eu. Bom, agora eu sei por quê. Você sempre me beijou com força e pressa. Como se fosse um concurso e você precisasse me vencer. Você me beijava como um garoto e eu te beijava de volta como um também. Esse tempo todo eu estive beijando você, Jeremy.

Os olhos castanhos de Lukas estão mergulhando nos meus agora, o que quase nunca acontece, exceto quando ele tem alguma coisa importante para dizer. Mas eu não sei o que ele está tentando expressar. Porque eu finalmente sou uma pessoa de verdade, pela primeira vez na minha vida, mas não tenho certeza de que seja uma pessoa que os outros podem amar. Eu não sei o que vai acontecer se eu deixar o Lukas voltar para mim — eu nem sei o que ele está querendo de mim —, mas me abrir parece um convite para o desastre.

Nós dois poderíamos nos machucar mais do que antes.

Eu não sei o que dizer a ele, então só digo boa-noite. Entro no carro antes que o caos rodopiante nas minhas entranhas se revele no meu rosto. A chave range na ignição. O motor híbrido guincha quando acelero para fora do shopping, os faróis cortando a escuridão nublada da noite. Sozinho. Seguro.

Seguro da única coisa que eu quero mais do que qualquer outra no mundo. Mais do que coroas, Harvard, fama e fortuna. Eu quero ser o namorado do Lukas. É a única coisa que me faz vulnerável, que me deixa fraco. E é a única coisa que eu não posso ter. Não é o meu gênero que importa. São o meu temperamento, meu ego, meu gatilho sensível. Tão ruins quanto os do Philip. Tão indigno e despreparado para um relacionamento saudável.

Lukas é esperto. Ele deve saber que não há possibilidade para nós. Nenhum futuro além das rachaduras que introduzi no nosso amor. Eu aprendi tanto, mudei tanto, cresci tanto desde que comecei a transição. Pela primeira vez na minha vida, estou me tornando quem eu sou.

Mas não sou o tipo de pessoa que pode consertar as coisas. Eu não sei nem por onde começar.

CAPÍTULO VINTE E CINCO: LUKAS

É quinta-feira; nos vestimos de acordo com o tema da turma: Vingadores Veteranos. Eu tenho uma fantasia incrível do Batman. Jeremy, é claro, se superou com um cosplay de corpo inteiro do Loki. Nós nos encontramos atrás do ginásio naquela manhã, com caixas e mais caixas de catálogos de velas, cada um evitando o olhar do outro. *Foco. O importante é salvar o baile. O importante é salvar isso para todo mundo.*

Ele nunca me odiou. Saber disso faz eu me sentir como se estivesse flutuando. Enfim, eu sei a verdade. *Ele estava com medo de que eu o rejeitasse. Com medo de que eu não o amasse como ele realmente era.* Mas eu sempre amei apenas quem ele realmente era, e quanto mais ele brilha essa luz, mais eu me apaixono.

Ele se recusou a ficar depois da fogueira não porque ele me odeia. Foi só porque ele não acreditava que eu estava falando sério, que eu realmente o queria. Eu preciso provar quem sou para ele do mesmo jeito que ele está tentando provar quem é para o colégio.

Eu posso ser o herói de Cresswell hoje. Talvez assim ele me deixe ser o herói dele.

— Escuta — diz Naomi, o símbolo da Mulher Maravilha reluzindo no cinto, o catálogo de velas aberto na mão. Ela não está bem sorrindo, mas uma determinação sóbria emana dela, e sei que foi errado da minha parte me precipitar no namoro com ela quando eu não queria. Ela é melhor sozinha do que com um imbecil desagradável que dava a ela um terço de atenção. — Eu quero uma blitz. Percorram o colégio todo. Invadam as salas de aula, não aceitem não como resposta. Eu quero cada estudante de Cresswell comprando cinco, dez velas. Presentes de Natal, presentes para parentes que eles odeiam, o que for. Eu conheço este colégio. As pessoas daqui podem bancar queimar uns cinquenta dólares em velas aleatórias que eles nunca planejaram usar. — Ela pausa. — Mas não sejam babacas com os estudantes com bolsa.

— Devemos trabalhar em times? — sugere Ben. A camiseta de Super-Homem dele é meio óbvia, mas ninguém negaria que ele mereceu, aguentando a gente.

— Vamos cobrir mais território se nos separarmos — diz Naomi. Ela desenhou um mapa do colégio, coloriu os corredores com marcador e deu um nome a cada ala. — Isso não é um filme de terror.

— Se fosse — diz Jeremy — como o líder de torcida loiro, eu já estaria morto.

Nós nos separamos, nos espalhamos pelo colégio, e entramos nas salas de aula. As pessoas gostam da minha voz de Batman, mesmo quando estou enfiando catálogos de velas na cara delas e exigindo que comprem.

— Quantas você vendeu? — pergunta Jeremy quando nos cruzamos no corredor, abrindo caminho por cerca de quinhentos calouros vestidos de Sherlock Holmes. — Eu vendi vinte e quatro. Enquadrei um monte de calouros e disse que eles destruiriam o Homecoming se não contribuíssem.

— Vinte e oito — digo, mentalmente acrescentando cinco compras minhas à lista. Quem precisa de cinquenta dólares quando posso ver as sobrancelhas dele se juntarem de raiva?

— Eu vou te vencer — ele me avisa, o rosto lívido e vermelho além das veias estouradas no nariz.

— Não ligo — eu digo. — Quanto mais você vender, melhores as nossas chances.

— Não temos chance — ele me diz e vai embora. Eu percebo tarde demais que ele não está falando do baile.

Sol vende quinhentas velas.

— Inventei uma nova criptomoeda chamada CandleCoin e dei uma para cada vela que vendi.

— É fácil assim? — pergunto.

Elu assente.

— Tanto para gerar essas desgraças quanto para fazer as pessoas comprarem. Humanos são imbecis.

— O quanto você é endinheirade?

— Vamos dizer que, se eu não entrar na Caltech com uma bolsa integral, posso pagar do meu jeito.

— Então, você poderia apenas... comprar nossa saída desse caos todo em um segundo.

— Eu não sou sua conta bancária, Rivers.

Eu esbarro com Philip quando entro na aula de francês da madame East. Ele está sentado nos fundos da sala. Ninguém, nem mesmo a professora, faz contato visual com ele. Ele não está nem vestindo uma fantasia.

Eu sorrio para os outros estudantes.

— Oi, pessoal. Que tal me ajudar a salvar o Homecoming com velas?

— É assim que vocês estão arrecadando dinheiro? — Philip ri. — Meu Deus, vocês são tão idiotas. Acham mesmo que isso vai dar certo?

Ninguém na sala se mexe. Um garoto abre a boca, mas a garota ao lado dele o agarra pelo braço e o silencia com um olhar.

— Philip, olha o linguajar — diz madame East, severa. E então ela se vira para mim. —Vou comprar quatro velas.

Repentinamente todo aluno na sala se aproxima para assinar o formulário e entregar o dinheiro.

— Provavelmente ainda estamos fodidos — diz Jeremy no almoço, a coroa de chifres feita de papel de seda entorta enquanto ele faz as contas. — Precisamos que todo mundo no colégio compre alguma coisa. Precisamos alcançar todo mundo.

—Vamos fazer algo grandioso — digo, o coração batendo mais rápido agora. Animado com a promessa da vitória. Com a vontade de oferecer algo que eu quero oferecer. Fazer o baile que eu quero fazer. — Os veteranos têm cinco minutos a mais no musical esta tarde. Todo mundo no colégio vai estar assistindo.

—Você está planejando se apresentar no musical? — indaga Jeremy. —Você não sabe atuar ou dançar...

— Eu posso cantar — digo. — Não passamos o ensino fundamental inteiro cantando musicais no seu banheiro?

Ele fica vermelho. Entre isso e o roxo do nariz dele, ele está a poucas cores de distância de se transformar em uma bandeira do orgulho de um homem só.

— E você sabe dançar — digo.

— Posso sacudir meus pompons.

— Ah, não. Você não vai se livrar dessa. Você não fez um discurso ontem à noite sobre como tudo isso era, em parte, culpa sua?

— Tá bom — diz ele. — Eu odiaria se Cresswell ficasse sabendo que seu futuro Rei do Homecoming ficou sentado sem fazer nada enquanto o ex dele salvou o baile. — Todo cheio de tempestade e fogo. Os vislumbres de vulnerabilidade que ele havia me mostrado estão escondidos agora, mas eu sei que ainda existem. Quero encontrá-los de novo. Quero me sentar diante da luz dele, se ele conseguisse parar de tentar me queimar.

O ginásio parece desconfortável, estranho, enquanto nos reunimos para o *pep rally* da tarde. As arquibancadas estão abarrotadas de rostos preocupados e nervosos, sussurrando alto. O baile ainda está em perigo. O humor no cômodo está suspenso na beira de um penhasco.

Jeremy entra no palco do musical, andando sobre as tábuas de madeira, que passei horas pregando neste fim de semana, e abaixa o apoio do microfone para ficar na altura dele.

— Boa tarde, Cresswell. O time de torcida está distribuindo alguns catálogos e um envelope pelo ginásio. Estamos vendendo velas aromáticas para arrecadar dinheiro e salvar o baile. Se conseguirmos vender oito mil dólares de velas até o fim do *pep rally*, Lukas e eu vamos fazer uma apresentação musical juntos no palco. Vamos nos humilhar publicamente na frente do colégio todo. Eu sei que todo mundo aqui adoraria contribuir com uma nota de vinte para ver isso.

Enquanto ele sai do palco e passa por mim, ele sussurra:

— É melhor que isso seja bom.

— Vai ser — digo. Para nós dois.

O único motivo de ele ter vendido mais velas do que eu é que eu não vendi durante o intervalo do quinto período para poder fazer o cartaz que está enrolado debaixo do meu braço. Um cartaz com *Jeremy, HC?* escrito em letras rosa garrafais e com glitter. Eu roubei da sala de artes por ele. Depois de tudo o que passamos lado a lado, não haveria jeito mais fácil de voltarmos a ficar juntos do que um pedido público e extravagante dos sonhos dele.

Os calouros sobem no palco. O musical deles é chamado *O Caso da Lupa Desaparecida*, e é sobre a busca deles, pelo terreno do colégio, por um estudante que roubou uma lupa usando uma roupa de mascote. Eu só sei disso porque li o roteiro, pois o microfone deles não funciona direito. Eles têm um número de dança hilário em que todos os garotos rebolam a bunda em uma linha de conga, e a diretora Meehan fica vermelha, mas decide não os impedir. Nossos formulários de pedidos de velas passam pela multidão.

Os alunos do segundo ano fazem um show sobre uma princesa que resgata um príncipe infeliz de um dragão, acompanhados por Led Zeppelin em excesso e a terrível escolha da canção "Fixer Upper", de *Frozen*, dentre tudo o que eles poderiam ter escolhido. *Deus, eu devia ter sido mais crítico quando estava revisando as playlists.* Os alunos do terceiro ano se saem melhor. A extravagância com tema espacial deles tem uma orquestra completa e um DJ ao vivo. Dançarinos rodopiam em camisetas pretas borrifadas de tinta. Quando Jeremy pergunta ao público se eles gostaram, eles gritam tão alto que fico preocupado que os veteranos possam perder.

Não que isso importe. Tudo o que importa é garantir que teremos um baile amanhã à noite. Tudo o que importa são as joias falsas na coroa do Homecoming e o par perfeito no meu braço.

Os dançarinos veteranos principais, cada um vestindo uma capa enorme, sobem no palco. Das sombras, Naomi me faz um joinha.

Conseguimos. Realmente conseguimos. Nós nos unimos como uma comunidade e salvamos o baile. O colégio inteiro, trabalhando junto para consertar algo que amamos.

Talvez eu possa consertar algo importante também.

Laurie está amarrando as sapatilhas. Eu encontro o olhar dela e balanço a cabeça.

— Eu vou fazer o solo. Foi mal! Libera a música?

Ela corre em direção aos alto-falantes. Os compassos iniciais do tema clássico do Super-Homem preenchem o ginásio. Os dançarinos erguem os braços, como se estivessem prestes a levantar voo.

E então o clube de teatro puxa os cabos. E seis veteranos são alçados para o alto.

Eu seguro a mão de Jeremy.

— É hora de retribuir — digo, e o puxo adiante.

Eu seguro o microfone. Os compassos iniciais da música "Holding Out for a Hero" preenchem o ginásio. Foi um pouco trabalhoso encontrar a canção de amor mais gay possível e que também se encaixa no tema do musical. Mas quando encontro os olhos de Jeremy, cantando o verso que diz "para onde foram todos os homens bons?", e o observo ficando vermelho-vívido, é uma vitória mais doce do que agarrar qualquer passe de *touchdown*.

Ele fica paralisado enquanto eu prossigo cantando como é tão difícil encontrar namorados à altura de super-heróis. E como sei disso, depois do Terry! Mas como o líder de torcida que ele é, ele abre um sorriso e sacode os pompons em um giro preciso. Então ele está se movendo no ritmo da música enquanto os dançarinos pendurados pelos cabos fingem voar — ombros rolando, quadris rebolando, a cabeça erguida. Há uma concentração fria nele, um sorriso perfeito, a inclinação da cabeça. Jeremy sabe que todos os olhos estão sobre ele, e ele oferece um motivo para que o observem.

Então, quando termino com o verso da canção que diz "eu preciso de um herói", espero que ele saiba que eu já encontrei o meu.

O ginásio celebra enquanto desenrolo meu cartaz. Os pés batucam nas arquibancadas. Gritos soam nos meus ouvidos. Minha respiração se prende. Isso significa algo vital, um colégio inteiro celebrando enquanto um garoto chama outro garoto para o baile. O tempo desacelera quando encontro os olhos de Jeremy. Torcendo com cada pedacinho meu para que a mágica deste momento esteja sendo transmitida.

—Você gostaria de ser meu par no Homecoming? — pergunto.

Ele congela. O peito arfante.

O mesmo rosto que ele fez quando viu meu vídeo estúpido.

O frio me recobre. Meu estômago afunda. Eu o interpretei errado. Eu interpretei tudo errado.

Ele se vira, com os pompons e tudo, e sai correndo do palco.

— Jeremy! — Eu me mexo para ir atrás dele, mas Laurie me empurra de volta quando entra no palco com seu colante da Feiticeira Escarlate.

— Será que você pode não roubar meu holofote com seu drama? — diz ela, e pula para o palco enquanto a música tema de *Vingadores* toca.

—Vendemos todas as velas! — Naomi ri, nervosa, quando passo por ela. — Atingimos a meta e salvamos o baile. Vamos só aproveitar este momento?

— Deixa ele ir. — Ben, com gentileza, se coloca entre mim e a porta. Apoia a mão no meu peito. — Aquilo foi coisa demais que você jogou em cima dele. Ele vai precisar de tempo e espaço para pensar.

— Ele precisa pensar no quê? — Estou tão confuso e atordoado quanto na vez em que o La Bamba quebrou debaixo de mim no parque de diversões. — Quer dizer, é uma pergunta de sim ou não. Tipo, você conhece o Jeremy, né? Não era assim que ele queria ser convidado?

— Sim, sim e sim. Mas não. Não. Você o escutou ontem na lanchonete. Ele está com medo de que você não esteja falando sério sobre gostar dele. E aquele número de dança foi muitas coisas, mas com certeza não foi sério. Como você pensou que aquilo era uma boa ideia?

Porque eu achei que era aquilo que ele queria. E eu o interpretei errado, claro. Eu interpreto as pessoas errado o tempo todo. Já me acostumei a achar graça disso, a transformar a minha ignorância social em uma piada.

Mas não há nada engraçado sobre a dor fria e desesperada no fundo do meu coração. Não há nada engraçado em saber que eu o machuquei. *De novo. E de novo e de novo e de novo.* Ele desapareceu nas sombras, como se não quisesse me ver, como se ele não quisesse saber o que eu tenho a dizer. Mesmo que seja *eu te amo, eu te perdoo, eu quero você do jeitinho que você é.*

— Eu só quero que as coisas se acertem — murmuro, sabendo que é uma esperança estúpida. Eu só quero que as palavras certas saiam da minha boca e consertem tudo.

Mas, ainda assim, estou sem saber o que dizer.

Para todo mundo, menos para mim, o treino de futebol desta noite é uma celebração. Nós vencemos. O Homecoming vai continuar. Ben e eu estamos de volta no campo, prontos para liderar o time até a vitória. Mas nosso antigo ritmo não é o mesmo. Os passes dele caem das minhas mãos. Meus pés vão para a esquerda quando deveriam deslizar para a direita. Eu não consigo nem ficar chateado — meu peito parece vazio.

— Estamos tão preparados agora quanto podemos estar — diz o treinador enquanto terminamos. Ele não parece muito entusiasmado. — Mais algumas notícias ruins. Philip decidiu abandonar o time. Pelo visto, ele ficou chateado por as pessoas não estarem falando com ele. Estou decepcionado com vocês, garotos.

Ben me dá uma cotovelada. Eu dou de ombros. *Não importa.* Meehan me odeia, e o garoto por quem estou apaixonado se convenceu de que eu o odeio. Surpreendentemente, saber que em algum lugar um babaca completo também está sofrendo não faz nada disso melhorar.

Vinte e três horas e dezoito minutos até o início do Homecoming. Amanhã, vou mostrar à minha família que estou indo na direção de um futuro brilhante. Serei coroado rei e convites de universidades virão em seguida, com ou sem Biologia Avançada. Ou vou me dar muito mal e acabar em uma faculdade estadual, e seja lá o que estiver havendo na minha família vai acontecer. *Não posso deixar acontecer.*

Mas analisar todos esses problemas na minha cabeça, pelo que parece a milésima vez, só faz com que eles fiquem gastos e frágeis como papel de seda. Não posso continuar me preocupando com isso para sempre.

Preciso descobrir com o que e quem eu me importo de verdade para seguir adiante.

Hoje, vou mais cedo para casa, pensando no que aconteceu no pedido-que-deu-errado, revendo a memória, esquecendo que eu deveria me esconder no carro fazendo o dever de casa para evitar meus pais. Tenho um dia cheio amanhã. Preciso descansar. Não me permito pensar que a minha casa não é um lugar fácil agora. Ando até a porta da frente esperando um santuário. Eu mereço pelo menos isso. Preciso pelo menos disso. Eu já me doei tanto, para todo mundo, para a minha família principalmente, e só preciso de algumas horas de silêncio sem estímulos.

O universo não liga para o que eu mereço.

—Você está indo embora? — diz meu pai, com os olhos arregalados, vermelhos e secos. — Caroline, você não pode simplesmente ir embora. Vinte e cinco anos juntos deveriam significar alguma coisa, droga!

— Deveria significar alguma coisa para você também. Você devia ter se esforçado. Em vez disso, está descontando em cima de todo mundo ao seu redor como uma criança. Igual ao Lukas quando ele era mais novo!

Eu me retraio ao ouvir meu nome, ainda enquanto retiro os sapatos. *É assim que eles me enxergam? Eles não sabem o quanto eu fiz para deixá-los felizes?*

Meu pai continua:

— Sinto muito por ter perdido aquelas sessões de terapia, eu devia ter me esforçado mais, mas eu achei...

— Não é sobre você — diz ela. — É sobre mim. Eu dediquei a minha vida inteira a você, à nossa família. Eu preciso de espaço. E se eu decidir não voltar...

Eu bato a porta. Com força. Porque vi as malas ao lado da entrada, espreitando nas sombras dos amados potes de planta da minha mãe.

— Lukas! — Eles dois se assustam no corredor, ambos com a expressão quase idêntica de culpa e medo, ambos tentando sorrir.

— Está tudo bem — diz meu pai. Mas não está.

É engraçado como eles se mexem rápido para esconder as coisas de mim. Acho que não é para o meu benefício. Acho que é porque eles pensam que, se ninguém souber como eles estão desmoronando, então não está acontecendo de verdade. Se eles aparentarem a perfeição, vão continuar intactos e apaixonados.

Estamos todos escondendo feridas uns dos outros. Estamos todos com medo do que as pessoas vão dizer se souberem. *Jeremy me largou porque ele não podia permitir que eu o largasse.* Entendo esse medo agora, melhor do que entendi antes. *Você nunca sabe como as pessoas vão reagir ao seu eu verdadeiro.* Se ele teve que me largar para se sentir seguro o suficiente para ser ele mesmo, então não posso culpá-lo. Ele precisava sair do armário do jeito mais seguro possível.

Mas ele ainda pode voltar. O que temos não está quebrado permanentemente.

Acho que agora eu sei qual é a aparência de algo permanentemente quebrado. Ou, pelo menos, eu conheço a aparência de um problema que não posso consertar. Nem com um milhão de faculdades e coroas.

— Como foi o seu dia, querido? — Minha mãe me observa. — O que é isso no seu nariz?

Levanto o rosto e a encaro.

— Eu sou gay. Achei que deveriam saber. Vocês estão se divorciando?

Eles ficam quietos.

— O quê? — minha mãe diz por fim.

Meu pai não tem reação.

— Isso é sobre... Jeremy, isso é sobre Jeremy Harkiss?

— Não. É sobre mim. Sabe, aquele filho que vocês esqueceram que têm? — Minha frustração borbulha, fria como gelo-seco. Eu não ligo se o que estou dizendo faz sentido. Preciso liberar esse sentimento. Porque eu também sou parte desta família. — Pronto. Agora vocês sabem. — Será que eles vão se voltar para mim agora? Perceber que estou aqui e preciso me sentir conectado a eles?

Minha mãe se vira para meu pai.

— Isso é tudo culpa sua. Você o fez se sentir infeliz...

— É você que está tentando nos abandonar!

Eu me viro e corro para o quarto. Acendo a luz no topo da parede de medalhas que conquistei para agradá-los. Minha mochila está no fundo do armário. Eu despejo o conteúdo das gavetas da cômoda dentro dela, jogo o dinheiro que tenho em uma caixinha no fundo da gaveta de meias. *Uma bomba foi detonada. Mas eu sou o único que sente a explosão.*

— Vou para a casa de um amigo — digo aos meus pais enquanto desço as escadas, colocando os tênis de volta. — Vou ficar bem.

Eles não respondem. Eles estão tão absortos no embaraço de seus próprios transtornos que nem se importam em me ver ir embora.

— Eu sinto muito — digo a Naomi quando ela atende a porta. O sangue corre para meu rosto. *Eu tentei fazer você feliz e em vez disso piorei tudo.* Eu pedi desculpas, ela aceitou, mas as coisas ainda continuarão esquisitas entre nós por algum tempo. — Preciso falar com seu irmão. Preciso de um lugar para passar a noite. — *E, tipo, o futuro próximo?*

Ela crispa os lábios.

— O que aconteceu?

— Meus pais estão se divorciando — murmuro, sem dizer muito, tentando não deixar nada vergonhoso demais escapar. — E não tenho mais nenhum amigo de verdade. — Mesmo depois de tudo, essa verdade ainda é dolorosa de admitir.

Ela se vira para o lado.

— Ben! Isso é problema seu!

Meu melhor amigo desce as escadas da entrada. Não consigo olhar ele nos olhos e murmuro:

— Eu sinto muito, muito mesmo por não ter feito a coisa certa antes. Eu estava com medo. Mas não estou com medo agora. Contei para a Meehan que fui eu.

— Eu sei — diz ele, meio sem jeito. — Quer dizer, ela me contou que eu podia voltar para o treino, então presumi que você confessou.

— Ah. OK. Quer dizer, eu só queria deixar tudo limpo e, tipo, dizer que sinto muito. — Parece que há uma toalha molhada torcida no fundo da minha garganta. Eu preciso me concentrar para fazer as palavras saírem antes que meu cérebro me paralise. Mas tropeço adiante. É importante.

Ele suspira.

— Entra. Não posso deixar você dormir no carro.

Entro pela porta e tiro os sapatos. Minhas entranhas retorcidas percebem que ele não aceitou as minhas desculpas.

— Meus pais ainda podem se acertar — digo a ele enquanto deixo a mochila no chão do quarto dele. Os troféus dele lançam sombras no piso. — Tipo, amanhã, talvez eles apareçam no jogo. Talvez eu receba votos suficientes para vencer essa coisa. Eles vão ver isso e perceber que ainda somos uma família e que podemos nos apoiar. Então vou entrar em Harvard e eles vão fazer um festão e...

— Lukas, eu sinto muito — diz Ben. — Mas você tem noção de que não há a menor possibilidade disso acontecer, né? Tipo, isso tudo é muito maior do que você. Não é responsabilidade sua. O que acontecer entre eles é... o que acontecer.

— É — digo, me esparramando de volta no saco de dormir. — Você está certo. Eu... está fora do meu controle.

Eu quero. Eu quero acreditar que, se me importar bastante, serei capaz de consertar as coisas. Que, se eu me abrir inteiro e apresentar meu coração batendo para o mundo sobre uma bandeja, tudo vai funcionar a partir de então. *É mais fácil oferecer pedaços de mim para os outros do que oferecer as palavras que não consigo encontrar.* Mas não está funcionando. Eu não estou melhorando nada. Estou apenas me machucando.

— Posso falar com você sobre uma coisa? — pergunto a Ben. — Eu só... preciso botar para fora tudo que está sendo difícil para mim.

— Vai em frente — diz ele e acena para eu prosseguir.

Então eu conto a ele. Tudo o que contei para Meehan. Tudo o que escondi.

— Eu me senti esquisito quando você fez piada da minha gaveta de cuecas por ser organizada demais — digo e, mesmo que pareça bobo, é verdade. — Será que você poderia não fazer mais isso?

— Sim. Claro. — Ele coça a nuca, onde encosta na cadeira do computador, claramente desconfortável. — Você não vai usar o autismo para se livrar de ter mentido para Meehan sobre o teste, né?

Eu faço uma careta.

— Deus, não. Aquilo foi eu sendo um idiota. Tudo nesse

mês passado, tudo desde que Jeremy e eu começamos a concorrer um contra o outro para Rei do Homecoming, tudo foi eu sendo um idiota. Eu queria aquela porra de título porque achei que isso me garantiria entrada em uma universidade de elite e faria a minha família se sentir melhor por perder meu irmão. Mas não posso consertar todos os nossos problemas. Estou só me despedaçando e afastando meus amigos. Desculpa. Eu sinto muito, muito mesmo.

As palavras não parecem corretas. Não estou usando entonação o suficiente. Não estou fazendo contato visual. Mas estou sendo sincero. Eu quero mesmo dizer tudo isso.

— Tá bom — diz Ben. — Eu... eu entendo. Você estava lidando com um babaca e teve que tomar decisões rápido. Mas... na próxima vez em que precisar de ajuda, me avisa. Trabalha comigo. Não contra mim.

— OK — digo. — Eu... é. Posso fazer isso. Desculpa. De novo. — Quais palavras surgem no espaço que se abre em seguida? Como você faz com que uma amizade avance além de algo tão grande, desconfortável e ruim?

Nós dois ficamos em silêncio. Ben confere as mensagens no celular, então diz:

— O que está rolando com você e o Jeremy? Aquele número musical foi... acho que a palavra que estou procurando é homoerótico. Qual é o lance?

— Ah, aquilo. Acho que estou apaixonado por ele — digo. As palavras parecem ousadas, perigosas, pesadas de algum jeito que elas nunca seriam se eu tivesse falado *Acho que estou apaixonado por ela.* Mas sinto que são as palavras certas. — Eu não sei como funciona, porque ele é meio irritante. Mas, toda vez que fico com raiva dele, não consigo não pensar no quanto ele é incrível. Como gosto de cada parte dele, mesmo a raiva. Eu não sei como vou convencê-lo de que gosto de verdade dele, porque ele se convenceu de que é impossível ser amado. Mas eu acho mesmo que estou apaixonado por ele.

— Você vai contar isso para ele? — diz Ben. — Acho que isso não é o tipo de problema de relacionamento que dá para consertar com um pedido extravagante para o Homecoming. Tipo, normalmente acho que o Jeremy adoraria aquilo tudo, mas ele não está num bom lugar mental agora. Você precisa ter aquela conversa dolorosa com ele e explicar o que está acontecendo na sua cabeça. Não com Meehan, não com seus pais, não comigo. Com ele.

— É, mas... e se eu explicar tudo pelo que passei, e tudo o que está acontecendo na minha cabeça, e ele rir de mim? — Um número musical é uma coisa. Sou especialista em fazer um show. Mas ele não ficou comigo na noite da fogueira. Ele sempre poderá ir embora de novo.

— Isso pode acontecer, cara. Você não pode controlar como ele vai reagir. Mas, se você está falando sério mesmo em relação a ele, não vale a pena correr o risco?

Todos os meus planos cuidadosamente organizados desmoronaram. Ganhando ou perdendo, o resultado da eleição da Corte não vai resolver nenhum dos meus problemas. Eu não sou quem achei que fosse. Não sou hétero, provavelmente terei que celebrar meu ex enquanto ele recebe a coroa de Rei do Homecoming, dizer a ele que ainda estou apaixonado por ele, e então ir para o baile sozinho quando ele me largar pela segunda vez.

Em resumo, acho que sou meio um perdedor. Mas ainda posso ter esperanças de que a minha família vai se reconstruir. E há boas pessoas do meu lado. Ben e talvez Naomi, ambos nunca hesitaram em ajudar quem precisa. E eu serei muito mais feliz se puder adicionar o Jeremy a essa lista.

Eu escrevo um e-mail para a *inbox* anônima de denúncias. Ele vai conferir isso, mesmo se já tiver bloqueado meu número no celular dele. *Eu sinto muito pelo que aconteceu na lanchonete e durante o número musical. Eu não deveria ter feito disso algo tão público, ou transformado em uma grande brincadeira. Mas eu me importo de verdade com você, e acho que nós dois ficaremos melhores se pudermos conversar sobre o término e como nos sentimos. Você pode me encontrar na cantina amanhã durante o último período? Quando todo mundo estiver se preparando para o jogo?*

Aperto "enviar" e cruzo os dedos. Se eu tiver sorte, ele virá. Talvez sozinho e em particular, ele me escute.

CAPÍTULO VINTE E SEIS: JEREMY

Onze horas para o início do Homecoming

O último dia da *Spirit Week* é o Dia das Cores do Colégio. Todos devemos encontrar o jeito mais elaborado de vestir o azul e o dourado de Cresswell. Primeiro, quando tive a primeira ideia para a minha fantasia, eu estava aterrorizado — porque era tão espalhafatosa, tão ridiculamente bonita, que eu temia que todo mundo olharia para mim e veria uma garota.

Mas quando Naomi faz os últimos toques da maquiagem — pintando uma máscara de tinta azul e glitter dourado sobre meus olhos — e eu prendo a cauda nas costas, não consigo parar de piscar para o espelho enquanto desfilo pelo quarto todo bagunçado de roupas. Eu me vejo. Eu vejo o obstáculo no caminho de todo mundo, quem todo mundo vai notar. Sandálias stiletto douradas, shorts e camiseta azul-celeste e uma enorme porção de plumas douradas e azuis se abrindo atrás de mim.

Eu preciso que Cresswell me veja como um garoto. Mas também preciso que eles me vejam brilhar. Que me vejam como gay, trans e descarado. Que me escolham como Rei do Homecoming e escolham cada pedaço de mim também.

Espero que isso me dê a influência para continuar insistindo nas mudanças com Meehan, mas pode só fazer eu me sentir desejado. Ainda assim. Isso seria o suficiente. Alguma coisa a partir da qual posso construir.

Minha mãe congela quando eu desço as escadas todo fantasiado. Naomi desliza por ela e sai pela porta, mas ela está ocupada demais me encarando para abrir caminho nas escadas.

— O que é isto?

— Minha fantasia para o *Spirit Day*.

— Mas é tão... colorida. Feminina. Mas você...

Não sou uma garota. Nunca mais.

— Eu sou gay! — digo num impulso, as palavras parecem fósforo na minha língua. Ecoando pela escada, nos cristais falsos do lustre no átrio. Deus, não deveria ser tão difícil. Ela disse no catálogo que sou o filho dela. Ela deveria entender.

Mas só porque ela sabe que sou um garoto, não significa que ela saiba o que fazer comigo.

— Ah. — Minha mãe fica sem reação. — Achei que você fosse transgênero?

Ela ainda não entende. Eu tenho o direito de ficar chateado, acho. Mas tenho amigues como Sol que me entendem e amigas como Naomi que me apoiam quando eu mais preciso. Estou cansado de ficar chateado com a minha mãe por causa do que ela não pode me oferecer. Eu preciso viver com o que podemos ter.

— Eu sou as duas coisas — respondo, e digo a mim mesmo para soar calmo. — As pessoas podem ser as duas coisas. Você não sabe que ainda estou apaixonado pelo Lukas?

— Mas... você terminou com o Lukas.

— Porque eu não podia garantir que ele ainda ia querer ficar comigo depois que eu saísse do armário. — Eu mordo o lábio e tento pescar alguma coisa para fazer piada, diminuir a dor, mas não encontro nada. É como se tivesse acabado o meu combustível. Enguiçado na estrada emocional, engarrafado de sentimentos que só posso aguentar se acelerar por eles a centenas de quilômetros por hora.

O que eu devo fazer? Lukas se expôs na frente do colégio todo e cantou um hino gay para mim. Olhando nos meus olhos, mesmo que isso fosse difícil para ele, porque ele precisava que eu escutasse o que ele tinha a dizer. Dando dicas de que eu poderia estar errado. Que poderíamos ter um futuro. Fazendo um convite para o baile.

E eu não consegui dizer sim. Eu não podia me permitir acreditar nele, na gente. Tantas pessoas já me decepcionaram.

Eu me sento no último degrau. Minha mãe senta ao meu lado e afaga meu cabelo. Parece diferente de quando meu cabelo era comprido, é uma sensação boa.

— Ah, querido. Por que ele ainda não amaria você?

— Eu sentia que você não amava. — A verdade me escapa. — O jeito como você reagiu. Como você não me deixou fazer a transição até que eu estivesse entrando em colapso. Se você não me amava, como é que outra pessoa poderia me amar?

— Eu amo você. Amo, sim. — Ela engole com dificuldade, algo pesado no fundo da garganta. — Eu não vou mentir e dizer que não foi difícil para mim. Mas eu quero que você seja feliz, Jeremy. Você vai descobrir como dar um jeito nisso tudo e eu estarei aqui do seu lado quando isso acontecer.

 É difícil para mim também, eu quero gritar, mas também não quero chorar e bagunçar minha maquiagem. Acho que isso é algo que posso carregar comigo. Estamos em uma posição melhor do que estávamos antes, e posso falar com ela dos meus problemas. Não é uma vitória completa, mas é uma vitória.

 Eu não sei se o Lukas me ama ou não. Eu não sei se eu e minha mãe teremos uma relação sem atritos. Mas eu vou em busca da porra da minha coroa. Eu mereço. E espero que, de algum modo, quando eu for coroado, o colégio inteiro celebre junto.

— Temos um longo dia pela frente — diz Naomi enquanto eu levo a gente de carro para Cresswell. — Contando com as festas depois do Homecoming, duvido que eu chegue em casa antes das duas da manhã. Isso, se eu chegar mesmo em casa.

—Você tem um par? — pergunto.

— Não. Eu vou dançar com todos os garotos que forem corajosos o suficiente para me chamar. Você acha que o Lukas vai te convidar de novo?

— Não quero falar sobre o Lukas.

— Acho que ele fala sério. Acho mesmo que ele ainda te ama. Tipo, quando tentamos namorar, ele só conseguia falar de você.

E se? E se? Aquela pergunta gira na minha cabeça, um disco preso na repetição. *E se for verdade?* Mantenho os olhos atentos nele o dia todo — correndo pelas aulas que são inúteis porque ninguém gosta delas, enquanto o sr. Ewing me elogia pela última nota do teste de Governo Avançado e me diz que eu serei um ótimo advogado algum dia. *E se ele dissesse sim para mim? E se ele me amar de verdade?* Ao longo do dia todo, estudantes saem do meu caminho enquanto eu ando pelos corredores em um turbilhão de azul e dourado, ficando boquiabertos com a minha audácia, admirando as minhas plumas. Eu só consigo pensar no Lukas. Cantando do fundo do peito ontem. Estendendo a mão para mim depois de tudo o que eu fiz para afastá-lo de mim.

Vou falar com ele depois do jogo, decido. *Vou perguntar o que ele quer dizer e se ele tem sentimentos por mim.*

Antes do *pep rally*, quando vou ao vestiário para mudar de roupa para o uniforme da torcida — logo antes de tirar a faca do meu binder —, eu abro a *inbox* anônima. E vejo o recado.

Eu leio e meu coração afunda.

Ele quer conversar. Sozinho. Para ver se podemos acertar as coisas. Tudo com o que eu havia sonhado, tudo o que me deixa com medo — será que ele também está com medo?

Não é possível que ele queira dizer isso, digo a mim mesmo. Mas meus pés assumem o controle e me levam até a cantina assim mesmo. Não consigo evitar. Aquele imbecil é como um ímã, me sugando para um buraco negro de sentimentos estúpidos.

E aquele pedido. Foi carregado demais de sentimentos para ter sido um trote.

Talvez. Talvez.

Eu sou estúpido.

Talvez.

Quando entro na cantina, está quase escuro. Bandeirolas ondulam no silêncio sombreado no teto. Fios se enrolam na ilha do DJ montada pela metade. Mas, por uma fresta com luz do sol, eu vejo luzes balançando livres.

— Lukas? — grito, a raiva ultrapassando a minha sensatez, minha cauda de pavão varrendo a poeira no chão. — Você disse que queria conversar, imbecil. Estou aqui. Vamos conversar.

Fios delicados pendem soltos dos pregos. As faixas estão rasgadas. A fênix de papel de seda está com metade das folhas de ouro arrancadas e caídas na lateral. Flores estão espalhadas pelo piso da catina, chamas de papel retalhado pisoteados por pegadas de bota. E Philip está em pé no meio de tudo, o papel rasgado e amassado nos punhos.

— Seu namorado não está aqui — diz ele, ríspido. — Somos só eu e você.

— Ele... Ele me chamou aqui. — Minha voz falha aguda. Eu me daria um tapa na cara se ousasse tirar os olhos dele. *Lukas não me ama. Lukas não se importa se eu vou viver ou morrer. E meus sentimentos por ele não são nada além de uma fraqueza que me expõe ao perigo.* As palavras parecem fracas. Minhas bochechas estão ardendo. Estou literalmente pegando fogo. Acontece que não estou fora de perigo. Isso não é algo do qual se pode fugir. Se você alcançar o abismo dos seus sentimentos, se você cavar, vai encontrar uma rica reserva infinita.

Philip deve ter escrito aquela mensagem. Ninguém gosta de mim. Eu deveria ter esperado essa. Sou um idiota, um monstro em construção, fora de controle e abastecido por testosterona. Meu próprio colégio não me protege. Lukas não quis me encontrar. Lukas não se importou. E Philip só se importa o suficiente para me perturbar.

Foi estúpido da minha parte vir. Mas não vou demonstrar fraqueza agora que estou aqui.

Acho que vou apenas incendiar esse colégio inteiro até não sobrar nada.

CAPÍTULO VINTE E SETE: LUKAS

Trinta minutos para o início do Homecoming

A tarde de sexta-feira chega quente e ofuscante. O temporizador no meu celular está contando as horas. Quando o sinal toca no último período, respiro fundo, nervoso, e vou correndo até a cantina, que acabamos de decorar esta manhã. Três semanas de esforço e agora tudo está em seu devido lugar. O baile de Homecoming desta noite será o melhor que Cresswell já viu. Mas nada vai parecer certo se eu estiver dançando sozinho.

Talvez eu não devesse estar atrás dele. Mas também estou indo atrás dessa coisa na cabeça dele que diz que é impossível ele ser amado. Quero mostrar a ele que sempre estarei ao lado dele. Que ele não precisa sentir medo. *Por favor*, penso, planejando sem jeito as palavras na cabeça. *Por favor, se abra para mim.*

Mas, quando entro na catina, todas as minhas palavras somem.

Meu reino. Meses de planejamento, semanas de construção. Quase arruinado por completo. As luzes estão com os fios cortados, as toalhas de mesa foram rasgadas, a fênix laranja está sem metade das penas.

É como se parte de mim tivesse sido retalhada. A ordem

partida ao meio como meu peito. Eu passo as mãos rapidamente pelos cabelos, um grito além da frustração se avolumando na garganta — então eu percebo o movimento e paraliso.

Philip, sentado no pescoço de madeira do pássaro, as mãos cheias de papel. Jeremy, perto da base, os dedos mexendo na borda da camiseta.

— Você sabe que pode ser expulso por isso, né? — diz Jeremy friamente. *Frio demais. O que há de errado com ele?*

— Eu vou sair de qualquer jeito — diz Philip. — Estou perdendo tempo neste colégio em que ninguém fala comigo. Meu pai disse que há colégios na Virginia onde receberei o respeito que mereço.

— Comprar o respeito com o nome e o dinheiro do seu pai? — Jeremy diz. — E você ainda diz que eu não sou um homem de verdade?

Não provoque ele! O mundo escorre devagar, como mel em um pote. Eu dou um passo em direção a eles. Minha língua parece dormente na boca.

Philip desmonta da fênix e se aproxima de Jeremy.

— Qual é o seu problema, aberração? Você vai mesmo brigar comigo por causa de umas flores de papel?

— Para falar a verdade — diz Jeremy, fechando os punhos —, acho que as flores são meio bregas. Mas Lukas trabalhou duro na organização desse baile. Eu não vou deixar você destruir tudo o que é importante para ele.

Uma onda estúpida de felicidade se ergue do fundo do meu estômago. *Ai, meu Deus, estou tão apaixonado por esse idio-*

ta. Mas meu cérebro ferve quando vejo todo o meu trabalho pesado arruinado, toda a minha paixão retalhada, meu reino derrubado. Se Jeremy bater nele, Philip vai denunciá-lo alegremente. Meehan — e o mundo — vai ficar do lado do Philip nisso. Ela não vai hesitar antes de expulsar o Jeremy por violar o Código de Conduta, mesmo protegendo Philip da mesma coisa. O futuro dele vai se desfazer sob seus pés.

O que é exatamente o que Philip quer que aconteça. O porquê de ele estar fazendo isso agora.

Eu posso viver se meu reino desmoronar. É só um baile, não importa o quanto o tenha valorizado, e amanhã ele terá passado. Mas eu ainda terei um futuro. E eu quero um futuro com o Jeremy.

Não posso seguir o fluxo e deixar que isso aconteça. Preciso dizer a ele que isso é uma péssima ideia.

Minha língua destrava.

— Jeremy! — eu grito. — Ele não vale a pena.

Jeremy não olha para mim, nem dá nenhum sinal de que me escutou. Philip ri.

— Ei, Lukas. Veio defender sua namoradinha? Ele não é homem o suficiente para brigar comigo sozinho? Precisa que você interfira?

Eu dou um passo adiante, erguendo as mãos. Tentando não chegar perto demais. Linhas tensas de violência marcam o espaço entre eles, uma rede de energia que vai estourar como uma mola se eu ousar demais.

— Jeremy, eu não vou brigar com ele. E você também

não deveria. Me escuta. — *Por favor, por favor, por favor me escuta mesmo.* — A lei está do lado dele, o colégio está do lado dele, e ele sabe disso. Mesmo se você vencer a briga, a vitória final será dele. Você vai para a cadeia. Não para a faculdade.

— Mas e o baile?

— Foda-se o baile — digo. — Você é mais importante. Me escuta. Preciso que você saiba...

Philip grita e avança para cima de Jeremy. Mas Jeremy desvia do soco e os tênis de Philip derrapam no piso da cantina. O tornozelo dele torce com força quando ele colide contra uma parede e desaba, xingando e agarrando a perna.

Jeremy pega uma cadeira dobrável de metal de cima de uma prateleira. Os músculos se retesam nos ombros dele quando ele a ergue sobre a cabeça. Espichando como uma torre acima de Philip, pelo menos uma vez.

— Tá bom, seu filho da puta — diz ele. — Você queria minha atenção? Aqui está.

— Não! — eu grito. Ele nem se vira. Minhas mãos disparam para os bolsos; pega o celular, liga para Meehan, chama a polícia. Eu não posso só ficar ali e não fazer nada enquanto Jeremy arremessa a cadeira na cabeça dele. Ele está fodido se a administração ver isso. O futuro dele vai acabar. Mas eu fiz tudo o que consegui pensar para puxar Jeremy para longe do precipício da autodestruição. Talvez isso seja apenas quem ele é. Dois metros de raiva empacotados em um metro e meio. Eu deveria deixar ele explodir e recuperar o que for possível. Jeremy nunca foi o que eu imaginava para mim mesmo, para a minha vida em Cresswell, para o meu futuro. Ele estourou sei lá de onde, sacudiu minha vida do avesso e sorriu quando me deixou aos tropeços.

E ele não pode reivindicar a coroa esta noite se for preso.

— Você não ousaria! — a voz de Philip é estridente. Ele tenta se levantar. O tornozelo não deixa. — Meu pai...

— Não está aqui para te proteger. — Jeremy finge um golpe, rindo enquanto Philip se retrai. — Ah, qual é. Aguenta que nem um homem de verdade.

Alguma coisa reluz na barra da camiseta dele. A faca, deslizando da bainha onde ele a guardou. *O idiota sempre leva a faca para o colégio.* Mas ele não a pegou. É claro que não. Ele não é um monstro. Não é um maníaco. Ele está assustado e lutando que nem o demônio para parecer forte. Porque a raiva do Jeremy não existe para machucar as pessoas, mesmo quando isso acontece. Ele está protegendo a si mesmo. Cortando as pessoas para longe e cortando sua própria pele também.

Eu finalmente o entendo, e pode ser tarde demais. Se ele explodir agora, ele vai cortar fora cada linha final que o mantém enraizado.

Ele precisa enxergar que há outro jeito de se sentir seguro. Que eu me importo com ele e o valorizo. Que eu o enxergo.

Que, mesmo ele querendo que eu o deixe explodir, não farei isso. Porque quero uma coisa dele também, e ele não é o único que pode ditar o que acontece entre a gente.

Eu tiro o dedo do botão de emergência e enfio o celular

de volta no bolso. Então faço a única coisa em que consigo pensar. Para mostrar a ele quem vai se machucar de verdade se ele seguir em frente com isso.

Eu deslizo para o meio deles dois e ergo as mãos no alto.

CAPÍTULO VINTE E OITO: JEREMY

Eu poderia realmente matar esse cara.

Nunca senti o gosto de nada tão doce assim. Estou surfando na maré da minha própria raiva, erguido na onda de uma energia vermelha. Pode ser tóxico, mas os pedaços tóxicos da vida são os mais saborosos. Ver Philip escorregar se encostando na parede, ver os olhos dele se arregalarem e se encherem de água. Uma cadeira da cantina nas mãos erradas e virei o todo-poderoso. Cada insulto que ele arremessou na minha direção, cada palavra que demoliu nossa amizade, cada mentira e cada golpe. Eu intensifiquei com um gesto do pulso.

É excelente. E Lukas acaba com tudo ao entrar no meio de nós dois.

— Sai — eu digo com os dentes cerrados — e me deixa tirar o lixo.

— Não vale a pena estragar seu futuro por isso — diz Lukas, o olhar dele paciente e concentrado em mim. A voz dele é calma, tão calma, mas está abrindo caminho por mim. Invadindo e derrubando meus sentidos. Ele deveria estar com raiva. Deveria estar gritando. Ele dedicou semanas de esforço no planejamento desse baile, para transformar a cantina de Cresswell em um reino digno da imaginação dele. Em vez disso, ele está focado em mim. Porque eu sou o que está com raiva e gritando. — Nosso futuro. É o nosso futuro que você está estilhaçando aqui. É a gente.

— Que futuro? — sibilo, o suor escorrendo da minha testa. Philip tenta derrapar para o lado. Eu finjo arremessar a cadeira, o metal reluzindo sob as luzes da cantina. Lukas não se mexe. *Idiota.* Sinto gosto de sal na garganta, ouço o oceano estrondoso nos meus ouvidos. Eu sou uma força da natureza neste instante, uma onda colossal e destruidora. Pronto para acabar com tudo na minha frente. *Tudo.* Minhas novas amizades com o GSA. A aliança reforjada entre mim, Naomi e Debbie. *Naomi está com medo de eu não conseguir me controlar.* E talvez ela esteja certa. Talvez eu não possa ser o tipo de amigo que ela quer e precisa. Tudo o que os meus amigos me deram, tudo o que fizeram por mim, nunca foi o suficiente para abrandar a minha vontade de pegar fogo.

— Eu te amo. Amo de verdade. Sinto muito por ter feito um espetáculo disso ontem. Eu devia ter contado para você como me sinto sem as dançarinas de fundo. Você é incrível, e podemos ter qualquer coisa que a gente quiser. Mas você não pode virar por esse caminho.

— Talvez eu esmague você quando tiver acabado com o Philip — eu respondo. Porque agora estou puto. Cada palavra que ele fala corta a minha raiva, aparando o gume até cegar o fio. Eu preciso da minha raiva para continuar me movendo. Eu preciso desse poder para me impulsionar para a frente.

Talvez eu empurre meu caminho adiante através dele.

Dou um passo para a frente. Minha mão está tremendo agora. Minha visão está borrada com as lágrimas. Mas eu não vou recuar. Não posso. Eu conjurei toda a força que tenho e, se eu não a usar, sei que ela pode escapar para sempre.

Mas Lukas tem uma força própria.

— Se eu pudesse entrar dentro da sua cabeça e te convencer de que você tem valor, eu faria isso. Mas não posso. Tudo o que posso fazer é mostrar como me sinto, mostrar do que eu abriria mão por você. Tudo o que posso fazer é viver do jeito que eu te amo e esperar que isso seja o suficiente. Esta noite não é a noite em que você se autodestrói. E, se eu puder te ajudar a não explodir hoje, talvez eu possa nos ajudar a durar tempo o suficiente para chegar a algum lugar onde pessoas como o Philip não importam.

Ele é um idiota, eu penso, meu coração batendo tão ensurdecedor que abafa o resto o do mundo. Em pé aqui. Arriscando o próprio pescoço por mim. Como um tolo nobre. Como se ele quisesse me salvar.

Como se ele acreditasse que posso ser salvo. Como se ele acreditasse em mim.

Como se ele me amasse mais do que tudo. De todos os jeitos que eu preciso. De todos os jeitos que importam.

E tantas pessoas acreditam. Sair do armário me rendeu a atenção do Philip, mas também me conectou muito mais profundamente com todo mundo ao meu redor. Mostrou quais partes de mim eu tinha de melhorar. Revelou que, quando a administração do colégio e os poderes constituídos não me protegerem, meus amigos me protegerão, mesmo se isso significar se arriscar.

Não posso machucar o Philip sem destruir tudo o que minha comunidade construiu. E o homem que eu quero ser não é tão egoísta para ser consumido pelas chamas se elas queimarem todo mundo ao seu redor.

Posso aceitar a mão do Lukas ou me esconder sob a maré. Posso me afogar ou continuar me esforçando para nadar, descobrindo quem sou a cada braçada dolorosa. *Machuca. Como agulhas no meu estômago e buracos no meu peito.*

Mas posso sentir dor segurando a mão dele. E nós dois podemos ajudar um ao outro a seguir em frente. Construir um lugar melhor juntos, não importa o que apareça no nosso caminho.

Eu avanço, dando a volta no Lukas. Ele agarra minha gola, mas ser baixo e veloz finalmente é uma vantagem. Não há nada entre mim e Philip além da cadeira que faço de clava.

—Você é um babaca — eu falo, desfrutando do vislumbre de medo no rosto dele. Eu sei por que ele está fazendo isso. Porque eu represento algo novo, algo imprevisível. Minha existência significa que todas as coisas sobre as quais ele se ergue de peito estufado estão se desfazendo em cinzas. Cada segundo em que respiro é um golpe contra o poder dele. — Até no primeiro ano, você sempre fez emergir as piores partes de mim.

Ele sabe disso. É ele que está assustado. Não eu.

— Nós vamos embora. — Eu o observo quando seguro a mão de Lukas e o puxo na direção da porta. Eu arremesso a cadeira. Ela cai barulhenta aos pés dele. —Você pode ficar aqui, depredar o baile, fazer o que você quiser, Philip. Mas você não pode nos seguir. Nós vamos pegar as nossas coroas. Você pode ficar aqui e se lamentar nas ruínas de um império que só existe dentro da sua cabeça.

Philip fica boquiaberto. Eu não tiro os olhos dele conforme nos afastamos. Lukas abre a porta da cantina com um empurrão. A luz do sol se derrama no cômodo.

— Suas bichas de merda! — grita Philip. Ele rasteja para a frente, cambaleando na perna boa, e agarra a cadeira. Meus olhos se estreitam. Ele quase cai, vira-se e joga a cadeira dobrável no pescoço da fênix de papel machê. Ela amassa.

Lukas me puxa para a luz. Nada importante foi quebrado.

Empurramos a porta para fechá-la e o deixamos no escuro. Nós dois, encostados na porta da cantina. Respirando pesado. O esboço de um sorriso dançando nos lábios dele quando me olha.

— Bom — diz Lukas. — Essa foi divertida. — Ele estende a mão atrás de mim e guarda a faca com mais segurança na bainha. A mão dele roça no meu quadril quando ele a recolhe. Minha respiração falha. — Estou feliz por você não ter pegado isso. Por um segundo, fiquei preocupado que você fosse um assassino ou algo doido assim.

— Eu definitivamente sou algo doido — murmuro, baixinho. Meu coração ainda está martelando nos ouvidos a um milhão de quilômetros por hora. O mundo volta a ficar nítido, e meus pés parecem instáveis quando dou um passo adiante. Eu estremeço.

— Está tudo bem — Lukas me segura e me puxa para perto, o braço dele é quente ao redor dos meus ombros. — Você não fez isso. Você está bem.

— Nunca mais eu quero sentir tanta raiva assim — murmuro de encontro à gola dele. — É... é doloroso. Eu quero me sentir melhor. Positivo. Feliz. Eu quero ser uma pessoa melhor para você e todos os meus amigos. Melhor do que ele. O tipo de amigo que merece toda a confiança que você tem em mim.

Porque eu nunca estive tão sozinho, vulnerável e amedrontado como antes. Eu só não sabia como encontrar as pessoas que estavam mesmo do meu lado até aprender a estar do lado delas.

— Então deixa a raiva de lado. — Ele aperta minha mão. — Tenho fé em você. Agora, vai trocar de roupa. O jogo vai começar logo. Ben e eu precisamos da sua torcida.

Eu corro para me vestir, então disparo em direção ao campo. Pope Pius, nossos oponentes esta noite, são exatamente tão patéticos no futebol quanto esperávamos. O pior time do distrito e o segundo pior time, frente a frente — mas eu levanto meus pompons no alto e grito quando Ben arremessa o primeiro passe de *touchdown* para Lukas. Naomi me joga para o topo da pirâmide humana enquanto minha mãe acena com orgulho da arquibancada. Sol e o resto do GSA torcem enquanto Lukas corre pelo campo, um borrão de azul e dourado. Então, logo antes do intervalo, Lukas deixa o banco para ir abraçar seus avós, que foram até ele de mãos dadas.

E a raiva não está me queimando. Ela está largada nas

laterais, guardada em uma caixa própria. Talvez eu possa deixá-la por lá.

— Bom giro — diz Naomi, me ajudando a descer depois de me jogar para cima. O suor brilha na testa dela, cintilando sob as luzes do estádio.

— Eu não poderia ter feito isso sem você — digo. — Não poderia ter feito nada.

O intervalo chega com um estrondo de címbalos. A banda marcial toma o campo em uma algazarra de trombetas e tambores. O vento sopra a umidade persistente do ar. As esculturas desfilam pela pista enquanto os perdedores de Pope Pius gemem nas arquibancadas do time convidado: a plataforma sem graça dos calouros cheia de pontos de interrogação, o dragão dos alunos do segundo ano com uma cabeça de papel machê que cai no meio do caminho, a *Millennium Falcon* do terceiro ano com alto-falantes tocando o tema de *Star Wars*, e as duas esculturas dos veteranos — uma dos Vingadores e uma da Liga da Justiça.

Minha respiração trava. É hora. É hora de tudo.

— Olá, Cresswell! — A diretora Meehan pega o microfone e anda a passos largos para o campo. — É hora de anunciar os membros da Corte do Homecoming!

— Lá vamos nós — diz Ben, andando até mim. Lukas deixa os avós e vem ficar conosco.

— Que vença o melhor? — diz Lukas, apertando a minha mão.

— Esse é o seu discurso de derrota? — digo, sorrindo. Ele

parece magoado. Eu suspiro. *Seu babaca. Para de ser tão espinhoso por um segundo. Para de tentar afastar ele.* — Quer dizer, obrigado. Foi uma boa luta.

E, de algum jeito, não consigo não sentir que nós dois vencemos. Nós sobrevivemos. Estamos aqui juntos. Aprendemos como tomar conta um do outro, e que os nossos amigos vão tomar conta da gente.

Eu não preciso de uma coroa para saber que as pessoas me apoiam. Eu já vi isso com meus próprios olhos.

— Rainha do Homecoming: Naomi Guo!

As arquibancadas entram em uma erupção celebratória. A banda marcial batuca um solo de percussão triunfante. Eu bato palmas até meus pulsos doerem.

— Rei do Homecoming...

Eu prendo a respiração. Lukas sorri para mim.

Não importa o que aconteça, eu venci. Nós vencemos.

Meehan limpa a garganta. Esfrega os olhos algumas vezes. Como se não pudesse acreditar no que está vendo.

— Sol Reyes-Garcia?

E as arquibancadas explodem em um aplauso confuso enquanto Sol se aproxima, reluzindo com um *smoking* repleto de strass, e faz uma mesura diante do público que lhe espera.

CAPÍTULO VINTE E NOVE: LUKAS

Baile do Homecoming

Estou perambulando pela cantina, atordoado. Quer dizer, muitas pessoas estão. As faixas foram arrancadas e retalhadas. Philip decapitou a fênix com a cadeira. Cartazes das salas de ciência foram colados com pressa sobre a palavra "bicha" rabiscada com caneta permanente na parede. Os seguranças do colégio murmuram baixinho, contabilizando os danos.

— Como foi que isso aconteceu? — indaga Debbie.

Eu dou de ombros.

— Pelo menos, o equipamento do DJ ainda funciona. E, ei, temos petiscos.

Naomi e Sol sentam-se nos tronos avariados no palco, reluzindo em strass e tule, batendo papo.

— Boa partida — digo, mexendo a boca para Sol e ele dá uma piscadinha, a coroa deslizando para a frente sobre a testa. Pelo menos, ele parece estar se divertindo. O DJ começou a noite tocando Kesha, o que não é uma má escolha, mas talvez não seja como eu quero que as coisas prossigam.

O temporizador no meu celular terminou. Meu reino está em ruínas. Minha coroa foi para ume alune geek do segundo ano. Nenhum dos meus pais apareceu, mesmo que a minha mãe tivesse dito que deixaria meu pai vir. E isso não me incomoda tanto quanto eu achei que incomodaria.

Porque, por mais que o mundo insista para que eu seja um filho perfeito, um jogador de futebol perfeito, uma pessoa perfeita, eu posso resistir. Escavar um espaço no qual minhas necessidades estão em equilíbrio com a dos outros. Resgatar momentos brilhantes e amarrá-los em uma vida que vale a pena viver.

E posso começar a fazer isso agora.

— Toca alguma coisa lenta — peço ao DJ e ofereço meus últimos vinte dólares.

Uma canção lenta e murmurada preenche a sala.

Uma mão segura a minha. Ela pertence a um garoto loiro baixinho com um nariz inchado e uma gravata chamativa de lã escocesa sobre uma camisa rosa. Minha camisa branca e gravata azul parecem simples perto dele, mas estou me acostumado a me sentir assim. Ele ama ser o centro das atenções, e estou feliz em deixá-lo.

— Posso ter esta dança? — pergunta Jeremy, as luzes do globo espelhado nadando para cima e para baixo na pele pálida do pescoço dele. — Como uma oferenda de paz?

Ele não quer dizer apenas uma oferenda de paz. Há apenas duas maneiras de resolver a guerra entre nós. Ambas me aterrorizam. Uma delas significa mudar tudo o que eu presumi sobre mim mesmo e meu futuro.

Mas a outra significa me afastar dele, e não posso perdê-lo de novo.

Eu puxo a mão dele para o meu quadril.

—Você pode ter esta dança — digo quando ele se inclina para perto de mim — como o amor da minha vida.

— Por favor. Você só tem 18 anos. Esses sentimentos podem mudar.

Eu rio.

— Não fale pra mim como as coisas mudam. Eu sei que as coisas mudam. Tudo mudou este ano. Eu só te amo mais.

— Eu te odeio — diz ele, e me beija.

Nós deslizamos juntos, suavemente, facilmente, e é como se todos os pesos que estive carregando fossem erguidos. A respiração quente dele nos meus lábios, a língua invadindo, as mãos entrelaçadas no meu cabelo. Eu posso sentir a batida do coração dele no ritmo do meu, o peitoral apertado pressionando contra o meu, a penugem dos novos pelos loiros em cima do lábio superior. *Todo calor e desejo. Não restou nada no campo.*

E eu sei que ele pode aguentar tudo o que eu arremessar na direção dele. Eu sei que não preciso ser gentil. Eu sei que nos encaixamos.

— Eu te amo — murmura ele quando por fim se afasta, a voz dele causando um tremor profundo no meu peito, bem-vindo e perfeito. — Pronto. Você tem meu coração inteiro nas suas mãos. Não deixa cair.

No trono, Naomi e Sol torcem por nós. Ben e Max aplaudem perto da tigela de ponche. Meehan grita:

— Sem se agarrar!

— Homofóbica — murmura Jeremy, e eu agarro as mãos dele para que ele não possa socar ninguém. Estou realmente feliz por poder fazer isso.

— Tem uma pessoa que eu quero que você conheça — digo, e o puxo comigo.

Meus avós, de mãos dadas, espertam perto da parede. O sorriso deles, eu sei, são genuínos. Eles provavelmente não vão aceitar o que está realmente acontecendo entre mim e Jeremy, mas eu quero ser honesto. Ser claro com a minha família sobre a minha própria vida enquanto tento do meu próprio jeito deixá-los orgulhosos.

Eu quero construir meu próprio relacionamento com eles. Um equilíbrio, no qual não estou doando todas as partes de mim. E, se eles não gostarem da verdade, estou rodeado por pessoas que gostam.

— Oi — digo, segurando a mão dele com força. — Eu sei que esta noite não foi o que vocês esperavam. Mas eu quero que saibam que estou bem, e feliz. E quero que conheçam o motivo. — Respiro fundo. Não posso acreditar que vou dizer isso. Eu quero saborear essa primeira vez, mesmo que as minhas entranhas digam que eu nunca vou me cansar disso. — Esse é o Jeremy Harkiss. Meu namorado.

EPÍLOGO: JEREMY

Depois

Quando acordei nos braços de Lukas na manhã seguinte ao baile — e me arrastei pelo peito dele para pegar meu celular da cômoda —, o vídeo da coroação de Sol tinha duzentas mil visualizações. *Jovem trans latine recebeu a coroa de monarca do Homecoming dos colegas de classe aliados!!!*

No fim das contas, eu e Lukas éramos notas de rodapé nessa história. Dois imbecis com egos maiores do que um colégio poderia suportar. Dois corações partidos e doloridos que sentiam mágoa o suficiente para eclipsar o mundo inteiro, mas que só eram importantes de verdade para nós mesmos, nossas famílias e nossos amigos. Nossa dor não nos tornava especial.

Mas tudo bem, porque isso também significa que a nossa dor não nos define.

Podemos apenas ser nós mesmos. Apaixonados e felizes assim.

Cresswell produziu um segundo vídeo viral naquela noite. Max escoltou Philip até o vestiário para retirar o equipamento dele antes da expulsão do campus. Ele gravou enquanto Philip abria o armário e encontrava uma sibilante — mas benigna — cobra preta lá dentro. Philip havia saído correndo, aos berros.

GarotoDaMarinha encara o perigo!!! foi uma sensação on-line. Espero que os futuros cadetes colegas dele em West Point encontrem modos de esconder cobras nas bolsas dele.

Enfim, Max deixou que eu ficasse com ela.

Os avós de Lukas... bom, Lukas acha que eles não entendem muito bem que eu sou um garoto agora, e eu acho que eles entendem, sim, mas só queriam muito que ele estivesse namorando uma garota. Eles ainda não acertam muito meu nome e pronomes, mas posso deixar passar. Por enquanto, pelo menos. Só porque eu protejo a minha própria identidade *queer* ao esfregá-la na cara das pessoas, isso não significa que Lukas tem de fazer a mesma coisa.

— Você está irritado comigo? — pergunta Sol quando nos encontramos na lanchonete alguns dias depois, mastigando um hambúrguer coberto por espuma de *milkshake*. — Eu sei que a coroa é muito importante para você. Eu só... Eu odiava pensar que, não importa qual dos dois vencesse, um de vocês ficaria arrasado. Você ia surtar achando que Cresswell não te enxerga como homem o suficiente, ou Lukas teria uma crise nervosa porque a vida dele teria sido arruinada. E depois que colamos todos os nossos cartazes, achei que eu tinha uma chance. Então não comecei a fazer campanha até os últimos dias, mas pedi para todos os calouros votarem em mim. Você e Lukas dividiram os votos dos veteranos bem ao meio. Foi uma margem grande.

— Você queria acabar com nós dois.

— Eu queria vencer. E pensei que, se perdessem, vocês teriam um ao outro para se consolar.

Elu tem razão.

— Se eu estivesse sentado no trono da Corte, não teria dançado com Lukas.

— E vocês dois...

— Somos perfeitos juntos. Loucamente apaixonados. Nada poderia nos separar.

— Os pais dele não estão se divorciando?

Eu dou de ombros.

— Eu disse que somos perfeitos juntos, não que a vida é perfeita. — Mas ela não precisa ser. A administração de Cresswell pode ter falhado em me proteger do Philip, mas meus amigos me ajudaram. A comunidade que construímos pode nos manter unidos, sem *perfeição* exigida. — Por que você e Naomi começaram a andar juntes? Não achei que vocês tivessem muita coisa em comum.

— Nós temos — diz elu, de um jeito estranho e misterioso que me convence de que elu está escondendo alguma coisa.

Mas eu não insisto. Não preciso. As pessoas podem ter histórias as quais ainda não se sentem preparadas para compartilhar com o mundo. As pessoas podem ter segredos.

— Sol — digo —, você configurou a pesquisa de opinião on-line. Quem ficou em segundo lugar?

Elu dá uma piscadinha por cima do *milkshake*.

— Meu segredo. Agora nós três temos que ficar amigues, já que só eu sei a verdade.

Há uma preocupação na voz delu. Eu apoio um braço ao redor do ombro delu.

— Somos amigues mesmo, sua majestade.

A papelada da minha retificação de nome é aprovada na semana em que devo enviar a minha inscrição universitária, o que me deixa feliz. Escrevo meu ensaio sobre as lições que aprendi como um garoto no time de animação de torcida e não menciono minha transição. Não porque sinto vergonha de quem sou, mas porque eu quero que minha história seja mais ampla daqui em diante — e porque eu não sei se há um Philip no escritório de admissão de Harvard. Ele foi embora de Cresswell, mas não dos meus pensamentos. Estou impaciente para minha barbicha crescer logo, para finalmente fazer a mastectomia masculinizadora, mas sempre serei delicado e vulnerável aos olhos do mundo.

Eu posso lidar com isso. Eu sei que, aos olhos de Lukas, eu sou tudo.

Depois do último jogo da temporada, penduro meus pompons de vez no armazém. Meus olhos se enchem de lágrimas enquanto saio caminhando do campo pela última vez. *Adeus, Jeremy da torcida. Adeus, pep rallies e pirâmides e pertencer ao público. Olá, enorme, assustador e incrível futuro pós-Cresswell.*

Ele está me esperando perto do carro. Segura meu rosto com as mãos e beija minha testa, me ancorando no mundo.

— Mal posso esperar pela próxima grande aventura que teremos — diz ele. O pôr do sol cintila nas três novas argolas douradas na orelha dele quando Lukas sorri.

Tudo é uma aventura daqui em diante.

AGRADECIMENTOS

Estou incrivelmente animado em ver *Que vença o melhor* finalmente chegar ao mundo! É preciso o esforço de uma comunidade inteira para fazer um livro, e ele não estaria nas suas mãos sem o encorajamento e o trabalho duro de muitas pessoas — Kaitlyn Johnson, minha agente, que sempre faz de tudo para lutar por mim; Mekisha Telfer, minha editora, que desembaraçou esta história de um jeito brilhante e profundo para encontrar o coração dela; e Tara Gilbert, que me disse que eu simplesmente tinha de escrevê-la.

Sou eternamente grato ao meu grupo de críticas, os #DragonHatchlings, por me ajudarem a desenvolver minha escrita enquanto protegem minha sanidade desse louco mundo da literatura! Briston Brooks, que me acolheu e sempre me incentivou a melhorar; Alexandra Overy, pela visão perspicaz e humor ácido; Tiffany Elmer, pela liderança e orientação; e mais — Annemarie Pettinato, Esme Symes Smith, Jessica Bibi Cooper, Rosey Waters, Fallon DeMornay, Kindra Pring, e todos os autores que fizeram parte dessa jornada. Mais um obrigado para os autores maravilhosos que conheci *on-line* e me deram apoio, conselhos e amizade — Kelly Quindlen, Cassandra Farrin, Laura Weymouth, Tasha Suri, Rebecca Thorne, Rebecca Podos, Becky Albertalli, Kat Enright, Julian Winters,

Rebecca Mix, Saundra Mitchell, Ray Stoeve, Cory McCarthy, A.-M. McLemore, K. M. Szpara, Isaac Fitzgerald, Kacen Callender, Naseem Jamnia, Sophie Gonzales e outros.

E eu não chegaria aqui sem a minha incrível família de amigues da vida real: Aster, que sempre foi o meu porto seguro; Kitty, que nunca hesita em me dar uma boa e necessária dose de realidade; Layne, amigue incrível de livros e filmes; Ally e A.J., um duo maravilha imparável; Charlene, com seu incrível amor pela vida *queer*; e Carrie, que ama a vida *queer* e também Steelers.

Eu tive a sorte de receber conselhos excelentes sobre como navegar no mundo editorial de Jennifer De Chiara, Marie Lamba, Roseanne Wells, e Whitley Abell. Um obrigado especial para o Print Run, meu *podcast* favorito relacionado ao mercado editorial, e para Sarita Hernandez, por suas ideias inestimáveis. Eu também gostaria de agradecer à equipe de produção de MCPG, incluindo Jennifer Healey, Starr Baer, e John Nora, e à equipe de publicidade, Mary Van Akin e Cynthia Lliguichuzhca.

Por fim, eu gostaria de agradecer a todes profissionais que trabalham em livrarias, bibliotecas e escolas que adquiriram este livro para seu público; todes ativistas transgênero que mudaram o mundo; e todes leitores, por abrirem minhas páginas. Enquanto muitos de nós tentam lidar com o caos do nosso mundo, eu ainda acredito que comunidade, amizade e trabalho em equipe podem prevalecer quando a autoridade falhar. Comunidades têm o poder de proteger seus integrantes entre si, e eu sou profundamente sortudo por ter a minha.

SUA OPINIÃO É MUITO IMPORTANTE
Mande um e-mail para **opiniao@vreditoras.com.br**
com o título deste livro no campo "Assunto".

1ª edição, ago. 2022

FONTE Kiro ExtraBold 24/24pt;
      Plantin Std Regular 10,75/12,9pt
      DIN OT 10,75/12,9pt
PAPEL Ivory Cold 65g/m²
IMPRESSÃO Geográfica
LOTE GEO300522